KAZIMIERZ ALBIN

STECKBRIEFLICH GESUCHT

KAZIMIERZ ALBIN

STECKBRIEFLICH GESUCHT

Aus dem Polnischen
übersetzt von Siegfried Schmidt

Staatliches Museum Auschwitz-Birkenau
Oświęcim 2000

Graphische Gestaltung
Piotr Kutryba

Redaktion
Teresa Świebocka

Korrektur
Michael Eisner
(Gedenkdiener der Republik Österreich)

Index
Michael Eisner, Thomas Strasser
(Gedenkdiener der Republik Österreich),
Halina Kalemba

ISBN 83-85047-79-4

Vom Verfasser

Weit über zehn Jahre nach dem Krieg suchte mich in Krakau der junge Historiker Tadeusz Iwaszko auf. Er war Leiter des Archivs des Staatlichen Auschwitz-Museums und zeichnete den Bericht über meine Flucht aus dem KZ Auschwitz auf. Damit begann unsere Zusammenarbeit, in deren Ergebnis das vorliegende Buch entstanden ist.

„List gończy" (Steckbrieflich gesucht), die Geschichte meiner Flucht aus Auschwitz und über meine Tätigkeit im Untergrund, erschien erstmalig 1989 bei der Krajowa Agencja Wydawnicza (Landesverlagsagentur KAW). Eine zweite, erweiterte Ausgabe erschien 1996 auf Bemühen des Staatlichen Auschwitz-Museums und des Verlags Książka i Wiedza (Buch und Wissen).

Die Verlagsagentur KAW bat Herrn Iwaszko, meinen Bericht hinsichtlich der Ereignisse im KZ Auschwitz-Birkenau und der Flucht aus dem Lager zu begutachten, während Herr Stanisław Dąbrowa-Kostka zum Konsultanten des zweiten Teils über die Beteiligung des Verfassers am bewaffneten Kampf im Rahmen des AK-Bereichskommandos Krakau-Stadt berufen wurde. Herr Dąbrowa-Kostka, Deckname „Dąbrowa", „Kedyw"-Offizier des AK-Unterbezirks Rzeszów und nach dem Krieg Publizist und Historiker, ist der Autor der fundamentalen Arbeit „Monografia Okręgu AK Kraków" (Monographie des AK-Bereichs Krakau), für die die Stiftung zum Studium des AK-Bereichs Krakau die Mittel aufgebracht hat. Die wertvollen Hinweise der beiden hervorragenden Kenner des

Themas haben meine Arbeit bereichert und ihr den Vorzug vieler echter Einzelheiten verliehen.

Die vorliegende deutschsprachige Ausgabe des Buches konnte dank der Stiftung zum Gedenken an die Opfer des Vernichtungslagers Auschwitz-Birkenau unter dem Vorsitz des Direktors des Staatlichen Auschwitz-Museums Herrn Jerzy Wróblewski sowie von Frau Teresa Świebocka, wissenschaftliche Mitarbeiterin und Leiterin der Verlagsabteilung des Museums, erscheinen.

Kazimierz Albin

TEIL I

Die letzten Ferien

Am 22. August 1939 beschloß die Lagerleitung, den Kurs für Gruppenleiter des Krakauer Fähnleins des polnischen Pfadfinderverbandes ZHP endgültig abzubrechen.

Hastig wurden die Zelte und Anlagen des Lagers verpackt. Die riesigen Bündel brachten wir an den Rand der Lichtung und verluden sie auf Fuhrwerke. Nach dem Aufräumen des Geländes traten sechzig junge Leute rasch in einer Zweierreihe an. „Achtung!" — erschallte das Kommando. „Alles, was unser, opfern wir Polen..." Das Echo trug die Worte des Liedes über die Wipfel der Fichten an die Berghänge, von wo sie als mächtig verstärkte Welle in das Tal zurückkehrten. Die schlanken Gestalten der siebzehnjährigen Burschen strafften sich im Gefühl von Kraft und patriotischer Begeisterung. Schon zu Beginn des Kurses waren einige Ausbilder zu Reserveoffiziersübungen einberufen worden. In der spannungsgeladenen politischen Situation des August 1939 vermittelten die offiziellen Äußerungen der Regierungsvertreter den jungen Leuten ein Gefühl der Stärke und der Sicherheit. Ebenso wie meine Altersgenossen der vierten Oberschulklasse glaubte ich an die Einsatzbereitschaft der polnischen Soldaten.

Am Gymnasium gab es eine regelmäßige vormilitärische Ausbildung. Die im Rahmen unseres Kurses durchgeführten topographischen Übungen und Geländespiele unter den schwierigen Bedingungen des Babia-Góra-Massivs dienten der Kontrolle der körperlichen Leistungsfähigkeit und der Befehlshaberqualitäten der künftigen Gruppenleiter. Die Worte des früher schon viele Male gesungenen Liedes erweckten einen Geist und eine Begeisterung des Kampfes zur Verteidigung des bedrohten Vaterlandes wie nie zuvor.

Die letzten Meldungen, eine kurze Verabschiedung der Kursteilnehmer, und die ganze Gruppe begab sich im Eilmarsch zur Bahnstation in Jordanów.

Die Fahrt nach Krakau verlief in nachdenklicher Stimmung. Nach der Rückkehr nach Hause erholte ich mich einige Tage lang unter der Obhut der Mutter in der häuslichen Atmosphäre. Bald aber stürzte ich mich in einen Wirbel von Beschäftigungen, die mich restlos in Anspruch nahmen.

Die politische Lage verschärfte sich von Tag zu Tag. Angesichts der Gebietsansprüche Hitlers war man sich bereits allgemein darüber klar, daß ein Krieg mit Deutschland unvermeidlich war. Nach der Explosion einer Zeitbombe in der Gepäckaufbewahrung des Bahnhofs von Tarnów befahlen die Sicherheitsorgane, zur Verhinderung der von deutschen Agenten begangenen Sabotageakte die Wachsamkeit an Bahnstrecken, Brücken und Straßen zu erhöhen. Bei einem Gruppenleiterappell des Pfadfinderzuges Podgórze bekam ich den Auftrag, zum Schutz von drei Brücken und einer Überführung am Südrand von Krakau eine Gruppe junger Pfadfinder zusammenzustellen, und man teilte mir fünf noch aus dem ersten Weltkrieg stammende Gewehre vom Typ Berthier und etwas Munition zu.

Auf Wache standen jeweils zwei Pfadfinder, die alle paar Stunden abgelöst wurden. Ich aber, stolz auf die mir übertragene Aufgabe, kreiste unablässig mit dem Fahrrad durch das angegebene Gebiet und kontrollierte die Posten, die aufopferungsvoll ihren Dienst versahen.

Nach Bekanntgabe der Mobilisierung in den letzten Augusttagen meldete ich mich in der Uniform der vormilitärischen Ausbildung in meinem Bartłomiej-Nowodworski-Gymnasium am Na-Groble-Platz, wo der Kommandant der Ausbildung, Artillerieoberleutnant Jakub Lubowiecki, wie mir gesagt worden war, eine aus seinen Zöglingen zusammengesetzte Kompanie aufstellen sollte. Glücklich über die Begegnung nach den Ferien stand ich im Kreis meiner kampfesdurstigen Schulkameraden, doch zu unserer Enttäuschung wurden wir Freiwilligen zum Wehrkreiskommando RKU und von dort nach Hause geschickt, wobei man uns versicherte, daß jeder von uns bei Bedarf eine namentliche Einberufung zum Wehrdienst bekommen würde.

Unterdessen verstärkte sich die Kriegsstimmung, die allgemeine Begeisterung und der entschlossene Wille zum Kampf zur Verteidigung des bedrohten Vaterlandes nahmen zu.

Krieg

Im Morgengrauen des 1. September radelten meine Kameraden und ich nach langem Dienst auf der Zakopaner Chaussee nach Krakau. Trotz unserer Müdigkeit blickten wir begeistert auf die im Schein der aufgehenden Sonne vor uns ausgebreitete Stadt. Plötzlich tauchte von Südwesten her in großer Höhe eine Flugzeugstaffel auf. Entsetzt machten wir die charakteristischen Umrisse deutscher Bomber vom Typ Heinkel aus, die wir von Fotos her kannten. Auf die Stadt fielen die ersten Bomben. Maschinengewehre und Flakgeschütze begannen zu feuern. Daraufhin gingen die feindlichen Flugzeuge auf maximale Höhe und drehten in geschlossener Formation nach Westen ab. Kurze Zeit später kam im Radio die Nachricht vom ohne Kriegserklärung erfolgten Überfall Nazideutschlands auf unser Land. Die Mitteilung war trocken und sachlich; die deutschen Armeen drangen von allen Seiten her vor. Die polnischen Soldaten kämpften entlang der ganzen Grenze. Von diesem Augenblick an wurde im Rundfunk unablässig Fliegeralarm gegeben. Die motorisierten Armeen Hitlers begannen an allen Fronten mit ihrem „Blitzkrieg". Schon am zweiten Kriegstag wälzten sich riesige Flüchtlingsströme aus Schlesien durch Krakau. Teilnehmer an den schlesischen Volksaufständen zogen in Gruppen oder allein auf Fahrrädern nach Osten. Bald darauf tauchten die ersten Truppenkolonnen auf.

In Staub und sengender Hitze leisteten die erschöpften Soldaten, ununterbrochen gejagt von den motorisierten Einheiten der Wehrmacht und angegriffen aus der Luft, hartnäckigen Widerstand und fielen auf dem ständigen Rückzug. Die Lage war tragisch. Die bombardierten Chausseen und Brücken, auf denen die Flüchtlingsströme — Männer, Frauen und Kinder — auf allen nur erdenklichen Fahrzeugen dahinzogen, waren Stätten, auf denen sich in diesen heißen Septembertagen dantische Szenen abspielten. In furchtbarem Durcheinander zogen sich, hauptsächlich nachts, die Regimenter und Bataillone zurück. Die unglaublich erschöpften Soldaten kämpften im Laufe des Tages und bezogen in der Nacht neue Positionen.

Die ganze Zeit hindurch erfüllte ich die mir übertragene Aufgabe. Nach Hause kam ich nur für kurze Zeit. Ich aß hastig irgend etwas und warf mich, betäubt vor Erschöpfung, in voller Uniform auf das Bett. Im Laufe dieser wenigen heißen Tage wurde ich bei den Angriffen deutscher Bomber oder Stukas Zeuge entsetzlicher Szenen. Am zweiten Kriegstag fielen zwei Bomben in die dichte Menge, die sich auf der Chaussee in der Gegend von Swoszowice dahinwälzte. Die Explosionen waren im Umkreis von mehreren Kilometern zu hören. Als sich die Wolke aus Staub und Rauch lichtete, bot sich den Unversehrten ein erschütterndes Bild. An den verkohlten Stümpfen der Bäume baumelten blutige Fetzen von Leichen und Kleidung. Tote Pferde, zerbrochene Fuhrwerke und aufgewühltes Hab und Gut waren über die Fahrbahn und die Straßengräben verstreut, und die Chaussee war an der Stelle der Bombeneinschläge durch einen riesigen Trichter unterbrochen. Toll vor Entsetzen, liefen die Leute noch lange nach dem Angriff über die Felder. Am nächsten Tag wäre ich beinahe von einem polnischen Major erschossen worden.

Ein ausgeblutetes Infanteriebataillon befand sich unter Beschuß auf dem Rückzug von der deutschen Grenze; die körperliche und geistige Widerstandskraft der Soldaten und ihres Kommandeurs waren erschöpft. Bei einem erneuten

Luftangriff suchte die Truppe auf das Kommando „Fliegerdeckung!" hin in einem nahegelegenen Wäldchen Zuflucht. Von Müdigkeit betäubt, spürte ich plötzlich frische Kräfte, kniete am Rand des Wäldchens nieder und verschoß mein ganzes Magazin auf die angreifenden Stukas. Als ich gerade ein neues einlegte, wurde ich brutal zu Boden geworfen. Ein hochgewachsener Unteroffizier schleifte mich zu einem Baum, unter dem der Major in Deckung lag. Hätten nicht Zivilisten eingegriffen, wäre ich der Bedrängnis wahrscheinlich nicht heil entgangen, denn man beschuldigte mich, absichtlich das feindliche Feuer auf die versteckte Truppe gelenkt zu haben. Anzumerken ist, daß sich unter dem Heer und der Zivilbevölkerung eine Psychose vor der im Rücken der auf dem Rückzug befindlichen Armeen von der fünften Kolonne der Deutschen betriebenen Sabotage und Diversion verbreitet hatte. Ich selbst rettete zusammen mit meinen Pfadfindern einen Flüchtling aus Katowice vor dem Erschießen, den man im Gebüsch in der Nähe einer Eisenbahnbrücke erwischt hatte, wo er seine Notdurft verrichten wollte. Während des Verhörs hatte der zu Tode Erschrockene undeutlich irgend etwas in schlesischem Dialekt gestammelt. Wir durchsuchten das Gelände und seinen Rucksack, fanden aber nichts Verdächtiges, während der ihn verhörende Artilleriehauptmann bereits mehrere Soldaten für das Hinrichtungskommando bestimmt hatte.

Am vierten September lichtete sich der Flüchtlingsstrom. Die Front rückte näher. Die Infanterie und die wenigen motorisierten Einheiten zogen sich auf allen nur möglichen Wegen zurück. Bald darauf zogen sich auch die Abteilungen der Nachhut zurück.

Nach kurzer Zeit tauchte auf der Chaussee eine berittene Patrouille des Feindes auf. Etwa 100 m von der Brücke über die Wilga entfernt lagen wir zu dritt unter Büschen versteckt, als wir die ersten Deutschen erblickten. Das Herz schlug mir bis zum Halse. Wie hypnotisiert betrachtete ich die Soldaten in den feldgrauen Uniformen, die gemächlich absaßen, um das Gelände zu beobachten. Schließlich kam ich zur Besinnung und nahm voller Spannung einen großen Unteroffizier ins Visier, der gerade sein Fernglas an die Augen setzte. Um Beherrschung bemüht, richtete ich langsam die Kimme meines Gewehrs auf die Brust des Deutschen, der unbeweglich verharrte. Plötzlich fuhr ein grauer Wagen mit vorne aufmontiertem Maschinengewehr mit Vollgas auf die Brücke. Der diensthabende Offizier wies auf die Büsche zu beiden Seiten der Brücke, gab den Soldaten irgendwelche Befehle und jagte auf der Chaussee weiter in Richtung Swoszowice. Verzagt gab ich das Zeichen zum Rückzug. Wir schlichen zum Haus eines Kollegen von Józef Marcik[1], wo wir unsere Gewehre versteckten, und kehrten dann auf Seitenpfaden nach Hause zurück.

Diese erste Begegnung mit den Deutschen habe ich später unablässig analysiert. Ich habe mir Feigheit vorgeworfen, denn schließlich hatte ich mich direkt in der vordersten Linie befunden, und es wäre meine Pflicht gewesen, den Gegner zu töten. Die ganze Zeit des Krieges, des Lagers und der Konspiration hindurch habe ich Bitterkeit empfunden und bin von Schamgefühl gequält worden, obwohl meine Kameraden der Ansicht waren, ich habe richtig gehandelt, als ich das Feuer nicht eröffnete.

Bald darauf hörte der Widerstand der polnischen Soldaten endgültig auf, der Feldzug in Polen war verloren. Die Regierung und ein großer Teil des Heeres emigrierten nach

[1] Józef Marcik fiel 1942 in Borek Fałęcki im Kampf gegen deutsche Gendarmen. Dort wurde nach dem Krieg eine Straße nach ihm benannt.

Rumänien und nach Ungarn. In den östlichen Teil unseres Landes marschierten sowjetische Truppen ein, in den anderen Gegenden begann das Leben unter den Drangsalen der Besatzungszeit. Rasch machte sich ein Mangel an Lebensmitteln bemerkbar. Vor den Bäckereien bildeten sich schon nachts lange Schlangen, und jeder, der es nur konnte, reiste zum Besorgen von Lebensmitteln aufs Land. Das Spekulantentum blühte.

In Krakau wimmelte es von Deutschen der verschiedensten Polizei- und Truppeneinheiten sowie von Zivilisten. Auf den Straßen fanden Triumphparaden der Sieger statt.

Hochmut und Gemeinheit der Besatzer verstärkten sich; in den ersten Tagen waren sie vor allem gegen die Juden gerichtet. An den Mauern tauchten Bekanntmachungen auf, durch die angeordnet wurde, Waffen und Rundfunkgeräte abzuliefern, und Offiziere sollten sich registrieren lassen. Bei Mißachtung der Anordnungen drohte die Todesstrafe.

Im Oktober wurden Gymnasien und Lyzeen eröffnet. Ich meldete mich im Nowodworski-Gymnasium, um meine Ausbildung fortzusetzen. Wir hatten uns noch gar nicht wieder richtig an den Schulbetrieb gewöhnt, als die Schließung aller Oberschulen mit Ausnahme der Handels- und Industrieschulen angeordnet wurde. Die Besatzer waren nicht an der Ausbildung künftiger Vertreter der Intelligenz interessiert, sie brauchten gewöhnliche Arbeitskräfte.

Das Volk fand sich nicht mit dem verlorenen Krieg ab. Dazu trugen in hohem Maße die Nachrichten des Senders BBC bei, in denen von der Gründung der polnischen Exilregierung in Frankreich und der polnischen bewaffneten Streitkräfte mit General Sikorski an der Spitze berichtet wurde. Es tauchten die ersten im Untergrund herausgegebenen Flugschriften auf, und spontan entstanden geheime Unabhängigkeitsorganisationen. Gemeinsam mit meinem

Bruder Mietek und mehreren Schulkameraden schloß ich mich einer bewaffneten Vereinigung an.

Die Anforderungen der Konspiration geboten es, mit erfahrenen Kameraden, vorwiegend aus Pfadfinderkreisen, in Verbindung zu stehen. Der Krieg ließ uns im Alter von siebzehn Jahren zu Erwachsenen werden. Viele von uns mußten eine Arbeit aufnehmen, um zur Versorgung der Familie beizutragen, weil die Väter im Krieg gefallen waren oder in Oflags in Gefangenschaft saßen. In Geheimorganisationen schlossen sich immer breitere Kreise von Leuten zusammen, die gewillt waren, gegen die Besatzer zu kämpfen. Nach kurzer Zeit nahm die Gestapo ihre Tätigkeit auf, und es kam zu den ersten Verhaftungen. Wir jungen Patrioten erlernten nach und nach die Regeln der Konspiration; wir erhöhten unsere Vorsicht und trugen Gewehre und Munition zusammen. Als größten Erfolg betrachtete ich es, daß ich einem befreundeten polnischen Bauern eine Armeepistole VIS, Kaliber 9 mm, hatte abkaufen können.

Es war jedoch unmöglich, den Hungeralltag der Besatzungszeit zu vergessen. Ende Oktober brach ich mit meinem Bruder und einem Kameraden zu einer Reise nach Przeworsk auf. In einer jüdischen Großhandelsvertretung ergatterten wir zu einem nicht sonderlich hohen Preis drei Sack Zucker und brachten sie, in einem Güterwagen versteckt und den deutschen Bahnschutz vorsichtig meidend, glücklich nach Krakau. Der Ausflug was äußerst erfolgreich. Auf dem Schwarzmarkt verkauften wir den größten Teil der bei den Händlern so gefragten Raritäten, und der Erlös ermöglichte es uns, den Familienhaushalt für gewisse Zeit aufzubessern.

Nach Frankreich

Als ich erfuhr, daß sich ein Teil der polnischen Armee nach Rumänien und Ungarn und weiter nach Frankreich durchgeschlagen hatte, hegte ich aus voller Seele den Wunsch, ins Ausland zu gelangen. Die ganze Zeit hindurch verfolgte ich die Entwicklung der Ereignisse in Ungarn, ich studierte und plante ununterbrochen bestimmte Schleichwege durch die Slowakei.

Rasch reifte die Entscheidung heran. Ich verzichtete auf die Begleitung von Kameraden, die mich, wie es oft vorkommt, in letzter Minute hätten im Stich lassen können; und ohne auf den Rat mir wohlgesinnter Erwachsener zu hören, die versuchten, mich von meinem Vorhaben abzubringen, entschloß ich mich, Krakau zu verlassen. Das Ziel war klar — mich durch die Slowakei durchschlagen, nach Budapest gelangen und mich im polnischen Konsulat melden. Nachdem ich mich bei einem bekannten Unteroffizier der Reserve, der aus einem Internierungslager für Soldaten in Ungarn geflohen war, eingehend erkundigt hatte, legte ich die genaue Marschroute fest.

Am selben Tag gab ich zu Hause mein beabsichtigtes Vorhaben bekannt, was meine Mutter mit Nachsicht aufnahm, weil sie wußte, daß ich keinerlei Verbot respektieren würde. In Verwunderung versetzte mich jedoch die Reaktion meines älteren Bruders, der bis dahin durch nichts verraten hatte, daß er die Absicht habe, das Haus zu verlassen. Mietek erklärte kurz: „Kazek, wir gehen zusammen!"

Dieses Angebot nahm ich erfreut an, denn mir war klar, daß wir uns zu zweit wohler fühlen würden. Zunächst mußten wir das Geld für die Reise aufbringen. Das durch den Verkauf überflüssiger Sachen erzielte Kapital betrug etwa 400 Złoty. Weihnachten und Neujahr verbrachten wir im Kreis der Familie und der engsten Freunde, wobei wir oft an meinen Fähnleinführer und vertrautesten Pfadfinderkameraden, den Fähnrich Tadeusz Starzec[2], denken mußten, der sich in einem Kriegsgefangenenlager befand. Seine Erfahrung hätten wir bei unserem Abenteuer gut gebrauchen können.

Am 3. Januar 1940, nach dem herzergreifenden Abschied von der Mutter, der Schwester und dem jüngsten Bruder, der darauf brannte, uns zu begleiten, stellte ich mir die Frage, wann ich sie wohl wiedersehen würde.

Das Verstauen der notwendigsten Dinge im Rucksack war eine Sache von Minuten. Ein Nachtzug brachte uns nach Tarnów, wo wir in einen anderen Zug umsteigen mußten. Grybów lag bereits in tiefem Schlaf. Für den Rest der Nacht fanden die ermüdeten Reisenden Zuflucht in einem kleinen jüdischen Hotel. Am frühen Morgen jagte ein mit einem Paar feuriger Pferde bespannter Schlitten bereits nach Süden. Je näher wir Krynica kamen, desto schöner wurde die glitzernde Winterlandschaft des Vorkarpatenlandes. Das fröhliche Klingeln der Glöckchen und das kräftige Schnauben der Pferde ließen eine heitere Stimmung aufkommen und erinnerten an ausgelassene Schlittenfahrten.

Krynica versank im Schnee. Zum Bewundern der Perle der polnischen Winterkurorte war keine Zeit. Eine kurze

---

[2] Józef Kuropieska, „Obozowe refleksje, Oflag IIC" (Lager-Gedanken, Oflag IIC), Verlag MON 1974. Fähnrich Tadeusz Starzec, Mitglied einer Kampfabteilung der konspirativen Lager-Widerstandsorganisation im Oflag IIC Woldenburg, wegen mehrfacher Flucht aus dem Lager ermordet, ausgezeichnet mit dem Verdienstkreuz *Virtuti Militari* V. Klasse.

Pause für eine Mahlzeit in einer kleinen Kneipe, der Schlittenwechsel, und bald jagten wir weiter der Grenze zu. Wir kamen durch Powroznik, ein weitläufiges Dorf im Muszynka-Tal mit einer wunderschönen orthodoxen Kirche aus dem 17. Jh. und einer Wache des Grenzschutzes in ihrer Nähe, und dann durch Muszyna, eine Kleinstadt, die seit der Zeit Kasimirs des Großen eine wichtige Rolle an der von Polen nach Ungarn führenden Handels- und Heerstraße gespielt hat. Dann erreichten wir das Poprad-Tal. Bis dorthin hatte uns der Schlitten gebracht. Jetzt ging es zu Fuß weiter, auf einem bergan führenden Weg dem Fluß entgegen, der die Staatsgrenze darstellte.

Die ganze Zeit über beobachtete ich aufmerksam die Umgebung; ich verglich den Weg und das Gelände mit den Informationen des Unteroffiziers, der knapp einen Monat zuvor auf dieser Route nach Polen gelangt war. Alles stimmte haargenau. Der Poprad, die Bahnstrecke und die bewaldeten Bergzüge zu beiden Seiten. Jetzt mußten wir noch das Bahnwärterhäuschen vor der Haltestelle Leluchów erreichen, wobei wir natürlich auf die Dienststelle des Grenzschutzes aufpassen mußten. Als hinter einer Wegbiegung unvermutet eine Schipatrouille des Grenzschutzes auftauchte, blieb mir für einen Augenblick fast das Herz stehen. Als wir den ersten Schreck überwunden hatten, zogen die Soldaten in ihren weißen Tarnanzügen an uns vorbei, wobei sie uns von Kopf bis Fuß musterten. Ich atmete tief auf. Wir werden nie erfahren, warum die dreiköpfige Patrouille der Gebirgsjäger mit dem Alpenweiß-Abzeichen die beiden fremden Burschen im Grenzgebiet nicht angehalten haben. In der Ferne war auf slowakischer Seite ein kahler Bergzug zu sehen. Das war unser Orientierungspunkt, dort mußten wir die Grenze überschreiten.

Es war gegen 14.00 Uhr. Bis an die Knie im Schnee watend, der in die Schuhe eindrang, legten wir ängstlich die kurze Strecke zwischen dem Weg und dem Poprad zurück. Mühsam überwanden wir den vereisten, mit einer dicken Schicht glitzernden Pulverschnees bedeckten Fluß. In dem offenen Gelände waren wir wie auf dem Präsentierteller zu sehen, bis wir endlich die erlösende Deckung erreicht hatten. Von dort aus waren es nur noch wenige Schritte bis zu den ersten Gebäuden des kleinen Weilers auf slowakischer Seite.

Es war geglückt. Das erste Hindernis hatten wir bezwungen. Das Überschreiten der Grenze am hellichten Tage an dieser Stelle durfte man als Erfolg ansehen. Eine junge, vom Auftauchen der unerwarteten Gäste in der Hütte überraschte Bergbäuerin schüttelte ungläubig den Kopf und murmelte etwas von unerhörtem Glück. Die Leute von der „Finance", der slowakischen Grenzwache, hatten kaum eine Viertelstunde zuvor das Dorf verlassen. Die junge Frau bewirtete uns mit heißer Milch und brachte uns eilig zu einem schmalen Durchgang zwischen den Zäunen hinter den Gebäuden.

Zur Ortschaft Orlov-Plavec brachen wir in scharfem Tempo auf einem wenig benutzten Steig auf. Nach kurzer Zeit waren unsere Hemden schweißnaß, aber trotzdem klommen wir ununterbrochen bergan. Die eigene Schwäche überwindend, betrachtete ich ab und an die steil aufragenden, mit Schneekappen bedeckten Tannen; ich war begeistert vom Lichterspiel und dem wechselnden Kolorit der winterlichen Landschaft. Schließlich erreichten wir den Gipfel, und unten erblickten wir ein weit auseinandergezogenes Dorf, das Ziel unserer Wanderung. In der plötzlich einsetzenden Dämmerung stiegen wir eilig ins Tal hinab, teils auf den Beinen, nicht selten aber auch auf dem Sitzfleisch den steilen Hang hinunterrutschend.

In einer kleinen Hütte am Rande des Waldes wurden die erschöpften Wanderer gastlich aufgenommen. Nach dem

Abendbrot führten wir mit dem Hausherrn ein langes Gespräch über die Lage im besetzten Polen, über die Verhältnisse in der Slowakei und über unsere Pläne. Erst jetzt wurden wir uns bewußt, welche Schwierigkeiten zu überwinden waren, um die etwa 60 Kilometer quer durch die Slowakei nach Košice zurückzulegen, der ersten Stadt unserer Route auf ungarischer Seite, wo es in der Poststraße 13 eine polnische Vertretung des Roten Kreuzes gab. Wir mußten der Polizei, Spitzeln und Angehörigen der Hlinka-Garde ausweichen.

Vor Mitternacht legten wir uns in der einzigen Stube mit der Familie des Hausherrn schlafen. Schon vor dem Morgengrauen sprangen wir aus den Federn, und nach einem ausgiebigen Frühstück verließen wir heimlich das gastliche Dorf. Wir schlugen von Anfang an ein scharfes Tempo an. Bedauernd stellte ich fest, daß es auf Schiern viel leichter gewesen wäre, sich in diesem schwierigen, bergigen Gelände zu bewegen. Nach einiger Zeit wurde es hell; wir hatten klirrenden Frost, bestimmt unter minus 20 Grad. Herzlich begrüßten uns unterwegs slowakische Bergbauern in Trachten, ähnlich wie sie bei uns die Goralen des Tatra-Vorlands Podhale trugen, mit der überraschenden Frage:

„He, ihr Polen, nach Magyarok?"

Die Frage blieb selbstverständlich unbeantwortet.

Das Städtchen Lipany war das erste Etappenziel unserer Wanderung, das nächste war das mehr als zehn Kilometer südöstlich gelegene Sabinov. Das Marschtempo ließ nach. Eine günstige Gelegenheit bot sich, als wir ein kurzes Stück von einem Pferdeschlitten mitgenommen wurden. Während der kurzen Fahrt konnten wir unsere Kräfte etwas auffrischen. Überraschend stießen wir am Rande eines Dorfes, das sich an der Chaussee hinzog, auf einen Unteroffizier der Polizei, der uns nach kurzer

Befragung als illegale Touristen zur Wache brachte. Der sympathische Slowake ließ sich nicht überzeugen, daß wir uns als Flüchtlinge aus einem Internierungslager auf dem Rückweg von Ungarn nach Polen befänden, und ermahnte uns nach einer Weile streng: „Macht keinen Idioten aus mir!"

Bei unserer anscheinend so sinnlosen Aussage rechneten wir damit, daß uns der Polizist, gerührt durch das Schicksal der nach den Wirren des Krieges in ihr heimatliches Nest zurückkehrenden, verirrten Flüchtlinge, freilassen werde bzw. daß man uns schlimmstenfalls an die ungarische Grenze abtransportieren werde.

Das Verhör wurde nicht protokolliert, und der Slowake schien ein Mensch zu sein. Es blieb also nichts anderes übrig, als die Wahrheit zu sagen. Unser Bericht über die Verhältnisse im besetzten Polen, über Repressalien und Verhaftungen beeindruckte den Polizisten, denn nach einem Augenblick des Zögerns sagte er: „Ich lasse euch laufen, aber sie werden euch sowieso erwischen!" Erfreut über diesen Ausgang der Sache, verließen wir sofort das unglückselige Dorf, denn wir fürchteten, er könne es sich noch anders überlegen.

Wir umgingen Sabinov. Die Landschaft war wunderschön. Der Weg führte durch ein Tal, zu beiden Seiten erstreckten sich waldige Berghänge. Der Höhenzug zog sich bis zur ungarischen Grenze hin. Für einen Augenblick elektrisierte uns der Anblick eines slowakischen Soldaten auf einem Schlitten, dessen Uniform der Uniform der polnischen Infanterie zum Verwechseln ähnlich sah, aber dann wurde uns klar, daß wir noch nicht in Ungarn waren. Der Winter war herrlich, die Sonnenstrahlen brannten im Gesicht. Mit Vergnügen hätten wir uns in den weißen Schnee geworfen, um auszuruhen, doch leider mußten wir weiter. Es war kurz nach Mittag, als wir das wunderhübsch gelegene kleine Städtchen Prešov erreichten. Wir versuchten, unbemerkt auf Seitenstraßen hindurchzukommen, doch uns sprach irgendein Slowake an, der uns hartnäckig seine Dienste beim Grenzübertritt nach Ungarn aufdrängte. Er erweckte kein Vertrauen, und wir versuchten, ihn loszuwerden. Er machte einen Polizisten auf uns aufmerksam, und der beschloß, uns — wie er versicherte — zu einem Amt zu bringen, wo wir Passierscheine für Ungarn bekommen sollten. Wir konnten uns denken, was das für ein „Amt" war.

Auf der an ein kleines Gefängnisgebäude grenzenden Polizeiwache erweckten wir kein besonderes Interesse. Man nahm unsere Personalien auf, wir wurden einer gründlichen Leibesvisitation unterzogen und in eine Zelle gesperrt. Der Schlüssel rasselte dumpf im Schloß, die Tür schlug zu, und uns drang der widerwärtige Geruch verbrauchter Luft in die Nase. Wir standen ratlos an der Schwelle. Begrüßt wurden wir von zwei sympathischen Tschechen, „Touristen" wie wir, einem Rechtsanwalt und einem Arzt, die man auf dem Wege nach Ungarn geschnappt hatte. In bestem Einvernehmen verbrachten wir die Zeit bis zum Abend, dann wurden weitere Verhaftete in die Zelle geführt. Es waren die Warschauer Jan Jankowski und Kazimierz Lutomirski, pfiffige, energische Burschen in unserem Alter. Jan vertrieb uns mit seinem schönen Bariton die Zeit. Erschöpft warfen wir uns auf die hölzerne Pritsche, die zwei Drittel der Zelle einnahm. Wenn uns der Wärter zum Abort führte, hatten wir Gelegenheit, durch die Spione in andere Zellen hineinzuschauen. Es zeigte sich, daß hier auch Frauen saßen. Es waren ortsansässige Prostituierte, die nur vorübergehend hier festgehalten wurden. Besonders auffallend war darunter eine blutjunge Blondine, Objekt unserer unablässigen Verehrung. Zu dieser Zeit nahm man uns die sympathischen Tschechen weg. Ihren Platz nahmen bald andere Häftlinge ein, ebenfalls Tschechen, ein Slowake und ein junger Soldat, ein Deserteur des ungarischen Heeres. Mit den Tschechen führten wir lange, manchmal heiße politische Diskussionen. Die Pritsche und die Wände der Zelle waren mit den Namen unserer Vorgänger bedeckt. Es überwogen polnische Inschriften. Auch wir ritzten mit einem Löffel unsere Namen ein.

Das eintönige Gefängnisleben wurde eines Morgens durch eine Vorladung zum „Trestny Urad" unterbrochen. Das Verhör war kurz. Wegen illegalen Überschreitens der Grenze wurden wir zu sechs Wochen Haft verurteilt.

Die Zeit floß monoton dahin; Abwechslung brachten nur die Mahlzeiten, die für Gefängnisverhältnisse ganz ausgezeichnet waren. In den nächsten Wochen erwarteten wir, an die polnische Grenze gebracht und an die Gestapo ausgeliefert zu werden. Wir mußten um jeden Preis ausreißen. Eine Gelegenheit bot sich schon bald. Eines Tages wurden Mietek und ich zur Arbeit eingesetzt. Unter dem wachsamen Auge eines nur mit einer Pistole bewaffneten Wärters sollten wir den Schnee vor dem Gefängnis beiseite räumen. Voller Spannung warteten wir auf einen günstigen Moment. Der kam wenige Minuten später. Der Wärter wollte sich eine Zigarette anzünden und suchte daher Schutz im Torweg. Wir waren etwa 20 Meter von ihm entfernt. Auf das Stichwort von Mietek „Kaziu, jetzt!" wandten wir uns zur Flucht. Bis zur rettenden Straßenecke hatten wir ungefähr 100 Meter zurückzulegen. Die Rufe des Wärters und mehrere kurz aufeinander folgende Schüsse zwangen uns, noch schneller zu rennen. An der Ecke stieß Mietek in vollem Lauf mit einem Passanten zusammen, der schmerzhaft aufstöhnte und in den Schnee fiel. Wir gerieten auf einen Hof und gelangten dann über einen Zaun auf den nahegelegenen Friedhof. Über die Gräber springend, kamen wir zur anderen Seite. Von der Stadt her hörten wir alarmierende Schreie. Wir fielen in Schneewehen und stießen endlich auf einen ausgetretenen Weg, der uns in den Wald führte.

Die Route zur ungarischen Grenze hatte ich anhand der Hinweise der Slowaken aus der Zelle längst vorbereitet. Ständig nach Südosten gewandt, marschierten wir mehrere Stunden lang. Rasch machten sich bei uns der Aufenthalt im Gefängnis und das fehlende Training bemerkbar. Atemlos ließen wir uns in den Schnee fallen. Nach einer längeren Atempause setzten wir den Marsch fort. Wir kamen aber immer langsamer voran. Im Tal ließen wir rechterhand Kissak zurück; von dort waren es nur noch 18 km bis nach Košice. Plötzlich wurde die Stille des Waldes durch lautes Hundegebell unterbrochen. Hinter Bäumen versteckt, blieben wir stehen. Vorne tauchte eine Schipatrouille der Grenzwache auf. Laut bellend, griffen uns die Hunde an und warfen uns in den Schnee. Wir wurden zur nächsten Polizeiwache gebracht und noch am selben Tag nach Prešov überführt.

Es stellte sich heraus, daß der Grenzwache zwei polnische Kuriere aus Budapest mit Rucksäcken voll Geld für polnische Organisationen in die Hände gefallen waren. Nach einigen Stunden aber hatten sie fliehen können. Die sofort eingeleitete Verfolgung führte zu einem überraschenden Ergebnis — wir wurden gefaßt, und wenige Stunden später auch die Kuriere.

Mit hängenden Köpfen betraten wir „unsere" Zelle, herzlich begrüßt von den Leidensgefährten. Schweigend legten wir uns auf die Pritsche und schliefen ein. Einige Tage später vergrößerte sich unsere Zellengemeinschaft.

Ein kleiner, sympathischer Blondschopf von etwa dreißig Jahren, der ruhige, ständig lächelnde Adam Hadalski, gewann auf der Stelle die Sympathie aller. Aus seinen Erzählungen ging hervor, daß er wegen Warenschmuggel nach Polen vorübergehend festgenommen sei, daß seine Familie in Prešov lebe, während er selbst bei seinem Bruder in Krynica wohne. Nach einigen Tagen erfuhren wir, daß er Reserve-Zugführer des 20. Krakauer Regiments war und gegenwärtig dabei half, polnische Offiziere nach Ungarn zu schleusen, oder sie selbst dort hinbrachte. Er nannte sogar den Namen eines Obersten, den er mitsamt Familie nach Košice gebracht hatte. All das nahmen wir ohne Vorbehalt auf; er imponierte uns durch seine Tätigkeit, und wir betrachteten ihn als echten Patrioten. Wir weihten ihn in unsere Pläne ein, und er bot uns seine Unterstützung an. Am selben Tag wurde er vom Wärter aus der Zelle gerufen. Nach einigen Stunden kam er, wie üblich lächelnd, zurück und berichtete uns von seinem Verhör. Unterdessen ging das Gefängnisleben ohne Überraschungen weiter.

Nach ein paar Tagen rief der Wärter mich, Mietek und Hadalski auf. Wir packten unsere Sachen und verabschiedeten uns herzlich von unseren Zellengenossen. Hadalski gab den Kameraden aus Warschau noch schnell die Adresse seines Bruders in Krynica. In der Verwaltung bekamen wir unsere Sachen aus den Effekten und unsere Papiere, und gleich darauf tauchte ein Beamter in Zivil auf, der uns in die Stadt brachte. Von der Sonne geblendet und vom Leben auf der Straße berauscht, atmeten wir in vollen Zügen die Bergluft ein. Es war Mitte Februar, der Schnee sprühte im Schein Tausender gleißender Fünkchen. Wie war die Welt doch schön! Im Zug, den die Slowaken „Osobny vlak" nannten, erregten wir durch unser Aussehen die Aufmerksamkeit der Passagiere. An der Fenstern zog die uns bekannte Landschaft vorbei, denn wir kehrten auf demselben Wege zurück, dessen Bezwingen uns so viel Zeit gekostet hatte. In Orlov übergab uns der Zivilist der Grenzwache. Dann wurden wir mit dem Zug nach Leluchów gebracht. Dort rief der Offizier einen Soldaten herbei und beauftragte ihn, uns an die Grenze zu bringen. Der junge Slowake führte uns nur ein paar hundert Meter weit und kehrte dann um. Wir waren völlig überrascht. Aus Angst vor einem Hinterhalt überquerten wir hastig in gebückter Haltung das freie Gelände am Lauf des Poprad. Hadalski übernahm die Führung, denn er kannte die Gegend bestens. Auch diesmal hatten wir Glück. Ohne vom Grenzschutz bemerkt zu werden, erreichten wir Muszyna. Dort mieteten wir einen Schlitten, und am Abend landeten wir in Krynica.

Die Villa „Kujawianka" lag malerisch in der Nähe des Bahnhofs. Hadalskis Bruder war nicht zu Hause. Von seiner Frau erfuhren wir, daß er zusammen mit zwei anderen von der Gestapo verhaftet und ins Gefängnis von Nowy Sącz gebracht worden war. Warum man ihn verhaftet hatte, konnte sie uns nicht sagen. Langsam begann uns die ganze Gesellschaft zu irritieren. Die Frau von Hadalskies Bruder, dem Aussehen nach eine Ungarin, sprach Polnisch mit ausländischem Akzent. Auch die elegante Blondine, die Geliebte unseres Führers, war höchstwahrscheinlich eine Fremde, wohl eine Slowakin. Morgens fuhr Hadalski nach Nowy Sącz, um in der Sache seines Bruders zu intervenieren. Am nächsten Tag kam er viel beruhigter zurück. Abends hörten wir ein leises Pochen an der Tür. Es waren die Warschauer Janek und Kazik, die uns glücklich in die Arme fielen. Chaotisch berichteten sie von ihrer Flucht während des Transports zur Grenze. Im Durcheinander auf dem Grenzbahnhof war ihr Bewacher, der sich nicht gerade durch Diensteifer ausgezeichnet hatte, plötzlich verschwunden. Die Grenze hatten sie überquert, ohne auf eine Patrouille zu stoßen. Wir beschlossen, es jetzt, um viele Erfahrungen reicher, gemeinsam zu versuchen, nach Budapest zu gelangen. Hadalski sollte uns über die Grenze bringen.

Der zweite Versuch

Zwei Tage später fuhren wir nachmittags mit dem Zug nach Muszyna. Um nicht aufzufallen, stiegen wir in verschiedene Abteile. Hadalski nahm im vorderen Teil des Wagens Platz. Der Zug war voll, hauptsächlich waren es Arbeiter, die nach Hause fuhren. In das Abteil, in das ich mich mit Mietek gesetzt hatte, schaute zweimal ein Unteroffizier des Grenzschutzes hinein und betrachtete flüchtig die Reisenden. Kurze Zeit später lief der Zug in Muszyna ein. Im dichten Gedränge der Arbeiter strebten wir langsam den Bahnsteig entlang dem Ausgang zu. Ich blieb etwas zurück, um den Rest des Gewühls vorbeizulassen. Ich hatte den Mann an der Sperre schon hinter mir, als plötzlich Bewegung in die Menge kam.

Ein lautes „Hände hoch!" übertönte für einen Augenblick den Herzschlag. Ich blickte unmerklich zur Seite und registrierte das blasse Gesicht Hadalskis, der sich von uns entfernte und unter die Menge mischte. All das dauerte nur Sekunden. Wir vier wurden von einer fünfköpfigen Gruppe von SS-Leuten unter dem Befehl eines Gestapo-Offiziers umzingelt. Ich konnte noch gar nicht glauben, daß dies nun das Ende sein sollte. Der Geist arbeitete auf Hochtouren — die Maschinenpistole eines SS-Mannes hochschlagen und in die Menge auf dem Bahnsteig springen... Leider war das unmöglich. Brutal von den Läufen der Maschinenpistolen gestoßen, die Hände erhoben, marschierten wir eine breite Straße entlang. Der Frost biß in den Fingern, denn ich hatte es nicht geschafft, die Handschuhe überzustreifen. Unwillkürlich ließ ich die Arme sinken, um sie aus der Tasche zu ziehen. Ein Stoß mit dem Kolben der Bergmann warf mich zu Boden, doch ein Fußtritt in die Rippen brachte mich wieder ins Gleichgewicht. All das geschah vor den Augen der Passanten, die Frauen hatten Tränen in den Augen. Auf diese Weise gelangten wir zu einem flachen Gebäude, das als Gefängnis diente. Dort wurden wir unter dem Begleitkonzert von Ohrfeigen, Flüchen und Beschimpfungen wie „polnische Hunde" genau revidiert, und Papiere, Uhren, Gürtel, Taschenmesser, Krawatten, Mützen und Handschuhe wanderten in die Effektenkammer. Der Leiter des Gefängnisses entschied: „Zelle Nr. 4".

Das Knallen der Tür, das durchdringende Rasseln des Schlüssels, die vier kahlen Wände, die beiden vergitterten Fenster, die Tür ohne Klinke, aber mit Guckloch, der runde eiserne Ofen mit Feuerungsloch vom Flur aus in der Ecke — all das versetzte uns in einen Zustand der Niedergeschlagenheit. Psychisch erschöpft, setzten wir uns schweigend auf die kahlen Strohsäcke. Mit aller Kraft unterdrückte ich die Tränen; ich mußte ein Mann sein. Nach einer Weile vernahmen wir auf dem Flur das bekannte, jedem Insassen eines Gefängnisses so vertraute Geräusch eines Kessels. Eine ausgesprochen gute Suppe, sogar Fleisch darin. Später erfuhren wir, daß wir diese völlig unübliche Gefängniskost der patriotischen Unterstützung der Einwohner von Muszyna zu verdanken hatten. Unsere Stimmung besserte sich, Optimismus gewann die Oberhand. Die Raucher unter uns klopften die letzten Tabakreste aus den Taschen ihrer Kleidung, drehten sich eine Zigarette und zündeten sie an, indem sie sich mit einem Halm aus dem Strohsack durch eine Spalte des Ofens Feuer holten. Das Licht ging aus, und wir legten uns zum Schlafen hin. Kurze Zeit später aber wurde es in der Nähe des Verwaltungsraums auf dem Flur lebendig, und dann brachte der Wärter drei weitere

„Touristen" in die Zelle. Es waren Jan Grebocki aus Toruń, der Student der Technischen Hochschule Lemberg Stefan Prełowski und Stefan Czubek aus Pommern. Wir unterhielten uns bis in die späte Nacht hinein mit ihnen über die verschiedensten Dinge. Es gab Schwierigkeiten mit dem Schlafen, denn in der Zelle waren nur zwei Betten vorhanden. Wir legten uns also abwechselnd hin. Weit nach Mitternacht wurden wir brutal aus dem Schlaf gerissen. Auf dem Flur waren Rufe und laute Schritte zu vernehmen. Das Licht ging an, der Schlüssel kreischte, und ein kurzes „Achtung!" brachte uns auf die Beine. In der Tür tauchten vier Gestapo-Beamte auf, und ein riesiger Schäferhund sprang dem am nächsten stehenden Häftling an die Brust, der instinktiv an die Wand zurückwich, wofür er ein paar Ohrfeigen bekam. Die Deutschen musterten uns von Kopf bis Fuß, und natürlich fiel ihnen meine Uniform der vormilitärischen Ausbildung auf, in der ich schlafen gegangen war. Ich erklärte, daß dies die Sommeruniform meiner Schule sei und bekam als Antwort ein paar Schläge mit der Reitpeitsche übergezogen. Auf den Befehl „Hinlegen" bzw. „Auf!" ließen wir uns zu Boden fallen und standen wieder auf. Das geschah im Takt der Reitpeitsche und unter dem irrsinnigen Brüllen der besoffenen Gestapo-Leute, bis wir restlos erschöpft waren. Schließlich verließen sie uns, um dasselbe in anderen Zellen zu wiederholen, von wo aus die Schläge und Schreie der Folterknechte zu hören waren.

Den Rest der Nacht verbrachten wir in fieberhaften Alpträumen. Morgens verbesserte ein ausgezeichnetes Frühstück, Milchkaffee und Weißbrot mit Butter, unser Befinden. Es fing an, uns in diesem „Knast" zu gefallen. Es war Sonntag. Die Herren von der Gestapo hatten dienstfrei, also konnten wir uns nach der unglückseligen Nacht ausruhen und uns ruhig auf das Verhör vorbereiten.

Am Montag gab es auf dem Flur wieder den Tritt beschlagener Stiefel, das Rasseln der Schlüssel und das Herausrufen zur Verwaltung, von wo aus die uns bekannten SS-Leute die zu zweit aneinander gefesselten Häftlinge aus dem Gefängnis führten. Der Amtssitz der Gestapo befand sich in einer schönen Villa am Fuße eines bewaldeten Berghangs. Vor dem Tor stand ein in einen riesigen weißen Zottelpelz gehüllter Posten. Über eine gebohnerte Treppe gelangten wir in den ersten Stock. Wir bemerkten die Anwesenheit von Frauen im Gebäude. Es waren junge, sehr hübsche Jüdinnen, die die Rolle von Dienstmädchen spielten. Mit dem Gesicht zur Wand stehend, waren wir den schmerzhaften Schlägen der über den Flur gehenden Gestapo-Leute ausgesetzt. Die Atmosphäre war bedrükkend, und die ganze Vorbehandlung diente dazu, die Häftlinge schon vor dem Verhör psychisch zu zermürben.

Nach einiger Zeit dirigierte mich ein hochgewachsener Blondschopf mit brutalen Stößen in ein elegant eingerichtetes Zimmer. Hinter dem Schreibtisch saß ein dicker Gestapo-Beamter mit aufgedunsenem Gesicht, und daneben spielten zwei weitere, hochgewachsene „Übermenschen" in enggeschnittenen, eleganten Uniformen mit dicken Ochsenziemern.

„Na Kleiner, komm näher", lud mich der Dicke in mildem Ton ein, doch in seinen verquollenen Augen lauerte Grausamkeit. Als kleiner, hagerer, wehrloser Siebzehnjähriger stand ich vor ihm, doch bemühte ich mich, meine Nervosität zu beherrschen. An einem kleinen Tischchen saß irgendein Zivilist. Es war der Dolmetscher, der mich freundlich aufforderte, die Wahrheit zu sagen, um den Herren Offizieren keine Mühe zu machen und nicht verprügelt zu werden. Ich gab meine Personalien an und beantwortete einleitende Fragen, um schließlich die alles entscheidende Frage zu vernehmen, wohin wir gewollt hatten und zu welchem Zweck.

Langsam begann ich, das früher zurechtgelegte Märchen zu erzählen, daß wir die Absicht gehabt hätten, auf der Suche nach Lebensmitteln über Muszyna und Żegiestów nach Nowy Sącz zu fahren. Das war eine ziemlich naive Erklärung, denn all diese Ortschaften lagen im Grenzgebiet, aber uns war nichts Besseres eingefallen. Das Gesicht des Gestapo-Mannes erstarrte. Er sprang ruckartig vom Stuhl auf und versetzte mir mit der Routine eines Berufsboxers eine kurze Serie von Schlägen in Gesicht und Körper, die mich zu Boden warf. Ein klassischer Knockout. Ein Schwall kalten Wassers ließ mich wieder zu mir kommen, und der Rothaarige brachte mich mit Hilfe von Fußtritten auf die Beine. Die schmerzhaften Schläge in Magen und Rippen lösten Magenkrämpfe und Übelkeit aus. Der Kopf schmerzte. Die zerschlagene Nase blutete und hinterließ rote Flecke auf meiner Windjacke. Ich versuchte, mich auf den Beinen zu halten. Ich bekam noch einen Schlag, und mit verkniffenem Mund fragte mich der Chef: „Wirst du die Wahrheit sagen?" „Jawohl!" antwortete ich. Erschöpft kehrte er hinter seinen Schreibtisch zurück und befahl, mich auf den Flur zu bringen. Im Vorbeigehen erblickte ich kurz das bleiche Gesicht meines Bruders, der an meiner Stelle zum Verhör geholt wurde. Ich hatte Angst um Mietek. Der Rothaarige gab mir mit der Reitpeitsche am Hals zu verstehen, daß ich nicht versuchen sollte, mich mit meinen Kameraden zu verständigen. Als er gegangen war, informierte ich die Warschauer flüsternd über den Verlauf des Verhörs. Unterdessen waren aus dem Zimmer das Sausen des Ochsenziemers und das dumpfe Echo von Schlägen zu hören. Die Schreie des Bruders klangen mir in den Ohren, sie drangen ins Herz und brachten mich zur Verzweiflung. Die Schufte hatten die Methode ihres Verhörs geändert. Sich das ganze einleitende Verfahren ersparend, fielen sie schweigend über meinen Bruder her und schlugen blindlings auf ihn ein. Ein solcher Auftakt hätte so manchen zermürbt, aber Mietek hatte einen außergewöhnlich festen Charakter. Nach einigen Minuten wurde es still im Zimmer, und Mietek beantwortete mit ächzender Stimme die Fragen so, wie wir es vereinbart hatten. Was nach seiner Aussage im Verhörzimmer geschah, ist schwer zu beschreiben. Ich wich von der Tür zurück, die von gewaltigen Schlägen erzitterte und dann weit aufsprang. Gleich darauf schleifte man Mietek auf den Flur und warf ihn an der Wand zu Boden.

Auf ähnliche Weise wurden die Warschauer verhört; Kazik und Janek ertrugen tapfer die ihnen von den „Übermenschen" zugefügten Qualen.

Die Mittagszeit rückte heran. Unsere Betreuer machten eine längere Pause. Sie begaben sich ins Eßzimmer, von wo aus verlockende Gerüche und das laute Lachen der Speisenden zu uns drangen. Wir hingegen waren, die ganze Zeit mit dem Gesicht zur Wand stehend, unseren Qualen ausgesetzt.

Nach der Unterbrechung stand ich erneut vor dem Antlitz des Chefs, der nach dem guten Essen etwas besserer Laune zu sein schien als vormittags. Auf seine Anweisung hin verlas der Dolmetscher die Aussage eines gewissen Herrn Hadalski, der Meldung über unsere Absicht erstattet hatte, uns nach Ungarn durchzuschlagen und in die polnischen Legionen in Frankreich einzutreten. Schweigend nahm ich die Erklärung Hadalskis wie ein Todesurteil auf. Trotzdem versuchte ich noch zu kämpfen. Mit erregter Stimme, so daß man mich auf dem Flur hören konnte, bekannte ich, daß mein Bruder und ich beabsichtigt hätten, nach Ungarn und später irgendwie nach Afrika zu gelangen, um unsere Wunschträume von Reisen in fremde Länder zu verwirklichen. Einfluß auf unsere Entscheidung hätten die schwierigen Verhältnisse zu Hause und die Lektüre von Reiseromanen gehabt.

Meine Auslassungen interessierten die Gestapo-Leute in gewissem Grade, denn möglicherweise hatte bis dahin niemand der Verhörten, von denen Hunderte durch das Zimmer gewandert waren, diese Argumente verwendet. Auf die Frage, wer uns den Weg in die Slowakei gewiesen habe, antwortete ich, daß ich die Gegend bei Ferienwanderungen und Schulausflügen kennengelernt habe. Der Dicke befahl mir, die Organisation zu nennen, die mich nach Ungarn geschickt habe, und als ich sagte, ich wüßte nichts von irgendeiner Organisation, setzte es erneut Prügel. Die harten Schläge, die wie ein Hagelschauer auf meinen schmerzenden Kopf niedergingen, lösten eine geistige Betäubung aus. Ich wiederholte laut die mir gestellten Fragen, doch ihr Sinn wurde mir nicht mehr bewußt. In einem gewissen Augenblick verliert ein Gefolterter das Realitätsbewußtsein, er hört auf, körperlichen Schmerz zu empfinden, sein Leib wird von Ohnmacht ergriffen, und er sehnt sich nach dem Tod. In diesem Zustand völliger körperlicher und geistiger Erschöpfung wurde ich in ein Nebenzimmer geschleift und auf den Fußboden geworfen. Im Unterbewußtsein registrierte ich noch die Schreie des gepeinigten Mietek, und dann versank ich in ein absolutes Nichts.

Allmählich kam ich wieder zu Bewußtsein. Der „Rothaarige“ stand über mich gebeugt und begoß mein Gesicht mit Wasser. Dann zwang er mich mit verhältnismäßig milden Tritten zum Aufstehen, was anfänglich meine Kräfte überstieg. Wie ein Betrunkener schwankend, ging ich ins Verhörzimmer, und der Dolmetscher schob mir das Protokoll zum Unterschreiben zu. Aus einem ersten Impuls heraus wollte ich ihn bitten, es mir vorzulesen, weil mir die Buchstaben vor den Augen verschwammen, aber dann war mir einfach alles egal. Ich hatte keine Kraft mehr, noch weiter zu kämpfen. Mit dem Gesicht zur Wand stehend, warteten meine Leidensgefährten schon auf dem Flur.

Am Abend brachte man uns durch die leeren Straßen ins Gefängnis. Mit unsäglicher Freude begrüßten wir die kahlen Wände der Zelle und die verlausten Pritschen, die mich zuerst so mit Abscheu erfüllt hatten. Wie selig kam uns die Ruhe des Gefängnisses vor. Das dumpfe Dröhnen des weitergeschobenen Kessels und das Treiben in der Nachbarzelle ließen uns bewußt werden, daß wir seit dem Morgen nichts gegessen hatten. Gierig stürzten wir uns auf das Essen, und dann begannen wir, mit Kompressen aus kaltem Wasser die Wunden und Schwellungen zu behandeln. Das Gesicht Mieteks sah furchtbar aus. Bald gewann die Müdigkeit die Oberhand. In der Nacht erlebte ich im Traum noch einmal das Verhör mit all seinen Schikanen.

Die nächsten Tage verbrachten wir in Erwartung der Überführung in das Gefängnis von Nowy Sącz, das ebenso wie die Gefängnisse in Sanok, Zakopane und Tarnów seit dem Beginn der Okkupation in schlechtem Ruf stand. Schließlich kam der angekündigte Tag.

Schon vom frühen Morgen an herrschte im Gefängnis ungewöhnliche Aufregung. Nach dem Frühstück erschien die Gestapo im Gebäude. Wir sechs Mann der Zelle Nr. 4 wurden in die Verwaltung gerufen, wo man uns unsere Sachen aus den Effekten aushändigte, allerdings ohne unsere Papiere, die der „Rothaarige" zusammen mit den Protokollen der Verhöre in seine Aktentasche steckte. Dann holte man noch 15 Einwohner von Krynica, die man wegen des Klebens von Plakaten gegen das Dritte Reich in der Stadt als Geiseln verhaftet hatte. Die Geiseln mußten sich zu fünft aufstellen, und wir kamen, zu zweit aneinander gefesselt, an die Spitze des Trupps. Von einer Kette von Gestapo-Leuten umringt, marschierten wir erneut durch die Straßen Muszynas zum Bahnhof, wo man uns, getrennt von den Geiseln, in einen Waggon verfrachtete. Der Zug fuhr durch verschneite Wälder. Die bekannte Berglandschaft zog langsam an den Augen der Häftlinge vorbei. Man sehnte sich aus tiefster Seele nach Freiheit, und die angestachelte Phantasie verlockte zu verschiedenen Konzeptionen, um den Fängen der Henker zu entkommen. Ein plötzliches Kreischen der Bremsen unterbrach die irrealen Wunschträume. Der Zug fuhr langsamer und hielt dann inmitten der verschneiten Felder ganz an. Ringsum stand hinter allen Hütten der Hochebene die dunkle Wand des Waldes. Ein lautes „Alle aussteigen!“, unterstützt von Kolbenstößen, zwang uns, schleunigst den Waggon zu verlassen. Die SS-Leute fesselten uns wieder zu zweit aneinander und trieben uns in Richtung des Waldes. Entsetzt wurde ich mir bewußt, daß dies nun wohl schon das Ende bedeute. Ich war an Mietek gefesselt, der mit zitternder Stimme meine Befürchtungen bestätigte. Der Wald rückte langsam, aber unvermeidlich näher. Kurze Zeit später kamen wir an Stößen gefällter Bäume vorbei und erreichten einen ausgetretenen Weg. Mit schußbereiten Maschinenpistolen trieben uns die Gestapo-Leute weiter. Allmählich gewannen wir unser seelisches Gleichgewicht zurück. Nach einem halbstündigen Marsch kamen wir zu einer kleinen, am Fuße eines mächtigen Hangs gelegenen Bahnhaltestelle. Es war der bekannte Luftkurort Zegiestów-Zdrój. Es stellte sich heraus, daß unsere Truppen während der Kampfhandlungen den Eisenbahntunnel an der Strecke Krynica — Nowy Sącz gesprengt hatten. Das war der Grund für die unerwartete Unterbrechung unserer Fahrt. Mit einem bereitstehenden Zug fuhren wir nach Nowy Sącz, und dort wurden wir mit einem Sonderbus zum Gefängnis in der Pijarska-Straße 1 gebracht.

Das Gefängnis in Nowy Sącz

Das riesige eiserne Tor knarrte unheilverheißend. Als wir über den Hof gingen, nahmen wir linker Hand die dunklen Umrisse irgendeines Gebäudes wahr. Über eine Treppe wurden wir in das eigentliche Gefängnis gebracht. Das mächtige Gitter, das den Ausgang eines langen Ganges verschloß, ging hoch und verschlang unsere Gruppe. In der Tür erschien ein überaus kräftig gebauter Zivilist, der ein ganzes Bund massiver Schlüssel in der Hand hielt. Er hatte das Gesicht eines professionellen Schurken. Seine sadistischen Blicke glitten über unsere Gesichter. In Abständen von mehreren Metern mußten wir uns mit dem Gesicht zur Wand aufstellen. Unauffällig, um uns nicht schmerzhaften Schlägen mit dem Schlüsselbund auf den Kopf auszusetzen, beobachteten wir die Türen entlang des Ganges. Mit kaum zu verstehendem Flüstern wurden wir aus den Zellen gefragt: „Woher?", „Weswegen?", „Wieviele seid ihr?"

Wir mußten lange warten, bis wir an die Reihe kamen. Nach mehreren Stunden ermüdenden Stehens an der Wand begann man, die Geiseln einzuweisen. Erst dann rief man uns sechs in die Verwaltung. Wir wurden einer gründlichen Visitation durch die Schutzpolizei unterzogen, der wir von nun an unterstanden.

Wir mußten erneut Geld, Brieftaschen, Krawatten, scharfe Gegenstände und andere Kleinigkeiten in der Effektenkammer abgeben. Nach der Aufnahme unserer Personalien führte uns ein Wärter über eine steinerne Treppe in den ersten Stock. Dort gab es genau so einen Gang und viele Gefängniszellen. Unser Aufseher verteilte uns einzeln auf verschiedene Zellen. Auf diese Weise wurde ich für viele Monate von meinem Bruder getrennt, der in Zelle 9 landete, während ich in Nr. 13 im zweiten Stock untergebracht wurde. Der Schlüssel knirschte dumpf. Eine Lichtwelle überflutete den Raum und seine Insassen. Ich erblickte zwei Reihen Doppelstockbetten und mehrere Gestalten mit bärtigen Gesichtern, die sich aus den Betten beugten. Hinter mir vernahm ich das Zuschlagen der Tür, das Knirschen des Schlüssels im Schloß und die sich entfernenden Schritte des Wärters. Ich konnte gerade noch „Guten Tag" sagen, und dann umringten mich irgendwelche Gestalten, die ich in der Finsternis nicht unterscheiden konnte, weil zusammen mit dem Verschwinden des Wärters das Licht ausgegangen war. Ich wurde mit einem Hagel von Fragen überschüttet, die ich chaotisch beantwortete. Ich berichtete kurz von unserer Verhaftung und nannte dabei den Namen Hadalski. In diesem Augenblick wurde es still in der Zelle. Ich begriff nicht, was los war, aber von einem der Mithäftlinge verständnisvoll in die Seite geknufft, verstummte ich mitten im Satz. Wie auf Befehl legte sich die ganze Gesellschaft schlafen. Ich kletterte auf das mir zugewiesene obere Bett, deckte mich mit dem Mantel zu und schlief, erschöpft von den Eindrücken des ganzen Tages, sofort ein. Morgens weckte mich durchdringende Kälte, gleichzeitig mit dem Weckruf, der durch furchtbares Klingeln und das in der Zelle angehende Licht bekanntgegeben wurde. Ich sah mich in unserem „Appartement" um. Die verhältnismäßig große Zelle von 6 x 9 Metern war zur Hälfte durch die Doppelstockbetten ausgefüllt. In der Mitte standen ein langer Tisch, an beiden Seiten einfache Bänke und in der Ecke der mir schon bekannte eiserne Ofen mit Feuerungsloch vom Flur aus. Ein Waschbecken, ein Klo und ein an der Wand befestigtes

Regal vervollständigten die Einrichtung. Die hier eingeschlossenen, monatelang von der Welt und ihren nächsten Angehörigen abgeschnittenen Häftlinge führten ein gemeinsames Leben wie in einer großen Familie. Die Hauptperson von hohem, unzweifelhaftem Ansehen war der über sechzigjährige Gymnasialprofessor Andrzej Serafin aus Nowy Sącz. Riesig, gut einen Kopf größer als wir, mit schlohweißen Haaren und einem ebenso weißen, langen Bart machte er den Eindruck eines Apostels. Der alte, aber rüstige Mann wurde von allen voller Hochachtung behandelt. Ihn fragten wir um Rat, er schlichtete Streitigkeiten zwischen den Leidensgefährten, und er war es auch, der diejenigen wieder aufrichtete, die Depressionen und Verzweiflungsausbrüchen unterlagen. Der Professor war einer der ältesten Häftlinge. Er war zusammen mit seinem Sohn Roman von den Deutschen verhaftet worden.

Die Gemeinschaft der Zelle 13 war wie überall sehr vielfältig. Es gab Leute aus allen Bevölkerungskreisen. Neben einigen Bauern saßen hier ein wegen Grenzverletzung verhafteter Student der Bergakademie, mehrere Juden, die eine Gruppe für sich bildeten, zwei junge Leute, die Waffen aufbewahrt hatten, und zwei Häftlinge, die von den anderen als Spitzel angesehen wurden, die die Gestapo in die Zelle eingeschleust hatte. Wie sich herausstellte, war einer von ihnen Hadalski, der Bruder des sympathischen „Unteroffiziers", der uns an die Gestapo verraten hatte. Vom Professor gewarnt, begann ich mich ihm gegenüber vorsichtig zu verhalten; und als die anderen Häftlinge erfuhren, wieso ich geschnappt worden war, rückten sie ebenfalls von ihm und seinem Genossen, gleichfalls einem verdächtigen Typ, ab. Seitdem hörten wir auf, uns über politische Themen zu unterhalten. Jeder kapselte sich ab, und in der Zelle herrschte eine gespannte Atmosphäre.

Schließlich konnten wir aufatmen. Eines Tages wurden Hadalski und sein Kumpan nach dem Frühstück angeblich zu einem Verhör gerufen, von dem sie nicht mehr in unsere Zelle zurückkehrten. Wir setzten sofort das „Gefängsnistelefon" in Bewegung und benachrichtigten die anderen Zellen, was zur Folge hatte, daß sie nach ihrer Verlegung sogleich entsprechend empfangen wurden. Nach einiger Zeit erfuhren wir, daß Hadalski und sein für die Gestapo arbeitender Kumpan wegen gewöhnlichen Raubes im Gefängnis gelandet waren. Um freizukommen, hatten sie sich bereit erklärt, mit den Besatzern zusammenzuarbeiten.

Nach dem Verschwinden der Spitzel konnte man sich in Zelle 13 wieder unbekümmert über alle Themen unterhalten. Schon bald war ich über die im Gefängnis herrschenden Verhältnisse orientiert, und ich lernte auch unsere direkten Vorgesetzten kennen. Leiter des Gefängnisses war zu jener Zeit ein gewisser Gerhard, der ausgezeichnet Polnisch sprach. Seine unzertrennlichen Begleiter waren die Wärter, ebenfalls Volksdeutsche, unter denen sich Johann Butz, ein einfältiger, aus einer deutschen Ansiedlerfamilie aus der Gegend von Nowy Sącz stammender Bursche, durch besondere Grausamkeit auszeichnete. Butz war der Schrekken aller Häftlinge, stets finster, niemandem trauend und ebenso in sich verschlossen wie das Gefängnis. Er lebte nur auf, wenn er prügeln konnte.

Das Gefängnisgebäude war von einer hohen Mauer umgeben. Mit einer Seite dem Fluß Dunajec zugewandt, machte es den Eindruck einer mächtigen Festung. Die dicken Mauern, die massiven Gitter und die starke Schupo-Wachmannschaft schlossen jede Möglichkeit einer Flucht ohne Unterstützung von außen aus.

Im Januar 1940 war das Gefängnis von Nowy Sącz eines Nachts zum Schauplatz eines grauenhaften Dramas geworden, dessen Einzelheiten die Häftlinge an alle Neuankömmlinge weitergaben.

In Zelle 15 am Ende des langen Ganges im zweiten Stock hatten nur zwei Häftlinge gesessen, die mit einem Todesurteil rechneten und wegen der Art ihres Verfahrens von den andern isoliert waren. Längere Zeit hatten sie genauso gelebt wie alle anderen und waren nicht weiter aufgefallen. Eines Nachts gegen elf wurden die Häftlinge durch laute Rufe und das Knallen beschlagener Schuhe auf dem Gang geweckt. Jemand flüsterte mit bleichen Lippen: „Die Gestapo ist im Haus!" Die Häftlinge wurden von panischer Angst ergriffen, denn sie wußten, daß dieser nächtliche Besuch ihrer „Betreuer" sicherlich kein Zufall war. Angeführt von Butz, marschierte eine Gruppe von Gestapo-Leuten den Gang im zweiten Stock entlang. Mit angehaltenem Atem verfolgten die Häftlinge in allen Zellen das Hallen der Schritte auf dem Flur, das dumpfe Knirschen des Schlüssels beim Öffnen einer Zelle und laute Rufe in deutscher Sprache. Alteingesessene Häftlinge bestimmten eindeutig den Ort der Handlung — Zelle Nr. 15. Dort war es, wo das Brüllen der Gestapo-Schergen, das Pfeifen von Peitschen, die dumpfen Schläge von Eichenknüppeln und die herzzerreißenden Schreie der gepeinigten Opfer zu einem einzigen, das ganze Gebäude durchdringenden, wilden Getöse verschmolzen. In den Pausen war die mächtige Stimme von Butz zu vernehmen.

Nach einigen Minuten dieses Durcheinanders erfüllten der Lärm geöffneter Zellen und hastiges Hinundhergelaufe auf den Fluren das ganze Gefängnis. Man holte alle Zellenältesten heraus und trieb sie mit sausenden Peitschenhieben zur Zelle 15. Dort zeigte man ihnen die beiden bis zur Bewußtlosigkeit mißhandelten Häftlinge, die, ohne ein Lebenszeichen von sich zu geben, wie Lumpen auf dem Fußboden lagen. Ihre massakrierten Gesichter und schwarz angelaufenen Körper trugen die Spuren von Kolbenstößen und Schlägen mit einer schweren Eisenstange. Man befahl den Zellenältesten, sich zwischen die Opfer zu legen, und drohte ihnen mit erhobenen Maschinenpistolen. Dann wurden sie in ihre Zellen zurückgejagt, um allen Häftlingen mitzuteilen, wie Fluchtversuche ausgingen.

Kurze Zeit später holte man zwei weitere Häftlinge aus dem ersten Stock, die zusammen mit den beiden ersten erschossen wurden. Ein gutes Dutzend kurz hintereinander fallender Schüsse hallte mit hundertfachem Echo durch das ganze Gefängnis und ließ auch die psychisch widerstandsfähigsten Häftlinge vor Angst erstarren. Unterdessen zogen die Henkersknechte auf Anweisung des Gestapo-Chefs von Nowy Sącz, des berüchtigten Schurken Heinrich Hamann[3], von Zelle zu Zelle und folterten die Häftlinge auf unmenschliche Weise. Der riesige Schäferhund Hamanns wütete, von seinem Herrn angefeuert, unter den wehrlosen, vor Schreck gelähmten Menschen.

Im Amtssitz der Gestapo, wohin man die Häftlinge in Handschellen zum Verhör brachte, spielten sich dantische Szenen ab. Einem gefolterten Häftling wurden die Arme in die Ärmel eines Mantels gesteckt und die Schöße um den Kopf gewickelt; dann schlug ein kräftiger Gestapo-Mann aus voller Kraft mit einem derben Ochsenziemer, dessen auslaufende Riemen mit Bleikugeln beschwert waren, auf das Gesäß des Delinquenten ein. Der auf diese Weise zerhackte Häftling verlor das Bewußtsein oder tat manchmal so, als sei er ohnmächtig geworden. Doch auch dafür hatte man ein Rezept. Der Kopf des Besinnungslosen

[3] Heinrich Hamann, später nach Jasło versetzt und dann in Krakau amtierend, zeichnete sich durch außergewöhnliche Grausamkeit und Energie bei der Bekämpfung polnischer Patrioten aus.

wurde sogleich in ein Klosettbecken gesteckt und mit kaltem Wasser begossen. Das Ergebnis war erstaunlich. Hartnäckigere Opfer wurden mehrfach, alle paar Tage zum Verhör geholt, wobei man ihnen die noch nicht verheilten Wunden wieder aufschlug. Unter den Haftbedingungen konnten die blutigen Wunden monate- und sogar jahrelang nicht abheilen. Als ich nach einem Monat meines Gefängnisaufenthalts in Zelle 7 verlegt wurde, machte ich Antoś Wykręt Umschläge mit kaltem Wasser. Sein Gesäß und sein Rücken sahen aus wie ein weichgeklopftes Schnitzel. Viel später, schon im Lager, hatte er noch immer nicht ganz abgeheilten Schorf und teilweise vernarbte, tiefe Löcher am Leib.

Das eintönige, trübe Gefängnisleben und die hoffnungslose Einsamkeit wurden immer unerträglicher. Eine Zeitlang war ich einem seelischen Zusammenbruch nahe, doch die Sorglosigkeit der Jugend gewann die Oberhand. Nach quälenden, von fieberhaften Freiheitsträumen erfüllten Nächten schreckte ich morgens halb abwesend beim Weckruf aus dem Schlaf auf. Die nicht abgedichteten Fenster ließen eine Welle empfindlicher Kälte durch und warfen nur schwaches Licht auf die blassen Gesichter der Zellengenossen. So begann jeder neue Tag, angefüllt mit Fragen, Illusionen und der Angst vor zu erwartenden Verhören. Die elf, auf engem Raum zusammengepferchten Leute nahmen ihre tägliche Beschäftigung auf — Waschen, Beten, Saubermachen und Erledigen ihrer natürlichen Bedürfnisse. In einer Reihe aufgestellt, warteten wir später auf das Erscheinen des von einem Gestapo-Mann begleiteten Leiters des Gefängnisses. Der Schlüssel kreischte im Schloß, der unter den älteren Häftlingen ausgewählte Zellenälteste rief mit aufgeregter Stimme „Achtung!" und meldete automatisch: „Zelle Nummer sieben, elf Mann, alle da". Der Wärter klopfte die Wände ab, kontrollierte das

Gitter am Fenster, suchte nach scharfen Gegenständen und konfiszierte zu Messern umgearbeitete Löffel, deren Schaft am eisernen Ofen oder an einem vom Freigang mitgebrachten Stein geschärft worden war.

Ein dumpfer Schmerz des Magens, der sein Recht geltend machte, verursachte Schwindelgefühl und eine allgemeine Schwächung des Organismus. Das Poltern des irgendwo weitergeschobenen Kessels gab uns Kraft und stärkte die Seele. In einer Schlange zusammengedrängt, warteten wir ungeduldig auf die Kelle Malzkaffee und starrten eifersüchtig auf eine vielleicht etwas größere Portion des klitschigen Brotes. An dem langen, einmal in der Woche gescheuerten Tisch verzehrten wir rasch das Frühstück und lauschten dann zitternd auf die schweren Schritte des Gestapo-Mannes, der die Namen von Häftlingen aufrief und sie, mit Handschellen gefesselt, zum Verhör holte. Gewöhnlich mußten wir lange auf ihre Rückkehr warten. Alle wurden von Unruhe ergriffen, und die erregte Phantasie löste eine Atmosphäre der Angst und der Bedrohung aus. Und wenn dann ein Häftling wie ein Lumpensack mit verrenkten Armen und Beinen und massakriertem Gesicht in die Zelle geworfen wurde, war die bange Frage, wer von uns der nächste sein werde, stärker als das Mitleid mit dem Gepeinigten.

Es gab eine Zeit in unserer Zelle, da wir die Verhöre bereits hinter uns hatten und da uns seitens der Gestapo im Prinzip nichts mehr drohte, während sich das Gefängnis mit immer neuen Menschenmassen füllte. Damals konnten wir unsere trübe Existenz den Gegebenheiten entsprechend stabilisieren und in unserem Leben einen gewissen Tagesablauf einführen, um die Zeit auszufüllen und uns nicht selbst mit fruchtlosen Gedanken zu quälen. Gewöhnlich veranstalteten wir nach dem Frühstück einen Spaziergang um den Tisch und summten dabei halblaut Soldatenmärsche und Pfadfinderlieder, um körperlich und geistig in Form zu bleiben. Dann spielten die einen mit kunstvoll aus durchgekautem Brot verfertigten und mit Ziegelmehl gefärbten Figuren Schach. Andere spielten Karten, die sie gegen Tabak oder Lebensmittel eingetauscht hatten. Und einige lösten mit einem Stückchen Blei oder Ziegelstein am Ofen oder an der Wand trigonometrische Aufgaben. All diese Beschäftigungen waren durch eine an der Tür aufgestellte Wache abgesichert, um sich nicht von Butz überraschen zu lassen, der oft auf Zehenspitzen herumschlich und unerwartet in die Zellen platzte.

Das von den Saubermachern angekündigte Mittagessen brachte Leben ins Haus. Wir mußten uns anstellen, um die dünne, oft aus angefaulten Rüben gekochte Suppe in Empfang zu nehmen, und wir beobachteten gespannt, wie tief der Kalfaktor die Kelle in den Kessel tauchte. Kühnere Gefangene nutzten die kurze Unaufmerksamkeit des Wärters aus; sie zogen ihre Jacke aus, bedeckten ihren Kopf mit einem Taschentuch und holten sich einen Nachschlag. Das gelang nur manchmal bei menschlicheren Wärtern, niemals aber bei Butz. Nach kurzer Zeit blieben nur die traurige Erinnerung an das Mittag und die Leere im Magen zurück.

Der Nachmittag verging unter Diskussionen, bei denen alle möglichen Themen angeschnitten wurden. Die Häftlinge der Zelle 7 hatten verschiedene Berufe. Dazu gehörten der Direktor des Gymnasiums von Rzeszów Dr. Jerzy Ostrowski, der Leiter des städtischen Wasserwerks in Nowy Sącz Ing. Sykurski, mit dem ich Schach spielte und von dem ich Trigonometrieunterricht bekam, der Rittmeister Władysław Stachowicz, Sohn des Schulzen von Nawojowa, der Fähnrich Stanisław Mamak aus Limanowa, einer von fünf Brüdern, die man verhaftet und in Nowy Sącz inhaftiert hatte, mein Altersgefährte Staś aus Kobryn, dessen Familiennamen ich leider vergessen habe, der Feldwebel Bolesław Biadon, Sohn eines Gutsbesitzers aus Działdowo, und ein älterer Herr namens Góra. Wie man sieht, war es eine erstklassige Gesellschaft. Die Verhaftungsgründe waren unterschiedlich, die älteren saßen meist wegen konspirativer Betätigung, die jüngeren wegen des Versuchs, die Grenze zu überschreiten, um nach Ungarn und dann nach Frankreich zu gelangen. Die Mamaks, Funktionäre der Bauernbewegung, wurden dagegen beschuldigt, Waffen versteckt und sich illegal politisch betätigt zu haben.

Nach dem aus einer wäßrigen Suppe und einer Scheibe Brot bestehenden Abendessen wuschen wir uns am Waschbecken mit eiskaltem Wasser und bereiteten uns auf die Nachtruhe vor. Um zehn Uhr löschte der Wärter vom Flur aus das Licht. Im ganzen Gefängnis herrschte nächtliche Stille. Damals teilte ich das Bett mit Direktor Ostrowski. Wegen der empfindlichen Kälte deckten wir uns mit einer gemeinsamen Decke und mit unseren Mänteln zu. Wir konnten meist lange nicht einschlafen, und ich lauschte den interessanten Diskussionen und Berichten. Jeder meiner Zellengenossen hatte etwas über seine berufliche Tätigkeit bzw. zu politischen, sozialen und allgemein menschlichen Fragen zu sagen. Einige hatten die wunderbare Gabe, Witze zu erzählen oder über spannende Ereignisse aus ihrem Leben oder über gelesene Bücher zu berichten. Meine Kameraden zeichneten sich durch hohes ethisches Niveau und tiefverwurzelten Patriotismus aus. Daher hinterließ der Umgang mit ihnen tiefe Spuren in unserem jungen Geist.

Die Zeit verging. Durch das offene Fenster spürte man den ersten Hauch des nahenden Frühlings. Die Häftlinge standen immer öfter am Fenster, griffen in die Gitter und blickten zu dem kleinen Stückchen blauen Himmels auf.

Die Sonne übergoß die Erde mit goldenem Schein, aber in unsere dunkle Zelle fielen nur wenige Strahlen. Dann lebten die Gesichter der Gefangenen auf und bekamen mehr Farbe.

Eines Tages führte man uns auf den Hof des Gefängnisses. Wir gingen in einer Reihe die Treppe hinunter, und unterwegs kamen die Häftlinge aus anderen Zellen hinzu. Unter ihnen entdeckte ich das abgemagerte Gesicht meines Bruders, und auch er bemerkte mich. Auf der Treppe vollführten wir die unmöglichsten Manöver, um uns näher zu kommen und uns die Hand zu geben. Bei dieser Gelegenheit fing ich von Butz einige Schläge mit dem Schlüsselbund auf den Rücken ein und bekam ein paar kräftige Flüche zu hören, aber es gelang ihm nicht, uns zu trennen. Als wir auf den großen, von einer hohen Mauer umgebenen Platz hinauskamen, waren wir eine Weile von der Sonne geblendet, bevor sich die Augen an das grelle Licht gewöhnten. Dann marschierten wir mit auf dem Rükken verschränkten Armen in Abständen von mehreren Metern rings um den Hof, argwöhnisch beäugt von den mit Maschinengewehren bewaffneten Schupos, die sich aus den Postenhäuschen auf der Mauer beugten. Trotz der strengen Aufsicht glückte es mir, mit Mietek ein paar Worte über unsere Familie zu wechseln, mit der wir noch keine Verbindung hatten aufnehmen dürfen. Bei diesem kurzen Spaziergang erfreuten wir uns voller Wollust an der warmen Frühlingssonne und sogen in tiefen Zügen die frische Luft ein. Die Welt schien so schön zu sein, daß man vor Freude laut hätte schreien können.

Ein scharfer Pfiff auf der Trillerpfeife eines Polizisten verkündete das Ende des Spaziergangs. Erfrischt und seelisch gestärkt kehrten wir in unsere Zellen zurück, die uns jetzt wie finstere Grabkammern vorkamen. Erschöpft warfen wir uns auf die Betten, denn wir verspürten ungeheure Müdigkeit und das Nachlassen unserer Kräfte. Auf diese Weise reagierte der ausgemergelte Körper auf das Übermaß an frischer Luft und freiem Raum.

Die nächste Etappe

Ich stand am Fenster und beobachtete mit einem außerhalb des Gitters aufgestellten Spiegel den weiträumigen, mit sauberem Sand bestreuten, baumlosen Gefängnishof. An der Mauer räkelten sich die Schupos in faulenzerischen Posen in der warmen Aprilsonne. Nach einer Weile überließ ich den Spiegel dem nächsten. Ich setzte mich allein in die dunkelste Ecke der Zelle und brach in krampfhaftes Schluchzen aus. Seit Tagen war ich furchtbar niedergeschlagen. Nachts konnte ich lange nicht einschlafen. Ich zählte die aus der Stadt herüberhallenden Schläge der Uhr und verfiel schließlich in einen unruhigen, von Angst und Wahnvorstellungen erfüllten Schlaf, der mich in eine Wirklichkeit versetzte, die ich irgendwann schon einmal erlebt hatte. Dieser Schlaf brachte keine Linderung. Ich erwachte wütend und verärgert. Ich haßte diese ekelhafte, enge Zelle und die ganze Gesellschaft, mit der ich ununterbrochen umgehen mußte. Ich hatte Lust, mit bloßen Händen das eiserne Gitter zu verbiegen und mich in der Wand zu verbeißen. Die ganze Seele bäumte sich gegen die abscheuliche Gefangenschaft auf. Ich wollte ein freier Mensch sein.

In dieser Geistesverfassung drückte ich mich mehrere Tage in der Zelle herum. Ich war mir darüber klar, daß das Gefängnis anfing, sich negativ auf mich auszuwirken. Dagegen mußte ich mich wehren.

Anfang April verbreitete sich im Gefängnis die freudige Nachricht, der Anstaltsleiter habe es erlaubt, daß die Häftlinge an sie persönlich gerichtete Lebensmittelpakete bekommen dürften. Am festgesetzten Tag waren wir alle sehr aufgeregt, sogar die „Touristen”, deren Familien überhaupt nichts von ihrem Schicksal wußten. In unsere Zelle wurden sechs Pakete gebracht, von denen zwei, das des Schulzensohnes Antoś und des reichen Bauern Stanisław Mamak, durch ihre Größe und die Zusammenstellung der Viktualien imponierten. Die glücklichen Empfänger öffneten mit zitternden Händen die provisorisch verschnürten Pakete, die zuvor „am Tor” kontrolliert worden waren, und lasen gerührt immer wieder die von ihren nächsten Angehörigen geschriebenen Namen. Der Inhalt der Sendungen war reichhaltig: Vollkornbrot, durchwachsener Speck oder Schmalz, Zwiebeln, Zucker und sogar Honig. Dann spendeten unsere Kameraden einen Teil der kostbaren Produkte für die „Touristen”, und gemeinsam begannen wir mit einem „großen Fressen”, das die älteren Häftlinge mit Rücksicht auf unsere Mägen stoppten. Diese oft unter großen Entbehrungen von den Familien zusammengesparten Pakete stärkten unsere angegriffenen Kräfte erheblich und stellten zugleich die einzige Verbindung mit den nächsten Angehörigen dar.

Anfang Mai spürte man im Gefängnis irgendwie eine andere Atmosphäre, gleichsam die Ankündigung wesentlicher Veränderungen in unserem Leben.

Seit mehreren Tagen träumten wir von Schüssen, und einige träumten sogar von Schuhen. Anmerken muß ich, daß alle Häftlinge felsenfest an ihre Träume glaubten, die, wie wir uns praktisch überzeugen konnten, meist in Erfüllung gingen. So bedeuteten Schüsse nach dem Traumbuch der Häftlinge zum Beispiel Verhöre oder große Veränderungen und Schuhe die Freiheit. Auch diesmal sollten sich die Träume bestätigen. Im ganzen Gefängnis erfolgte eine Auslese, und es gab Verlegungen. Ein gutes Dutzend Gefangene ging mit einem Transport nach Wiśnicz. Einige von ihnen wurden, wie wir später erfuhren, erschossen. Die in Nowy Sącz Zurückgebliebenen wurden in drei großen Zellen im Erdgeschoß zusammengelegt. Ich konnte mich vor Freude gar nicht fassen, als ich im Gedränge der Häftlinge Mietek entdeckte. Wir bezogen sogleich ein oberes Bett in nächster Nähe unserer Kameraden und unterhielten uns dann lange über Zuhause, über unsere Familie und über die Vergangenheit, die so fern zu liegen schien, daß sie uns fast unwirklich vorkam. In dieser Zelle lernte ich viele neue, meist gleichaltrige Kameraden kennen. Dazu gehörten die Schüler des Gymnasiums in Nowy Sącz Jan Kudynowski, Jerzy Bogusz, Bolesław Dutka und Bogdan Dmytryszyn, wobei ich Bolesław und Bogdan schon von einem Pfadfinderlager in Sidzina her in Erinnerung hatte, wo wir einen ZHP[4]-Gruppenleiterkurs absolviert hatten. Wir trafen auch Józef Paczyński und Zygmunt Wójtowicz aus Krakau wieder, mit denen wir im Januar in Muszyna zusammen gesessen hatten.

Die Zeit verflog jetzt rasch. Wir verfügten über Informationen, daß wir für einen Transport vorbereitet würden; wohin, das blieb allerdings bis zum Schluß ein Rätsel. Am Tag vor der Abreise bekamen wir unsere Privatsachen, Brieftaschen und Kopfbedeckungen aus der Effektenkammer ausgehändigt, wodurch unser Wohlbefinden spürbar zunahm.

Am nächsten Tag nach dem Frühstück waren auf dem Flur des Gefängnisses die beschlagenen Stiefel und die rauhen Stimmen von Gestapo-Beamten zu hören. Die Zellen wurden aufgeschlossen, Namen aufgerufen, und mit dem Ruf „Hier!" liefen die Häftlinge über den Flur auf den Hof,

---

[4] ZHP — Związek Harcerstwa Polskiego, Polnischer Pfadfinderverband

wo sie sich, von brutalen Kolbenstößen dirigiert, zu fünft aufstellten. Der Hof war mit Schupos umstellt. Am Tor ging Hamann spazieren und beobachtete zufrieden das reibungslose Verladen der Häftlinge auf große, mit Planen bespannte Lastwagen.

Am 10. Mai 1940 verließen sechs mit Häftlingen beladene Lastwagen das Gefängnisgelände und fuhren durch die in Sonnenlicht getauchte Stadt. An der Rückseite jedes Wagens saßen mit Maschinenpistolen bewaffnete Schupos, und am Ende der Wagenkolonne fuhr ein Auto mit aufmontiertem Maschinengewehr und aufgehockten Gestapo-Leuten. Die Bewohner der Stadt waren in Massen auf die Straße geeilt und hielten aufmerksam Ausschau nach ihren Verwandten. So mancher Mutterbrust entrang sich beim Anblick des geliebten Sohnes ein Schrei der Verzweiflung, der sehr bald durch einen auf die schluchzende Frau gerichteten Karabiner erstickt wurde. Alte Männer standen schweigend, mit zusammengebissenen Zähnen da. Es war ein schmerzliches Schauspiel für die Bewohner von Nowy Sącz, aber nicht minder schmerzlich war es für die Gefangenen, die die Schönheit der Welt nach fünfmonatiger Isolationshaft vom Innern eines polizeibewachten Lastwagens aus zu sehen bekamen.

Wir fuhren eine sich durch die Berge windende Chaussee entlang. Ab und an lugten Bergbauernhütten aus dem Grün der bewaldten Hänge hervor. Die Landschaft war zauberhaft bunt und erinnerte an farbige Ansichtskarten. Als wir die Wälder hinter uns ließen und in offenes Gelände kamen, rückten die Hänge immer weiter von der Straße ab und verschmolzen auf beiden Seiten zu einer gleich-mäßigen, geschwungenen Linie.

Die Spannung fiel urplötzlich von mir ab, als ich mir klar machte, daß der Lastwagen nicht in einer Kurve von der Straße abkommen werde, daß die bewaffneten

Begleiter wachsam auf ihren Posten saßen und daß es nicht die geringste Aussicht gab, während der Fahrt zu fliehen.

Nach einiger Zeit erreichten wir die Straßen einer Stadt. Irgendjemand flüsterte, es sei Tarnów. Von zahlreichen Passanten beobachtet, fuhren wir in ein mächtiges Gebäude, über dessen Zweckbestimmung wir uns nicht die geringsten Illusionen machten. In diesem Augenblick wurde ich mir bewußt, daß dies bereits das vierte Gefängnis seit meiner Verhaftung war. Hier wurden uns wie überall die persönlichen Sachen abgenommen, und man verteilte uns auf die Zellen. Ich hatte Zeit, unser neues „Sanatorium" näher zu betrachten. Geräumige Flure, eine Unzahl von Zellen in drei Geschossen und davor Kreuzgänge, die in den einzelnen Stockwerken durch Stahlnetze abgesichert waren, die die Wärter bei einem Aufstand der Gefangenen davor schützen sollten, auf den steinernen Fußboden hinuntergeworfen zu werden. All das machte einen überwältigenden Eindruck, und die auf den Fluren herrschende Stille ließ sogar so „alte Hasen" wie uns zaghaft werden.

Wie ich später erfuhr, zählte das Gefängnis von Tarnów zu den größten Haftanstalten Polens. Am Tag unserer Ankunft war es außer mit einigen Kriminellen, die verschiedene Hilfsdienste ausübten, mit politischen Gefangenen überfüllt. In letzter Zeit waren in Tarnów viele Transporte mit politischen „Verbrechern" aus allen Gefängnissen des Vorkarpatenlandes eingetroffen, u.a. aus Sanok, Jasło, Rzeszów, Nowy Sącz, Nowy Targ, Zakopane, Wiśnicz, Brzesko und sogar aus dem Krakauer Montelupich-Gefängnis.

Eine solche Konzentration der Häftlinge gab viel zu denken. Die verschiedensten Gerüchte gingen um. Die meisten Anhänger fand das Gerücht vom Abtransport zur Landarbeit im Reich, das im Hinblick auf die Jahreszeit durchaus glaubhaft war. Die schwerste Arbeit in

Deutschland kam uns damals weitaus erträglicher vor als das kümmerliche Dahinvegetieren in einer geschlossenen Anstalt. Für uns begann die schwerste Zeit. Entsetzlich lange Tage, schlaflose Nächte und gnadenloser Hunger, weil von außen keine Päckchen kamen. All das wirkte sich deprimierend auf die Häftlinge aus und führte zu körperlichem und geistigem Zusammenbruch.

Vom Hunger geschwächt, lagen wir stundenlang reglos auf den Pritschen und starrten irgendeinen Punkt an der Decke an. Das schien ganz gedankenlos zu geschehen, aber woran denkt der Mensch schon in seinen Wunschträumen! Die angenehmste Beschäftigung war das Knacken von Läusen. Außer der Erregung des Tötens selbst vermittelte es ein Gefühl der Erleichterung und der Genugtuung, zumindest für ein paar Stunden. Verwunderlich war das nicht, denn wir konnten wochenlang die Wäsche nicht wechseln, durften nicht baden und wuschen uns nur mit winzigen Mengen Wasser. Ein noch schlimmerer Feind waren die Wanzen, die sich nachts von der Decke auf die Betten fallen ließen und nicht selten im Schlaf auf dem Gesicht landeten. Das Leben wurde unter diesen Bedingungen immer beschwerlicher. Eines Tages bekam jeder ein wunderschönes, frisches Brot mit dem anhaftenden Firmenzeichen „T. Maliński”. Das war das Verdienst eines Fürsorgekomitees. Für uns aber wurde es zu einem hellen Lichtschein in unserem bitteren Hungeralltag. Damals wußte ich noch nicht, daß in der Nebenzelle ebenfalls ein Gymnasiast saß — Staś Maliński, der Sohn des Besitzers einer Bäckerei in Tarnów.

Der erste Transport aus Tarnów

Am 12. Juni empfingen wir die mit Morsezeichen an die Wasserleitungsrohre geklopfte Nachricht „Morgen Abfahrt!" Die Neuigkeit machte blitzschnell im ganzen Gefängnis die Runde und wurde am nächsten Morgen von den Wärtern bestätigt. In den Zellen summte es wie in einem Bienenstock. In der Reihenfolge der Zellen wurden die Namen der Häftlinge aufgerufen. Wir aus Zelle 35 waren zuerst dran. Wir bekamen ein als Reiseproviant gedachtes halbes Brot, das wir natürlich sofort aufaßen. Dann wurden wir, in Fünferreihen zu einer Kolonne formiert, zum Baden und zum Desinfizieren unserer Kleidung ins Stadtbad gebracht. Unter den Duschen zusammengedrängt, ließen wir voller Wollust das belebende warme Wasser über unsere Körper strömen und befreiten uns vom Schmutz vieler Wochen. Die in einer Dampfkammer desinfizierte Kleidung war zerknittert und mit heißem Dampf getränkt, aber frei von Ungeziefer. Wir wurden in einen großen Saal im ersten Stock getrieben, wo wir nach einem ausgiebigen, vom Wohltätigkeitskomitee organisierten Abendbrot die Nacht verbringen sollten. Der dicke Graupenbrei mit Fleisch war mit Speck zubereitet und stillte den Appetit selbst der größten Freßsäcke. Dann ließen wir uns satt und leicht betäubt vom Baden wie Paschas auf dem Fußboden nieder. Morgens verteilten Damen vom Komitee Milchkaffee und Brot. Anschließend liefen wir, von Kolbenstößen der Polizisten getrieben und wie eine Schafherde zusammengedrängt, auf den großen Hof hinaus. Wir mußten uns wieder in Fünferreihen zu 100 Mann starken Kolonnen aufstellen, und vor dem Abmarsch drohte ein eleganter Gestapo-Offizier, daß beim Entfernen von der Marschkolonne von der Schußwaffe Gebrauch gemacht werde. Nach einer Weile setzte sich der trübselige Häftlingszug durch die menschenleeren Straßen von Tarnów in Richtung Bahnhof in Bewegung. Zu beiden Seiten der Kolonne marschierten dicht verteilt Gendarmen, deren Gewehre und Maschinenpistolen auf die Reihen der Häftlinge gerichtet waren. Auf an den Fenstern auftauchende, vorsichtig hinter Gardinen versteckte Gestalten schossen die Gestapo-Leute mit Pistolen.

Auf einer Rampe wurden wir zügig in einen bereitgestellten Personenzug verladen, jeweils zehn Mann in einem Abteil. Die zahlreiche Bewachungsmannschaft ließ sich dagegen vor der Tür jedes Abteils auf dem Gang nieder. Am Ende des Zuges hatten wir einen mit Gestapo-Leuten gefüllten Wagen bemerkt, auf dem ein Maschinengewehr samt Bedienungsmannschaft postiert war. Wir vernahmen einen durchdringenden Pfiff der Lokomotive, und der Zug fuhr langsam an, um gleich darauf vor dem Bahnhofsgebäude wieder anzuhalten. Dort ereignete sich ein bemerkenswerter Zwischenfall. Auf dem Bahnsteig tauchten Gestapo-Leute auf, die den Namen eines Häftlings riefen, den man schließlich aus einem Wagen holte und in den Warteraum brachte. Wie sich herausstellte, war der junge Mann buchstäblich in letzter Minute entlassen worden. Der Glückliche war sich wahrscheinlich nicht darüber klar, welchem Schicksal er entging. Jeder von uns fragte sich bedauernd, warum nicht er dieses Glück gehabt hatte. Mit Tränen in den Augen von den auf dem Bahnhof und entlang der Gleise versammelten Einwohnern Tarnóws verabschiedet, fuhren wir ab in Richtung Krakau. Unterwegs litten wir entsetzlich, denn es war verboten, die Fenster zu öffnen. Es war heiß und stickig, der Durst schien unerträglich zu sein.

Beim Anblick der altvertrauten Türme Krakaus wurde ich von tiefer Rührung ergriffen. Vor knapp einem halben Jahr hatte ich mit Mietek die Stadt verlassen, und inzwischen war schließlich so viel in unserem Leben geschehen. Wenn unsere Mutter gewußt hätte, daß sie nur durch wenige Straßen und natürlich durch die Eskorte der Gestapo von uns getrennt war... Es war gut, daß sie es nicht wußte.

Der Krakauer Bahnhof war mit Reisenden gefüllt, hauptsächlich Deutschen in Uniform und Zivil. Sie verhielten sich lärmend und selbstsicher, sie waren gepflegt und elegant im Vergleich zur grauen Masse der Zugereisten, die ängstlich dem Ausgang zustrebten. Unser Transport erweckte kein besonderes Interesse. Ich stand hinter einem Gendarmen, der sich aus dem Fenster beugte, und beobachtete neidisch alles, was ich sehen konnte. Aus den Bahnhofslautsprechern waren melodische Soldatenlieder zu hören. Inmitten der Uniformen huschte wie ein Schmetterling die schlanke Gestalt eines jungen Mädchens vorbei, die durch die Erinnerung an etwas sehr Fernliegendes und Unerreichbares ein schmerzliches Zucken des Herzens auslöste.

Plötzlich verstummte die Marschmusik, und in der plötzlichen Stille ertönte die hallende Stimme eines Sprechers: „Achtung! Achtung! Sondermeldung! Das Oberkommando der Wehrmacht gibt bekannt: Unsere tapferen Truppen haben heute Paris genommen..." Die weiteren Worte des Sprechers gingen unter im ungeheuren Lärm der freudetrunkenen Deutschen. Auf dem Bahnsteig stimmte eine Gruppe von Soldaten das Englandlied an, und die Worte „Denn wir fahren, denn wir fahren gegen Engeland..." klangen unheilverkündend und niederschmetternd in unseren Ohren.

Unter unseren Füßen bebte die Erde. Schließlich hatte das ganze polnische Volk an die Macht Frankreichs geglaubt. Welches Schicksal war der Armee beschieden, der wir uns nicht hatten anschließen können? Aus unserer Verzweiflung schreckten wir erst auf, als der Zug Krakau verließ. Er schleuderte leicht bei der Fahrt über die Weichen und gewann an Tempo. Der wunderschöne Blick auf die in Sonnenlicht getauchten grünen Felder, Wälder und Haine wirkte beruhigend auf mich und linderte den Schmerz wie Balsam auf einer Wunde.

An der Grenzkontrollstelle zwischen dem Generalgouvernement und dem Reich mußten wir lange warten. Jetzt bestand kein Zweifel mehr, daß wir zur Arbeit nach Deutschland fuhren.

Endlich ging es weiter, und nach einiger Zeit hielt der Zug auf einem großen Eisenbahnknotenpunkt, kurz vor einem Bahnhofsgebäude mit der großen Schrifttafel AUSCHWITZ. Der neben mir sitzende Jasio Gorczyński erklärte, das sei Oświęcim. Nach einer Weile fuhr der Zug wieder an. Er zog langsam einen weiten Bogen, kam an irgendwelchen Baracken und einem hohen Gebäude vorbei und bremste dann plötzlich. Hinter dem Fenster waren rauhe Stimmen, das Getrappel von Füßen und ordinäre Flüche zu hören. Entsetzt erblickten wir auf beiden Seiten des Gleises eine lange Postenkette bewaffneter SS-Leute. Die Türen des Wagens wurden geräuschvoll geöffnet, und draußen schrie ein dicker Unteroffizier: „Alle raus! Los, bewegt euch!" Die Begleitmannschaft, die bis dahin verhältnismäßig ruhig gewesen war, fiel über uns her, als habe sie die Sporen zu spüren bekommen. Mit den Gewehrkolben auf uns einstoßend, jagte sie uns aus den Waggons, und unter unheimlichem Gebrüll wurden wir durch ein offenes Tor auf einen großen, mit dichtem Stacheldraht umzäunten Platz getrieben. An den Ecken erhoben sich auf Pfählen errichtete Postenhäuschen, in denen SS-Leute mit Maschinengewehren bereitstanden.

Vor einem mächtigen Gebäude bemerkten wir eine Gruppe von Offizieren und Unteroffizieren der SS in eleganten Uniformen und glänzenden Stiefeln, die angeekelt die dichte Menge undisziplinierter Häftlinge beobachtete, die sich auf den Platz ergoß. Unsere Aufmerksamkeit erweckte auch eine kleine Gruppe von Gestalten in gut passenden, blau-weiß-gestreiften Uniformen und ebensolchen Mützen, die wie Seemannsmützen aussahen. Wir machten uns gerade Gedanken, was wohl diese „Matrosen" hier zu suchen hätten, als sie auf Befehl eines Unteroffiziers eine zackige Kehrtwendung ausführten und auf uns zukamen. Wir erblickten sonnengebräunte Gesichter, sadistisch verbissene Lippen, und das bösartige Glitzern der Augen verhieß nichts Gutes. An Jacken und Hosen trugen sie grüne Dreiecke und darunter Nummern von 1 bis 30. Urplötzlich sausten mächtige, aus den Hosen gezogene Knüppel und Peitschen durch die Luft. Auf die vor Erschöpfung wankenden Häftlinge ging ein Hagel von Schlägen nieder, die von deftigen Flüchen begleitet waren. Wir waren so überrascht, daß die am nächsten Stehenden nicht rechtzeitig auf den unerwarteten Angriff der Gestreiften reagieren konnten. Indessen gingen die „Matrosen" ihrem blutrünstigen Gewerbe nach. Sie stürzten sich auf die wehrlosen Gruppen der Häftlinge, schlugen blindlings auf sie ein und trieben die Herde wie ein gewaltiger Rammbock in die Mitte des Platzes, wo das Stöhnen der Gepeinigten mit dem Herumschnauzen der Deutschen und dem Pfeifen der Ochsenziemer verschmolz. Auf den Gesichtern der das blutige Schauspiel beobachtenden SS-Leute zeichnete sich Genugtuung und Zustimmung ab. Nach der stürmischen Begrüßung stellten die „Matrosen" den ganzen Transport mit Hilfe ihrer Knüppel in Zehnerreihen zu einer langen Kolonne auf und setzten sich dann selbst an deren Spitze. Diese Aufstellung erleichterte das Zählen.

Der mit der Nummer 1 gekennzeichnete „Matrose”, ein breitschultriger Bursche mit dunklem Teint und durchdringenden Blicken, zählte uns, baute sich stramm vor der Kolonne auf und befahl lauthals: „Das Ganze stillgestanden! Mützen ab! Augen rechts!” Die meisten verstanden die Kommandos nicht, aber alle nahmen instinktiv straffe Haltung an. Daraufhin ging der „Schwarze” mit federnden Schritten auf die Gruppe der SS-Leute zu, knallte mit den Absätzen und meldete: „Herr Lagerführer, KL Auschwitz angetreten mit siebenhundertachtundfünfzig Häftlingen. Alle da!”

Die von uns als Matrosen Angesehenen waren also ebenfalls Häftlinge, und zusammen mit ihnen gab es im KL Auschwitz 758 Mann, wobei wir noch nicht wußten, was die Abkürzung KL bedeutete. Ein hagerer SS-Offizier mit asketischem Gesicht nahm die Meldung entgegen, maß uns mit einem strengen Blick und befahl dann, uns in das Gebäude zu führen. Dort wurden uns die persönlichen Sachen abgenommen, man schor uns die Köpfe und andere Körperteile und schickte uns zum Baden. Dann mußten wir an kleine Tischchen treten, wo man unsere Personalien aufnahm und uns ein kleines Pappkärtchen mit einer Nummer aushändigte, die von nun an den Namen ersetzen sollte. Vor mir standen mein Bruder, der die Nummer 116 bekam, und Rittmeister Stachowicz mit Nummer 117. Ich bekam die Nummer 118. Eröffnet wurde die Liste unseres Transports von Stanisław Ryniak mit Nummer 31 und abgeschlossen durch Ignacy Płachta mit Nummer 758. Nach Abschluß dieser Formalitäten trieben uns die Kapos[5], wie wir unsere „Matrosen” von nun an bezeichnen sollten, wieder auf den

[5] Kapo (ital. *capo*) — Kopf, Haupt, Führer, als Aufseher über andere Häftlinge fungierender Gefangener in faschistischen Lagern

Appellplatz hinaus, wo wir uns in Fünferreihen aufstellen mußten. Als Dolmetscher wurde der Häftling Baltaziński ausgesucht, angeblich ein ehemaliger österreichischer Offizier. Vor den Angetretenen stand wieder jener Offizier, der die erste Meldung entgegengenommen hatte.

Herr Hauptsturmführer Fritzsch sagte: „Hier ist das Konzentrationslager Auschwitz", und Baltaziński übersetzte. „Als feindliche Elemente des deutschen Volkes werdet ihr bis Kriegsende interniert. Alle Anzeichen von Auflehnung oder Ungehorsam werde ich rücksichtslos unterdrükken. Bei Widerstand gegen Vorgesetzte und Fluchtversuchen gibt es die Todesstrafe. Junge und Gesunde haben hier nicht länger als drei Monate zu leben, Priester einen Monat, Juden zwei Wocken. Der Weg aus dem Lager führt nur über den Schornstein des Krematoriums." Bei diesen Worten begann die lauthallende Stimme des Dolmetschers zu beben und veränderte ihren Klang.

Mit diesen Prophezeiungen begann an jenem denkwürdigen 14. Juni 1940 unser erster Tag im Konzentrationslager Auschwitz.

KL Auschwitz

Die Nacht verbrachten wir auf dem Fußboden, dicht zusammengepfercht in mehreren Räumen und zugedeckt mit Holzspänen und dreckigem Stroh. Wir wachten oft auf, denn es stank und man spürte den Geruch der durchgeschwitzten Wäsche und der nur flüchtig gewaschenen Körper. Gegen Morgen weckte mich ein Lärm auf dem Flur, verursacht von Häftlingen, die sich um einen bis zum Rand gefüllten Blechkübel drängten. Das Gefäß hatte nur begrenztes Fassungsvermögen und reichte nicht aus für die Bedürfnisse einer solchen Menschenmenge. Daher hatten die Stubenältesten nach Mitternacht eine Wache aufgestellt, die den Zugang zum Kübel verwehrte. Die verzweifelten Leute, es gab Kranke darunter, pißten in die Schuhe. Die Fenster durften keinen Spalt breit geöffnet werden, denn man hatte uns gesagt, die Posten würden wegen Fluchtversuchs sofort schießen.

Im Halbschlaf vernahm ich einen durchdringenden Pfiff. Das Treiben im Gebäude und ein lautes „Aufstehen!" brachten mich auf die Beine. Noch völlig abwesend schnürte ich die Schuhe zu, als ein Kapo in den Raum stürzte und brüllte: „Alle raus!" Einander drängend und uns gegenseitig niedertretend, eilten wir auf den Flur und über die Treppe, wo sich SS-Leute herumtrieben und mit Knüppeln auf die vorbeilaufenden Häftlinge einschlugen. An der Ausgangstür des Blocks entbrannte ein regelrechter Kampf. Eingekeilt von allen Seiten und durch die Schultern der Mitgefangenen vor Schlägen geschützt, wurde ich buchstäblich nach außen getragen und fand mich auf dem Hof wieder.

Diesmal war es mir gelungen, nicht einmal einen Kratzer abzubekommen. Am übelsten erwischte es die letzten, die am längsten dem Wüten der Kapos und SS-Leute ausgesetzt waren, die Fußtritte verteilten und mit Knüppeln auf Rücken, Köpfe und Arme eindroschen. Bald hatten sie die ganze Gesellschaft auf den Hof gescheucht.

Wir bekamen Handtücher und ein Stückchen Seife. Mit Vergnügen wusch ich den Schmutz der ganzen Nacht und den Schweiß des morgendlichen Weckens von mir; ständig angetrieben, ich solle den nächsten Platz machen. Nach dem nur aus schwarzem Kaffee bestehenden Frühstück fand der Appell statt. Die Meldung wurde wie beim Militär der Funktion entsprechend erstattet. Der Lagerälteste, das war der dunkle Kapo, meldete den Häftlingsstand dem Blockführer, der wiederum dem Rapportführer, und der stand schließlich vor dem Lagerführer. Die ganze Zeit über fielen — für die meisten Häftlinge unverständliche — Kommandos, die die Reihen durcheinander brachten und Wutausbrüche unserer „Betreuer" auslösten. Daher beschloß man, uns eine gründliche Lektion zu erteilen.

Bald ging es wild auf dem Appellplatz zu. Wir übten das Antreten nach Blocks. Auf das Kommando „Blockweise antreten!" liefen wir los, um uns geordnet aufzustellen. Die Schwächeren kamen unter Knüppelschlägen zu Fall; von Kapos und SS-Leuten mit Fußtritten bedacht, erhoben sie sich wieder und bemühten sich, rechtzeitig ihren Platz in der Reihe einzunehmen. Unter den vor Schmerz und Angst wahnsinnig werdenden Häftlingen wütete wie ein Wirbelsturm der riesige Kapo Nr. 30, der Hafenarbeiter Leo Wietschorek aus Hamburg, der mit Hieben seiner entsetzlich starken Pranken auch die Kräftigsten zu Boden schlug. Unterscharführer Plagge, fett wie ein Bulle und mit seiner unvermeidlichen Pfeife im Mund (wir nannten ihn später das „Pfeifchen"), stand breitbeinig mitten auf dem

Platz, wiegte sich in den Hüften und schrie: „Schneller, schneller! Verfluchte Bande! Ihr Drecksäcke!” Dann befahl er unter sadistischem Gelächter: „Hinlegen! Auf! Hinlegen! Auf! Hinlegen! Auf!...” Und so ließen wir uns dutzende Male zu Boden fallen und standen wieder auf, bis wir völlig ausgepumpt waren. Schweißüberströmt spürte ich inmitten der Staubwolken, daß nicht mehr viel fehle, und ich würde liegenbleiben.

Gleich darauf war „Pfeifchen” durch das Spiel gelangweilt, und er ordnete Übungen in aus Fünferreihen bestehenden Marschkolonnen an. Wieder fielen Kommandos: „Abteilung, im Laufschritt Marsch!” und „Abteilung halt!” Leo gab mit „Eins, zwei, drei...” das Tempo an, aber das half nicht viel. Einige waren entkräftet und konnten nicht mehr mit federnden Schritten marschieren. Am schlechtesten fiel das „Abteilung halt!” aus. Daraufhin ordnete Plagge „Sport” an. Kniebeugen, Hüpfen, Rollen und Entengang sind normalerweise Übungen, durch die Kondition und Kraft von Sportlern gestärkt werden sollen. Für uns waren sie zermürbend und geradezu mörderisch, ganz besonders für die Älteren und Kränklichen, die durch den Gefängnisaufenthalt geschwächt waren. In der zunehmenden Hitze mußten wir im Entengang den Platz entlang watscheln. Wir fielen auf die Nase und massierten kurz die verkrampften Muskeln. Dann sollten wir beim Entengang zur Abwechslung die Hände im Genick verschränken. Es folgte das erlösende Rollen, um zu Atem zu kommen. Anschließend mußten wir uns wieder aufraffen und auf knieweichen Beinen zum Ausgangspunkt zurücklaufen. Die Kapos folgten der Abteilung und halfen „Wehleidigen” mit Stößen in die Rippen und in den Unterleib, sich wieder zu erheben, um den Marsch fortzusetzen. Ohnmächtige wurden mit Wasser begossen; und wenn sie wieder zu sich gekommen waren, mußten sie sich in Kniebeuge vor der Mauer aufreihen. Schließlich ertönte ein erlösender Pfiff — die Mittagspause, eine ganze Stunde.

Ich war restlos erschöpft von diesem „Sport". Wie ein Klotz ließ ich mich auf das Stroh fallen, schloß die Augen und schlief sofort ein. Ich träumte, daß mich irgendeine mächtige Gewalt in die Höhe hob, und überließ mich ihr willenlos. Ich wachte plötzlich auf, als mich meine Kameraden Jurek Muchowicz und Janusz Młynarski auf die Beine stellten. Noch ganz abwesend, wankte ich zum Kessel und bekam eine Schüssel mit dicker, weißer AVO-Suppe und ein paar Pellkartoffeln. Das Mittagessen schien mir weitaus besser zu sein als die dünne Gefängnissuppe. Uns blieben noch einige Minuten, die wir zur Erholung im Schatten der Bäume nutzten. Ein scharfer Pfiff brachte uns wieder auf die Beine. Durch schlimme Erfahrung belehrt, nahmen wir rasch unsere Plätze in der Kolonne ein. Mehrere Stunden lang mußten wir ein Lied lernen, das wir beim Marschieren singen sollten. Es war melodisch. Die Worte klangen banal, doch nach einiger Zeit im Lager erweckten sie sogar eine gewisse Rührung bei den Häftlingen.

Im Lager Auschwitz war ich zwar,
Holarija — holario —
So manche Tage, Nacht und Jahr,
Holarija — holario —
Doch denk ich froh, gemüt und gern
An meine Lieben in der Fern...

Wer Deutsch sprach, konnte sich die Worte des Liedes leicht merken, aber einigen fiel das sehr schwer. Und so brüllten die einen beim Singen laut den Text, während die anderen beim Anblick Leos weit den Mund aufrissen, ohne auch nur einen einzigen Ton hervorzubringen. Im allgemeinen klappte es aber gar nicht übel, denn es stellte sich heraus, daß wir in unserer Abteilung mehrere „Vorsänger" hatten, unter denen besonders Gucio Piotrowski aus Krynica hervorstach.

Nachmittags erschien ausgeruht und erfrischt „Pfeifchen" auf dem Platz und befahl uns, am äußersten Rand um den weiten Hof herumzulaufen und in der Mitte, wo es am staubigsten war, zu robben. Die Kapos suchten sich einige Juden unter uns aus, die sie mit solchen Übungen bedachten, daß sie nach kurzer Zeit ohnmächtig und blutüberströmt zur Pumpe geschleift werden mußten. Langsam verflossen die Stunden, und wir liefen mit letzter Kraft und heraushängenden Zungen über den Platz und warteten auf das Ende der Pein. Plagge war vom Brüllen und Fluchen schon heiser geworden und benutzte jetzt eine Trillerpfeife, die die Befehle „Hinlegen!" und „Auf!" ersetzte. Wenn das Tempo nachließ, drosch Leo, verschwitzt und nicht minder erschöpft als wir, wortlos mit einem Knüppel auf Schultern und Genick ein.

Um 18 Uhr beendete ein Gongschlag die mörderischen Übungen. Ich hatte noch soviel Kraft, mich zur Pumpe zu schleppen und solange Wasser zu trinken, wie es die anderen zuließen.

Das aus einem Viertel Brot, einem Stückchen Käse und einer Imitation von Tee bestehende Abendbrot kam uns reichhaltig vor. Ausgehungert, wie wir waren, verschlangen wir es sofort. Erst später erfuhren wir, daß wir auch schon unser Frühstück aufgegessen hatten, denn morgens gab es nur Malzkaffee. Die Nacht verging unter denselben Qualen wie die vorherige. Morgens fragte der Rapportführer beim Appell, wer über Nacht geraucht habe. Natürlich meldete sich niemand, wenngleich bekannt war, daß die Nikotinsüchtigen nicht auf diese Annehmlichkeit verzichten konnten und so unvorsichtig auf dem Flur rauchten, daß ein SS-Mann auf dem Wachturm den Qualm durch das

Fenster einer Stube bemerkt hatte. Zur Strafe ordnete der Rapportführer für diesen Teil des Gebäudes während der Mittagspause Kniebeugen an. Ich war zum Glück nicht von der „Auszeichnung" betroffen.

Die Tage vergingen langsam. Das Zeitmaß bestand in der vor- und nachmittaglichen Portion der Übungen auf dem Appellplatz, in sengender Hitze, die bis zu 30 Grad betrug, und abwechslungsreicher gestaltet durch die raffinierten Schikanen der gelangweilten Peiniger. All das sollte der Vorbereitung auf das Lagerleben dienen, es war eine Quarantänezeit, eine mörderische Rekrutenausbildung in preußischem Drill. Wir hörten auch, daß das eigentliche Lager für unseren Empfang vorbereitet werde.

Nach und nach büßte ich meine Kraft ein. Ich wurde von Apathie ergriffen und konnte mich nur unter größter Willensanstrengung dazu zwingen, die Übungen auszuführen. Doch der schmerzgeplagte Körper versagte den Dienst. Ich beschloß, mich irgendwie vor der täglichen Plackerei zu drücken. Eine Gelegenheit bot sich schon bald.

Im ersten Stock unseres Gebäudes richtete man eine Krankenstube ein, die in den ersten Tagen für ansteckend Kranke, hauptsächlich Schwindsüchtige, und Häftlinge mit Krätze bestimmt war. Aus dem Gefängnis hatte ich die Anfänge eines Krätzebefalls mitgebracht, ein gutes Dutzend Schorfstellen, die ich absichtlich aufkratzte. Beim Abendappell meldete ich mich ängstlich bei Bruno Brodniewitsch, dem Kapo Nr. 1, der stolz eine schwarze Armbinde mit der Aufschrift „Lagerältester" trug. Insgesamt meldeten sich weit über zehn Kandidaten, von denen Bruno nur die Hälfte qualifizierte. Den Rest jagte er mit Fußtritten in die angetretenen Reihen zurück. Uns führte er vor das Antlitz des Lagerarztes, eines schlanken, eleganten SS-Untersturmführers. Der Offizier unterbrach mich, als ich mich vorschriftsmäßig melden wollte. Er warf mir einen kalten Blick zu und fragte: „Was ist los mit dir, Junge?” Ich zeigte ihm die Finger meiner Hände, die er von weitem betrachtete. Dann entschied er: „Krätze. Krankenstube, verlegen!” Ich stand lange wie betäubt da, bevor der Befehl in mein Bewußtsein drang. Ich war also gerettet. Wie Lords räkelten wir uns tagelang in dem kleinen Saal im ersten Stock fast bewegungslos auf den Betten. Von unten hörten wir durch die offenen Fenster den Lärm der über den Platz gehetzten Abteilung, Jammern und Flüche, durchmischt mit dem Getrampel der Laufenden, und über allem die durchdringende Stimme „Pfeifchens”. Uns ging das nichts an, wir befanden uns außerhalb seines Zuständigkeitsbereichs. Unser Grüppchen vergrößerte sich. Zuletzt kamen Mietek und dann Tadeusz Zaleski hinzu, beide einem Zusammenbruch nahe. Sie waren niedergeschlagen und berichteten, die jungen Häftlinge seien am Ende ihrer Kraft und die älteren brächen massenhaft zusammen, darunter so angesehene Autoritäten wie die Sejm-Abgeordneten der Bauernbewegung Dr. Józef Putek aus Wadowice und Antoni Bodziony aus Nowy Sącz. Indessen sammelten wir neue Kräfte. Wir rieben unsere Körper mit einer stinkigen Teersalbe ein und freuten uns des Lebens.

Am 20. Juni traf ein Transport mit etwa 300 Gefangenen aus Wiśnicz und aus dem Krakauer Montelupich-Gefängnis bei uns ein. Unsere Folterknechte mußten sich mit den Neuankömmlingen beschäftigen, und so hatten wir ganze Nachmittage lang frei. An der Rampe wurden die Neuen ebenso empfangen wie wir eine Woche zuvor. Allerdings brachte man den ganzen Transport unter Umgehung der Quarantäne in das eigentliche Lager. Dort wurden ihnen die Zivilsachen weggenommen, und man steckte sie in die gestreifte Drillichkleidung der Häftlinge. Wir waren erbost über diese Ungerechtigkeit, denn wir hatten gehört, daß im Lager kein mörderischer Sport verordnet wurde, sondern daß man dort zur Arbeit verpflichtet war, die — so schien es uns — selbst als Schwerstarbeit nicht mit dem zu vergleichen war, wozu man uns gezwungen hatte.

Nach zehn Tagen Faulenzerei, die uns langsam wie eine Last vorkam, wurden wir aus der Krankenstube entlassen. Ausgeruht und durchgefüttert, wie wir waren, fiel es uns leichter, die Mühen des Alltags zu ertragen, und das umso eher, als das Wüten der Kapos und auch „Pfeifchens" nicht mehr ganz so brutal zu sein schien. Wenn aber von weitem der auf Eleganz und schönes Aussehen bedachte Untersturmführer Meier auftauchte, der den Spitznamen „Lackaffe" trug, dann verordnete Plagge uns sofort, wie es sich für einen rassigen deutschen Unteroffizier gehörte, sein reiches Repertoire an qualvollen Übungen. Und er hatte schon Erfolge aufzuweisen. Das hundertemal wiederholte, fast jedem Häftling mit Knüppelschlägen und Fußtritten beigebrachte Exerzieren hatte die „verfluchte Bande" auf die Höhen der Vollkommenheit echter Rekruten geführt. Diese Ausbildung sollte sich später im Lager für uns auszahlen.

Zwei Tage regnete es in Strömen. Wir saßen im Gebäude und lernten Lieder. Leo diktierte den Text eines Liedes, das die Jüngeren rasch aufgriffen:

In dem Schatten dunkler Lauben
Saßen beide Hand in Hand,
Saß ein Jäger mit seiner Lola.
. . .

Die stellenweise ziemlich ungenierte Fortsetzung löste starke Gefühle aus.

Unterdessen wurde das eigentliche Lager für unseren Empfang vorbereitet. Wir sahen immer häufiger

Kameraden vom zweiten Transport, die unter der Bewachung von SS-Leuten zu den nahegelegenen Magazinen gingen. Schließlich kamen wir an die Reihe, die Quarantäne war vorbei. Täglich kamen Gruppen von uns in das Lager. Eines Tages marschierten wir in Fünferreihen mit straffen Schritten ins Bad, wurden dann in gestreifte Häftlingsanzüge gesteckt, über eine breite Allee auf einen mit Stacheldraht umzäunten Gebäudekomplex zugeführt und machten vor einem riesigen schmiedeeisernen Tor halt, über dem in großen Buchstaben die ermunternde Inschrift prangte „Arbeit macht frei!" Wir wurden von einem SS-Mann gezählt und betraten das Lager. Nachdem wir links an einer Reihe niedriger Gebäude vorbeigekommen waren, führte man uns in einen zweigeschossigen, mit der Nummer 3 gekennzeichneten Block.

Arbeit macht frei

Herr über Leben und Tod der etwa 400 in Block 3 zusammengepferchten Häftlinge war der Blockälteste Max Kuserow, der die Häftlingsnummer 17 trug. Im Zivilleben war er angeblich Studienrat gewesen, und wegen eines kriminellen Verbrechens saß er bereits seit über sechs Jahren in nazistischen Konzentrationslagern. Im Vergleich zu den anderen Kapos der Gruppe mit den ersten 30 Häftlingsnummern verhielt sich Max menschlicher zu den Mitgefangenen. Von Natur aus aufbrausend, der Typ eines Sanguinikers, geriet er oft in Rage, aber er entlud seine Wut rasch in Brüllen und Schlägen, wobei er jugendliche Häftlinge ganz offensichtlich schonte. Wir stellten bald fest, daß er, solange im Block alles in Ordnung war, niemanden aufs Korn nahm und sich keine Opfer unter den ihm unterstehenden Häftlingen suchte.

Die erste Nacht in Block 3 verlief ruhig. Wir lagen dicht zusammengedrängt auf den auf dem Fußboden ausgebreiteten Strohsäcken, und vom Geruch der verschmutzten Körper wurde mir übel. Ich beschloß, von nun an um einen Platz am Fenster zu kämpfen, im Winter hingegen um einen Platz in der Nähe der Tür zum Flur. Ich konnte lange nicht einschlafen. Ich erinnerte mich an alles, was im Laufe des Tages geschehen war, und als ich endlich in einen tiefen, beruhigenden Schlaf verfiel, wurde ich brutal in die Wirklichkeit zurückgerufen.

Der Gong war noch nicht verklungen, als wir uns, angetrieben vom Blockältesten und den Stubenältesten, hastig anzogen und die Strohsäcke und Decken in einer Ecke des

Saals aufstapelten. Dann wuschen wir uns unter der Pumpe vor dem Block und brachten unsere Kleidung in Ordnung. Später bekamen diejenigen, die es schafften, den Kessel zu erreichen, anstatt des Frühstücks einen Becher Malzkaffee. Max und seine Gehilfen jagten nämlich alle zum Morgenappell auf den Sammelplatz. Man hörte die lauten Befehle der Blockältesten: „Blockweise antreten! Stillgestanden! Ausreihen! Abzählen!" Vor den Angetretenen erschienen die als Blockführer fungierenden SS-Leute, die die Meldungen über den Stand der einzelnen Blocks entgegennahmen und sie an Rapportführer Palitzsch weitergaben. Der zählte alle Meldungen zusammen, verglich sie mit der Zahl der Häftlinge vom Vortag und meldete Lagerführer Aumeier unter allgemeinen Schweigen den Personalstand des Lagers.

Der Appell dauerte nicht lange, und sogleich ertönte der Befehl „Arbeitskommandos formieren!" Unter den Häftlingen kam es zu einem Gedränge. Die mit dem zweiten Transport Eingetroffenen, die man nach ihrer Ankunft so nachsichtig behandelt hatte, waren bereits in verschiedene Arbeitskommandos eingeteilt und stellten sich daher rasch unter der Aufsicht ihrer Kapos in Fünferreihen zu Kolonnen auf. Die anderen, die mehr als zwei Drittel der Häftlinge ausmachten, wurden von Kapos und Blockführern in mehrere Kommandos eingeteilt und auf einen riesigen Platz gejagt, der vor dem Krieg als Reitbahn für die damaligen Kasernen gedient hatte. Jetzt sollte er als künftiger Appellplatz vorbereitet werden.

Die Meute der Kapos fiel unter wildem Gebrüll über uns her und trieb uns mit Knüppeln zu einem scharfen Tempo an. Mit vollbeladenen Schubkarren, die in den weichen Boden einsanken, mußte man mehrere Dutzend Meter weit laufen, und die Kapos und SS-Leute sparten nicht mit Prügel für die durch Überanstrengung schwach werdenden Häftlinge.

Mit einer Schaufel bewaffnet, beobachtete ich aufmerksam die Aufseher, die laut ihr „Los, Laufschritt! Bewegt euch!” riefen, um dann, wenn das nur irgendwie möglich war, ein wenig zu verschnaufen. Die Schläge, die wie ein Hagelschauer auf die gebeugten Rücken niedergingen, zwangen uns zu übermenschlicher Anstrengung. Die Arme versagten den Dienst, die Holzpantinen verletzten die Füße, aber der Mensch lief mit leerer und voller Schubkarre, getrieben von Todesangst vor dem unmenschlichen Geprügel der mordlüsternen Bande. Man muß sich vergegenwärtigen, daß die meisten Häftlinge durch mehrmonatigen Gefängnisaufenthalt geschwächte, ältere, oft herzkranke Leute waren. Unter der Last der überladenen Schubkarren zusammenbrechend, wurden sie zu den ersten Opfern der Henkersknechte. Wir waren Zeugen an Ort und Stelle begangener Mordtaten an erschöpften Mithäftlingen. Oberscharführer Palitzsch fuhr mit dem Fahrrad neben den mit ihren Schubkarren Dahinlaufenden her und bearbeitete sie mit einer Peitsche.

Am Abend nach dem Appell trat ich an eine Gruppe diskutierender Kameraden heran, die sich um Stefan Schabenbeck versammelt hatte. Julek Hoły, Jurek Żarnowiecki, Janek Zdebik und Staszek Ślizowski, der größte Optimist, alle waren niedergeschlagen. Wir stellten einmütig fest, daß wir dieses Arbeitstempo und diese Anstrengungen nicht lange aushalten würden. Der Lagerführung ging es keineswegs um die Ergebnisse unserer Arbeit, sondern darum, eine möglichst große Zahl von Leuten fertigzumachen. Diese verbrecherische Konsequenz beim Ermorden der Häftlinge erfüllte uns mit Entsetzen und mit ohnmächtigem Haß auf das ganze deutsche Volk. Voller Bitterkeit erinnerten wir uns an unsere Wunschträume von der Arbeit im Lager während der Quarantäne. Schließlich war es ungleich leichter gewesen, auf dem Exerzierplatz zu laufen oder in der Kniebeuge zu hüpfen, als unter der Last der Schubkarren zusammenzubrechen.

Am späten Abend erfuhr ich von Janusz Młynarski, daß die Arbeit beim Abklopfen des Putzes jener Blocks, die um ein Geschoß aufgestockt werden sollten, viel leichter sei. Am nächsten Morgen ordnete ich mich zusammen mit meinem Bruder und mit Jasiek Kudynowski, angeführt von Janusz, beim Kommando der „Maurer" ein. Die Entscheidung war zwar riskant, aber richtig. Die Arbeit bestand im Entfernen des abblätternden Putzes von den Fassaden. Unterwiesen von dem seit einigen Tagen hier eingesetzten „Maurergehilfen" Wiesław Kielar[6], Nr. 290, pochten wir wie Spechte inmitten dichter Staubwolken mit eisernen Klammern an die Mauern und wandten in den Pausen unsere Gesichter der Sonne zu. Trotz der Rufe „Klopfen, klopfen!" beeilten wir uns nicht sonderlich. Man mußte sparsam mit der Arbeit und den Kräften umgehen. Bald war ich ein Meister des vorgeblichen Klopfens, wobei ich die Staubwolken als Tarnung benutzte.

Zu jener Zeit trafen die ersten kleinen Transporte mit politischen Häftlingen aus Schlesien ein, die man vor der Überführung nach Auschwitz in einem Durchgangslager in Sosnowiec zusammengefaßt hatte.

Darunter befanden sich polnische Patrioten aus von der Gestapo zerschlagenen Untergrundorganisationen, die man in die Gefängnisse von Chorzów, Zabrze, Katowice, Tarnowskie Góry, Rybnik und Bytom geworfen hatte. Zu diesen Gruppen gehörten u.a. Kazimierz Smoleń, Nr. 1327, nach dem Krieg langjähriger Direktor des Staatlichen Auschwitz-Museums, Erwin Olszówka, Nr. 1141, die

---

[6] Wiesław Kielar, Verfasser der Auschwitz-Erinnerungen „Anus mundi", Verlag Wydawnictwo Literackie, Kraków 1972

Brüder Alfons und Ryszard Czajor und Franciszek Brol, Nr. 1159. Am Empfang dieser Transporte beteiligte sich „Lackaffe", der mit dem ganzen, ihm eigenen Sadismus selbst oder mit Unterstützung anderer SS-Leute jedem Neuankömmling zur Begrüßung 25 Stockhiebe verabreichte. Den Vollstreckungen schaute eine große Gruppe entmenschter Gaffer zu, die sich vor Lachen krümmten, wenn ein stärker auf Prügel reagierender Delinquent vor Schmerz winselte. Die Hiebe mußte der Gepeinigte selbst laut zählen: „Eins, zwei, drei..." Wenn er sich irrte, fing man von vorne an. Nach der Ausführung der Prügelstrafe mußten die Häftlinge in der Kniebeuge sitzen bleiben, und die nächsten Stunden hindurch jagte man sie über den Platz, um sie mit Hilfe des „Sports" auf das Lagerleben vorzubereiten.

Die Blocks 1, 2 und 3 waren damals mit Stacheldraht umzäunt, der an Holzpfosten befestigt war. Innerhalb und außerhalb dieser Einzäunung hatte man mächtige Verhaue, sog. Spanische Reiter, errichtet. Im damals eingeschossigen Block 1 wohnten in Zwei- und Viermannstuben die Kapos, jene Berufsverbrecher, die SS-Oberscharführer Gerhard Palitzsch am 20. Mai 1940 aus dem KZ Sachsenhausen mitgebracht hatte. Sie hatten die Nummern 1-30 bekommen und waren mit Funktionen in der sog. Häftlingsverwaltung betraut worden, die einen verlängerten Arm des SS-Apparates darstellte. Wie sich bald zeigte, waren sie praktisch Herren über Leben und Tod der ihnen unterstellten Häftlinge. Sie waren es, die tagtäglich auf unmenschliche Weise den von der Lagerführung aufgezwungenen Terror ausübten. Der erste Lagerälteste war Bruno Brodniewitsch, Nr. 1, und sein Stellvertreter der Kapo der Quarantäne Leo Wietschorek, Nr. 30. Den Arbeitsdienst leitete Otto Küssel, Nr. 2. Die anderen waren als Blockälteste oder als Kapos der im Aufbau begriffenen Kommandos eingesetzt. In Block 1 befanden sich auch die Schreibstube und die Kleiderkammer, später dann Schuster- und Schneiderwerkstätten.

In Block 2 waren hauptsächlich Häftlinge des Transports aus Wiśnicz und der ersten Transporte aus Schlesien untergebracht. Zu den Häftlingen des zweiten Transports gehörten hauptsächlich Angehörige der Krakauer Intelligenz. Unter ihnen gab es u.a. im Herbst 1939 verhaftete Rechtsanwälte, Studenten, Priester und Gymnasiallehrer, aber auch auf dem Wege nach Ungarn gefaßte „Touristen" und Personen, die mit deren Versuchen, die Grenze zu überschreiten, in Verbindung standen. Zu dieser Gruppe gehörten u.a. Mieczysław Borek, Jan Pilecki, Zygmunt Owczarek, Władysław Baworowski, Władysław Kochanek, Józef Dec, Walerian Sroka, Bolesław Rozmarynowicz, Tadeusz Chronowski (im Lager T. Turek), Juliusz Zończyk, Zygmunt Janta, die Zakopaner Juliusz Hoły, Izydor Łuszczek, Władysław Gut und Stefan Schabenbeck, die fünf Brüder Jan, Józef, Bolesław, Władysław und Karol Kupiec aus Poronin, der bekannte Bildhauer und Maler Xawery Dunikowski und mein Professor Antoni Nykliński vom I. Krakauer Gymnasium. Zu diesem Transport gehörte ferner eine Gruppe ehemaliger Angestellter der Stickstoffwerke in Mościce bei Tarnów, größtenteils Ingenieuren, die sich geweigert hatten, für die Besatzer zu arbeiten. Unter ihnen befanden sich Stanisław Chrzanowski, Artur Krzetuski und die Brüder Władysław und Józef Plaskura.

Zwischen den Blocks 1 und 2 hatte man die Kessel einer Feldküche für die Häftlinge aufgestellt. Erster Küchen-Kapo war der Kriminelle Fritz Biessgen, Nr. 4, und als Vorarbeiter fungierte der vom Gefängnis in Wiśnicz Nowy aus in das Lager eingelieferte Franciszek Nierychło, der spätere Kapellmeister des Lagerorchesters.

Zwischen den Blocks 2 und 3 stand ein riesiges, täglich aufgefülltes Faß, aus dem wir unser Waschwasser bezogen.

Etwas weiter weg hatte man über einer tiefen Grube eine überdachte Latrine errichtet, ganz einfach eine lange, schmale Bohle mit Platz für mehr als ein Dutzend Personen. Den Zugang zum Klo regelten die Kapos mit ihren Knüppeln. Im Prinzip durften wir uns nur 10-20 Sekunden in der Latrine aufhalten. Man kann sich leicht vorstellen, was in der Schlange vor der Latrine los war, besonders, wenn man berücksichtigt, daß viele Häftlinge an Magenbeschwerden und Durchfall litten.

Im Juli 1940 begann man mit dem stufenweisen Ausbau des Lagers. Die ehemaligen Kasernengebäude wurden umgebaut — Block 16 zum Häftlings-Krankenbau und die Blocks 14 und 15 zur Quarantänestation des Lagers. In Block 13 (später bekam er die Nummer 11) wurden der Bunker, d.h. das Arrest des Lagers, und die Strafkompanie, kurz SK, untergebracht.

Der 6. Juli hat sich für immer in das Gedächtnis der rund anderthalbtausend Häftlinge eingebrannt. Als wir nach der ganztägigen schweren Arbeit zum Abendappell angetreten waren, stellte sich heraus, daß ein Häftling fehlte. Nach langem Suchen wurde die Liste der Häftlinge verlesen, und man stellte fest, daß Tadeusz Wiejowski, Nr. 220, beim Appell abwesend war. Die Blockführer und der Lagerälteste Brodniewitsch und nach ihnen die Blockältesten riefen minutenlang die Nummer und den Namen des Fehlenden, doch niemand meldete sich. Wir standen in tiefem Schweigen an unseren Plätzen und spürten, daß gleich die Hölle losbrechen werde. Er ist sicher abgehauen, dachte ich mir. Vor den Angetretenen erschien Lagerkommandant Rudolf Höß, begleitet von Lagerführer Karl Fritzsch, Rapportführer Gerhard Palitzsch und mehreren anderen SS-Offizieren. Die`Anwesenheit von Höß verhieß nichts Gutes. In unheildrohendem Schweigen, in gespannter Habachtstellung warteten wir unruhig darauf, was kommen werde. Bald stellte man fest, daß der entwichene Häftling an diesem Tag in der Gruppe der Kanalarbeiter eingesetzt gewesen war, die die Aufgabe hatte, die Kanäle im Lager in Ordnung zu bringen, die mit dem Hauptkanal verbunden waren, der in der Gegend des Flüßchens Sola nach außen führte. Die ganze Gruppe wurde sofort aufgerufen und nach Block 1 gejagt. Auf den Gesichtern der SS-Leute zeichnete sich Genugtuung ab, denn sie rechneten damit, daß die näheren Umstände der Flucht — mit Hilfe ihrer erprobten Methoden — schnell geklärt werden würden. Kurze Zeit später hörten wir aus den offenen Fenstern das Pfeifen der Ochsenziemer und die erstickten Schreie der mißhandelten Opfer, zeitweise übertönt durch das Brüllen von Palitzsch. Über eine Stunde lang wurden die unschuldigen Menschen „bearbeitet", die nichts anderes mit dem Flüchtling verband als der Umstand, daß sie in dem unglückseligen Kommando mit ihm zusammen gearbeitet hatten. Nach einiger Zeit fragte Oberscharführer Hößler über den Dolmetscher, wer mit Wiejowski in der Stube zusammen gewohnt habe oder ihn von draußen her kenne. Leider gab es Naive, die sich meldeten und erklärten, daß sie direkt neben ihm geschlafen hätten. Sie wurden raffinierten Verhören unterzogen. Sie konnten aber nichts Neues zur Sache aussagen, und so kamen die vor Wut schnaubenden Folterknechte wie eine Hundemeute auf den Hof gestürzt. Der Dolmetscher, Graf Władysław Baworowski, der schon länger wegen seiner aristokratischen Abstammung unter den einfallsreichen Schikanen der Kapos und SS-Leute zu leiden hatte, wiederholte mit bebender Stimme die Worte des Kommandanten, daß jeder zehnte von uns daran glauben müsse, wenn sich nicht derjenige melde, der von den Absichten Wiejowskis gewußt habe.

Entsetzt standen wir stramm in unseren Reihen. Es war vollkommen still. Keiner trat vor. Nach einiger Zeit drängten sich die SS-Leute auf ein Zeichen von Höß zwischen die Reihen, schlugen rechts und links auf die Häftlinge ein und brachten sie mit Fußtritten zu Fall, während die ihnen folgenden Kapos mit Peitschen die Ordnung in den Reihen wiederherstellten. Man mußte um jeden Preis die Habachtstellung wahren, denn die kleinste Abweichung verursachte schmerzhafte Schläge, die die zwischen den Reihen hindurchgehenden Folterknechte unvermutet auf die Rücken austeilten. Eine zusätzliche Pein bestand darin, daß man seinen Platz nicht verlassen durfte. Daher erledigten die Häftlinge ihr natürliches Bedürfnis da, wo sie standen. Das führte natürlich zu zusätzlicher Prügel und zu Flüchen gegenüber den mißhandelten Häftlingen.

Nach dem heißen Tag war die Nacht sehr kühl. Von der Sola her wehte ein kalter Wind. Wir hatten keine Blusen an, weil man sie uns zum Waschen weggenommen hatte. Die dünnen Drillichhosen und die Holzpantinen an den nackten Füßen konnten die abgemagerten Körper nicht wärmen, und so machte sich die Kälte nach Mitternacht empfindlich bemerkbar. Seit zwölf Stunden hatten wir nichts zu essen bekommen. Der leere Magen verlangte sein Recht, und die Muskeln versagten den Dienst. Vom ununterbrochenen Stehen schwollen die Beine an, und man bekam Rückenschmerzen. Die schöne Sommernacht ging vorbei. Das mit einem Mosaik aus Sternen besetzte Firmament verschmolz allmählich mit dem Grau des neuen Tages. Die SS-Leute und Kapos waren irgendwohin verschwunden. Der entkräftete Körper verlangte nach Schlaf. Ich versuchte, im Stehen einzunicken, aber das gelang nur sekundenlang, eben für die Zeit, da der Körper noch nicht das Gleichgewicht verlor. Der kalten Nacht folgte ein warmer Morgen, und dem wieder ein heißer Tag. Die Häftlinge wurden vor Durst, Hitze und Erschöpfung ohnmächtig. Man begoß sie mit Eimern kalten Wassers und zwang sie, auf ihren Platz zurückzukehren.

Der Appell dauerte schon über sechzehn Stunden. Ich war am Ende meiner Kraft, als Otto Küssel, Häftling Nr. 2, durch die Reihen der erschöpften Häftlinge ging und anfing, mit Hilfe eines anderen Kapos die Jugendlichen herauszurufen und sie in die Blocks zu schicken. Wir waren gerettet. Um 14 Uhr ordnete der Lagerführer die Erlösung für das ganze Lager an, ausgenommen elf Häftlinge, die man verdächtigte, Tadeusz Wiejowski bei seiner Flucht geholfen zu haben. Sie wurden zusammen mit fünf Zivilarbeitern in den Keller von Block 13 gesteckt.

Einige Tage später tauchte Küssel vom Arbeitsdienst im Block auf und suchte nach Kandidaten für den Stubendienst in Block 1. Im Laufe eines kurzen Gesprächs überprüfte er die Deutschkenntnisse mehrerer, unter der riesige Zahl junger Leute ausgesuchter Häftlinge, und mir trug er auf, mich in Block 1 bei Brodniewitsch zu melden. Im Stillen dankte ich Professor Rose, meinem Deutschlehrer des Krakauer Gymnasiums, dafür, daß er uns so hartnäckig die Grundlagen dieser Sprache beigebracht hatte, was wir damals natürlich nur widerstrebend aufgenommen hatten. Jetzt mußte er wahrscheinlich, mit dem Judenstern gekennzeichnet, in Krakau Straßen fegen.

Im Block der Kapos gehörte es zu meinen Aufgaben, in fünf oder sechs Stuben für Sauberkeit und Ordnung zu sorgen. Ich war allein in diesem Teil des Blocks. Niemand trieb mich an, niemand schrie auf mich ein. Glücklich machte ich mich aus aller Kraft an die Arbeit. Ganze Tage scheuerte ich Fußböden, Schränke, Tische und Hocker, machte die Betten und bemühte mich, die Stuben ideal sauber zu halten. Meine Anstrengungen fanden Anerkennung bei den Kapos. Doch da ich ihre Haltung vom ersten Tage meines Aufenthalts im Lager an beobachtete, betrachtete ich sie als eine Bande von Mördern, die blindlings die Befehle ihrer Auftraggeber ausführten. Wie sich bald herausstellte, behielten einige von ihnen aber selbst unter diesen unmenschlichen Bedingungen Züge von Menschlichkeit. Zu diesen Ausnahmen gehörten u.a. der Kriminelle Fritz Biessgen, Nr. 4, Kapo der Häftlingsküche, der von dem ihm unterstehenden polnischen Personal „Mütterchen" genannt wurde, und Arnold Hartwig, Nr. 12, Oberkapo der Küche, der sich durch ungeheure Körperkraft auszeichnete, die er aber nie an den Häftlingen ausließ, die er als Menschen behandelte. Leider wurden beide 1941 aus dem Lager entlassen, und ihre Plätze nahmen Schlimmere ein. Einigermaßen in Ordnung war ferner der Kriminelle Hans Bock, Nr. 5, Lagerältester des Häftlingskrankenbaus, dem die polnischen Häftlinge den Spitznamen „Vati" gegeben hatten. Wie sich später herausstellte, hat er in der Geschichte des Krankenbaus eine überaus positive Rolle gespielt. Er starb 1944 in Łagisza. Zu ertragen waren auch die Kriminellen Artur Balke, Nr. 3, Oberkapo der Tischlerei, 1943 aus dem Lager entlassen, und Johann Lechenich, Nr. 19, Kapo der Wirtschaft, der angeblich in Australien geboren war und daher den Spitznamen „Jonny" trug. Er floh am 10. Oktober 1942 aus Birkenau, was im Lager eine mächtige Sensation auslöste. Die nächsten waren der 1942 entlassene Oberkapo der Schlosserei Kurt Müller, Nr. 23, und der Kriminelle Kurt Pachala, Nr. 24, Kapo der Fahrbereitschaft, der am 14. Januar 1943 im Bunker umgebracht wurde, weil er im Juni 1942 vier Häftlingen bei der Flucht geholfen haben soll.

Keiner der Genannten war jedoch mit dem Kriminellen Otto Küssel, Nr. 2, zu vergleichen, angeblich ein Geldschrankknacker aus Berlin. Intelligent, wohlgewachsen und elegant, erfreute er sich seit langem der Sympathie der Häftlinge. Ich weiß nicht, wie er es schaffte, aber nie hat man ihn mit einem Knüppel in der Hand zu sehen bekommen. Dagegen haben ihm viele ihr Leben zu verdanken, denn durch seine Funktion im Arbeitsdienst verfügte er über ungeheure Möglichkeiten bei der Einweisung zur Arbeit. Otto, wie wir ihn im allgemeinen nannten, hatte Autorität sowohl bei den anderen Kapos als auch bei den SS-Leuten. Er hatte viele Freunde unter den Polen des ersten Transports. Das belegt sein weiteres Schicksal im Lager und in der Freiheit, nach seiner Flucht aus dem KZ Auschwitz.

Die restlichen Kapos der Gruppe mit den ersten 30 Häftlingsnummern waren, vielleicht mit einigen weiteren Ausnahmen, ausgesprochene Banditen. Sadismus und besondere Brutalität kennzeichneten vor allem den Berufsverbrecher Bernhard Bonitz, Nr. 6, Blockältester des Blocks 2, den Oberkapo der Buna-Werke und späteren Lagerältesten der Günthergrube und den Oberkapo der Lederfabrik. Letzteren erreichte der Arm der Gerechtigkeit erst 1966, als er beim Frankfurter Kriegsverbrecherprozeß zu lebenslanger Haft verurteilt wurde.

Der nächste war der grausame, rücksichtslose, einarmige Intellektuelle Johann Siegruth, Nr. 26., Oberkapo des Kommandos Bauhof. Siegruth erhängte sich am 28. Juli 1941 während des Transports in ein anderes Lager im Waggon[7], was zu jener Zeit die größte Sensation darstellte. Nach Ansicht der gläubigen Häftlinge, hatte ihn die strafende Hand Gottes getroffen. Der Kriminelle Leo Wietschorek, Nr. 30, ein brutaler, einfältiger Riese von etwa

---

[7] Wahrscheinlicher ist, daß der von allen gehaßte Siegruth von Mithäftlingen umgebracht worden ist. Wie sich bald herausstellte, ging der Transport, in dem sich der Oberkapo des Bauhofs aus unbekannten Gründen befand, in die Ortschaft Sonnenstein, wo die Nazis im Rahmen des Euthanasieprogramms alle am 28. Juli 1941 dorthin geschickten 575 Häftlinge in der Gaskammer ermordeten. Es war der erste Massenmord, der unter Verwendung von Gas an Häftlingen des KZ Auschwitz verübt wurde.

45 Jahren, Lagerältester II und später Lagerältester I in Birkenau, starb am 3. Juli 1942 an Typhus. Angeblich sollen dabei Häftlinge nachgeholfen haben. In dieser auserlesenen Mördergesellschaft war der Berufsverbrecher mit der Nummer 1, der Lagerälteste Bruno Brodniewitsch, ein Stern erster Größe. Der schwarzhaarige, dunkelhäutige, gutgebaute, mehr als mittelgroße, ungefähr vierzigjährige Brodniewitsch war mit seinem durchdringenden Blick der Schrecken aller Häftlinge. Schnell lernten wir ihn als zynischen und brutalen, zugleich aber verschlagenen und rücksichtslosen Henkersknecht kennen. Obwohl er keine höhere Bildung aufzuweisen hatte, mußte er über ziemlich gute psychologische Kenntnisse verfügen, die er sich wahrscheinlich während seiner umfangreichen Knastlaufbahn angeeignet hatte, denn er verstand es, sich geradezu ideal der jeweiligen Situation anzupassen. Durch Lobhudelei, Bestechung und Dienstbeflissenheit machte er sich bei der Lagerleitung beliebt, die Lagerführer Fritzsch und Aumeier und sogar Kommandant Höß nicht ausgenommen. Bald wurde er zur rechten Hand Palitzsch', der ihn in Sachsenhausen unter Tausenden anderen Häftlingen ausgesucht hatte und auf seinem Posten protegierte. Lagerältester war Brodniewitsch bis Dezember 1942. Dann übte er nach einem kurzen Aufenthalt im Bunker — darüber später mehr — dieselbe Funktion in Birkenau, in Neu Dachs, Bismarckhütte, Mittelbau Dora und Bergen-Belsen aus, wo er angeblich nach einem Kameradengericht ermordet worden ist.

Während meiner Lagerarbeit in Block 1 hatte ich Gelegenheit, viele der Kapos beobachten zu können. Nach der Rückkehr in den Block, wenn sie sich keinen Zwang mehr antun mußten und nicht dem verbrecherischen Druck ihrer Führer ausgesetzt waren, verhielten sie sich wie gewöhnliche Menschen, sie waren heiter und entspannt. Oft hörte ich ihre in verschiedenen, für mich oft unverständlichen

Dialekten geführten Gespräche und auch ihre ordinären Witze mit an.

Mir gegenüber verhielten sie sich korrekt, einige sogar freundlich, doch meine Angst vor Brodniewitsch konnte ich bis zum Schluß nicht überwinden.

Nach kurzer Zeit wurde ich in ihre Verpflegung einbezogen. Aus der Küche brachte man einen besonderen Kessel für sie, und darin befand sich meist eine kräftige Suppe mit kleinen Fleischstückchen. Endlich konnte ich mich sattessen, und meine Portion im Block gab ich Mietek oder anderen Kameraden. Ich bekam auch Brot, Margarine und Marmelade. Die Möglichkeiten, meinen Bruder und die Freunde vom Wiśnicz-Transport Zygmunt Janta und Julek Zończyk mit zusätzlichen Lebensmitteln zu versorgen, nahmen zu. Mit der Zeit wurde Zygmunt mir so vertraut, daß ich oft im Zweifel war, wem ich eine Brotportion geben sollte, ihm oder meinem Bruder.

Nach einiger Zeit bemerkte ich, daß es schlecht um Mietek stand. Er wurde fahl, verlor seine Energie, bekam geschwollene Füße und gefährliche Schatten um die Augen. All das zeugte von extremer Entkräftung. Wenn es nur möglich war, wechselte er das Kommando, aber er fand keine erträglichen Arbeitsbedingungen. Ich bekam Angst, daß Mietek zugrunde gehen könne. Man mußte handeln, bevor es zu spät war. Bei nächster Gelegenheit wandte ich mich an Biessgen. Ich beschrieb ihm den Zustand, in dem sich Mietek befand, und bat ihn, meinen Bruder in die Küche aufzunehmen. „Mütterchen" nickte verständnisvoll mit dem Kopf und sagte: „Hab keinen Kummer, Junge! Es läßt sich machen. Ihr müßt aber ein paar Tage abwarten." Und tatsächlich! Einige Tage später war der Bau der riesigen Baracke beendet, die als Küche und Lebensmittellager dienen sollte. Das Bauvorhaben war unerläßlich gewesen, weil die Zahl der Inhaftierten von Tag zu Tag stieg. Nach und nach wurden in der Küche immer mehr Häftlinge eingesetzt, meist vom ersten und zweiten Transport. Darunter befanden sich Jerzy Wołasowicz, Juliusz Hoły, Alfred Wilk, Gustaw Piotrowski, Aleksander Hertel, Andrzej Rablin, Eugeniusz Cyba, Eugeniusz Niedojadło, Jan Sarapata und Lucjan Sobieraj. Und in diesen Kreis auf einander eingespielter junger Leute kam auch Mietek. Jetzt mußte ich mich nicht mehr um sein Schicksal sorgen. Rasch erlangte er Kraft und Gesundheit zurück, und später begann er selbst, anderen zu helfen.

Eines Vormittags blickte ich vom Innern einer Stube durch das offene Fenster auf den sonnenüberfluteten Platz, auf dem die von Kapos und SS-Leuten angetriebenen Häftlingsmassen von einer Stelle zur andern fluteten. Mit meiner Arbeit für heute war ich fertig. Niemand störte mich. Also räkelte ich mich faul auf den Stühlen herum und wartete auf die Mittagspause. Plötzlich hörte ich am Eingang zum Block ein lautes „Achtung!" und rasche Schritte auf dem Flur. Den Raum betrat Palitzsch, begleitet vom Lagerältesten Brodniewitsch. Entsetzt stand ich stramm und meldete mit brüchiger Stimme: „Herr Rapportführer! Häftling Nummer hundertachtzehn meldet sich bei der Arbeit". Palitzsch trat näher, stand breitbeinig da, maß mich mit kaltem Blick von Kopf bis Fuß und sah sich in der Stube um. Gespannt wie eine Geigensaite, lauschte ich dem raschen Schlag meines Herzens. Ich ahnte, daß der überraschende Besuch für mich schlecht ausgehen könnte. Bisher war das übliche „Weitermachen!" noch nicht gekommen, und so stand ich in strammer Haltung da und verfolgte in höchster Spannung die herumschweifenden Blicke des grausamsten aller Schergen. Der Fußboden war gescheuert, die Möbel waren feucht abgewischt, die Betten einheitlich gebaut (ich hatte gelernt, das Stroh in den Säcken senkrecht auszurichten), die Drillichblusen ordentlich in den Schränken gestapelt, die Fensterbretter sauber — noch hatte sich wohl kein Staub darauf abgesetzt. Ich atmete auf, als Palitzsch mit dem Finger über eines der Fensterbretter fuhr und sich wortlos dem Ausgang zuwandte. In der Tür warf er noch einen Blick auf den in einer Ecke stehenden Eimer; er war ausgescheuert und mit sauberem Wasser gefüllt. „Was ist das? Du Arschloch!" brüllte er überraschend.

„Ein Eimer mit sauberem Wasser, Herr Rapportführer", stammelte ich unsicher. Bruno sah interessiert zu, wie es wohl weitergehen werde. Palitzsch befahl mir, den Eimer in die Mitte der Stube zu stellen. Dann beugte er sich etwas zurück und stieß ihn mit einem kräftigen Fußtritt um. Das Wasser ergoß sich in breitem Strom über den Fußboden des ganzen Raumes. Palitzsch brüllte „Weitermachen!" und trat auf den Flur. Gehorsam wie ein Pudel folgt ihm der Lagerälteste.

Am Abend lachten die Kapos über die von Brodniewitsch entsprechend kommentierte Geschichte. Otto sagte nur zu mir: „Mensch, du hast Schwein gehabt."

Indessen nahm die Zahl der Häftlinge gewaltig zu. Am 15. August traf der erste Transport aus Warschau im Lager ein. Er umfaßte 1666 Männer, die man hauptsächlich bei Straßenrazzien verhaftet hatte, darunter 513 Häftlinge des Pawiak-Gefängnisses. Kurze Zeit später kam ein großer Transport aus Krakau und Tarnów. Täglich wurden in kleinen Gruppen und sogar einzeln Gefangene aus Katowice und Łódź eingeliefert. Auch aus Lublin trafen erste Transporte ein. Wenige Tage später gab es im Lager eine neue Sensation.

Der Kapo der Schneiderei, der Kriminelle Richard Meier, Nr. 20, den Oberscharführer Palitzsch nach Katowice mitgenommen hatte, um roten Stoff für die Dreiecke der politischen Häftlinge zu kaufen, war abgehauen. Meier hatte gebeten, austreten zu dürfen, und war durch den Hinterausgang des mitten im Stadtzentrum gelegenen Geschäfts verschwunden. Für uns war das wegen der näheren Umstände des Vorfalls und wegen Palitzsch selbst eine große Freude. Sogar bei den Kapos bemerkte ich unterdrückte Zufriedenheit, obwohl einige von ihnen zum Verhör in die Politische Abteilung[8] gerufen worden waren.

Ende August wurden 100 Häftlinge deutscher Nationalität vom KZ Sachsenhausen in das KZ Auschwitz überstellt, um die zahlreichen Funktionen im ständig weiter ausgebauten Lagerapparat zu besetzen. Darunter befanden sich Kriminelle, als Asoziale bezeichnete Drückeberger, die mit einem schwarzen Dreieck gekennzeichnet waren, und politische Häftlinge. In Übereinstimmung mit der laufenden Numerierung bekamen sie Nummern über 3000. Unter diesen 100 Kapos stach bald darauf der schlimmste Folterknecht, der wie ein Schwein gemästete Kapo der Strafkompanie Ernst Krankenmann, hervor.

Die Strafkompanie (SK) wurde in den ersten Septembertagen aufgestellt und in Block 3a untergebracht. Eingewiesen wurden dort hauptsächlich Priester und Juden, die der grausame Krankenmann vor eine riesige Straßenwalze von 2 m Durchmesser spannte und dazu antrieb, den Appellplatz festzuwalzen. Oft sahen wir, wie er triumphierend wie auf einem römischen Kampfwagen auf der schweren Deichsel der Walze stand und mit einem langen Stock auf die Schultern der wankenden Häftlinge einschlug. Diesen Berg von Fleisch und Fett haßten alle, selbst die Kapos, die ebenfalls in seine Fänge geraten konnten. Otto sagte einst voller Abscheu von ihm: „Seht nur dieses fette Schwein, so sieht ein Opfer des Faschismus im Lager aus!"

---

[8] Politische Abteilung — Dienststelle der Lager-Gestapo

Mit der Zeit entstanden immer neue Kommandos. Zuerst waren die besetzt, die eine Arbeit unter einem Dach gewährleisteten. Sie waren es auch, die die Keimzelle der künftigen Lagerwerkstätten bildeten, d.h. der Kommandos der Tischler, Schlosser, Schuster, Schneider, Maler und dergleichen. Eingesetzt wurden in diesen Kommandos vor allem Handwerker, und außerdem meldeten sich, gewissermaßen auf deren Kosten, auch Häftlinge, die nicht die geringste Ahnung von irgendeinem Beruf hatten. Einigen gelang es, sich mit Hilfe von Kameraden, die sie unterwiesen, in den Kommandos einzuarbeiten, doch viele wurden von den Kapos brutal verprügelt und wieder rausgeschmissen. Diese Unglücklichen erwischte der mitleidslose, einarmige Siegruth, der sie beim Abladen von Baumaterial auf dem Industriehof einsetzte. Von Kapos und Vorarbeitern angetrieben, brachen sie unter der Last der Zementsäcke, der Stahlträger oder der mit Ziegeln beladenen Schubkarren zusammen. Das Kommando erlangte bald die Bezeichnung „Fertigmachkommando", und beschäftigt waren dort üblicherweise die irritierten und durch die Quarantäne entkräfteten Neuzugänge. Zeitweise hatte Siegruth Schwierigkeiten beim Auffüllen des Kommandos. Dann suchte er in anderen Kommandos nach Häftlingen, die vor ihm ausgerissen waren, und zwang sie mit Gewalt zur Rückkehr. Das führte zu Konflikten unter den Kapos, aber der rücksichtslose Siegruth verstand es, den Nachschub an Arbeitskräften für sein Kommando zu sichern.

In gutem Ruf stand das Kommando der „Landarbeiter", die während der Ernte in der lagernahen Zone eingesetzt wurden. Kapo war dort der menschlichere „Jonny", der es seinen Untergebenen erlaubte, sich Lebensmittel zu besorgen. Nach der abgeschlossenen Zusammenstellung des Kommandos, in dem glücklicherweise Antoś Wykręt Platz gefunden hatte, war es unmöglich, dort aufgenommen zu werden.

Auf Initiative des Kapos der Schlosserei, des Ingenieurs der Fabrik in Mościce Władysław Plaskura, wurde ein Kommando von Installateuren aufgestellt, das rasch mit der Anlage eines Wasserleitungs- und Kanalisationsnetzes im Lager begann. In diesem Kommando fanden neben einigen gelernten Installateuren mit der Zeit mehrere Dutzend Häftlinge Beschäftigung und Betreuung, darunter auch der Bruder Plaskuras Józef, von Beruf Buchhalter. Plaskura selbst wurde dagegen zur Freude seiner Kameraden zum Kapo des Kommandos ernannt. Zu späterer Zeit hat der Häftling Nr. 1000 eine beachtliche Rolle in der Widerstandsbewegung des Lagers gespielt.

Die im Abbruchkommando beschäftigten Häftlinge befaßten sich mit dem Abriß einiger Gebäude in der Umgebung von Oświęcim. Ihre Arbeit war schwer, denn sie verfügten weder über entsprechende Geräte noch über die notwendige Qualifikation. Sie waren vom Hunger geschwächt, zogen sich schmerzhafte Verletzungen zu und kamen sogar unter zusammenbrechenden Trümmern ums Leben. Trotzdem meldeten sich ständig Freiwillige, die damit rechneten, daß man sich dort Lebensmittel, Schuhe oder etwas anderes besorgen könne, was geeignet war, im Lager gegen Brot eingetauscht zu werden.

An einem Herbsttag rief der Dolmetscher beim Morgenappell Tapezierer auf. Es meldeten sich mehrere Dutzend Häftlinge. Ein Kapo zählte alle ab. Er schickte seltsamerweise niemanden zurück, ließ die Abteilung in Fünferreihen antreten und marschierte damit durch das Lagertor. Beim Nachmittagsappell erzählte mir der stets gut informierte Czesio Sowul belustigt, daß man die „Tapezierer" zum Entladen von Stroh an die Eisenbahnrampe geschickt habe. Anschließend mußten sie mehrere Tage lang Strohsäcke stopfen. Diesmal hatten die Freiwilligen nicht gerade den schlechtesten Griff getan, denn die Arbeit war nicht sonderlich schwer. Angeblich hatte sich in der ganzen Gruppe nur ein einziger echter Tapezierer befunden.

Ende September traf der zweite Transport mit insgesamt 1705 Häftlingen aus Warschau im Lager ein, und einige Tage später kamen mehrere Transporte aus Schlesien und aus Łódź.

Am 8. Oktober wurden erneut 342 Häftlinge aus Tarnów und Krakau eingeliefert. Darunter befanden sich mein späterer Freund Włodzimierz Turczyniak und seine beiden Kameraden aus Bochnia, die Brüder Czesław und Roman Jaszczyński. Es war bereits der dritte Transport mit Häftlingen aus Tarnów, wo ich noch vier Monate zuvor vor Hunger bald ohnmächtig geworden war.

Im Sommer 1940 ging eine neue Bezeichnung in den Wortschatz des Lagers ein — „Muselmann". So nannte man die körperlich völlig entkräfteten, apathischen, psychisch gebrochenen Häftlinge, denen alles gleichgültig war. Die „Muselmänner" lebten nur beim Anblick von Essen oder der stinkenden Reste auf, die sie aus den Abfallkübeln der Küche herausklaubten. Das Schicksal dieser Menschen war entsetzlich. Sie wurden vorwiegend zu den schwersten Arbeiten eingeteilt, erkrankten an blutigem Durchfall, und wenn sie nicht rechtzeitig Hilfe bekamen, starben sie vor Entkräftung. Vor dem Tode konnte sie nur das Häftlingspersonal des Lagerkrankenbaus retten, dessen Möglichkeiten aber begrenzt waren. Viele der „Muselmänner" hatten fahle, farblose Gesichter und trugen schmutzige, an Turbane erinnernde Bandagen um den Kopf; daher vielleicht der Vergleich.

Der kalte, regnerische Herbst lichtete die Reihen der Häftlinge. Am unangenehmsten machte er sich beim Appell bemerkbar. Angesichts der riesigen Menschenmassen jagten uns die Blockältesten und Funktionshäftlinge eine Stunde früher aus den Blocks, um gut auf den reibungslosen

Ablauf des Appells vorbereitet zu sein. Besonders bei den Nachmittags- und Abendappellen kam es immer häufiger vor, daß sich jemand vom Kommando verkrümelt hatte oder an einem ungestörten Ort eingeschlafen war, ohne die Kameraden zu benachrichtigen. In diesen Fällen machten sich mit Knüppeln bewaffnete Kapos auf die Suche, und das ganze Lager stand im Nieselregen und verfluchte die Hundesöhne. Im allgemeinen wurde der irgendwo in einer warmen Ecke schlafende Häftling ziemlich schnell gefunden und zum Appell gebracht, oder man schleifte seine Leiche auf den Platz. Wenn ihn die Kapos nicht auf der Stelle erschlagen hatten, kam er in die Strafkompanie, von der nur wenige ins Lager zurückkehrten. Anfang November standen wir ohne Essen von mittags bis in die späten Abendstunden auf einem Strafappell. Ein Häftling war geflohen. Vom Himmel fiel Schneeregen, es wehte ein kalter Wind, und wir hatten noch keine Mäntel oder Pullover, viele von uns hatten keine Schuhe. An diesem Abend blieben mehrere Dutzend Leichen auf dem Platz zurück, und nur die widerstandsfähigsten und etwas besser ernährten Häftlinge zogen sich keine ernsteren Krankheiten zu.

Ende des Monats fand die erste Exekution im Lager statt. Geleitet wurde sie von SS-Hauptsturmführer Karl Fritzsch. Damals erschoß man als Vergeltung für angebliche Diversionsakte in Schlesien 40 von der Kriminalpolizei in Katowice eingelieferte Häftlinge. Während des Mittagsappells wurden sie aus Block 13 gezerrt, die Lagerstraßen entlanggejagt und außerhalb des Tores in eine Kiesgrube getrieben. Alle hatten mit Stacheldraht gefesselte Hände. Wir hörten dann die Gewehrsalven. Die Häftlinge wurden von panischer Angst ergriffen. Das ganze Lager stand unter dem Eindruck des Ereignisses. Wir stellten uns die Frage, wer wohl der nächste sein werde.

Die Leichen der erschossenen Patrioten wurden von dazu bestimmten Häftlingen mit dem Rollwagen zum Krematorium des Lagers gebracht, das Monate zuvor in einem Betonbunker in der Nähe des Kommandanturgebäudes eingerichtet worden war. Von diesem Augenblick an gingen der mächtige, fast pausenlos fetten Qualm ausstoßende Schlot des Krematoriums und die gleich daneben stehende wunderschöne Villa von Kommandant Höß für immer in die trotslose Lagerlandschaft ein. Mit dem Dienst im Krematorium waren die Leichenträger und das Leichenverbrennungskommando betraut. Diese Funktionen wurden von extra ausgesuchten Häftlingen ausgeübt. Niemand beneidete sie um ihre Beschäftigung.

Zu jener Zeit kamen im Lager neue Redewendungen auf. Die am Lagertor prangende propagandistische Losung der himmlerschen Mordknechte „Arbeit macht frei" ergänzten wir durch den Zusatz: „...durch den Schornstein des Krematoriums" oder kurz „...durch den Kamin". Über den Kamin konnte man eine „Himmelfahrt" machen, oder man konnte ins „Himmelfahrtskommando" kommen. Mit solchen Begriffen vervollständigten wir unsere Ausbildung in deutscher Sprache.

Am 15. Dezember trafen 500 polnische Häftlinge aus dem Konzentrationslager Dachau bei uns ein. Wir wußten bereits, daß das malerisch in der Nähe Münchens gelegene KZ Dachau das älteste Lager des Dritten Reiches war und daß es nach der Machtübernahme Hitlers dazu diente, politische Gegner, hauptsächlich deutsche Kommunisten, zu liquidieren.

Das ständige Verlegen der Häftlinge von einem Lager in ein anderes war anfangs unverständlich für uns. Später begriffen wir, daß es der Leitung der Lager darum ging, etwaige Zusammenschlüsse zu entstehenden Widerstandsgruppen zu verhindern. Die Möglichkeit der Verlegung in andere Lager wurde bald von den in der Politischen Abteilung beschäftigten polnischen Funktionshäftlingen ausgenutzt. Das geschah, wenn ein in Gefahr befindlicher Häftling dem Blickfeld der Lager-Gestapo entzogen werden mußte oder wenn das Handeln eines Sündenbocks der Häftlingsethik widersprach und man ihn los werden wollte.

Der Block für Minderjährige

Im September oder Oktober 1940 wurde auf Anweisung von Höß im Lager ein Block für Minderjährige eingerichtet, der die Jahrgänge 1922-1924 umfaßte. Das Vorhaben zielte darauf ab, den jugendlichen Häftlingen eine handwerkliche Ausbildung in den verschiedensten Berufen zu vermitteln. Beim Morgenappell wurden die Nummern von mehreren Hundert Häftlingen verlesen, und man befahl ihnen, sich in Block 5 zu melden. Wir folgten der Anweisung ohne jede Begeisterung, ja sogar mit gewissen Befürchtungen, denn obwohl einigen von uns die Absicht der Lagerführung bekannt war, konnte man doch nie wissen, auf was für Ideen die Henker gerade gekommen waren. Vielleicht wollten sie uns in der SK fertigmachen und durch den Kamin jagen oder uns in ein anderes Lager verlegen. Zum Blockältesten von Block 5 wurde Józef Baltaziński aus Brzesko ernannt, und die Funktion des Schreibers übernahm Jerzy Żarnowiecki aus Zakopane. Ich geriet in eine große Gruppe von Kameraden des ersten und zweiten Transports und auch der Transporte aus Schlesien und aus Warschau.

Baltaziński, ein ehemaliger österreichischer Offizier, war bisher der erste Dolmetscher des Lagers gewesen. Der große, gut gebaute Mann mit dem Äußeren und den Manieren eines Grundbesitzers hatte sich schnell dem Führungsstil des Lagers angepaßt. Wenn es notwendig war, brüllte er mit weithin hallender Stimme, manchmal verteilte er mit leichter Hand Ohrfeigen, und der Ordnung halber griff er auch zum Knüppel, aber es war zu sehen, daß er das nicht aus Überzeugung tat. Unbeugsamer wurde er in Gegenwart von Palitzsch oder der Lagerführer, vor denen er panische Angst hatte. Dann schlug er skrupellos auf die Jugendlichen ein. Jerzy Żarnowiecki war einige Jahre älter als wir. Der kleine, breitschultrige Blondschopf mit heller Haut und nordischen Zügen mißbrauchte seine Macht nicht. Wenn nötig, griff er ein, um Ordnung und Disziplin aufrechtzuerhalten. Dann spannte er seinen mächtigen Oberkörper an, er hatte sich nämlich schon an zusätzlichen Portionen gemästet, blickte drohend unter seinen hellen Brauen hervor und kam langsam auf den Missetäter zu. Im allgemeinen genügte das.

Die Herbsttage wurden kälter. Zu unserer großen Freude kehrten wir nach dem Appell in den Block zurück, wo wir, in der größten Stube zusammengedrängt, Deutsch lernten. Den Unterricht gab ein Lehrer aus Schlesien, dessen Namen ich leider vergessen habe. In Erinnerung geblieben ist mir nur die Gestalt eines hageren Mannes mit bräunlichem, durch das große Auditorium verschüchtertem Gesicht.

Die Jugendlichen waren zum großen Teil ehemalige Oberschüler aus ganz Polen, und das Niveau ihrer Deutschkenntnis war unterschiedlich. Am schwersten war es für jene, die vorher überhaupt keinen Deutschunterricht gehabt hatten. Daher hatte unser Lehrer große Schwierigkeiten bei der Zusammenstellung des Lehrplans. Von diesem Unterricht ist mir das stundenlange laute Lesen eines Wildwestromans von Karl May in Erinnerung geblieben. Die Abenteuer des tapferen Winnetou und seines weißen Bruders Old Shatterhand, die mich noch wenige Jahre zuvor so sehr begeistert hatten, kamen mir jetzt kindisch und naiv vor. Das Buch interessierte mich nur noch im Hinblick auf das Erlernen der deutschen Sprache.

Aus Sorge um die Erhaltung unserer Kondition verordnete uns Baltazinski eine Portion „Sport" auf dem Appellplatz und anschließend etwas Exerzieren und Singen in Marschordnung. All das erfolgte, wenn man die Verhältnisse im Lager berücksichtigt, unter erleichterten Bedingungen.

Vor Weihnachten fiel viel Schnee, den wir mit Schaufeln vom Platz entfernen mußten. Wie sich herausstellte, hatten wir unsere jugendlichen Reaktionen noch nicht eingebüßt, denn ein von irgendjemand geworfener Schneeball entfachte eine regelrechte Schneeballschlacht. Einen Augenblick lang spielten wir unbekümmert wie Kinder in der großen Pause auf dem Schulhof. Anstelle einer Klingel riefen uns ein durchdringender Pfiff und ein paar kräftige Flüche in die Wirklichkeit zurück. Es war der Lagerälteste Brodniewitsch, der unseren Spieldrang von weitem mitangesehen hatte und unerwartet auf dem Platz auftauchte. Vom Kampf erhitzt, nahmen wir erst Haltung an, als Bruno seine Tirade mit der Bemerkung schloß: „Ihr blöden Hunde, ich werde euch helfen!" Dann befahl er: „Zu fünft antreten! Rechts um! Im Gleichschritt marsch, marsch!" Nach einigen anstrengenden Runden um den Platz ordnete er noch mörderisches Hüpfen und Rollen an, und zum Schluß gab es Entengang mit im Genick verschränkten Händen. Später robbten wir durch den Schnee und mußten erneut um den Platz laufen. Wer keine Kraft mehr hatte, bekam den Knüppel im Kreuz zu spüren. Unterbrochen wurde das kräftezehrende Exerzieren erst durch den Ruf des am Tor stehenden diensthabenden Blockführers: „Lagerältester nach vorne!" Bruno drohte uns noch mit dem Knüppel, gab das Kommando „Wegtreten!" und lief zum Tor, um einen Zugang ins Lager zu holen.

Gehilfe des Stubendienstes in Block 5 wurde Franciszek K. Der knapp achtzehnjährige Franek, dunkelhäutig wie ein Zigeuner, besaß alle guten und schlechten Eigenschaften eines gewitzten Warschauer Pfiffikus. Fröhlich, kameradschaftlich, mutig, fast tollkühn beim Besorgen von Lebensmitteln, erlangte er im Block der Minderjährigen gewisse Beliebtheit. Wir schliefen nahe beieinander. Franek, der seinen Kameraden gerne imponierte, erzählte mir, wie er die Deutschen in Warschau ausgetrickst habe. Er war im Stadtteil Czerniaków aufgewachsen und hatte zuletzt seinem Vater beim Ausfahren von Kohlen zu den Kunden geholfen. Verhaftet hatte man ihn bei einer Straßenrazzia im Stadtzentrum. Niemand von uns konnte damals ahnen, daß Franek ein Jahr später Blockältester in Birkenau sein würde, den die ihm unterstehenden Juden und Zigeuner den „blutigen Franek" nannten.

Nach dem Krieg wurde Franciszek K. in der Volksrepublik Polen vor Gericht gestellt und zum Tode verurteilt. Die Strafe wurde später in langjährige Gefängnishaft umgewandelt.

Franek K. war ein typisches Beispiel dafür, wie ein raffiniertes unmenschliches System einen mit Macht ausgestatteten jungen Menschen, der kein hinreichend ausgeprägtes Moralgefühl besitzt, demoralisieren kann. Derartigen Belastungsproben waren in vielen Fällen selbst ältere Häftlinge nicht gewachsen.

Weihnachten rückte näher, mein erstes Weihnachtsfest fern von Zuhause. An Weihnachten erinnerten ein vor der Küche aufgestellter Tannenbaum und halblaut gesungene Weihnachtslieder. Unter diesen Umständen erstrahlte zum ersten Mal das Talent unseres Kameraden vom Transport aus Tarnów.

Dem Schutzhäftling Stefan Sikorski hatte die Natur eine wunderbare, samtweiche Stimme geschenkt. Das von ihm gesungene „Ave Maria" von Gounod rührte die Zuhörer zu Tränen. Sikorski verfügte über ein umfangreiches Repertoire. Nach dem Gong zur Nachtruhe, wenn wir zusammengedrängt auf den Strohsäcken lagen, sang Stefan oft mit halblauter Stimme Opernarien, patriotische Lieder und

Operettenmelodien, die uns in eine andere, bessere Welt versetzten und es ermöglichten, wenigstens für einen Augenblick das Grauen von Auschwitz zu vergessen.

Bald erlangte unser Tenor große Popularität im Lager, wodurch sich seine Existenzlage verbesserte. Stefan kam im August 1942 im Lager um, wahrscheinlich fiel er der Typhusepidemie zum Opfer. Schade, vielleicht wäre er ein berühmter Künstler geworden, schließlich begann für ihn im Lager gerade erst das Erwachsenenleben.

Die Feiertage verflogen rasch und ruhig. Mit Ausnahme der Diensthabenden waren die SS-Leute nach Hause gefahren, und wir benutzten den arbeitsfreien Tag, um uns zu erholen und um in anderen Blocks untergebrachte Kameraden und Freunde aufzusuchen. Am nächsten Tag kehrten wir in die triste Wirklichkeit zurück. Es gab keine Zeit zum Nachsinnen und Überlegen. Die Maschinerie des Lagers mußte reibungslos weiterlaufen.

Nach Weihnachten herrschte im Lager allgemeine Freude. Jeder Häftling bekam ein 1 kg schweres Paket mit Nahrungsmitteln. Der Inhalt hatte für viele lebenswichtige Bedeutung: ein Stückchen geräucherter Speck, Lebkuchen, Zigaretten oder Tabak und Weihnachtswünsche mit einem Stückchen Oblate. Es war eine Initiative des „Patronats" in Krakau, das von Kommandant Höß die Genehmigung bekommen hatte, 6000 Päckchen ins Lager schicken zu dürfen, vorbereitet von ungenannten Leuten für ihnen unbekannte Häftlinge. Diese gigantische Aktion, die des Einsatzes und des Mutes Hunderter von Menschen bedurft hatte, gab uns Auftrieb. Bis dahin hatten wir nicht gedacht, daß sich außer unseren nächsten Angehörigen Leute von jenseits des Zaunes für unser Schicksal interessierten, ja daß sie überhaupt von unserer Existenz wußten.

Mit unseren Familien hatten wir bereits Verbindung aufgenommen. Die Kommandantur hatte es erlaubt, daß wir einmal monatlich einen auf einem speziellen Vordruck geschriebenen Brief abschicken durften. Die Korrespondenz wurde von der Postzensurstelle des KL Auschwitz überwacht. Alle Briefe mußten in deutscher Sprache geschrieben sein und beschränkten sich auf stereotype Wendungen. Sie begannen stets mit den Worten: „Liebe Mutti! Habe keinen Kummer. Ich bin gesund und fühle mich gut...", was ich auch Euch wünsche.

Im Januar 1941 war Schluß mit den erleichterten Bedingungen für die Minderjährigen. Wir wurden auf verschiedene Kommandos verteilt. So landeten Edek Galiński und Miecio Sarnowski in der Schlosserei, Stasio Miarkowski und Zygmunt Sobolewski in der Tischlerei und die Warschauer Jurek Skowroński, Mitglied der Pfadfinderorganisation „Graue Reihen", und Zbigniew Bachtich in der Schmiede. Czesio Sulkowski kam zu den Maurern, unter die Aufsicht von Meister Piotr Napiórkowski. Mit den dem Elektrikerkommando zugeteilten Lehrlingen befaßte sich Piotr Jezierski.

Die größte Gruppe fand Beschäftigung in den Bekleidungswerkstätten, die Kapo Erich Grönke mit der Zeit zu einem ganzen Kombinat ausbaute, das Schuhmacher-, Schneider- und Kürschnerwerkstätten sowie eine Gerberei umfaßte. In die Gruppe der Schuster wurden mit mir zusammen folgende Kameraden vom ersten Transport eingewiesen: Jasio Kudynowski, Fredek Czop und Zbigniew Adamczyk. Julek Zończyk kam zu den Schneidern in die Lehre.

Der starke Jurek Muchowicz stach „Mütterchen" ins Auge, der ihn in die Küche aufnahm. In der Häftlingsküche landeten auch Bolek Dutka, Olek Martyniec, Tadeusz Ciastoń und Artur Rablin, alle drei vom ersten Transport aus Tarnów. Artur aus Wiśnicz, Janusz Młynarski und ein paar andere holte sich Kapo Bock als Gehilfen der Pfleger in den Häftlingskrankenbau.

Nicht alle kamen in die Werkstätten, wo nur eine begrenzte Zahl von Lehrlingen beschäftigt werden konnte. So landeten Witek Kupczyński und Kazimierz Kustosz aus Warschau zum Beispiel gemeinsam mit vielen anderen auf dem Bauhof, wo die Arbeit bekanntlich auszehrend war.

Das Lagerorchester

Vorarbeiter der Häftlingsküche war seit ihrer Gründung der Musiker Franciszek Nierychło, Nr. 994, aus Chorzów. Im Januar 1941 übernahm er, inzwischen bereits Küchen-Kapo, die Funktion des Kapellmeisters des im Aufbau befindlichen Lagerorchesters. Es ist unbekannt, wer als erster auf diese Idee gekommen war, vielleicht hatte es schon in anderen Lagern solche Orchester gegeben. Jedenfalls bekam Franc, der als Kapo ein eifriger Vollstrecker der Anordnungen der Lagerleitung war, den Auftrag, ein aus Häftlingen bestehendes Orchester zusammenzustellen. Es meldete sich ein gutes Dutzend Musiker. Diejenigen, die zu Hause Instrumente hatten, schrieben Briefe und baten, sie ihnen ins Lager zu schicken. Nach einigen Wochen begann ein ziemlich ansehnlicher Kreis spielfreudiger Musikliebhaber, von Nierychło einer Prüfung unterzogen und von ihm qualifiziert, in einem Saal von Block 24 mit den Proben.

Eines Wintermorgens nach dem Appell, als sich die Arbeitskommandos formierten, ertönten plötzlich die Klänge eines zackigen Marsches. Für einen Augenblick blieben die überraschten Häftlinge wie verzaubert stehen. Erst das rauhe Kommando Palitzsch' „Arbeitskommandos formieren!" rief uns, durch die Rufe der Blockführer vervielfacht, in die Wirklichkeit zurück. An diesem Tag marschierten wir hochaufgerichtet wie bei einer Parade aus dem Lager und klapperten mit den Holzpantinen im Takt der Pauke.

Vor der Küche, auf einem hölzernen Podium in der Nähe des Lagertors, zeigte sich das Orchester in seiner ganzen

Pracht, und Franc fuchtelte stolz aufgerichtet wie ein erfahrener Dirigent mit dem Taktstock in der Luft herum. Dem Orchester gegenüber stand inmitten einer Gruppe von Lageroffizieren Kommandant Höß. Kapo Grönke stellte sich mit der Übung eines berufsmäßigen Unteroffiziers an die Spitze der Kolonne und befahl laut: „Abteilung, Mützen ab! Augen rechts!"

Aus einer Entfernung von wenigen Metern betrachtete ich die lachenden Gesichter der Lagerführer Fritzsch und Aumeier und von Rapportführer Palitzsch, die so sehr vom steinernen Antlitz Höß' abstachen, der mit seinen Gedanken irgendwo weit in der Ferne zu weilen schien. Bei mir riefen die Klänge des Orchesters Erinnerungen an Festumzüge, Vorbeimärsche von Soldaten und Zapfenstreiche wach.

An diesem Tag war uns leichter ums Herz, und die Arbeit schien nicht ganz so schwer zu sein. Die Generalprobe des Lagerorchesters war zu voller Zufriedenheit ausgefallen. Von nun an spielte es täglich während des Ausmarsches und bei der Rückkehr der Arbeitskommandos Marschmusik, und zwar solange, bis die letzte Häftlingsabteilung das Lagertor passiert hatte.

Das Orchester setzte sich aus professionellen Musikern und Amateuren zusammen, die aus ganz Polen stammten. Und man muß zugeben, daß Nierychło, der einst angeblich Militärkapellmeister gewesen war, es verstand, aus diesem zusammengewürfelten Häuflein von Künstlern ein erstklassiges Orchester zu machen. Violine spielten Adam Wysocki und die Schlesier Jan Król, Franciszek Stryj und Hillebrandt, den Kontrabaß hingegen der Lehrer Józef Piasecki aus Bielszowice. Lipiński war Saxophonist, und Trompete spielten Garul und Zygmunt Wojszczyk aus Warschau, letzterer ein Virtuose auf diesem Instrument. Die Seele des ganzen Ensembles war der Schlagzeuger

Czesław Sowul, Nr. 167, den man in Sanok als „Touristen" auf dem Wege nach Ungarn verhaftet hatte.

Der im Krankenbau beschäftigte Czesław wurde bald zu einer wohlbekannten Gestalt des Lagers. Er zeichnete sich durch Humor aus und verstand es, seine Kameraden in kritischen Situationen zum Lachen zu bringen. Zugleich aber war er überaus kameradschaftlich und hilfsbereit.

Mit der Zeit wuchs sich das Orchester zu einem Ensemble mit mehreren Dutzend Mitgliedern aus, das immer bessere Musiker für sich gewinnen konnte. Fast alle waren im Kartoffelschälerkommando der Küche beschäftigt, um bei Bedarf jederzeit dem Kapellmeister zur Verfügung zu stehen. Das hatte seine Vorteile. Nierychło kümmerte sich im eigenen Interesse darum, daß seine Schützlinge zusätzliche Portionen aus dem Magazin bekamen, denn wie sich bald zeigte, erlangte er dank des Orchesters die Anerkennung des Lagerkommandanten.

Sonntagsnachmittags gab das Orchester Konzerte für die SS-Mannschaft, die der ganze Stab des Lagers mit Kommandant Höß an der Spitze durch seine Anwesenheit beehrte. An heiteren Tagen fanden die Konzerte im Freien statt, d.h. auf der Erdaufschüttung des Betonbunkers, in dem die Leichenhalle und das Krematorium untergebracht waren, also unweit der Villa von Sturmbannführer Höß. Zum Tanz spielte das Orchester Wiener Walzer, Foxtrotts und Tangos. Es spielte auch Ausschnitte aus Opern und Operetten, Melodien aus der „Lustigen Witwe" und dem „Land des Lächelns" von Franz Lehár und aus dem „Zigeunerbaron" von Johann Strauß, den Rákóczi-Marsch, die „Leichte Kavallerie" und anderes. Die in der Nähe von Block 1 versammelten Häftlinge hatten Gelegenheit, getrennt durch einen mit Hochspannung geladenen Zaun, diesen Konzerten zuzuhören, und jeder erlebte auf seine Weise das künstlerische Ereignis. In Schweigen versunken, lauschten die Häftlinge den Melodien, und bei einigen sah ich Tränen in den Augen. In einer solchen Szenerie und vor einem solchen Zuhörerkreis war wahrscheinlich noch kein anderes Orchester der Welt aufgetreten. Auf der einen Seite professionelle Mörder, darunter zweifellos auch Musikfreunde von erlesenem künstlerischem Geschmack, und auf der anderen Seite des Zauns ihre künftigen Opfer, die Häftlinge, die dazu bestimmt waren, im Krematorium, dessen Öfen zu dieser Zeit nicht geheizt waren, verbrannt zu werden.

Während ich jetzt, nach vierzig Jahren, diese Erinnerungen festhalte, drängt sich mir unwillkürlich die bittere Frage auf, in welchem Maße die wunderbare Maxime unseres Musikologen Jerzy Waldorff — „Musik mildert die Sitten" — auf die damalige Situation zutraf.

Bald entstanden im Schoße des Orchesters kleine Kammermusikgruppen, die auf Einladung von Blockältesten, Kapos und anderen Prominenten des Lagers Konzerte in einzelnen Blocks gaben. Für ihre Darbietungen bekamen sie zusätzliche Portionen an Brot, Margarine und sogar Wurst.

Zu späterer Zeit beteiligten sich diese Ensembles an künstlerischen Abenden, die unter teils konspirativen Bedingungen von den Häftlingen veranstaltet wurden. Besonders aktuell war der konspirative Aspekt, wenn bei den Abenden Bühnenkünstler mit patriotischen Darbietungen zur Stärkung der Herzen erschienen. Diese Auftritte ermöglichten es, das Elend des Lagers, die Erniedrigungen und Gemeinheiten unserer Vorgesetzten für kurze Zeit zu vergessen.

Der ehemalige Rektor des Lemberger Konservatoriums Adam Kopyciński, Nr. 25294, leitete als Stellvertreter Nierychłos die Proben des Orchesters und trat manchmal auch als Dirigent auf. Im Unterschied zu Franc zeichnete er sich durch Bescheidenheit und gepflegte Umgangsformen aus. Daher achteten und schätzten ihn die Musiker. Er und Adam Wysocki waren die Hauptorganisatoren der Auftritte für Häftlinge.

Hervorzuheben ist, daß das kulturelle Leben im Lager eine Art Psychotherapie darstellte; es erleichterte das Überleben und erlaubte es, das zu bewahren, was am kostbarsten war — die Menschenwürde. Die Mithäftlinge umgaben Künstler, Wissenschaftler und Schriftsteller mit besonderer Fürsorge. Im Lager herrschte ein Hunger nach Worten. Es gab keine Bücher, und so waren Leute, die über ein gutes Gedächtnis verfügten und den Inhalt literarischer Werke wiedergeben konnten, überaus geschätzt. Es gab erregende Rezitationen führender polnischer Bühnenkünstler wie Stefan Jaracz, Leon Schiller und anderen, aber auch von nicht so berühmten, doch ebenso gerne gehörten Schauspielern, Regisseuren und Theaterschriftstellern. Ihre Darbietungen versetzten die Häftlinge in eine Welt der Fiktion, sie ermöglichten es, die Wirklichkeit zu vergessen, und stärkten die Seele.

Der Sommer verging, die graue Herbstzeit brach an.

An einem kalten Oktoberabend zogen die Arbeitskommandos im Takt des Orchesters, in Fünferreihen durch das weit geöffnete Tor ins Lager ein. An der Spitze der Kolonne marschierten die wohlgenährten Kapos, Vorarbeiter und Schreiber, in den nächsten Reihen dann die auch auf die Seiten der Kolonne verteilten kräftigsten Häftlinge. Auf ihre Schultern stützten sich die Skelette der Muselmänner. Mit einen Augenblick lang an die Oberschenkel gepreßten Armen stampften sie wahllos mit den schweren Holzschuhen und brachten den Rhythmus des zackigen Marsches durcheinander. „Links, links, links!" schrien die Kapos.

Die Skelette reagierten nicht auf Kommandos. Sie spürten keinen Rhythmus, sie hörten keine Melodie. Sie sahen nichts um sich herum. Sie spürten weder den Schmerz der offenen Füße noch der steifen Muskeln. Sie spürten nur den unablässigen, schneidenden Schmerz des leeren Magens. Sie hatten diesen einen Tag noch überlebt, weil sie ununterbrochen an die abendliche Portion Brot und das Stückchen Margarine gedacht hatten, an den Becher mit warmer Flüssigkeit, die heute vielleicht sogar gesüßt war. Noch stand ihnen der Appell bevor. Vielleicht würden sie heute Glück haben, vielleicht würde der Appell nicht lange dauern.

Den Schluß der Marschkolonne bildeten die Häftlinge, die man dazu bestimmt hatte, die Leichen jener Leidensgefährten zu schleppen, die vor Entkräftung umgefallen waren und denen die Kapos den Rest gegeben hatten. Die Häftlinge dieser Gruppe verfluchten ihre Last, denn sie hatten schließlich einen zehnstündigen mörderischen Arbeitstag hinter sich, und die zusätzliche Anstrengung raubte ihnen den letzten Rest ihrer Kraft. Sie hätten die Leichen unterwegs gerne irgendwo zurückgelassen, aber sie mußten sie zum Appellplatz schleppen und gleichmäßig ausgerichtet am Ende der angetretenen Kolonne niederlegen. Die Zahl der Häftlinge mußte stimmen.

Die Blockschreiber zählten die Leichen, notierten die Häftlingsnummern, und die Blockältesten meldeten die Zahl der Toten. Später wurde aus der namenlosen, numerierten Häftlingsmasse die tägliche Totenmeldung zusammengestellt, die die Namen der Toten enthielt. Diese Totenmeldungen bildeten die Grundlage für die von der Lagerkanzlei ausgestellten Benachrichtigungen über den Tod der Delinquenten, die den Familie der Toten samt Worten des Beileids zugeschickt wurden. Als Todesursache war darin angegeben: „Herzschlag", „Lungenentzündung", „Fleckfieber" u. dgl., niemals aber — „Getötet auf der Arbeit", „Zu Tode geprügelt" oder „Erschossen". Und am Ende wurden die Toten, wenn sie „Glück" hatten, noch in derselben Nacht im Krematorium verbrannt.

Diejenigen aber, die überlebt hatten, um noch ihre heißersehnte Portion Brot zu essen und im Laufe der Nacht etwas Kraft zu sammeln, marschierten am frühen Morgen unter den Klängen des Orchesters wieder zur schweren Arbeit aus. Wieviele von ihnen nicht mehr aus eigener Kraft ins Lager zurückkehrten, ging später aus der täglich von Rapportführer Palitzsch zusammengestellten Stärkemeldung hervor.

Besuch des Reichsführers SS

Der frostkalte Februar 1942 ging zu Ende. Seit einigen Tagen wurden im Lager Vorbereitungen auf den Besuch hoher Würdenträger der SS getroffen. Die Blockältesten bekamen die Anweisung, alle Räume in idealen Zustand zu versetzen. Man begann damit, Fußböden und Fenster zu scheuern, den Staub in den Stuben zu beseitigen und dreckige Wände zu streichen. Ein Großreinemachen gab es auch in der Küche und im Lagerkrankenbau. Die Häftlinge bekamen saubere Drillichanzüge, auf die sie neue Dreiecke und Nummern aufnähen mußten. Beim Appell ließen die Blockführer Häftlinge wegen schmutziger Kleidung vortreten und schlugen sie gnadenlos zusammen. Bei dieser Gelegenheit machten die Blockältesten jene Muselmänner fertig, die überhaupt nicht mehr auf Anordnungen bezüglich der Sauberkeit reagierten oder die nicht mehr imstande waren, sich um saubere Kleidung zu kümmern. Am Tag vor dem Besuch erfuhren wir, daß das KZ Auschwitz die Ehre haben werde, den Oberbefehlshaber der SS und der Konzentrationslager als Gast begrüßen zu können.

Unter den Häftlingen war Beunruhigung darüber zu spüren, welche Auswirkungen der Besuch jenes Menschen im Lager haben werde, in dessen Händen das Schicksal Hunderttausender von Häftlingen im unterjochten Europa lag.

Am 1. März 1941 traf der Reichsführer SS Heinrich Himmler zu einer Inspektion im KZ Auschwitz ein. Begleitet wurde er vom oberschlesischen Gauleiter Bracht, von Obergruppenführer Glücks und anderen hohen SS-Führern sowie von führenden Vertretern der IG Farbenindustrie[9]. Von Höß geführt, betrat Himmler das Lagergelände zu der Zeit, da die Kommandos zur Arbeit ausgerückt waren; er besichtigte die Lagerküche und den Krankenbau. Nur wenige im Lager beschäftigte Häftlinge bekamen ihn zu sehen. Die Muselmänner hatte man inzwischen in den Blocks versteckt. Nach dem Besuch Himmlers kam es zu einem intensiven Ausbau des Lagers, um Arbeitskräfte für den Bau der chemischen Werke des IG-Farben-Konzerns in Dwory bei Oświęcim und für die auf dem Lagergelände geplanten Rüstungsfabriken bereitzustellen.

Ende April mußten wir erneut stundenlang auf dem Appellplatz stehen. Ein Häftling war von seinem Kommando geflohen. Rudolf Höß verhängte entsetzliche Strafmaßnahmen. Er suchte persönlich zehn Häftlinge aus Block 2 aus, die in den Bunker von Block 11 geworfen wurden. Unterdessen standen wir in der Nähe und beteten im Stillen, er möge nicht auf die Idee kommen, auch aus unserem Block Geiseln zu nehmen.

Block 2 war vom Pech verfolgt. Im Juni wurden zur Strafe für weitere Fluchtversuche einzelner Häftlinge noch zweimal je zehn Mithäftlinge in den Bunker geworfen. Dabei ging Höß aber wie immer methodisch vor. Gerecht suchte er je einen aus jeder Reihe aus. Piotr Jezierski, der in der Gruppe der Elektriker in der Bauleitung arbeitete, erzählte mir später, was er durchgemacht habe, als der Kommandant auf den direkt neben ihm stehenden Häftling deutete.

Ebenso wie beim ersten Mal bekamen die unglückseligen Opfer im Bunker keine Nahrung und starben dort den Hungertod.

---

[9] IG Farbenindustrie — Interessengemeinschaft Farbenindustrie, deutscher Chemiekonzern

Durch die grausamen Repressalien wurde die Serie von Fluchtversuchen in den Außenkommandos aber nicht unterbunden. Leider mißlangen sie jedoch alle. Im Juni wurden Leon Zollowski, Nr. 9889, und Józef Wawrzyniak, Nr. 15674, auf der Flucht erschossen.

Am 29. Juli 1941 suchte Lagerführer Fritzsch als Vergeltung für die Flucht des Häftlings Zygmunt Pilawski, Nr. 14156, zehn Geiseln aus Block 14 aus und verurteilte sie zum Hungertod im Bunker von Block 11.

Während der Selektion wandte sich ein polnischer Priester und Missionar, der Franziskanerpater Maksymilian Rajmund Kolbe, Nr. 16670, an Fritzsch und bat ihn, anstelle von Franciszek Gajowniczek, Nr. 5659, sein Leben hingeben zu dürfen. Der Lagerführer erklärte sich damit einverstanden.

Pater Maksymilian Kolbe starb als letzter. Am 14. August wurde er von Hans Bock, Nr. 5, dem Blockältesten des Krankenbaus, durch eine Phenolspritze getötet.

Bekleidungswerkstätten

In den im ersten Block untergebrachten Schuster- und Schneiderwerkstätten waren fast 20 Häftlinge beschäftigt, die sich mit der Reparatur von Schuhen und Drillichanzügen der Häftlinge befaßten. Die nie endenden Transporte mit Neuzugängen, die tagtäglich im Lager eintrafen, zwangen die Verwaltung dazu, fertige Blocks für die Aufnahme der Häftlinge vorzubereiten. Man begann, die Werkstätten in das Gelände außerhalb der Umzäunung zu verlegen und die eingeschossigen Blocks um eine Etage aufzustocken. In Angriff genommen wurde auch der Bau neuer, zweistöckiger Gebäude an Rande des Appellplatzes. Diese Arbeiten wurden vom Kommando Neubau ausgeführt, in dem viele Häftlinge Beschäftigung fanden, hauptsächlich von den Transporten aus Warschau, u.a. Stanisław Chrulski, Nr. 8065, Tadeusz Piekarski, Nr. 3008, und Tadeusz Luński, Nr. 4194, sowie von den Krakauer Transporten.

Das Gebäude einer am Rande der Stadt, in der Nähe der Sola gelegenen Gerberei wurde von der SS den Bedürfnissen der Bekleidungswerkstätten angepaßt. Die eigentliche Fabrik war während der sog. Bereinigung des lagernahen Geländes, des Interessengebiets, ausgesiedelt worden. Den organisatorischen Aufbau des Kombinats übertrug Arbeitsdienstführer Franz Hößler dem Kriminellen Erich Grönke, Nr. 11, zuerst Kapo des Schusterkommandos und bald zum Oberkapo ernannt, der sich durch außergewöhnliches Organisationstalent auszeichnete. In kurzer Zeit richtete er Schuster-, Schneider-, Lederverarbeitungs- und Gerbereiwerkstätten ein, die mit Maschinen und Anlagen ausgestattet waren, die man teils aus dem Reich herbeigeschafft, teils aus jüdischen Häusern und Werkstätten geraubt hatte. Alle wichtigen Möbel für die Einrichtung der Werkstätten wurden auf Bestellung Grönkes von der Tischlerei des Lagers angefertigt. Dann begann er mit der Rekrutierung der Fachleute, die er hinsichtlich ihrer beruflichen Qualifikation einer gründlichen Auslese unterzog. Das Lager zählte bereits mehr als 10 000 Häftlinge, und so fiel es nicht schwer, aus dieser großen Masse fürs erste einige Hundert Schuster und Schneider sowie ein paar Täschner auszusuchen. Mit der Zeit wuchs sich das Kommando Bekleidungswerkstätten, das später Lederfabrik genannt wurde, zu einem Betrieb mit Hunderten von Häftlingen aus. Die Schusterwerkstatt war in zwei Gruppen unterteilt. In der kleineren, für die SS arbeitenden Gruppe waren die besten Fachleute zusammengefaßt, die man im Lager finden konnte. Grönke unterzog sie einer strengen Prüfung. Ausgewählt wurden sie von Meister Jan Marszałek, Nr. 530, aus Nowy Targ.

Marszałek, ein alter Fachmann, vertrat den Typ des vielseitigen Schusters und sprach zugleich gut deutsch. Bald wurde er so etwas wie der technische Leiter und die rechte Hand Erichs. Hervorzuheben ist, daß Meister Jan trotz der vielen gefährlichen Verführungen, die sein Posten in sich barg, und trotz des Drucks von seiten Grönkes seinen guten Namen nicht befleckte. In der Gruppe der Schuster gab es ausgezeichnete Fachleute: Bolesław Krasnodębski, Władysław Wilczek und zwei andere, alle aus Warschau, sowie Walenty Sroka aus Krakau. Diesem Kreis von Meistern teilte Marszalek unser Grüppchen von Lehrlingen zu; unter ihrer Anleitung sollten wir in die Geheimnisse des Schusterberufs eingeweiht werden. In lange Schürzen gehüllt, um unser Drillichzeug nicht zu beschmutzen, wofür man von Grönke Prügel bekommen konnte, begann unsere Lehre von der Picke auf, d.h. mit dem Schärfen der Messer. Das breite, kurze Schustermesser mußte scharf wie ein Rasiermesser sein. Wir lernten auch die wichtigsten Werkzeuge kennen, Leisten und Knieriemen nicht ausgenommen. Später lernten wir, die Absätze von SS-Stiefeln zu reparieren. Nach und nach lernten wir die — wie man es heute nennen würde — Herstellunsgtechnologie der verschiedenen Schuharten fürs Militär, leichten Schuhwerks und sogar von Damenschuhen kennen.

Die größten Fortschritte im Schusterberuf machten Jasio Kudynowski, Nr. 500, und Fredek Czop, Nr. 198, Schüler des Gymnasiums in Nowy Sącz. Bald entwickelte sich ein enges, vertrautes Verhältnis zu unseren Ausbildern. Der Beruf interessierte uns immer mehr, da sich die Aussicht auf eine Tätigkeit unter gar nicht so üblen Bedingungen, besonders zur Herbst- und Winterszeit, abzeichnete. Wir saßen in großen, warmen Räumen, und jeder bemühte sich, die Aufgaben möglichst gut zu erfüllen, um seinen Platz im Kommando nicht zu verlieren.

Anfänglich hatte Grönke tagtäglich alle Arbeitsplätze inspiziert, die beschäftigten Häftlinge aufmerksam beobachtet und brutal eingegriffen, wenn ihm irgend etwas nicht gefiel. Und er hatte eine schwere Hand, fast wie ein Holzfäller. Mit der Zeit verschwand er, von einem Posten begleitet, für lange Stunden.

Nach der Inbetriebnahme der Werkstätten, die in die für den Bedarf des SS und für den Bedarf des Lagers arbeitenden Abteilungen gegliedert waren, stiegen die Aktien des Oberkapos der Bekleidungswerkstätten. Grönke, ein alter Berufsverbrecher, der hinsichtlich Intelligenz und Erfahrung die Durchschnittskapos weit überflügelte, hatte im Nu begriffen, welche Perspektiven sich in Zusammenhang mit der Entwicklung der Werkstätten für ihn boten. Jeder SS-Offizier, gar nicht zu reden von den Unteroffizieren, die Erich, von einigen Ausnahmen abgesehen, nicht an sich heranließ, war auf die Dienste von Schustern, Schneidern und Täschnern angewiesen. Die Lagerführer Fritzsch und Aumeier, Hößler, Grabner, Palitzsch und andere, also die ganze Elite der Lagerführung, tauchten immer öfter in den Werkstätten auf.

Den größten Eindruck machte der erste Besuch des Lagerkommandanten in der Schuhmacherwerkstatt. Der von Grönke gerufene Marszałek nahm die genauen Maße der Stiefel von Höß, und dann besprachen sie gemeinsam die Einzelheiten des Auftrags. Bald hatten die besten Fachleute die Leisten angefertigt, Marszałek schnitt die Schäfte zu und nähte sie, und ein paar Tage später waren die glänzenden, schwarzen Stiefel des Kommandanten fertig. Höß war zufrieden mit der ausgeführten Arbeit, und Oberkapo Grönke strahlte vor Stolz. Die Schuster bekamen zur Belohnung ein Päckchen Zigaretten und vom Chef eine Portion Brot mit Margarine.

Bald gewöhnten wir uns an derartige Besuche, und sie machten keinen solchen Eindruck mehr auf uns. Dagegen wurde Erich eine immer wichtigere Persönlichkeit. Bei jedem Besuch eines hohen Beamten in der Werkstatt rief er einen der Lehrlinge zu sich und befahl ihm, die Schuhe des Gastes zu putzen. Meine Kameraden taten das sogar gerne, weil es eine gewisse Abwechslung für sie bedeutete. Ich aber hatte stets Skrupel und bemühte mich, der zweifelhaften Auszeichnung zu entgehen. Das bemerkte Grönke, von dem ich bevorzugt wurde. Er drohte mir und warnte: „Paß mal auf, du Spitzbube! Ich sehe schwarz für dich!”

Einmal, bei einem weiteren Besuch von Kommandant Höß, der diesmal Damenschuhe für seine Frau bestellte, rief Erich mich herbei, blickte mich streng an und befahl mir, die Stiefel des Herrn Kommandanten auf Hochglanz zu polieren. Höß setzte den Fuß auf einen flachen Hocker, und ich kniete auf dem Fußboden nieder und putzte verbissen seine Stiefel. Als ich den oberen Teil der Schäfte einkremte, saß mir plötzlich irgendein kleines Teufelchen im Ohr und meinte, ich solle doch etwas Schuhkrem auf die maßgeschneiderten Reithosen des Kommandanten verschmieren, der sogar alltags in seiner eleganten Uniform herumstolzierte. Ich stellte mir das Gesicht Grönkes vor, wenn ich mich zu einer so sinnlosen Tat hinreißen ließe, und an mein eigenes Schicksal wollte ich lieber gar nicht erst denken.

Einer der Kapos in den Bekleidungswerkstätten war der Berufsverbrecher Bruno Graf, ein kleiner, schmächtiger Berliner von dunkler Hautfarbe, ein Landsmann Erichs. Graf war nicht nur in körperlicher Hinsicht das Gegenteil Grönkes (der Oberkapo war ein großer, kräftig gebauter Mann), er verhielt sich auch den Häftlingen gegenüber menschlich. Besondere Sympathie hegte er für das gut aufeinander eingespielte Häuflein von uns Jugendlichen. Während der Arbeit saß er bei uns, unterhielt sich mit uns und bat uns, ihm Polnisch beizubringen. Das kam uns etwas seltsam vor, aber wir hatten ihn gern, und so gaben wir ihm Unterricht, bei dem er gute Fortschritte machte.

Auf dem Weg ins Lager marschierten wir in der ersten Reihe, und der neben uns herziehende Bruno befahl: „Ein Lied!" oder mit einem Berliner Ausdruck: „Eine Platte!" Dann rief er auf Polnisch: „Piosenka!“ Erich liebte es, sich hervorzutun, und so marschierte das Kommando Bekleidungswerkstätten von der Villa Höß an stets im Takt eines Liedes.

Eines Herbsttages kehrte Kapo Graf nicht mit uns ins Lager zurück. Wir waren überzeugt, er müsse etwas ausgefressen haben und sei im Laufe des Tages zum Verhör in die Politische Abteilung gerufen worden. Auch in den nächsten Tagen tauchte er nicht im Kommando auf. Die Sache war rätselhaft. Grönke äußerte sich nicht zu dem Thema, und das gab Anlaß zu Spekulationen. Anfang November klärte sich die Angelegenheit auf. Bruno saß seit einigen Tagen im Bunker. Er war in Österreich vom Sicherheitsdienst gefaßt, als Ausreißer aus dem KZ Auschwitz erkannt und von der Wiener Polizei ins Lager überstellt worden.

Wie aus Eintragungen auf den Seiten I/36 und I/105 des Bunkerbuches hervorgeht, war der Berufsverbrecher Nr. 3269 Bruno Graf, geb. 4. März 1906 in Berlin, am 31. Oktober 1941 mit dem Vermerk „von der Flucht zurück" im Bunker eingeliefert worden. Dort saß er bis zum 9. Januar 1942, also über zwei Monate lang. Nach der Entlassung aus dem Bunker wurde der gefaßte Ausreißer in die Strafkompanie eingewiesen, was zu jener Zeit als beispielloser Ausnahmefall galt. Wieder aufgegriffene Flüchtlinge wurden von Kommandant Höß gnadenlos zum Hungertod im Bunker verurteilt. In der Strafkompanie befand sich Graf zwölf Monate lang, und eigentlich drohte ihm keine besondere Gefahr. Das belegt, daß irgendein einflußreicher Gönner über ihn wachen mußte. Am 7. Januar 1943 landete Bruno erneut im Bunker, diesmal wegen Margarinediebstahl. Das bedeutete leider das Ende eines der wenigen anständigen deutschen Kapos. Zum Hungertod verurteilt, ohne Essen und Trinken, starb er erst nach einem Monat, und auch das war ein beispielloses Ereignis.

Alle Umstände deuten darauf hin, daß Erich Grönke bis zum Schluß versucht hat, seinen Kumpan zu schützen, und das konnte er nur im Schatten seines mächtigen Gönners, des Lagerkommandanten Rudolf Höß, tun.

Die Täschner- und Riemenschneiderwerkstatt war eine wichtige Abteilung des riesigen Kombinats Grönkes. Dort wurden große und kleine Taschen, Damenhandtaschen, Galanteriewaren wie Gürtel, Brieftaschen und Portemonnaies, verschiedenartige kunsthandwerkliche Kleinigkeiten aus Leder sowie Sättel und Pferdegeschirre hergestellt. Das gegerbte Leder wurde von der Gerberei geliefert. Die Werkstatt entwickelte sich.

Eine führende Rolle spielten beim Aufbau des zahlreiche Häftlinge beschäftigenden Kommandos Stefan Szczurek, Nr. 169, aus Nowy Sącz und Edward Kowalski, Nr. 1701, aus Warschau, verhaftet im Juli 1940 mit einer ganzen Gruppe von Funktionären und Mitgliedern der polnischen Unabhängigkeitsbewegung ZPN, in der er eine Funktion im Oberkommando ausgeübt hatte. Beide waren hervorragende Fachleute und erfreuten sich der Anerkennung des Oberkapos. Sie führten viele Arbeiten für den persönlichen Bedarf des Kommandanten und seiner Familie sowie anderer SS-Offiziere des Lagers aus.

Im Juli 1942 lag Stefan Szczurek, bereits als Rekonvaleszent, im Typhusblock. Nach dem Bericht seines Freundes Kowalski wurde Stefan im Krankenbau von der Selektion eines SS-Arztes überrascht, bei der er zum Gastod verurteilt wurde. Trotz der Warnungen der Häftlingspfleger hatte er sich nicht rechtzeitig aus dem Krankenbau entlassen lassen. Wie ungewiß war doch das Schicksal eines Menschen im KZ Auschwitz! Der stille, ruhige, hilfsbereite Kamerad, der in einem Kommando beschäftigt gewesen war, das Möglichkeiten des Überlebens bot, kam um infolge der todbringenden Praktiken der SS-Völkermörder.

Kowalski, den man Ende 1944 nach Sachsenhausen und dann weiter nach Norden verlegte, wurde von den in Deutschland einmarschierenden Abteilungen der polnischen Brigade General Maczeks befreit.

Mein Altersgefährte Juliusz Zończyk, Nr. 821, Schüler des Lyzeums in Wadowice, war Lehrling in der Gruppe der Schneider. Er war im Dezember 1939 verhaftet worden, weil er gemeinsam mit Schülern des Gymnasiums am 11. November Flugblätter geklebt hatte, zusammengestellt aus Nachrichten, die sie im Atelier des Bildhauers Wincenty Batys abgehört hatten. Zończyk war ins Krakauer Montelupich-Gefängnis eingeliefert und im Amtssitz der Krakauer Gestapo in der Pomorska-Straße grausamen Verhören unterzogen worden. Nach Abschluß des Untersuchungsverfahrens war die ganze Gruppe vor Gericht gestellt und wegen feindlicher Betätigung gegen den Deutschen Staat angeklagt worden. Sechs junge Burschen und den Künstler Batys hatte man zum Tode verurteilt, während vier, darunter Julek, zu Schutzhaft verurteilt worden waren. Begonnen hatte die Haft für Zończyk in Wiśnicz Nowy, in einer Zelle mit Dr. Józef Putek und dem ehemaligen Krakauer Wojewoden Gnoinski. Mit dem ersten Transport aus Wiśnicz war er nach Auschwitz gekommen.

Julek war einer jener jungen Häftlinge, die sich auch in den kritischsten Situationen nicht unterkriegen ließen. Intelligent und außerordentlich operativ, stand er mit vielen Häftlingen in Verbindung, denen er half, so gut er konnte. Anfangs hatte er sich in verschiedenen Kommandos umgesehen. Eine Zeitlang hatte er mit Kazik Podgórski, Nr. 113, auf dem Neubau gearbeitet, und dann begegneten wir uns im Block für Minderjährige. Von dort kam er in das Kommando Grönkes, wo er unter der Leitung des Warschauer Schneiders Bolesław Dzieniesiewicz das Schneiderhandwerk erlernte. 1942 erkrankte er an Typhus, aber dank der Unterstützung durch den Arzt Władysław Fejkiel und den Sanitäter Stanisław Kłodziński verließ er den Krankenbau bei guter Gesundheit.

Im Dezember 1942 fertigte Julek auf Bitten des Häftlings Januszewski vom Arbeitseinsatz zwei Dienstmützen für SS-Leute an, denen man sie angeblich gestohlen hatte. Er bekam für diese Arbeit zwei Brote und einen Würfel Margarine, womit er sehr zufrieden war. Seine Zufriedenheit schlug aber ins Gegenteil um, als er erfuhr, daß vier

Häftlinge — Kuczbara, Küssel, Baraś und Januszewski — in SS-Uniformen aus dem Lager geflohen waren. Es stand außer Zweifel, daß die Gestapo des Lagers eine gründliche Untersuchung einleiten werde, um festzustellen, wie sich die Ausreißer die Uniformen beschafft hatten. Zończyk mußte aus Auschwitz verschwinden. Durch Beziehungen ließ er sich nach Birkenau verlegen, wo er im Straßenbaukommando als Schreiber eingesetzt wurde. Im Oktober 1944 verlegte man ihn in das Lager Breslau Lissa und später in das KZ Groß-Rosen. Schließlich geriet er in das KZ Buchenwald, und dort floh er während der Evakuierung des Lagers kurz vor dem Einmarsch der Truppen General Pattons. Nach dem Krieg studierte er in Belgien und zog dann in die USA. Feste Bande verknüpfen ihn mit Polen. Er kommt häufig dienstlich oder privat in sein Heimatland. Als Vertreter der Panamerican World Lines erreichte er 1961 die Unterzeichnung eines Kooperationsvertrags mit der polnischen Fluggesellschaft LOT. Etwas später richtete er ein eigenes Reisebüros ein, das reiche Amerikaner nach Moskau und Warschau flog. Für viele Warschauer Fluggäste veranstaltete er Ausflüge nach Krakau, wobei er stets eine Besichtigung von Auschwitz einplante, die für seine Kunden den Vorzug hatte, daß sie von dem echten ehemaligen Häftling Nr. 821 begleitet wurden.

Zum Schluß möchte ich noch einen weiteren Beweis für die Aktivität von Jules Zonn[10] anführen. In den letzten Jahren der Volksrepublik Polen gründete er in Warschau die auslandspolnische Firma „Renitex”, die Maschinen einführte und Damenschuhe und Täschnerwaren herstellt. Wer weiß, ob nicht Erinnerungen an die Zeit in den Auschwitzer Bekleidungswerkstätten Einfluß auf diese Entscheidung gehabt haben.

---

[10] In den USA nahm Juliusz Zończyk den Namen Jules Zonn an.

In der zu den Bekleidungswerkstätten gehörenden Tischlerei wurden in großem Umfang Holzpantinen und Holzsohlen für Häftlingsschuhe hergestellt. Dort hatten wir einen Kameraden aus Warschau, Bolesław Kozakowski, Nr. 3615, Häftling des zweiten Transports aus Tarnów, der uns beim Besorgen von Schuhwerk für Kameraden außerhalb des Kommandos behilflich war. Bolek war im Frühjahr 1940 in Komancza beim Überschreiten der ungarischen Grenze von Ukrainern verhaftet und der Gestapo übergeben worden. Beim Verhör in Sanok hatte man ihn als „Legionsgänger" der Gruppe der polnischen „Touristen" zugeordnet, und auf diese Weise war er über das Gefängnis in Tarnów nach Auschwitz gekommen.

Gute Schuhe waren im Lager ein sehr gefragter Artikel. Wir nutzten jede Gelegenheit, um sie ins Lager zu schmuggeln. Jeder von uns hatte sich feste Schuhe für den Winter besorgt, was Grönke inoffiziell akzeptierte, denn er meinte, in seinem Kommando habe die sprichwörtliche Redensart vom „Schuster ohne Schuhe" keine Geltung. Dagegen prügelte der Oberkapo bei jedem mißlungenen Versuch, Schuhe für Kameraden aus anderen Kommandos zu besorgen, mitleidslos auf den Missetäter ein und warf ihn hinaus. Mehrere Male gelang es einigen, gute Schuhe im Lager zu lassen und in zerfetzten zur Arbeit zurückzukehren, doch Erich erwischte sie todsicher dabei. Man mußte andere, raffiniertere Methoden finden, um Schuhe aus den Werkstätten herauszuschmuggeln.

Die Bekleidungswerkstätten waren ein Asyl für viele, die die einzelnen Berufe zuvor nur vom Hörensagen oder als Kunden gekannt hatten. Mit Hilfe echter Handwerker fanden u.a. der Staatsanwalt Dr. Wincenty Jarosiński, der Vorsitzende des Krakauer Kaufmannsverbandes Józef Marciniak, Berufsoffiziere wie die Obersten Julian Gilewicz und Teofil Dziama, der Arzt Dr. Stefan Żabicki, bevor er im Lagerkrankenbau eingesetzt wurde, und der Jurist Dr. Józef Putek, Sejm-Abgeordneter der Bauernbewegung aus Chocznia bei Wadowice, Beschäftigung und Betreuung in den Werkstätten. In der Schuhmacherei arbeitete auch der Fliegerleutnant Jerzy Radwanek aus Krakau, Absolvent der „Adler-Schule" in Dęblin.

1939 hatte es Jerzy nicht geschafft, sich nach dem verlorenen Septemberfeldzug nach Rumänien abzusetzen. Er war nach Krakau zurückgekehrt und Ende des Jahres der Gestapo in die Hände gefallen. In Auschwitz eingeliefert, bekam er die Häftlingsnummer 7782.

Wir waren in ein und derselben Stube von Block 5 untergebracht und fanden rasch viel Gemeinsames. Jerzy, der mein Interesse an der Luftfahrt bemerkte, vermittelte mir monatelang die Grundlagen all dessen, was er selbst über Aerodynamik, Flugmechanik, Flugnavigation und Bau von Flugzeugen und Flugmotoren gelernt und in Erinnerung behalten hatte. Ich lernte auch alle polnischen Flugzeugtypen kennen, angefangen bei der ganzen Familie der Sportflugzeuge vom Typ RWD, auf denen unsere berühmten Piloten Żwirko und Wigura, Stanisław Bajan, Idzikowski und Kubala ihre Triumphe bei internationalen Flugwettbewerben errungen und Langstreckenflüge bewältigt hatten, bis hin zu den Jägern und Bombern PWS-26, „Karas" (Karausche), „Wilk" (Wolf) und „Łoś" (Elch). Man kann sagen, daß dies eine Art konspirativer Kurs der Fähnrichsschule für Luftfahrt war, der aus verständlichen Gründen natürlich nur auf Theorie beschränkt war.

Als Gegenleistung ergatterte ich für meinen Dozenten zusätzliche Essensportionen, und Jerzy erzählte mir bei Spaziergängen in der Birkenallee[11] von allem, was mit

[11] eine der Lagerstraßen

seinem Dienst bei der Luftwaffe zusammenhing, angefangen von seiner Segelfliegerausbildung im Krakauer Aeroklub. Was die deutschen Kampfflugzeugtypen anbelangte, wurde ich ein Jahr später in der SS-Küche geschult, als ich auf dem Schreibtisch des Küchenchefs, SS-Scharführer Paschkes, unter anderen deutschen Illustrierten die Wochenschrift „Adler" entdeckte. Seitdem war ich ein begeisterter, wenngleich illegaler Leser dieser Zeitschrift, wobei ich mich der Gefahr schwer absehbarer Konsequenzen aussetzte, falls man mich auf frischer Tat ertappen sollte. In kurzer Zeit lernte ich die technischen Parameter der deutschen Messerschmitts, Heinkels, Dorniers, Stukas und Junkers kennen, die hinsichtlich Typenzahl und Leistungsfähigkeit die polnischen Maschinen übertrafen. Diese Informationen gab ich an Jerzy weiter. Manchmal brachte der „Adler" auch Aufnahmen und Beschreibungen britischer RAF-Maschinen, der berühmten Jäger „Spitfire" und „Hurricane" und des Bombers „Wellington", französischer „Potez 63-11" und „Moran" sowie sowjetischer JAKs. Außerdem wurde im „Adler" über berühmte deutsche Fliegerasse wie Hauptmann Mölders und andere geschrieben.

Diese Lektüre begeisterte mich dermaßen, daß ich die ganze Welt um mich herum vergaß. Einmal überraschte mich der Küchenchef, als ich in die Beschreibung des Luftkampfes eines Luftwaffen-Piloten vertieft war, der an der Kursker Front zwei sowjetische Maschinen abgeschossen hatte und mit seiner getroffenen „Messerschmitt" auf einem Feldflugplatz notgelandet war. Diesmal hatte ich Glück, ich bekam nicht einmal eine Ohrfeige. Paschke sagte ich, daß ich mit Hilfe der Zeitschrift Deutsch lerne, und außerdem bewundere ich die Tapferkeit der unschlagbaren deutschen Piloten. Paschke rief begeistert: „Na, siehst du!" Und er erlaubte mir, in freien Augenblicken die Presse zu lesen.

Neuigkeiten über die Battle of Britain, die im August und September 1940 geführte Luftschlacht um England, und über die Vorbereitungen einer deutschen Invasion, im Rahmen derer große Bomber- und Jagdgeschwader Görings England bombardierten, um die Luftüberlegenheit zu erlangen, die Briten zu zermürben und den Ausbau ihrer Rüstungsindustrie zu vereiteln, erreichten das Lager erst mit einmonatiger Verspätung. Quelle dieser Informationen waren vor allem frisch eingelieferte Häftlinge aus Schlesien, aus Krakau und Warschau, die man erst kürzlich verhaftet hatte, sowie abgehörte Nachrichten, die vom Elektrikerkommando stammten. Über viele Neuigkeiten verfügten die in der SS-Küche, im SS-Revier, in der SS-Apotheke und in den verschiedensten Büros und Magazinen beschäftigten Häftlinge, von denen einige in Abwesenheit ihrer Chefs BBC oder andere ausländische Sender hören konnten.

Die wichtigste Informationsquelle über die Lage an den Fronten waren die deutsche Presse, z.B. der „Völkische Beobachter", und die Rundfunkberichte des Oberkommandos der Wehrmacht. Ergänzt oder korrigiert durch abgehörte Nachrichten des britischen Rundfunks, boten die Informationen aus dieser Quelle die Grundlage für eine objektive Beurteilung der politischen und militärischen Lage in der Welt.

In den Sendungen der BBC wurden die Verdienste der in den RAF-Jagdstaffeln 302 und 303 zusammengefaßten oder in weit über zehn britischen und kanadischen Einheiten kämpfenden polnischen Piloten hervorgehoben. Damals äußerte Winston Churchill seine berühmt gewordenen Worte an die Piloten der Jagdflugzeuge: „Niemals haben so viele so wenigen so viel zu verdanken gehabt."

Wir, die jüngeren „Touristen", die es nicht geschafft hatten, dorthin zu gelangen, wo polnische Soldaten kämpften, beneideten sie um ihre Beteiligung am Krieg.

Mein im Lager durch Jerzy Radwanek gewecktes Interesse an der Luftfahrt war keineswegs flüchtig, wenngleich ich selbst in meinen kühnsten Wunschträumen nie darauf gekommen wäre, daß ich zehn Jahre später an der Luftfahrtfakultät der Technischen Hochschule Krakau den Titel eines Diplomingenieurs für Flugzeugbau erwerben werde.

Russisches Kriegsgefangenen-Arbeitslager

Der Sonntagmorgen des 22. Juni 1941 verhieß schönes, sonniges Wetter. Wir warteten blockweise angetreten auf den Appell und freuten uns auf den arbeitsfreien Nachmittag. An diesem Tag standen Juliusz Zończyk und ich in der ersten Reihe. Eine Zeitlang tauschten wir Bemerkungen über die verschiedensten Themen aus, doch unser Interesse galt einem Gespräch der Blockführer, die aufgeregt irgendein außergewöhnliches Ereignis kommentierten. Ich spitzte die Ohren und erhaschte Bruchstücke des Gesprächs: „Mensch, kannst du dir vorstellen...?" „Krieg mit Rußland...?" Wir blickten uns an, und Julek meinte unsicher: „Kazik, vielleicht bedeutet das Krieg mit Rußland?!" „Red keinen Unsinn, Julek, du bist wie immer ein Phantast!"

Der Appell verlief rasch und reibungslos, gleichsam als hätten unsere Führer es eilig. Nach kurzer Zeit drängten sie sich in einer Gruppe zusammen und hörten auf, sich für uns zu interessieren. Es mußte etwas Außergewöhnliches geschehen sein, denn die Häftlingsmassen waren wie elektrisiert. Aber natürlich, es stimmte! Krieg mit Rußland! Ringsum erblickte ich die strahlenden Gesichter meiner Kameraden und die besorgten Mienen der SS-Leute, die die Mitteilung über die Aufnahme von Kampfhandlungen gegen die Sowjetunion ohne jedwede Begeisterung aufgenommen hatten.

An diesem Tag wuchsen den Häftlingen gewissermaßen Flügel, auch die schwerste Arbeit schien erträglich zu sein. Nach der Rückkehr ins Lager gab es in den Blocks lange, erregte Diskussionen. Die jüngeren Häftlinge waren optimistisch, man hörte Äußerungen in der Art: „Ihr werdet sehen, wie sie den Deutschen den Hintern versohlen werden!" Doch die älteren, durch den ersten Weltkrieg erfahreneren Häftlinge wiegten zweifelnd den Kopf.

Unterdessen entbrannte an einer Front von noch nie dagewesener Länge eine gigantische Auseinandersetzung. Die Hoffnung der Häftlinge auf eine rasche Niederlage Deutschlands im Kampf gegen die Russen zerplatzte wie eine Seifenblase.

Einige Wochen nach dem Überfall Hitlers auf die Sowjetunion lieferte man Hunderte sowjetische Kriegsgefangene in das KZ Auschwitz ein und brachte sie in Block 11 unter. Die Gefangenen, angeblich politische Kommissare der Roten Armee, zum großen Teil Juden, wurden in die Kiesgrube hinter der Küche getrieben und dort im Laufe weniger Tage während der Arbeit auf bestialische Weise umgebracht. Das blutige Massaker verübte eine Gruppe deutscher Kapos und SS-Leute, die die Kriegsgefangenen, durch internationale Konventionen geschützte Offiziere, mit Schaufeln und Spitzhacken erschlugen oder durch Gewehr- und Pistolenschüsse töteten. Wir waren bereits hinlänglich abgehärtet, aber dieses Verbrechen erschütterte uns zutiefst. Bald folgte ein Verbrechen dem anderen.

Der nächste Transport mit sowjetischen Kriegsgefangenen, darunter vielen höheren Offizieren und politischen Kommissaren, insgesamt 600 Mann, wurde mit einer Gruppe von 250 Häftlingen des Krankenbaus zusammengelegt. An diesen Menschen wurde am 3. September im Keller von Block 11 der zweite Versuch unternommen, Häftlinge in Massen mit dem Gas „Zyklon B" zu töten. Oberster Henker war bei diesem Versuchsvorhaben der stellvertretende Kommandant, SS-Hauptsturmführer Karl Fritzsch. In der Nacht brachten Pfleger die Leichen der Vergasten von den Krankenblocks ins Krematorium.

Mitte September 1941 grenzte man einen Teil der Blocks ab und umzäunte sie mit Stacheldraht. Über der Einfahrt tauchte die Bezeichnung „Russisches Kriegsgefangenen-Arbeitslager" auf. Für den Dienst bei den Kriegsgefangenen wurden Häftlinge ausgesucht, die Russisch und Deutsch sprachen. Das neu eingerichtete Lager war bald gefüllt. Von nun an trafen ungefähr alle zwei Wochen große Transporte mit körperlich und geistig völlig erschöpften Kriegsgefangenen an der Rampe ein. Sie wurden auch an herbstlichen Frosttagen nackt zur Desinfektion getrieben und in ein Faß mit einer ätzenden Desinfektionslösung getaucht. Die geringen täglichen Verpflegungssätze und die schwere Arbeit unter freiem Himmel ohne entsprechende Kleidung verursachten ein Massensterben. Viele der Gefangenen wurden in halbtotem Zustand von Kapos und SS-Leuten systematisch auf der Arbeit oder in den Blocks ermordet. Niemand machte sich Illusionen darüber, daß es nicht um Schwerstarbeit ging, sondern um die planmäßige Ausrottung einer möglichst großen Zahl von „Untermenschen".

Man darf nicht vergessen, daß die Opfer zum größten Teil in den ersten Kriegsmonaten in Gefangenschaft geraten waren, als die Panzerverbände Hitlers in Verwirklichung der vom Generalstab ausgearbeiteten Blitzkriegsdoktrin tief in das Innere der Sowjetunion eingedrungen waren. Seitdem hatten sie, in Viehwagen von einem Lager ins andere verfrachtet, unter unmenschlichen Bedingungen gelebt. Durch deutsche Meldungen und durch den ungezügelten Hochmut der „Übermenschen" wußten wir, wie die Situation an den Fronten aussah.

Anfang November befand sich die UdSSR in einer außergewöhnlich schwierigen Lage. In der Hauptangriffsrichtung auf Moskau standen die nazistischen Armeen 80-100 km vor der Hauptstadt, während der Gegner im Süden den Eingang zum Kaukasus erreicht hatte. Es war die schwerste Zeit, der Feldzug 1941 stand auf seinem Höhepunkt.

Die Verhältnisse im Lager und das Bewußtsein der Niederlage führten bei den Kriegsgefangenen zu völliger körperlicher Erschöpfung und zu seelischer Depression. Die widerstandsfähigsten hielten noch bis Dezember durch, aber als die Fröste einbrachen, schleppten die im Takt der zackigen Melodien des Orchesters von der Arbeit zurückkehrenden Kolonnen Hunderte steifgefrorener Leichen auf Tragen mit ins Lager. Beim Appell wurden sie auf die Erde gelegt, und die Blockführer zählten gewissenhaft die Toten, denn die Zahl der Häftlinge mußte stimmen.

Innerhalb von fünf Monaten kamen über 11 000 Kriegsgefangene nach Auschwitz, und im Frühjahr 1942 waren nur wenige Hundert davon übriggeblieben.

Das „Russische Kriegsgefangenen-Arbeitslager" im KZ Auschwitz wurde aufgelöst. Die wenigen Überlebenden wurden nach Birkenau verlegt, wo man schon seit einiger Zeit das Lager Auschwitz II errichtete.

Vernichtungslager

Ende März 1942 wurden in einem abgezäunten Teil des Lagers, der die Blocks 1-10 umfaßte, der erste Transport mit Frauen aus dem Konzentrationslager Ravensbrück und zwei Transporte mit Jüdinnen aus der Slowakei, insgesamt etwa 2800 Frauen, untergebracht. Es waren die ersten Transporte mit weiblichen Häftlingen, die das RSHA, das Reichssicherheitshauptamt, in das KZ Auschwitz eingewiesen hatte. Im April trafen weitere Transporte mit jeweils 500-1000 Jüdinnen aus der Slowakei ein.

Das Konzentrationslager Auschwitz verwandelte sich nach und nach in ein Vernichtungslager. An der Eisenbahnrampe liefen alle paar Tage Transporte mit Juden aus dem ganzen besetzten Europa ein. Die ersten kamen aus der Slowakei und aus Jugoslawien, dann in Massen aus Frankreich, Belgien, Dänemark und Holland — Männer, Frauen und Kinder, ganze, oft drei Generationen umfassende Familien.

Die SS-Ärzte führten Selektionen durch, sie behandelten die Menschen wie Arbeitstiere. Die arbeitsfähigen Frauen wurden in die Blocks von Auschwitz I eingewiesen, die Männer schickte man nach Birkenau, das später die Bezeichnung Auschwitz II bekam. Schwangere, Behinderte, Kranke, alte Leute und Kinder gingen in die Gaskammern. Auf der Rampe spielten sich entsetzliche Szenen ab. SS-Leute rissen Säuglinge aus den Armen der vor Verzweiflung rasend gewordenen Mütter. Mit Kolbenstößen trieben sie die Leute zu den einzelnen, ihrem weiteren Schicksal entsprechenden Gruppen. Und Kommandant

Rudolf Höß, der mit steinernem Gesicht die erschütternden Szenen beobachtete, machte sich im Kreise seiner engsten Mitarbeiter Aumeier und Palitzsch Gedanken darüber, wie man die Aufnahme der nächsten Transporte verbessern könne.

Männliche Arbeitskräfte brauchte man vor allem beim Bau der Buna-Werke, wo das vom IG-Farben-Konzern errichtete Nebenlager Monowitz entstand, ferner für die Außenlager bei den Kohlegruben in Jawiszowice, in Goleszów bei Cieszyn und in Chełmek in der Nähe von Oświęcim sowie für die immer weiter ausgebaute Schuhfabrik "Bata". Die Kommandantur des Lagers verkaufte die Arbeitskräfte an Konzerne und Unternehmen. Dadurch konnte sie auf ihrem Konto riesige Summen für die Sklavenarbeit anhäufen, weil die Beträge, die sie aufwenden mußte, um die Häftlinge am Leben zu halten, äußerst gering waren.

Anfang Juni wurde im Schulgebäude des Dorfes Budy bei Oświęcim eine Strafkompanie für Frauen untergebracht, die aus mehreren hundert politischen Häftlingen bestand. Hauptsächlich waren es Polinnen sowie Jüdinnen aus Frankreich und der Slowakei und schließlich einige politische und kriminelle Häftlingsfrauen aus Deutschland. Eingesetzt waren sie beim Vertiefen von Fischteichen und bei kräftezehrenden Erdarbeiten.

Die verhältnismäßig kleine SS-Mannschaft und die günstige Lage des Unterbringungsortes des Kommandos am Rande des Lagerbereichs bewogen kräftigere Häftlingsfrauen zu Fluchtversuchen. Fast alle mißlangen. Eine Deutsche gelangte sogar weit ins Innere des Reiches, wurde dann aber an ihrem Wohnort von der Polizei gefaßt. Das Kunststück gelang nur zwei Polinnen, die sich mit Hilfe der in der Umgebung wohnenden polnischen Bevölkerung glücklich ins Generalgouvernement durchschlagen konnten.

Die in die Strafkompanie eingewiesenen Frauen waren denselben rigorosen Vorschriften unterworfen wie die Männer. Als Kapos fungierten auch hier mit grünen Dreiecken gekennzeichnete kriminelle Häftlingsfrauen aus Deutschland. Sie behandelten die während der Arbeit ihrer Aufsicht unterstellten weiblichen Mithäftlinge auf unmenschliche Weise.

Im Spätsommer 1942 organisierten französische Jüdinnen einen Aufstand in der Strafkompanie. Auf ein vereinbartes Zeichen hin fielen die Frauen über die als Kapos fungierenden weiblichen Kriminellen und ihre Gehilfinnen her, um sich den Weg in die Freiheit zu bahnen. Spät in der Nacht entbrannte ein regelrechter Kampf auf Leben und Tod, bei dem beide Seiten Steine und Knüppel verwendeten. Die heldenhaften Jüdinnen unterlagen erst dann der Übermacht, als von den Posten auf den Wachtürmen alarmierte SS-Leute in den Kampf eingriffen. Der Aufstand wurde blutig niedergeschlagen. 90 französische Häftlingsfrauen wurden bestialisch ermordet. Die Zahl der getöteten oder verwundeten Funktionshäftlinge hielt die Gestapo des Lagers geheim.

Das Jahr 1942 zeichnete sich durch außergewöhnlichen Terror aus. Die Politische Abteilung konnte sich nicht über mangelnde Beschäftigung beklagen. Das Standgericht Katowice tagte immer häufiger in Block 11, und anschließend wurden an der Todesmauer ganze Gruppen politischer Häftlinge erschossen, die man 1940-1942 mit den Transporten aus Katowice, Krakau, Lódz, Lublin, Radom und Warschau ins Lager gebracht hatte.

Einige hatten zwei Jahre auf ihr Todesurteil warten müssen. Für viele von ihnen war die Aufforderung, sich in Block 11 zu melden, eine Überraschung. Sie hatten den Eindruck gewonnen, die Gestapo habe sie vergessen; und das umso mehr, als sie in guten Kommandos untergekommen waren und Aussicht gehabt hatten zu überleben.

Großes Aufsehen erregte die am 27. Mai erfolgte Erschießung von 168 Häftlingen, die man im Krakauer Haus der bildenden Künstler als Geiseln für den Anschlag auf einen höheren SS-Offizier auf dem Flugplatz in Rakowice verhaftet hatte. Unter den Hingerichteten befanden sich Maler, Bildhauer und Schauspieler Krakauer Bühnen. Dieses Verbrechen ging uns Krakauern aus verständlichen Gründen natürlich besonders nahe.

Am 10. Juni beschloß ein Teil der im Mai in die Strafkompanie eingewiesenen politischen Häftlinge aus Polen, denen Erschießung drohte, direkt nach der Arbeit eine Massenflucht vom Kommando Königsgraben in Birkenau zu unternehmen.

Wegen eines starken Platzregens ordnete Kommandoführer SS-Hauptscharführer Otto Moll jedoch an, die Arbeit früher einzustellen. Der Pfiff löste unter den Häftlingen Verwirrung aus. Etwa 50 Mann wandten sich zur Flucht. Ein gutes Dutzend der Häftlinge wurde von Kapos mit Schaufeln und Äxten zurückgehalten. Zwei wurden während der Verfolgungsjagd gefaßt, 13 erschossen. Nach Einstellung der Verfolgung stellte man fest, daß neun Häftlinge fehlten. Ihnen war die Flucht gelungen. Dabei handelte es sich um August Kowalczyk, Nr. 6804, Jerzy Lachecki, Nr. 12541, Jan Laskowski, Nr. 12543, Zenon Piernikowski, Nr. 12544, Aleksander Buczyński, Nr. 12754, Józef Traczyk, Nr. 13323, Tadeusz Chróścicki, Nr. 16655, Józef Pamrow, Nr. 22858, und Eugeniusz Stoczewski, Nr. 22883.

Am nächsten Tag mußten auf dem Hof der Strafkompanie ungefähr 320 Häftlinge nach dem Appell in Kniebeuge gehen und ihre Arme nach vorne ausstrecken. Der von SS-Leuten begleitete Lagerführer Aumeier verlangte, man solle verraten, wer den Aufruhr organisiert habe. Da alle schwiegen, ließ er 20 Häftlinge vortreten. 17 erschoß er selbst, drei erschoß SS-Hauptscharführer Hößler. Nachmittags wurde den übriggebliebenen noch ein gutes Dutzend Häftlinge mit roten Flecken aus dem Krankenbau von Birkenau hinzugefügt. Die Todeskandidaten mußten ihre Kleidung und ihre Schuhe ausziehen, und man fesselte ihnen die Hände mit Stacheldraht auf dem Rücken. Die ganze Kolonne wurde zum Bunker Nr. 1 gebracht, wo man sie mit Gas tötete. An diesem Tag wurden 20 Häftlinge der Strafkompanie erschossen und 320 vergast.

Es begann eine Vernichtung der Juden von gigantischen Ausmaßen.

Tag und Nacht trafen die Transporte in Auschwitz ein. In Birkenau wurde eine zweite Gaskammer in Betrieb genommen. Die kräftigsten Häftlinge versuchten, um ihr Leben zu kämpfen. Die Fluchtversuche von Juden auf den Außenkommandos nahmen zu, wurden aber schon innerhalb der Postenkette durch Schüsse der Wachmannschaft vereitelt. Die wenigen, die sich irgendwo an abgelegenen Orten versteckten, wurden gefaßt und im Bunker umgebracht. Die von der Politischen Abteilung geführte Statistik der auf der Flucht erschossenen Häftlinge schwoll an. Es stieg auch die Zahl der Häftlinge, die — von der mörderischen Sklavenarbeit entkräftet und psychisch zermürbt — nach der Rückkehr in die Blocks keine Hilfe und keinen Zuspruch bei ihren Kameraden fanden und daher nach dem Abendappell „in den Draht gingen". Sie betraten den Todesstreifen vor dem Zaun und wurden von einer kurzen MG-Salve des diensthabenden Postens auf dem Wachturm niedergemäht. Davon profitierten beide Seiten. Der Häftling befreite sich von seiner Qual, und der wachsame Posten bekam drei Tage Urlaub. Und die Lagerführung konnte einen weiteren vereitelten Fluchtversuch verbuchen.

In Zusammenhang mit der gewaltig zunehmenden Zahl der Häftlinge in allen Außenlagern verschlechterten sich die sanitären Verhältnisse und die Unterbringungsmöglichkeiten in unvorstellbarem Maße. Die Sterblichkeit stieg. Es brach eine Flecktyphusepidemie aus, die massenhaft Opfer forderte. Die Läuse- und Flohplage war trotz der regelmäßig durchgeführten Entlausung ganzer Blocks einfach unerträglich. Die Chemikalien wirkten zwar zuverlässig, doch nach einiger Zeit war die Lage wieder hoffnungslos. Die Konzentration von weit über 10 000 Häftlingen auf so engem Raum und das dauernde Verlegen von einem Block zum andern, die geringen Mengen Waschwasser, Schmutz und Gestank in den Räumen, die erlahmten Abwehrkräfte der unterernährten Häftlinge und der Mangel an Arzneimitteln bewirkten, daß ständig die Gefahr des Ausbruchs von Epidemien bestand.

Ende August besserte sich für kurze Zeit die Unterbringungslage, weil die Lagerverwaltung beschlossen hatte, das Frauenlager von Auschwitz nach Birkenau zu verlegen.

Im September 1942 wurde das Sonderkommando eingerichtet, das sich aus etwa 300 jüdischen Häftlingen zusammensetzte, die unter der Aufsicht von SS-Leuten damit begannen, die Leichen der vergasten Juden von den täglich eintreffenden Transporten und auch die Leichen der in Massengräbern auf dem Gelände von Birkenau verscharrten sowjetischen Kriegsgefangenen im Freien zu verbrennen. Die Ermordeten wurden in Schichten auf Holzstößen gestapelt und mit Dieselöl übergossen, damit sie besser brannten. Seitdem spürten wir im weiten Umkreis des Tatortes ununterbrochen den Geruch verbrannten Menschenfleisches, und eine mächtige, dichte, braune Rauchsäule stieg der Windrichtung folgend in den Himmel. Wenn der Wind von den Höhen der Beskiden her wehte, überzog der Rauch das Lager. Die Zahl der auf den Scheiterhaufen verbrannten Leichen ist nach dem Krieg auf 107 000 geschätzt worden. Im November 1942 wurde die Verbrennungsaktion eingestellt, und im Dezember fiel die Entscheidung, die Ausführenden des gigantischen Vorhabens, die unmittelbaren Zeugen eines Völkermords von derartigem Ausmaß, zu beseitigen. Eines Tages wurde das ganze Sonderkommando unter einem Vorwand in die Gaskammer beim Auschwitzer Krematorium Nr. 1 getrieben und vergast; die Leichen wurden an Ort und Stelle in den Krematoriumsöfen verbrannt.

Kurze Zeit später begannen die Behörden des Lagers mit der Aufstellung eines neuen Sonderkommandos, denn im Zusammenhang mit der Auflösung der Ghettos im ganzen besetzten Europa wurde das KZ Auschwitz zu einer Stätte der Massenvernichtung von Juden, zur größten „Todesfabrik", in die das Berliner Reichssicherheitshauptamt im Rahmen der geplanten „Endlösung der Judenfrage" unablässig Judentransporte einwies.

Mit der Ausrüstung dieser Fabrik befaßten sich spezielle Bauunternehmen, u.a. die Erfurter Firma Topf und Söhne, die im Auftrag von Höß mit dem Bau von vier Gaskammern und Krematorien in Birkenau begann, sowie die Dessauer Herstellerfirma des Giftgases „Zyklon B".

Kanada — dieses Wort läßt jeden zivilisierten Menschen an einen reich mit natürlichen Rohstoffen gesegneten Staat in Nordamerika denken, und diejenigen, die das Buch „Nach Harz duftendes Kanada" von Arkady Fiedler gelesen haben, an eine reiche Tier- und Pflanzenwelt.

Das Auschwitzer „Kanada" hatte nichts mit diesem wunderschönen Land gemein, es duftete auch nicht nach Harz. Es entstand gleichzeitig mit dem Eintreffen der ersten Judentransporte aus Westeuropa, aus Frankreich, Belgien, Holland und Dänemark. Und es bezeichnete den unerhörten Reichtum an allem möglichen materiellen Gütern, die man den in die Gaskammern und Krematoriumsöfen gejagten Opfern geraubt hatte.

„Kanada" bedeutete Gold, Brillanten, Schmuck, ausländische Zahlungsmittel, Uhren, Pelze, Kleidung und Schuhe, elegante Bettwäsche, Decken, Kissen, Kinderspielzeug und viele wertvolle Gegenstände des täglichen Bedarfs. Kanada bedeutete auch hochwertige Lebensmittel, die wohlhabende Juden in der Überzeugung nach Auschwitz mitgenommen hatten, sie führen nach Osteuropa, wo sie den Versicherungen der deutschen Behörden nach ein ruhiges Leben fristen könnten. Schinken und Büchsenfleisch, Salami, ausgezeichneter dänischer oder holländischer Käse, Kondensmilch in Dosen, Ölsardinen, Zucker, Schokolade, Wein, Gebäck, Tabak und Zigaretten — alles, was man aus Europa nach Auschwitz mitgebracht hatte, geriet, gewissenhaft mit deutscher Gründlichkeit geordnet, in die Lager von „Kanada". Ausgeführt wurden die damit zusammenhängenden Arbeiten von Häftlingen, zum großen Teil direkt von Juden, unter Aufsicht der SS.

Im Sinne der vom Berliner Wirtschaftsverwaltungshauptamt der SS erlassenen Anordnungen mußten Valutawerte, Schmuck, Edel- und Halbedelsteine sowie Gold einschließlich der den Toten herausgerissenen Goldplomben über das SS-WVHA an die Deutsche Reichsbank in Berlin weitergeleitet werden. Uhren, Füllfederhalter, Brieftaschen und andere Gebrauchsgegenstände sollten hingegen an Fronteinheiten geliefert werden. Kleidung und Unterwäsche durfte zum Teil für den Bedarf des Lagers verwendet werden, während der Rest an die Volksdeutsche Mittelstelle in Berlin zu schicken war.

Zur Arbeit im Kommando Kanada eingeteilt zu werden, das war der Traum vieler Häftlinge — nicht wegen des Goldes, der Dollars oder anderer ebenso wertvoller Zahlungsmittel, die im Elend des Lagers im allgemeinen keinerlei Wert hatten, sondern wegen des Essens. Das war am wichtigsten. Das Glück, nach „Kanada" zu kommen, hatten aber nur wenige.

Am 11. Juni 1942 wurden 62 Häftlinge aus Krakau eingeliefert. Mit diesem Transport kamen u.a. das Ehepaar Bolesław und Janina Olszyński und ihr zwanzigjähriger Sohn Jan nach Auschwitz, die man im Februar wegen konspirativer Tätigkeit im Bund des bewaffneten Kampfes ZWZ verhaftet hatte. Der ganze Transport wurde in Block 11 eingeliefert, wo am Tag nach ihrer Ankunft eine Hinrichtung von 60 Häftlingen der Transporte aus Schlesien und aus Krakau stattfand, die man 1940 und 1941 ins Lager eingeliefert hatte. Zusammen mit dieser Gruppe wurde der in der Schreibstube des Lagers beschäftigte Krakauer Rechtsanwalt Dr. Władysław Tempka erschossen, den man wegen ZWZ-Tätigkeit verhaftet hatte. Er war ein Bruder des Professors der Krakauer Jagiellonen-Universität Tadeusz Tempka und hatte in der Delegatur der Londoner Exilregierung gearbeitet.

Bolesław Olszyński, ein bekannter Funktionär und Verfechter des Polentums in Oberschlesien, Direktor der Interessengemeinschaft in Katowice, hatte Schlesien nach dem Septemberfeldzug mitsamt seiner Familie verlassen müssen. Er hatte sich in Krakau, Św.-Jana-Straße 3, niedergelassen, wo er mit seinem Sohn die Firma „Carboprodukt" gründete, die sich mit der Anlieferung schlesischer Kohle für die Krakauer Bevölkerung befaßte. Das ganze polnische Personal der Firma war einer konspirativen Tätigkeit nachgegangen und hatte mit ähnlichen Gruppen in Schlesien in Verbindung gestanden. In der Zeche Niwka bei Mysłowice angehäufte Waffen und Sprengstoffe waren, auf für die Firma bestimmten Lastkähnen unter Kohle versteckt, über die Weichsel nach Krakau gelangt. Die Zusammenarbeit mit der Gruppe von Schlesiern, an deren Spitze ein Offizier des polnischen Heeres, der Oberleutnant Wacław Smoczyk, Deckname „Szeliga", stand, hatte sich günstig entwickelt. Treffpunkt der Gruppen war der Laden des Uhrmachers Jan Smoczyk, des Vaters des Oberleutnants, in Katowice gewesen, und als Verbindungsmann zwischen der Krakauer und der Katowicer Gruppe hatte Edmund Hamerla gedient, der einen Passierschein besaß, der ihn zum Überschreiten der Grenze des Generalgouvernements berechtigte.

Die in Krakau, in der Dojazdowa-Straße von den Kähnen entladenen Waffen- und Munitionssendungen hatte Jan Olszyński, auf Fuhrwerken unter Kohle versteckt, nach Slomniki und in das Dorf Wawrzynczyce bei Krakau gebracht. Dort hatte sie der Kommandeur der Partisanengruppe „Ronin", Longin Walknowski, übernommen.

Unterdessen hatte die Gestapo in Katowice, die über ein Netz erprobter Konfidenten verfügte, systematisch die Tätigkeit der Gruppe von Oberleutnant „Szeliga" überwacht. Im März 1942 hatte der deutsche Sicherheitsdienst im Laden des Uhrmachers Jan Smoczyk den Verbindungsmann Hamerla verhaftet und eine Stunde später in einer anderen Wohnung „Szeliga" umzingelt, der von einem seiner engsten Mitarbeiter, der seit langem im Dienste der Gestapo in Katowice stand, verraten worden war. Der heldenhafte Kommandeur hatte sich nicht lebend gefangen nehmen lassen, sondern sich selbst in letzter Minute mit einem Pistolenschuß getötet.

Spuren der konspirativen Tätigkeit gegen das Dritte Reich führten nach Krakau. Einige Tage später hatte man alle Beschäftigten der Firma „Carboprodukt" — Bolesław, Janina und Jan Olszyński, die Familie Kościelniak, Dr. Józef Pomianowski, Edward Gutner und Marian Kocur — verhaftet.

Nach langwieriger Untersuchungshaft in der Pomorska-Straße und im Montelupich-Gefängnis war die ganze Gruppe in das KZ Auschwitz eingewiesen worden. Aus dem Gefängnis in Mysłowice kam auch Edward Hamerla hinzu. Bolesław Olszyński erhielt die Häftlingsnummer 39230 und sein Sohn die Nummer 39231. Seine mit der Nummer 8558 versehene Frau Janina wurde in das FKL, das Frauen-Konzentrationslager, eingewiesen.

Dank der Unterstützung durch Funktionshäftlinge aus Schlesien hatten die Olszyńskis die schlimmste Zeit im Lager überlebt. Dann konnten sie selbst für sich sorgen, wobei ihnen ihre Deutschkenntnisse halfen.

Im Herbst 1942 führte Dr. Mengele vor dem Block des Krankenbaus eine Selektion durch. Zu jener Zeit befand sich Bolesław Olszyński mit eitrigen Wunden an den Füßen, einer Phlegmone, im Häftlingskrankenbau. Während der Selektion schlich sich Jan, der begriffen hatte, womit die Fürsorge des verbrecherischen SS-Arztes um die kranken Häftlinge enden könne, an den Platz des Vaters und rettete ihn so vor dem unweigerlichen Tode. Die Gesunden wurden in die Blocks zurückgeschickt, die Kranken hingegen in den Krankenbau, von wo aus sie als arbeitsunfähig in die Gaskammer kamen.

Bolesław Olszyński durfte sich aber nur kurz seines Lebens freuen.

Am 28. Oktober 1942 traf ein Transport mit 240 Männern aus Lublin und Radom im Lager ein, die sofort nach Block 11 gebracht wurden. Zu dieser Gruppe fügte man noch mehrere Dutzend Häftlinge hinzu, die beim Morgenappell aufgerufen wurden. Darunter befand sich auch Jans Vater. Eskortiert von SS-Leuten mit Aumeier und Palitzsch an der Spitze, wurden sie abgeführt. Als man ihnen im Flur von Block 11 befahl, sich auszuziehen, weigerten sie sich. Es kam zu einem Aufruhr, dessen Aumeier und Palitzsch nicht Herr werden konnten. Der Block wurde abgeriegelt, und man stellte Posten auf. Nach der Mittagspause wurde für alle Häftlinge eine Lagersperre verhängt, was zu verständlicher Aufregung im Lager führte. Die Exekution begann. Die hartnäckigeren Häftlinge wurden mit Gewalt auf den Hof von Block 11 geführt und dort von Palitzsch, Boger und Lachmann mit Genickschüssen getötet. Jan, der Sohn des Todeskandidaten Bolesław Olszyński, beobachtete vom ersten Stock des Blocks 10 aus die ganze Exekution. Als die Schüsse verstummten, wurden die noch blutenden Leichen auf offene Rollwagen verladen, die andere Häftlinge die ganze Lagerstraße entlang zum Krematorium ziehen mußten. Einem der Wagen folgte weinend, mit entblößtem Haupt, Jan Olszyński, der Sohn des ermordeten Boleslaw Olszyński.

Die nach Birkenau verlegte Mutter Jans erfuhr lange nicht, daß man ihren Mann erschossen hatte. Als sie an Flecktyphus erkrankte, lieh sich Jan von Zbyszek Baranowski, der als Hydrauliker Zugang zum Frauenlager hatte, dessen gestreiften Häftlingsanzug und schmuggelte Arzneimittel und Verpflegung für seine Mutter in den Krankenbau. Im März 1943 wurde Jan von in der Politischen Abteilung beschäftigten Kameraden auf die Liste der zum Abtransport vorgesehenen Kandidaten gesetzt und mit einer Gruppe von 1000 Häftlingen nach Buchenwald verlegt. Später kam er nach Flossenbürg und nach Dachau, wo er, von Panzereinheiten General Pattons befreit, das Ende des Krieges erlebte. Nach dem Krieg traf er im befreiten Polen seine Mutter wieder.

Zur Gruppe der linksgerichteten Funktionäre, die im Herbst 1940 und im Frühjahr 1941 vom Warschauer Pawiak-Gefängnis nach Auschwitz gekommen waren, gehörten Mitglieder der Sozialistischen Partei Polens PPS, der Jugendorganisation der Arbeiter-Universitäten OM TUR, des „Roten Pfadfinderbundes" und der klassengebundenen Gewerkschaften. Darunter befanden sich Norbert Barlicki, Stanisław Dubois, Nr. 3904, den man unter dem Namen Stanislaw Dębski verhaftet hatte, Kostek

Jagiełło, Adam Kuryłowicz, Mitglied des zentralen Exekutivkomitees der PPS, der PPS-Abgeordnete Henryk Świątkowski, den man zusammen mit einer Gruppe der PPS angehörender Warschauer Rechtsanwälte verhaftet hatte, und Stefan Kobrzyński, Arbeiterfunktionär im Warschauer Arbeiterviertel Wola, der eine große Rolle in der konspirativen Arbeit gegen die Besatzer gespielt hatte, sowie Mitglieder des Warschauer Arbeiter-Sportklubs „Skra", darunter die mir bekannten Lucjan und Jan Sobieraj, Leon Wiciak und Tadeusz Uszyński.

Einige der genannten Funktionäre lernte ich durch Kameraden vom ersten Transport kennen, durch den in der Malerei des Lagers beschäftigten Jan Chlebowski, Nr. 622, Funktionär der OM TUR und der PPS aus Przemyśl, und durch Kazimierz Jarzębowski, Nr. 115, vom Vermessungskommando. In engere Berührung kam ich dagegen mit dem im Dachdeckerkommando beschäftigten Kostek Jagiełło, Nr. 4507, und mit dem operativen Stefan Kobrzyński, Nr. 10050, der in dieser Gruppe die Rolle des Verbindungsmannes spielte.

Die führenden PPS-Funktionäre konnten nicht vor dem Tode bewahrt werden. Nobert Barlicki starb am 27. September 1941 an völliger Entkräftung. Stanisław Dubois wurde im November 1940 erneut im Warschauer Pawiak-Gefängnis verhört. Zum zweiten Mal nach Auschwitz gebracht, ertrug er tapfer die Qualen des Lagers. Er war in einem der schlimmsten Kommandos, in der Betonkolonne des Bauhofs, eingesetzt. Dort wurde er am 21. August 1942 von einem Beamten der Politischen Abteilung abgeholt und an das Lagertor gebracht, wo Grabner und Palitzsch mit einem Kleinkalibergewehr auf ihn warteten. Sie führten ihn zum Block 11. Den letzten Weg Dubois' beobachteten nur wenige, auf dem Lagergelände zur Arbeit eingesetzte Häftlinge. Darunter befanden sich seine engsten Vertrauten Marian Kubicki und der als Straßenreiniger beschäftigte Adam Kuryłowicz.

Die Kunde von der Erschießung Stanisław Dubois' erschütterte das ganze Lager.

Im April 1942 war aus dem Pawiak-Gefängnis der Bauernfunktionär Marian Kubicki eingeliefert worden und hatte die Häftlingsnummer 31133 bekommen. Kubicki war ein langjähriger Freund Dubois' aus der Zeit ihrer gemeinsamen Tätigkeit bei der „Dziennik Popularny" (Populären Tageszeitung). Dort hatte Marian Kubicki die Abteilung Landleben geleitet, und dafür war er nach dem Verbot der Zeitung verhaftet worden.

Im September 1939 war Kubicki einer der Organisatoren der Arbeiterbataillone zur Verteidigung Warschaus gewesen und hatte die Funktion des Kommandeurs des Platzes auf dem Gelände der Redaktion des „Robotnik" (des Arbeiters) in der Warecka-Straße ausgeübt. Nach der Einnahme der Hauptstadt durch die Deutschen war er gleich in den ersten Tagen zur konspirativen Arbeit übergegangen. Er stand in enger Verbindung mit Norbert Barlicki und Stanisław Dubois. Damals hatte er Artikel für den von Barlicki redigierten „Chłop i Robotnik" (Bauern und Arbeiter) geschrieben, und anschließend hatten sie gemeinsam den „Młot i Sierp" (Hammer und Sichel) herausgegeben. Marian Kubicki lernte ich durch Kazik Nowicki im Lager kennen.

Kubicki, ein Bauernsohn aus Raszkowo im Kreis Jędrzejów, streng in seinen Ansichten über die Menschen und radikal als Funktionär der Bauernbewegung, ein Mensch von hoher persönlicher Kultur, war zugleich ein subtiler Lyriker und Dichter. Nur die engsten Freunde im Lager wußten, daß Marian Gedichte schrieb, deren Motiv stets die Heimaterde und die Schönheit von Bäumen und Blumen war.

Marian liebte und schätzte uns junge Burschen wegen unseres Patriotismus und wegen unserer Solidarität gegenüber den Mithäftlingen. Mit Rücksicht auf unsere prominenten Kommandos und unser junges Alter warnte er: „Denkt immer daran, daß ihr nicht überheblich werdet! Ihr seid die Zukunft des Volkes."

Als ich im März 1943 nach Krakau fuhr, waren Marian Kubicki und mein Bruder Mietek auf dem Wege nach Buchenwald. Zur selben Zeit verließ Stefan Kobrzyński Auschwitz mit einem Transport nach Neuengamme. Später wurde er nach Bergen-Belsen gebracht, wo er im Mai 1945 die Freiheit zurückerlangte.

Nach dem Krieg traf ich Kubicki in Warschau. Er war Chefredakteur der „Dziennik Ludowy" (Bauernzeitung) und Abgeordneter des Sejm der VR Polen. Als Schriftsteller veröffentlichte er kleine Gedichtbände. Er starb plötzlich am 14. Mai 1972 im Alter von 60 Jahren.

Zur Erinnerung an ihn stehen in meiner häuslichen Bibliothek vier Bände mit seinen Gedichten. Sie tragen die für meine Frau Irena und mich bestimmte Widmung „Vom Freund an Freunde", und wir sind stolz darauf.

Auschwitzer Meilensteine

Das vom Appellplatz her zu sehende Spitzdach der Lagerküche war mit grauen Asbestschindeln gedeckt, die zu weithin sichtbaren deutschen Schriftzügen ausgelegt waren. Das waren die berühmten „Meilensteine", d.h. die von Propagandisten Himmlers formulierten „Gebote" des Lagers. Wir hatten sie bei den täglich stattfindenden Appellen ständig vor Augen. Die älteren Häftlinge des KZ Auschwitz haben den Wortlaut dieser neun Gebote bis heute in Erinnerung: „Es gibt einen Weg zur Freiheit. Seine Meilensteine heißen: Gehorsam, Fleiß, Ehrlichkeit, Ordnung, Sauberkeit, Nüchternheit, Wahrhaftigkeit, Opfersinn und Liebe zum Vaterlande." Nach Ansicht der Häftlinge führten nur einige dieser „Gebote" zur Freiheit. Das Einhalten der anderen, also von Gehorsam, Fleiß, Ehrlichkeit und Wahrhaftigkeit — natürlich den Behörden des Lagers gegenüber —, stellte ein Hindernis auf dem Weg in die Freiheit dar; es sei denn, daß dieser Weg durch den Schornstein des Krematoriums führen sollte.

Vom Standpunkt der KZ-Häftlinge aus gesehen, war gerade das Gegenteil dieser Grundsätze sinnvoll und begründet. Also nicht Fleiß und Ehrlichkeit, sondern genau umgekehrt: Nichteinhaltung von Befehlen, Kräftesparen, schlechte Arbeit, Drückebergerei und „Kombinieren" sowie das Besorgen von Lebensmitteln und Kleidung aus den Magazinen der SS. Auch nicht Wahrhaftigkeit, sondern das Verheimlichen der Wahrheit unter allen Umständen.

Opfersinn ja, aber für die Leidensgefährten! Und als Gipfel der Ironie: Liebe zum Vaterlande. Schließlich waren die politischen Gefangenen zum allergrößten Teil eben wegen ihrer Vaterlandsliebe verhaftet, mißhandelt und in Massen erschossen worden. Wie man sieht, hatten die Verfasser der „Gebote" nicht vorausgesehen, daß die Häftlinge des KZ Auschwitz sie auf ihre Weise interpretieren würden.

Mein Kamerad Alfred Wilk, Nr. 170, der in der Lagerküche beschäftigt war, hat mir erzählt, daß er Zeuge war, wie ein Blockführer einen Häftling prüfte und ihm befahl, die „Meilensteine" auswendig herzubeten. Der konnte aber nicht Deutsch und war nicht imstande, sie aufzusagen. Der SS-Mann schrieb seine Nummer auf und jagte ihn mit Fußtritten in den Block zurück.

Sport im Lager

In der zivilisierten Gesellschaft des 20. Jahrhunderts kann man sich ein Leben ohne Sport gar nicht vorstellen.

In Kriegsgefangenenlagern und, wie der letzte Krieg gezeigt hat, sogar in Konzentrationslagern waren ein Fußballfeld oder ein Boxring Stätten, an denen sowohl Sportler als auch riesige Scharen von Zuschauern und Fans den Streß abreagierten, der sich aus den Gefahren des alltäglichen Lagerlebens ergab. Die Auseinandersetzung mit dem sportlichen Gegner mobilisierte die Häftlinge, darum zu kämpfen, sich an der Oberfläche zu halten und sich nicht den Widerwärtigkeiten des Schicksals zu unterwerfen; es half zu überleben.

Im Sommer 1941 kamen die Häftlinge trotz des von der Lagerführung ausgeübten Terrors auf die Idee, eine Fußballmannschaft aufzustellen.

Wir hatten schon seit längerer Zeit ein Grüppchen von Kapos bemerkt, die an Sonntagnachmittagen Fußball spielten. Darunter gab es einige gar nicht üble Kicker, und angeführt wurde die ganze Gruppe vom Kapo der Bekleidungswerkstätten Erich Grönke. Er hatte angewiesen, in der Täschnerei einen Ball zu nähen, und er leitete das Training der deutschen Fußballer, bei dem sich rings um das Feld zahlreiche polnische Fußballer und Freunde dieses Sports versammelten. Wer auch nur einmal in seinem Leben auf dem Platz gestanden hat, der weiß, daß man beim Anblick herumlaufender Spieler nicht gleichgültig bleiben kann, auch wenn man sich nicht gerade in bester Verfassung befindet.

Eines Tages schlug uns Grönke vor, eine Mannschaft aufzustellen und ein Spiel gegen sein Team vorzubereiten. Die Fußballfreunde griffen den Vorschlag begeistert auf. An Bereitwilligen fehlte es nicht, denn man meinte zu recht, daß die Veranstalter die potentiellen Fußballer etwas füttern würden. Doch wir stießen sofort auf anscheinend unüberwindliche Schwierigkeiten. Es ging um die Schuhe, natürlich nicht um richtige Fußballerschuhe, denn davon konnten selbst die Kapos nur träumen, sondern um feste Schnürschuhe, die zum Spielen geeignet waren. Im Sommer 1941 liefen fast alle Häftlinge in Holzpantinen herum, in denen man nicht spielen konnte.

Der Wunsch, eine internationale Begegnung auszutragen, war bei den Deutschen so groß, daß das Fehlen von Schuhen beim Gegner nicht ausschlaggebend sein durfte für das Spiel. Lagerältester Brodniewitsch ordnete inoffiziell an, die Bekleidungskammer solle elf Paar Schuhe für unsere Spieler ausgeben. Unabhängig davon erlaubte der Kapo der Schuhmacherei uns Lehrlingen, ebenfalls inoffiziell einige Paar Schuhe für die Reservespieler zu „organisieren". Mit Genehmigung Grönkes schmuggelte ich selbst drei Paar ins Lager; zweimal für Gucio Piotrowski, der nörgelte, sie seien zu hart. Nicht so anspruchsvoll war Kazio Bator, der glücklich war, daß er überhaupt Schuhe bekam, und noch dazu solche, die ihm paßten.

Bei den ersten Trainingsveranstaltungen stellte sich heraus, daß es im Team der polnischen Häftlinge echte Fußballstars gab. Nur um die Kondition war es schlecht bestellt. Einige Aktive waren körperlich heruntergekommen und stark geschwächt. Sie mußten also so schnell wie möglich zusätzliche Verpflegung bekommen, denn die Kapos drängten darauf, den Termin der Begegnung festzulegen.

Kurze Zeit später standen sich die beiden Mannschaften an einem wunderschönen Sonntagnachmittag gegenüber.

Sie trugen lange, gestreifte Häftlingshosen, denn kurze Sporthosen hatte man noch nicht ergattern können. Das Spielfeld war auf dem Appellplatz abgesteckt, den man geglättet und mit Linien versehen hatte. In der polnischen Elf standen wohlbekannte Aktive der ersten Liga auf dem Platz, darunter sogar Spieler der Nationalmannschaft wie Sylwester Nowakowski von „Ruch Chorzów", der Mittelfeldspieler Kazimierz Bator von „Garbarnia", Antoni Łyko von „Wisła" und Adam Aniola von „Warta Poznań". Ferner gab es Spieler von Klubs der Klasse A und B: Gustaw Piotrowski von „Tarnovia", Włodzimierz Turczyniak aus Bochnia, Zygmunt Owczarek aus Zakopane und einige andere.

Das Spiel war unglaublich aufregend, die Anfeuerungsrufe sowohl auf polnischer als auch auf deutscher Seite gewaltig. Gepfiffen wurde das Spiel korrekt, sogar einigermaßen gerecht von Erich Grönke. Der 3:1-Sieg der polnischen Mannschaft gab den Häftlingen seelischen Halt.

Zu verschiedenen Zeiten gehörten der Häftlingsmannschaft solche Spieler an wie Mittelstürmer Józef Korbas von „Cracovia", Antoni Grosman von „Resovia", Rachner von „Wisła", Einbacher von „Warta", W. Tomasik von „Cracovia" und mehrere andere ausgezeichnete Fußballer.

Adam Aniola starb im Dezember 1941, und Antoni Łyko wurde zusammen mit einer Gruppe von Funktionären der Krakauer Sozialversicherungsanstalt erschossen.

Das Fußballfieber ausnutzend, stellten wir gemeinsam mit mehreren Kameraden eine Jugendmannschaft auf, die Fryderyk Czop und ich mit stiller Zustimmung Grönkes mit erstklassigen Schuhen versahen. Nach einigen Trainingsstunden zeigte sich, daß wir über eine ausgezeichnete Mannschaft verfügten, die sich zum großen Teil aus Fußballern zusammensetzte, die vor dem Krieg in Oberschulvertretungen gespielt hatten. Wir traten als Polen

B gegen die zweite Mannschaft der deutschen Kapos an. Dieses Spiel stieß ebenfalls auf lebhaftes Interesse und löste überraschend viele Gefühle und Freudenausbrüche aus. Im Vergleich zu den mächtigen, dickbauchigen Gegnern klein und hager, übertrafen wir sie an Schnelligkeit und Technik. Wir narrten sie wie Kinder und machten mit ihnen, was wir wollten. Das löste bei den Zuschauern, auch bei den deutschen Funktionshäftlingen und SS-Leuten, Lachsalven und bei den Gegenspielern Wutausbrüche aus. Wenn der Schiedsrichter nicht umsichtig eingegriffen hätte, hätten sie wahrscheinlich kurzen Prozeß mit uns gemacht. Grönke ließ aber kein brutales Spiel aufkommen, weil er befürchtete, das Spiel könne mit einem Pogrom unserer Mannschaft enden. Und das wollte er umso weniger, als drei seiner Lehrlinge in der Schuhmacherei, außer Fryderyk Czop und mir auch Jan Kudynowski, gute Fortschritte machten. Mit einem Ergebnis von 7 : 0 deklassierten wir die zweite Vertretung der Deutschen. Ich spielte neben Stanisław Maliński aus Tarnów im Sturm. Wir schossen die meisten Tore, darunter zwei Elfmeter, die der Schiedsrichter wegen brutalen Eingreifens der gegnerischen Verteidiger im Strafraum verhängte.

Die zweite beliebte, 1941-1943 im Lager anzutreffende sportliche Disziplin war das Boxen. Die ersten Kämpfe fanden in Block 2 sowie auf dem Platz neben der Küche statt. Man baute einen tragbaren Boxring, und es fanden sich echte Ring- und Punktrichter. Den Zuschauermassen der Häftlinge stellte sich der bekannte Boxer Kowalski aus Lublin vor. Der durch Gefängnishaft und Lager entkräftete Kowalski kämpfte gegen einen Kapo, wobei er den Gewichtsunterschied mehrerer Klassen durch ausgezeichnete technische Vorbereitung und Kampfeswillen wettmachte.

Große Popularität erlangte im Lager Tadeusz Pietrzykowski, Nr. 77, aus Warschau, den man wegen des

Versuchs, die slowakische Grenze zu überschreiten, im Grenzgebiet verhaftet hatte. Der zwanzigjährige „Teddy" hatte wie viele seiner Kameraden die schlimmste Zeit ausgehalten. Zuerst war er Maurergehilfe beim Neubau von Blocks gewesen, und dann hatte er einige Zeit in der Tischlerei gearbeitet. Als man sein Talent als Boxer erkannte, wurde er im guten Kommando der Tierpfleger beschäftigt. Als er zu Kräften gekommen war, bewies er im Ring echte Boxkunst und unbeugsamen Kampfeswillen. Zugleich war er ein außergewöhnlich guter, herzlicher Kamerad. Die Sensation des Tages war sein Kampf gegen den Kapo der SS-Schneiderei Walther, deutscher Berufsboxmeister im Mittelgewicht. Trotz des Gewichtsunterschieds bezwang „Teddy" den hochnäsigen Deutschen, der vorher schon als übler Schläger im Lager bekannt geworden war. Dann gewann Pietrzykowski ein gutes Dutzend Kämpfe gegen Boxer verschiedener Nationalität, die die Abteilung Arbeitsdienst unter den neu eintreffenden Transporten aussuchte. Darunter befanden sich auch Franzosen und Belgier jüdischer Abstammung. Jeder Kampf des polnischen Boxers löste bei den Zuschauern nationale Emotionen aus. Wenn „Teddy" einen Deutschen für all unsere Qual und Erniedrigung im Ring zusammenschlug, wenn ihm ein Knockout gelang und der Gegner auf den Brettern lag, gab es bei den Häftlingen lautstarke Reaktionen.

Mitte 1943 wurde Antoni Czortek in Auschwitz eingeliefert und bekam die Häftlingsnummer 139559. Der bekannte „Kajtek" stärkte das Team der polnischen Boxer und hatte viele Erfolge im Ring zu verzeichnen. Damals war Tadeusz Pietrzykowski schon nicht mehr im Lager. Er war am 12. März mit einem Transport von 1000 Häftlingen nach Bergen-Belsen verlegt worden, wo er im April 1945 von den Alliierten befreit wurde. Bald kehrte er nach Polen zurück, und heute lebt er in Bielsko-Biała. Ein aufmerksamer Beobachter der Boxkämpfe war Czesław Sowul. Mit einem seiner Kameraden als Gegner parodierte er bei künstlerischen Auftritten in den Blocks einen Boxkampf und brachte die Gesichter selbst der elendsten Häftlinge zum Lächeln.

Józef Szajna, Häftling Nr. 18729

Am 25. Juli 1941 traf mit dem sechsten Transport aus Tarnów Józef Szajna, Schüler des II. Gymnasiums in Rzeszów, im Lager ein. Der Weg Szajnas ins KZ Auschwitz war ähnlich wie meiner.

1939 hatte er zusammen mit seinen Kameraden vom Pfadfinderverband mit der Waffe in der Hand seinen Dienst versehen. Er hatte Brücken und Verkehrsknotenpunkte vor Übergriffen nazistischer Diversanten bewacht.

Bei der Evakuierung hatte er geheime Unterlagen des Wehrbereichskommandos RKU nach Lemberg eskortiert, wo er wenige Tage vor den deutschen Truppen eingetroffen war. Er beabsichtigte, sich nach Rumänien durchzuschlagen, aber der Weg war bereits von der Roten Armee versperrt. In einer Novembernacht hatte Józef bei Jaroslaw den San durchschwommen und war nach Hause zurückgekehrt.

Am 3. Mai 1940, am polnischen Nationalfeiertag, hatte deutsche Feldgendarmerie die jungen Gymnasiasten von Rzeszów aus den Häusern geholt, um sie nach sechs Wochen Gefängnishaft am 14. Juni in Tarnów mit dem ersten Transport nach Auschwitz zu schicken. Unter den Verhafteten befanden sich meine guten Freunde Jasio Zdebik, Zbyszek Bentkowski, die Brüder Leszek, Nr. 380, und Witold, Nr. 381, Pivirotto, Stanisław Szpunar, Nr. 133, und auch der Direktor des Gymnasiums in Rzeszów Jerzy Ostrowski, mit dem ich im Gefängnis von Nowy Sącz die Pritsche geteilt hatte.

Józef Szajna und sein Bruder Aleksander waren in jener Nacht nicht zu Hause gewesen, weil sie sich bei Verwandten versteckt hatten. Im Herbst begann Szajna in der ehemaligen PZL-Fabrik von Rzeszów als Qualitätskontrolleur zu arbeiten. Dort wurde er Mitglied der konspirativen Zelle des Verbandes für den bewaffneten Kampf ZWZ. Er wurde vereidigt und führte ihm von der ZWZ-Führung aufgetragene gefährliche Sabotageakte aus. Nach einiger Zeit flog die Gruppe auf, weil der deutsche Werkschutz den Untergrundkämpfern auf der Spur war.

Im Januar 1941 unternahm Szajna gemeinsam mit Aleksander Naganowski, der von den Deutschen aus Grudziądz ausgesiedelt worden war, einen Fluchtversuch nach Ungarn, um sich dem polnischen Heer in England anzuschließen. Die slowakische Grenze überschritten sie bei Muszyna, und dann schlugen sie sich auf unwegsamen Bergpfaden zur ungarischen Grenze durch. Dort endete das Glück ihres Ausflugs. Sie fielen ungarischen Grenzschützern in die Hände, die sie auf die slowakische Seite zurückbrachten. Bei einem erneuten Versuch, die ungarische Grenze an einer anderen Stelle zu überschreiten, wurden sie von einer im Unterholz versteckten slowakischen Patrouille festgenommen. Jetzt gab es kein Mitleid mehr.

Von Nowa Wieś im Raum Spis bis nach Presov von Gefängnis zu Gefängnis wandernd, landeten sie im März bei der Gestapo in Muszyna, wo sie ähnlich wie zuvor mein Bruder und ich sowie viele andere junge Patrioten raffinierten Verhören unterzogen wurden. Dann lief das bekannte Drehbuch ab: das Gefängnis in Nowy Sącz unter der aufmerksamen Betreuung von Gestapo-Chef Heinrich Hamann, dem Henker des Raums Nowy Sącz, der Transport nach Tarnów, wo sie wie wir ein Jahr früher vor Hunger fast umkamen und von Läusen geplagt wurden, und schließlich die Endstation — das KZ Auschwitz. Dort bekam Józef die Häftlingsnummer 18729 und Olek Naganowski die Nummer 18718.

Für die alten Häftlinge vom ersten Transport, die schon über ein Jahr im Lager saßen, war jeder Neuzugang ein „Millionär”, wobei anzumerken ist, daß sich diese Grenze verschob, je mehr neue Transporte eintrafen.

Das Leben der Zugänge war miserabel. Sie waren die Parias der Lagergemeinschaft, und erst nach einer Probezeit wurden sie in die Welt der privilegierten Häftlinge aufgenommen. Die Zeit des Lageraufenthalts war jedem Häftling von der Brust „abzulesen”. Die alten, langgedienten Häftlinge hatten ehrwürdige zwei- oder dreistellige Lagernummern, während die Neuzugänge Anfang 1943 schon hohe sechsstellige Nummern trugen.

Der „Millionär” Szajna hatte Glück. Er traf Kameraden, den Ältesten seiner Pfadfindergruppe vom Rzeszówer Gymnasium Jasio Zdebik, Nr. 378, Zbyszek Bentkowski, Nr. 383, und Edek Pyś, Nr. 379. Sie hatten sich schon gut eingenistet und kümmerten sich um den Neuling Józef. Anfänglich wanderte er durch verschiedene Arbeitskommandos. Im Sommer 1942 landete er im Rollwagenkommando. Zusammen mit dem erfahrenen Lagerhasen Staszek Ślizowski, mit Frank Karasiewicz und mehreren anderen Häftlingen brachten sie die nasse Wäsche von der Wäscherei im Stabsgebäude mit Wagen in die Trockenräume in Block 1. In der Wäscherei waren weibliche Häftlinge aus Polen beschäftigt. Es war ein gutes Kommando; sie genossen viel Freiheit. Sie nutzten jede Gelegenheit, um in die SS-Küche hineinzuschauen und für sich und die Kameraden im Lager etwas zu essen zu besorgen. Da ich in der SS-Küche beschäftigt war, lernte ich Józef unter eben diesen Umständen kennen.

Im November wurde Szajna, der längst aufgehört hatte, ein „Millionär” zu sein (die aktuellen Lagernummern gingen über 72 000 hinaus), bei dem Versuch erwischt, Arzneimittel und warme Wäsche aus dem Effektenlager

„Kanada” in die Wäscherei zu schmuggeln. Bei dem von SS-Scharführer Boger in der Politischen Abteilung durchgeführten Verhör nahm er, von Karasiewicz verraten, die Schuld auf sich, bekam 25 Knüppelhiebe „auf den Arsch” und wurde in die Strafkompanie von Birkenau eingewiesen. Dort vertiefte er zusammen mit seinen Unglücksgefährten, bis zu den Knien im Schlamm watend, den Königsgraben. Er wurde von Fieber und Rückgratschmerzen geplagt und verlor an Kraft. Eines Tages fiel er bei der Arbeit in den überfrierenden Schlamm und war nicht mehr imstande, sich zu erheben. Von Zeit zu Zeit wurde er ohnmächtig. Zum Glück hatte der Kapo an diesem Tag gute Laune. Er versetzte dem Daliegenden nicht den Todesstoß, sondern befahl, ihn ins Revier zu bringen. Als er nach mehr als zehn Tagen wieder zu sich kam, erfuhr er, daß er Flecktyphus gehabt hatte und daß der Pfleger Waldek Nowakowski bei einer Selektion für den Gastod angewiesen hatte, ihn in eine andere Baracke zu bringen, um ihn vor dem verbrecherischen SS-Arzt zu verstecken. Waldek und Wiesław Kielar haben das oft getan und ihre Kameraden vor dem Tod gerettet. In seinen Block kehrte Józef Szajna als „Muselmann”, als Kandidat für den Schlot des Krematoriums, zurück. Dort half ihm Jasio Zdebik, der ihn in der SS-Kantine unterbrachte. Dort eingesetzt, erfuhr Józef von unserer Flucht aus dem Lager. Er freut sich, daß es uns geglückt war, aber er war noch zu schwach, um uns wegen dieser Tat zu beneiden.

Im August 1943 hatte er seine Kraft wieder voll zurückerlangt. Zusammen mit Kameraden vom Kommando, mit Edward Salwa aus Warschau und Kiczmachowski aus Wieluń, nahm er das Risiko einer Flucht aus dem Lager auf sich. In der Nähe der Kaserne am Kohlelagerplatz unter der Wohnung eines SS-Mannes versteckt, vernahmen sie die Lagersirene, die den Ausbruch von Häftlingen verkündete. Es bestand kein Zweifel, diesmal ging es um sie. In der nächsten Nacht versuchten sie, in der Nähe des Frauenlagers unter der Einzäunung hindurchzukriechen und die während der Nacht aufgezogene Postenkette zu umgehen. Die Wachtürme waren leer, aber die unten aufgestellten SS-Leute paßten in der Finsternis auf. Als die Ausreißer gegen Morgen zurückkehren mußten, versteckten sie sich in Heuhafen, wo sie von einer SS-Streife entdeckt wurden. Kiczmachowski versuchte noch sein Heil in der Flucht, aber der wachsame Posten traf ihn an Arm, Oberschenkel und Kopf. Józef und Edek brachten ihren blutüberströmten Kameraden in den Krankenbau des Lagers. Dann mußten sie sich selbst mit einer Schnur an das Fahrrad von Rapportführer Schillinger binden, der sie vor den Augen der in den zahlreichen Kommandos rings um das Lager beschäftigten Häftlinge ins Stammlager zog. Sie zweifelten nicht im geringsten daran, daß dieser Dreikilometerlauf der letzte Lauf ihres Lebens sein würde. Im Lager wurden sie in den Bunker des „Todesblocks" geworfen, jeder in eine gesonderte Zelle.

Die 90 x 90 cm großen Stehbunker waren für vier Personen berechnet. Im Prinzip wurden dort Häftlinge eingesperrt, die wegen Verstößen gegen die Lagerordnung mit Steh-Arrest bestraft waren und dort 7, 10 oder 14 Nächte verbringen mußten. Nach der ganztägigen Arbeit, dem Abendappell und dem Abendbrot im Block wurden sie vom Lagerältesten zum Block 11 gebracht und mußten durch kleine, massive Klappen in die fensterlosen Betonzellen kriechen, die an das Innere von Kaminschloten erinnerten. Nach der im Stehen, sich gegenseitig mit den Schultern stützend, verbrachten Nacht kehrten sie morgens in ihre Blocks und zu den Arbeitskommandos zurück.

Józef Szajna erinnert sich: „Ich verbringe in dieser finsteren, stickigen Grabkammer vierzehn Tage und vierzehn nicht enden wollende Nächte. Ich setze mich mit angezogenen Beinen auf die als Kübel dienende Marmeladendose. Ich stehe auf und trete auf der Stelle. Ich kühle die heiße Stirn an der Wand, später zittere ich vor Kälte. Ich ersticke fast vor Luftmangel und warte auf die Schüssel Suppe, die mir jemand durch die halb geöffnete Klappe vor die Füße schiebt. Diese Suppenschüssel bestimmt den Tagesrhythmus. Ich versuche, die Mahlzeiten zu zählen, aber nach einiger Zeit verliere ich den Überblick. Es gibt Augenblikke, da ich den Schmerz des gepeinigten Körpers nicht fühle und keine Angst spüre. Das Lager ist irgendwo weit weg. Das Bild von Kameraden und Ereignissen verwischt sich. Was bleibt, sind Leere und furchtbare Einsamkeit.

Eines Tages führt mich der dicke Kapo Jakub in eine größere Zelle für acht Mann, gelegen zum Hof und zur Todesmauer hin, wo in bestimmten Abständen Hinrichtungen stattfinden. Dann hört man im Bunker das Poltern von SS-Stiefeln, das kreischende Herumdrehen der Schlüssel in den Schlössern, Häftlinge, die laut ihre Nummer nennen. Einige werden mit ein kurzen ‚Raus!' herausgerufen. Von Angst gelähmt, verlassen sie die Zelle. Nach einer Weile hört man das Tapsen bloßer Füße, dann einen gedämpften Schuß und das dumpfe Poltern eines niederfallenden Körpers, manchmal den erstickten Aufschrei ‚Noch ist Polen nicht verlo...' Der Henker erstickt ihn mit einem hastigen Schuß, oder er macht dem Stöhnen eines nicht sofort toten Verurteilten durch einen weiteren Schuß ein Ende."

Szajna und seine Leidensgefährten spürten die immer neuen Schüsse wie Peitschenhiebe auf dem schmerzgekrümmten Körper. Bald waren auf dem Hof nur noch Stimmengewirr, lautes Lachen und die sich entfernenden Schritte der Schergen zu hören. Die Hinrichtung war zu Ende. In der Zelle ließ die Spannung nach, man hörte ein Seufzen der Erleichterung.

Am 11. Oktober 1943 nahm die Lagerführung im Bunker von Block 11 eine Selektion vor. Die Tür von Zelle 17 wurde hastig aufgerissen. Im Hintergrund standen auf dem Flur Aumeier, Grabner, Dylewsky und mehrere andere Unteroffiziere. Der Zellenälteste meldete den Belegungsstand, dann nannten die Häftlinge einzeln ihre Nummern. Vom Flur her fiel der Befehl „Raus!" oder „Drinbleiben!" „Raus!" bedeutete: Erledigen! Jeder Häftling hoffte, daß es nicht ihn erwischte, vielleicht jemand anders. Józef Szajna meldete sich mit heiserer Stimme: „Häftling Nummer 18729". Ein Augenblick der Stille und dann wie ein Peitschenschlag das „Raus!" Plötzlich Herzpochen, abwechselnd heiß und kalt. Die Füße wie aus Watte. Sie bewegten sich selbst, nicht dem Willen gehorchend. Nach dem Überschreiten der Schwelle der Zelle wich die Furcht, das Herz schlug normal, der Geist war klar. Er registrierte die kalten Gesichter der Henker. Józef wandte sich der Treppe zu, um oben im Waschraum die stinkige Häftlingskluft abzuwerfen und die Treppe hinunter auf den Hof zu gehen, wo sich sein Schicksal vollenden sollte. Am Ende des Flurs, als er gerade die Schwelle zum Tod überschreiten sollte, hielt ihn Scharführer Klaus Dylewski auf und... befahl ihm, in die Zelle zurückzukehren. Dem Leben zurückgegeben, verspürte er weder Freude, noch machte er sich Gedanken, warum das Urteil verschoben worden war. Seinem Unterbewußtsein prägte sich der Anblick des im Vorhof des Todes angetroffenen Karol Karp ein, seines Klassenkameraden, mit dem er am Gymnasium von Rzeszów die Schulbank geteilt hat. Die Freunde hatten sich mit einem Blick verabschiedet. Auf dem bleichen Gesicht Karols war der Hauch eines Lächelns aufgeblitzt, als er gesehen hatte, wie Józef in die Zelle zurückgeführt wurde.

Mit Karol Karp, Häftling Nr. 626 vom ersten Transport aus Tarnów, war ich im Herbst 1940 im Block für Minderjährige in Berührung gekommen. Im Kreise der Gleichaltrigen hatte er sich durch Ernst und Reife eines erwachsenen Mannes ausgezeichnet. Kurz vor dem Krieg war er in Lemberg in das Kadettenkorps eingetreten. Im Lager arbeitete er in der Gerberei, wo er Kontakt zur Militärorganisation aufgenommen hatte.

An diesem Tag wurden auf Anweisung der Politischen Abteilung und der Lagerführung 54 Häftlinge an der Todesmauer erschossen. Zu dieser Gruppe gehörten ausgezeichnete Militärs mit Oberstleutnant Teofil Dziama, Pilot Oberst Julian Gilewicz und Oberst Karol Kumaniecki an der Spitze, politische und gesellschaftliche Funktionäre, die man beschuldigte, die Widerstandsbewegung im KZ Auschwitz organisiert zu haben. Über Szajna wachte die Vorsehung. Dank der gerissenen Aussagen Kiczmachowskis beim Verhör wurde die Todesstrafe für alle drei in lebenslängliche Einweisung in die Strafkompanie abgewandelt.

Im Winter 1944 wurden Józef und Salwa mit einer Gruppe von mehreren Hundert Häftlingen nach Buchenwald verlegt. Bei der Evakuierung dieses Lagers, kurz vor dem Einmarsch der amerikanischen Truppen, entschlossen sie sich zur Flucht, bei der Edward Salwa leider durch die Kugel eines SS-Mannes ums Leben kam. Kurze Zeit später suchte Szajna, der in die Feuerlinie der amerikanischen Artillerie geraten war, Zuflucht in den Schützengräben einer Wehrmachtskompanie, einem Gemisch aus Großvätern vom Volkssturm und Halbwüchsigen der Hitlerjugend. Alle dachten damals nur daran, die eigene Haut zu retten, und so konnte sich Szajna in dem Durcheinander von der gefährlichen Gesellschaft trennen und in irgendwelchen Wirtschaftsgebäuden verstecken.

Am 15. April 1945 erlangte er die Freiheit zurück. Endlich konnte er wenigsten in gewissem Umfang seine

Zukunft planen. Er schrieb sich am polnischen Lyzeum in „Maczków" ein. Dabei handelte es sich um die Ortschaft Haren bei Aachen, die von Soldaten der 1. Panzerdivision unter dem Befehl von Brigadegeneral Stanisław Maczek besetzt war. Dort zogen sie ehemalige Häftlinge von Konzentrations- und Kriegsgefangenenlagern zusammen.

1947 kehrte Szajna nach bestandenem Abitur nach Polen zurück. Er ließ sich in Krakau nieder und nahm dort an der Akademie der Schönen Künste ein Studium auf. Er war allein. Die Eltern lebten nicht mehr, der Vater war im Krieg gestorben. Wie die meisten Vertreter unserer Generation mußte er sich das Geld für den Lebensunterhalt während des Studiums selbst verdienen.

1983 besuchten Zenek Ławski und ich im Warschauer Studiotheater eine Aufführung der „Replik". Nach der Vorstellung waren wir erschüttert.

Erst nach mehreren Tagen konnten wir unsere Ansichten über das von Szajna geschaffene Werk austauschen. Für uns bestand kein Zweifel darüber, daß es nicht nur unter dem Einfluß der Lagererlebnisse Józefs entstanden war, sondern auch aus den Überlegungen eines Menschen heraus, der nur einen Schritt vom eigenen Tode entfernt gewesen war und sich in extremen Kategorien gegen die Brutalität der Welt aussprach.

Die „Replik" bringt ein Drama von Gewalt, Leid und Unvermeidlichkeit des Menschenschicksals zum Ausdruck, unterstützt durch die Musik, die ganz hervorragend auf die plastische Vision des Werkes abgestimmt ist und eine Welt wiederaufleben läßt, die unsere Generation in den Jahren des vergangenen Krieges kennengelernt hat.

Von der Größe Józef Szajnas zeugen die Stimmen in der internationalen Presse nach dem Besuch der „Replik".

Nachstehend einige Auszüge:

1972 Großbritannien, internationale Edinburgher Festspiele:
„Das Genie Szajna hat es verstanden, eine Schönheit von Angst und Entsetzen zu schaffen..."

John Barber, „Daily Telegraph"

„Nach der Aufführung verließ ich das Theater in dem Gefühl, daß der Beifall des Publikums ebenso unpassend sei wie Beifall in der Kirche während der Andacht."

B.A. Young, „Financial Times"

1973 Frankreich, Weltfestival in Nancy:
„Das ist würgender Hyperrealismus... Aufführung, Inszenierung und Spiel der Schauspieler bieten ein meisterhaftes Bild. Das Stück erreicht die Höhen künstlerischer Vollkommenheit."

Raymond Temkine, „Europe"

1974 BRD:
„Wo, zu welcher Zeit, ist der Schmerz eines Menschen je erschütternder und suggestiver auf der Bühne dargestellt worden?"

Hannes Schmidt, „Neue Ruhr-Zeitung"

1975 USA:
„Die ‚Replik' kommentiert die Erniedrigung des Menschen nicht nur in den Konzentrationslagern, sondern überall in der Welt. Szajna hat zu diesem Thema ein Meisterwerk geschaffen."

Stephan Dempner, „New York Statesman"

1976 USA:
„Alle Könige, Präsidenten und Premiers sollten die ‚Replik' zu sehen bekommen. Alle Mitglieder der UNO

sollten sie sich ansehen. Dieses Schauspiel sollte die ganze Welt sehen."

Barbara Delatiner, „The New York Times"

1978 Spanien:

„Die ‚Replik', diese von den Konzentrationslagern inspirierte theatrale Zeremonie, erinnert uns daran, daß derartige Stätten ihrem Wesen nach Gipfel und Zusammenfassung aller Grausamkeiten sind. Aber dadurch sind sie auch ein großer Anreiz zur Suche nach Gerechtigkeit, Freiheit und Hoffnung auf die volle Befreiung des Menschen."

Carlos Alfonso, „Arriba"

Darüber hinaus wurde die „Replik" in Ungarn, Mexiko, Holland, Schweden, Portugal, Österreich, Rumänien, Norwegen, Finnland, der Türkei und mehrfach in der BRD aufgeführt, wobei sie überall begeisterte Rezensionen erntete.

Der Häftlingskrankenbau

Zuerst, 1940, bestand der Häftlingskrankenbau eigentlich nur aus den beiden Revierblocks 28 und 20 (letzterer wurde später in 21 umbenannt). Im Erdgeschoß von Block 28 waren ein Ambulatorium und ein kleiner Behandlungsraum für sog. septische Chirurgie untergebracht, im Obergeschoß hingegen die innere Abteilung. Überall herrschten entsetzliche Bedingungen. Die Kranken lagen dicht zusammengedrängt in Reihen auf dem Fußboden, umgeben vom Gestank eitriger Wunden. In Block 20 war die chirurgische Abteilung untergebracht, die anfangs für Patienten mit sauberen Wunden und später mit Operationswunden bestimmt war, obwohl in den Räumen auch Kranke mit eitrigen Phlegmonen lagen. 1941 übernahm der Lagerkrankenbau auch Block 19 (später 20), in dem sich zuerst die innere Abteilung befand. Mit der Zeit wurde eine Infektionsabteilung daraus. Im selben Jahr wurden die sog. Schonungsblocks 19, 18 und 17 eingerichtet. Sie dienten dazu, physisch und psychisch völlig heruntergekommene Häftlinge und Schwerkranke, hauptsächlich an dem im Lager herrschenden Hungerdurchfall Leidende, „fertigzumachen".

Es gab fast überhaupt keine Arzneimittel, lediglich geringe Mengen der wichtigsten Salben, Papierbinden und etwas Aspirin, Chinin und Pyramidon. Das war alles. Die Ärzte und Sanitäter waren polnische Häftlinge, die unter den überaus schwierigen Bedingungen mit voller Hingabe und Opferbereitschaft arbeiteten. Die Sterblichkeit war ungeheuer. Jeden Tag gab es Dutzende, ja Hunderte von

Leichen, sowohl im Krankenbau Verstorbene als auch die von den Kommandos zurückgebrachten Toten, die auf der Arbeit ermordet worden waren.

Im Laufe der Zeit wurden die Blocks des Krankenbaus dank der hartnäckigen Bemühungen der Ärzte und Sanitäter mit Strohsäcken und dreistöckigen Betten, mit Bettwäsche und Geräten zur Vornahme operativer Eingriffe ausgestattet. Dabei half das ganze Lager. Alle Kommandos lieferten auf Bitten der Ärzte in den verschiedenen Werkstätten hergestellte Einrichtungsgegenstände und Anlagen, die im Krankenbau gebraucht wurden. Dadurch konnte man in den Blocks besser arbeiten. Der Schrecken des Häftlingskrankenbaus waren allerdings die Selektionen und das Aussuchen von Kandidaten für das Töten durch Phenolspritzen, die der SS-Sanitäter Unterscharführer Josef Klehr vornahm.

In den Blocks des Krankenbaus befaßten sich SS-Ärzte auch mit pseudomedizinischen Experimenten. Die meisten führte ihr Vorgesetzter, der Lagerarzt Friedrich Entress, durch. Vor allem wurden die Häftlinge mit Flecktyphus und eitrigen Phlegmonen infiziert. Dann erprobte man an ihnen neue, von verschiedenen pharmazeutischen Firmen der IG Farben zugeschickte Medikamente. Diesen Versuchen fielen zahlreiche Häftlinge zum Opfer.

Das Personal des Lagerkrankenbaus tat alles, um das Leben der Mithäftlinge zu retten. Die Ärzte und Pfleger vollbrachten wahre Wunder. Sie verlegten gefährdete Kranke von einem Block zum andern. Sie entließen noch nicht ausgeheilte Kranke aus dem Revier, um sie dann, wenn die Gefahr vorbei war, wieder aufzunehmen und gesund zu pflegen. Mit Hilfe der in „Kanada" beschäftigten Häftlinge besorgten sie auch Hunderte Kilogramm Arzneimittel.

Die ersten Medikamente bekam das Lager von der Apotheke in Brzeszcze, die der Pharmazeutin Maria Bobrzecka gehörte. Dabei vermittelte das Vermessungskommando, das erste Kontakte zur Zivilbevölkerung geknüpft hatte. In diesem Kommando arbeiten von Anfang an meine Kameraden vom ersten Transport Kazimierz Jarzębowski, Nr. 115, Bogusław Ohrt, Nr. 367, Leon Rajzer, Nr. 399, Janusz Skrzetuski-Poganowski, Nr. 253, und Alfred Przybylski, Nr. 471. Mit Ausnahme Przybylskis wurden alle Mitte 1943 wegen Betätigung in der Widerstandsbewegung des Lagers erhängt. Obwohl sich Alfred Przybylski ebenfalls aktiv an der Hilfsaktion beteiligt hatte, entging er dem Schicksal seiner Kameraden, weil er in ein anderes Kommando versetzt worden war.

Ich hatte ziemlich viele Bekannte in den Blocks des Krankenbaus. Die Hilfe von Ärzten oder Sanitätern nahm ich selbst nur selten in Anspruch, aber oft bat ich sie um Unterstützung für gute Freunde oder deren Kameraden. Näher lernte ich u.a. den Chirurgen Dr. Władysław Dering, den ausgezeichneten Internisten Dr. Rudolf Diem, den Hals-Nasen-Ohren-Arzt Dr. Leon Wasilewski, Dr. Władysław Fejkiel aus Krakau und viele Sanitäter kennen, u.a. den im Labor des Lagerkrankenbaus beschäftigten Witold Kosztowny, Stanislaw Klodziński von Block 20, Adam Kuryłowicz von Block 28 und Zenon Ławski von Block 21.

Den sechs Jahre älteren Zenon hatte ich beim Verbinden einer schmerzhaften Verbrennung kennengelernt, die ich mir in der Küche zugezogen hatte. Lawski war mit dem dritten Warschauer Transport ins Lager gekommen und hatte die Nummer 6561 bekommen. Vor dem Krieg hatte er an der Hochschule für Journalistik in Warschau studiert. Er stammte aus dem Raum Wilna. Nach dem Appell, bei Spaziergängen in der Birkenallee, unterhielten wir uns oft über die verschiedensten Themen. Mit viel Gefühl sprach er von seiner engeren Heimat, aus der er stammte. Zenon imponierte mir durch sein Wissen, durch seine vielseitigen Interessen und durch seine außergewöhnliche Hilfs- und Opferbereitschaft gegenüber den Mithäftlingen. Vertraute Kameraden vom ersten Transport waren auch die Sanitäter Janusz Młynarski aus Posen und Jan Pierzchała, Nr. 55, Schüler eines Krakauer Gymnasiums und heute ein erfahrener Arzt. Vieles konnte man mit Hilfe des stets hilfsbereiten Czesław Sowul erledigen, der als Mitglied des Lagerorchesters im Krankenbau beschäftigt war.

All diese Häftlinge — Ärzte, Sanitäter, Pfleger und viele andere von mir erwähnte Helfer — verdienen höchste Anerkennung für ihre Opferbereitschaft, für ihre Sorge um die Kranken und für ihre wahrhaft menschliche Einstellung gegenüber den Mithäftlingen der Hölle von Auschwitz.

Das Bunkerbuch

In früheren Abschnitten meiner Erinnerungen habe ich mich auf das Bunkerbuch berufen. Meiner Meinung nach ist dieses Buch als eines der wichtigsten Dokumente anzusehen, die sich heute im Besitz des staatlichen Auschwitz-Museums befinden. Und das nicht nur mit Rücksicht auf seinen unschätzbaren faktographischen Wert, sondern auch wegen der Umstände, unter denen es in die Hände polnischer Untergrundorganisationen gelangt ist.

Wie konnte es dazu kommen?

Der diensthabende Blockführer von Block 11 führte ein Verzeichnis der im Bunker (Lager-Arrest) festgesetzten Häftlinge. Er trug sie in ein von der SS angelegtes Bunkerbuch ein, und die die Arrestanten betreffenden Angaben fügte er den täglich vom Schreiber des Blocks 11 zusammengestellten Meldungen bei. Durch die chaotisch vorgenommenen Eintragungen des diensthabenden SS-Mannes kam es zu Ungenauigkeiten in diesem Buch. Das führte u.a. dazu, daß sich die Appelle von Block 11 lange hinzogen und daß die mißhandelten Häftlinge ohne Rücksicht auf das Wetter endlos auf dem Platz stehen mußten. Um ein genaueres Verzeichnis führen zu können, legte der Blockschreiber Franciszek Brol, Nr. 1192, ein eigenes Bunkerbuch an. Dazu verwendete er ein Kassenbuch. Die erste Eintragung nahm er am 9. Januar 1941 vor. Das war natürlich mit einem großen Risiko verbunden, denn alles, was im Bunker geschah, war streng geheim. Nach einiger Zeit kam die Sache der doppelten Buchführung ans Tageslicht, doch weil das illegale Bunkerbuch genau geführt war, akzeptierten es die Beamten von Block 11 als offizielles Dokument.

Brol führte das Buch bis zum 11. Februar 1942. Damals wurde er in die Quarantäne verlegt (und am 4. März 1942 aus dem Lager entlassen). Danach übernahm der Häftling Gerard Włoch, Nr. 7677, die Funktion des Schreibers und somit auch das Buch. Am 20. Dezember 1942 übernahm dann der Häftling Jan Pilecki, Nr. 808, die Aufgaben des Blockschreibers. Pilecki war ein Elektroingenieur aus Warschau, der wegen des Abhörens von BBC-Sendungen im Elektrikerkommando zu einem vielmonatigen Aufenthalt in der Strafkompanie verurteilt worden war. Die letzte Eintragung Pileckis im Bunkerbuch erfolgte am 31. März 1943, und am selben Tag nahm er die erste Eintragung in einem neuen Heft vor, das den zweiten Teil des Bunkerbuchs darstellt.

Anfang 1944 beschloß Pilecki, der über zahlreiche Kontakte zu Funktionshäftlingen und Ärzten der Blocks des Krankenbaus verfügte, das Bunkerbuch aus dem Lager herauszuschmuggeln. Über die Konsequenzen dieses Vorhabens war er sich vollkommen klar. Vor allem mußte das Buch abgeschrieben werden. Bei der Verwirklichung des ersten, wichtigsten Punktes der Aufgabe nahm er die Hilfe von zwei in Block 11 festgesetzten Häftlingen, Offizieren des polnischen Heeres, in Anspruch, die die beiden Teile des Buches abschrieben. Es war eine überaus mühsame und ungeheuer gefährliche Arbeit. Das Buch enthielt insgesamt 2137 Eintragungen und ebensoviele dahinter verborgene Menschenschicksale. Nach dem Abschreiben verpackte Pilecki das Original des ersten Teils und die Abschrift des zweiten Teils des Buches zu einem Päckchen und übergab es in Saal 3 des Blocks 20, dem Flecktyphussaal, persönlich zwei anderen Häftlingen, dem Blockschreiber Józef Cyrankiewicz, Nr. 62933, und dem Sanitäter Stanisław Klodziński, Nr. 20019.

Bei einer günstigen Gelegenheit schmuggelte der Häftling Józef Róg die beiden zusammengerollten Teile des Buches beim Ausmarsch des Straßenbaukommandos, in dem er beschäftigt war, aus dem Lager und versteckte sie auf der Baustelle. Dort wurden sie von dem Zivilarbeiter Franciszek Walisko abgeholt und zu einem Treffpunkt nach Brzeszcze gebracht. Von dort aus gelangte die wertvolle Sendung auf Wegen der Widerstandsorganisation unter Beteiligung vieler Untergrundkämpfer nach Krakau. Übernommen wurde sie von Teresa Lasocka-Estreicher, Deckname „Tell".

Nach der Befreiung Polens übergab Frau Lasocka die beiden Teile des Buches Richter Dr. Jan Sehn, dem Vorsitzenden der Bezirkskommission zur Untersuchung der Naziverbrechen in Krakau.

Das Herausschmuggeln des Bunkerbuches aus dem Lager diente dazu, der ganzen Welt die im Todesblock des Konzentrationslagers Auschwitz-Birkenau begangenen Naziverbrechen zu offenbaren und sie dokumentarisch zu belegen.

SS-Küche

Im Januar 1942 wurden meine monatelangen Bemühungen, vom Kommando der Bekleidungswerkstätten in eines der exklusivsten Kommandos, die SS-Küche, überzuwechseln, von Erfolg gekrönt.

Ich muß zugeben, daß es mir bei den Schustern für die Verhältnisse im Lager ganz ausgezeichnet gegangen war, und die Kameraden hatten mich um die leichte Arbeit beneidet. Aber das Sitzen am Dreifuß wurde mir am Ende doch zu langweilig. Ich sehnte mich nach anderer Umgebung, nach abwechslungsreicherer Arbeit, nach Bewegung und körperlicher Leistungsfähigkeit. Von befreundeten Kameraden im Arbeitseinsatz hatte ich erfahren, daß das Küchenpersonal um einen Häftling vergrößert werden sollte. Der Gipfel aller Träume der Häftlinge war es, sich in diesem Kommando zu befinden, und so mußte ich alle Kräfte in Bewegung setzen, um bei diesem Wettbewerb zu gewinnen. Rasch erlangte ich die Unterstützung Otto Küssels vom Arbeitsdienst, der mich von den ersten Tagen im Lager her kannte, und die Befürwortung von Antoni Olejowski, Liebling des Chefs der SS-Küche Scharführer Werner Paschke. Olejowski sollte mich als seinen Neffen vorstellen.

Paschke stellte hohe Anforderungen, und nicht jeder konnte ihnen gerecht werden. Die Koch-Anwärter mußten jung sein, sich durch gute körperliche Verfassung und Intelligenz auszeichnen und gut Deutsch können.

Als es schien, daß alles auf bestem Wege sei, stieß ich plötzlich auf ein unerwartetes Hindernis. Oberkapo Erich

Grönke widersetzte sich meiner Verlegung in ein anderes Kommando. Argumente halfen nichts. Grönke war beleidigt, daß sein Lehrling, anstatt ihm dankbar zu sein für die „väterliche Betreuung", nach einem besseren, nicht mit dem erlernten Beruf zusammenhängenden Kommando suchte. Bei Gelegenheit zitierte Erich das zur Situation passende Sprichwort „Schuster bleib bei deinem Leisten!"

Nach einiger Zeit kam der gewitzte Grönke unter dem Einfluß Ottos zu dem Schluß, daß es nicht schaden könne, „seinen Mann" in der SS-Küche zu haben, und er gab nach. Bald stand ich vor dem strengen Antlitz des Küchenchefs und seiner beiden Gehilfen, der SS-Unterscharführer Schäfler und Göppel.

Die Prüfung fiel positiv aus. Paschke zählte mit kreischender Stimme eine lange Liste von Geboten und Verboten auf und betonte, daß man bei Anzeichen von Faulheit unweigerlich hinausfliege und beim Diebstahl von Lebensmitteln für andere Häftlinge in die Strafkompanie komme. „Hast du verstanden?" — „Jawohl, Herr Scharführer", antwortete ich und knallte die Hacken zusammen.

Die SS-Küche befand sich damals im Stabsgebäude. Die 300 bzw. 500 Liter fassenden Kessel wurden mit Kohle geheizt. Das Kommando zählte weit über zehn Mann, zum größten Teil Häftlinge des ersten Transports. Zur Gruppe gehörten Augustyn Franczyk, Nr. 442, aus Łąck, der Kommandoschreiber Bogdan Wnętrzak, Nr. 40, aus Radymno, die Brüder Adam, Nr. 419, und Tadeusz Klus, Nr. 416, aus Łańcut, der Berufsfeldwebel des polnischen Heeres Antoni Olejowski, Nr. 11029, aus Inwald, Włodzimierz Turczyniak, Nr. 5829, aus Bochnia, der Gymnasiast Maciej Sulikowski aus Częstochowa vom ersten Transport aus Wiśnicz, der Lehrer Władysław Kochanek, Nr. 890, aus Brzozów, der Förster Aleksander Jakubowski, Nr. 998, aus Nisko, der Schlachter Bronisław Staszkiewicz, Nr. 1125, aus Żywiec und andere. Kapo Fritz Opel, Nr. 3275, aus Aschersleben übte seine Funktion, wie ich bald feststellte, nur formal aus; im Kommando hatte er nicht viel zu sagen. Die Arbeit verlangte einem große Körperkraft und ständige Aufmerksamkeit ab, damit die Gerichte nicht anbrannten und nicht aus den riesigen Kesseln überkochten, in denen der Dampfdruck plötzlich die zulässige Grenze übersteigen konnte, und dann drohte eine Explosion der Armaturen oder sogar des ganzen Kessels.

Die fertigen Gerichte — wir bereiteten täglich drei Mahlzeiten zu — mußten zügig auf schwere, 25 bzw. 50 Liter fassende, hermetisch verschließbare Thermosbehälter verteilt, auf Kraftwagen oder Rollwagen verladen und an die verschiedenen SS-Einheiten ausgeliefert werden.

Meine Kameraden, alte, erfahrene Lagerhasen, arbeiteten in unglaublichem Tempo; bewundernd betrachtete ich ihre muskulösen Körper. Die schweren Kessel flogen nur so unter ihren Händen, und die ausgezeichnete Arbeitsorganisation fand selbst bei den anspruchsvollen Chefs Anerkennung. Ich muß loyalerweise zugeben, daß sie in der ersten Zeit deutlich Rücksicht auf mich nahmen und mir leichtere Arbeiten zuwiesen. Darauf achtete besonders Włodzimierz Turczyniak, der sich in der Küche großer Autorität erfreute. Mit der Zeit wurde ich gut mit SS-Verpflegung gefüttert und bekam zusätzliche Fleischportionen, die mir August heimlich zusteckte. Dank der intensiven körperlichen Beanspruchung wurde ich mannhafter, ich bekam Muskeln, und bald stand ich nicht mehr hinter den Durchschnittsathleten zurück.

Gleichzeitig mit der Einweisung in die Küche war ich nach Block 24 verlegt worden, wo die Häftlinge untergebracht waren, die in Kommandos arbeiteten, die direkt mit SS-Leuten in Berührung kamen. Dort herrschten im Vergleich zu den anderen Blocks geradezu luxuriöse

Bedingungen. Die Bettwäsche wurde wöchentlich und die Leibwäsche zweimal wöchentlich gewechselt, und wir mußten täglich baden. Diese Sorge um unsere Hygiene entsprang der Angst um die eigene Haut der SS-Leute, denn im Lager herrschte eine Typhusepidemie. Die Häftlinge wurden von verschiedenen ansteckenden Krankheiten befallen, die auf die SS übergreifen konnten.

Anstatt der gestreiften Lagerkluft bekamen wir weiße Drillichjacken, auf die wir unsere Dreiecke und Häftlingsnummern aufnähten.

Mein Selbstbewußtsein stieg deutlich, als ich bemerkte, daß uns die SS-Leute mit gewissem Respekt behandelten. Mit der Zeit nahm ich mir ein Vorbild an Włodzimierz und Tadeusz und fing an, die einfachen Wachleute und sogar einige Unteroffiziere von oben herab zu behandeln, als hätten wir die Rollen vertauscht. Es gab einfache Bauernburschen darunter, Volksdeutsche aus den besetzten Gebieten Ost- und Mitteleuropas.

Im Frühjahr zogen wir in eine geräumige, T-förmige Baracke um, die das Baubüro für den Bedarf der SS-Küche entworfen hatte. Dort befanden sich auch die SS-Kantine und ein riesiger Speisesaal. Im quer zum Speisesaal gelegenen vorderen Teil der Baracke waren auf der einen Seite die Kantine und auf der anderen die Küche untergebracht, darunter Lager, ein Kesselraum, Duschen und Toiletten.

1942 nahm die zahlenmäßige Stärke der SS-Mannschaft durch den Ausbau der Lager Auschwitz und Birkenau und durch die Einrichtung zahlreicher Außenlager plötzlich stark zu und stieg auf etwa 2000 Mann. Dem Bedarf entsprechend, mußte die Leistungsfähigkeit der Küche gesteigert werden; man stattete sie mit modernen Kesseln und Anlagen mit elektrischem Antrieb aus. Zur Bedienung dieser riesigen Fabrik wurde das Häftlingspersonal der Küche auf 25 Mann aufgestockt. Das SS-Personal bestand aus fünf

Unteroffizieren, die auf besonderen Kursen im Reich geschult worden waren. Dazu gehörten SS-Scharführer Werner Paschke aus Breslau, die SS-Unterscharführer Hans Schäfler und Max Göppel und die SS-Rottenführer Neumann und Krause. Letzteren nannten wir „Fischauge". Außerdem gab es den Bäcker SS-Sturmmann Stampe.

Bei der Küche entstand das mehrere Dutzend Mann zählende Kommando der Kartoffelschälerei. Es wurde zu einem Asyl für viele ältere, meist zur Intelligenz des Lagers gehörende Häftlinge. Wir versorgten sie regelmäßig mit zusätzlichen Portionen, die wir von der SS-Verpflegung abzweigten.

Der unerwartet hohe Bedarf an Köchen und Kartoffelschälern löste in bestimmten Häftlingskreisen gewaltige Aufregung aus. Es begann ein gnadenloser Kampf, um gute Freunde und vertraute Kameraden in diesen Kommandos unterzubringen. Trotz meiner verhältnismäßig kurzen Dienstzeit in der Küche gelang es mir, den gleichaltrigen Warschauer Pfadfinder Henryk Mika und einen älteren Krakauer Juristen in die Kartoffelschälerei einzuschleusen. Meine Kameraden aus der Küche brachten dort mehr oder weniger erfolgreich von ihnen protegierte Häftlinge unter, was für einige eine Frage des Überlebens war. Zu dieser Gruppe gehörte auch der im Kartoffelschälerkommando beschäftigte junge Janusz Walter aus Łódź, mit dem ich mich bald anfreundete. Ich übernahm die Verpflegung von Janusz, und er wurde mein Verbindungsmann zu den anderen Kameraden im Lager.

Als Neulinge kamen in die Küche: der Warschauer Gymnasiast Ignacy Golik, Nr. 9898, der junge Fliegerleutnant Tadeusz Rybacki, Nr. 16377, Absolvent der „Adler-Schule" in Dęblin, Zenon Kopeć, Nr. 9692, Henryk Wąsik und mehrere andere. Jerzy Rogatz, Nr. 7651, wurde Heizer im Kesselraum. Es stellte sich heraus, daß auch die Politische

Abteilung ihre Spitzel in unser Kommando eingeschleust hatte. Wir entlarvten sie bald. Es waren zwei Ukrainer mit sehr hohen Nummern, die ohne die Fürsprache anderer Häftlinge auf die begehrten Plätze gehievt worden waren. Wie sich später zeigte, vermochten sie es nicht, Grabner rechtzeitig über die Fluchtvorbereitungen unserer Gruppe zu informieren.

Mit der verstärkten Belegschaft lief die Arbeit in der Küche auf Hochtouren. Eine Zeitlang quälte ich mich schwitzend an einem Kessel ab und führte die schwersten Arbeiten aus, aber auch in dieser Situation war mir das Glück hold. Paschke teilte mich August als Gehilfen zu. Zuerst unter dessen Anleitung und dann selbständig briet ich auf einer riesigen Bratkippwanne Schnitzel, Koteletts und Beefsteaks. Die Arbeit war verantwortungsvoll und anstrengend; nachmittags half ich Bronisław und August beim Portionieren von Fleisch oder Wurst. Ich begriff schnell, welche Möglichkeiten sich vor mir auftaten. Włodzimierz, Adam, Tadeusz und Bronisław befaßten sich schon länger mit einem umfangreichen Lebensmittelschmuggel ins Lager oder für einige Kommandos. Dabei vermittelten Häftlinge, die im Hauptwirtschaftslager bei den Rollwagen eingesetzt waren, mit denen täglich tonnenweise Lebensmittel von den Magazinen in die SS-Küche und die Häftlingsküchen von Auschwitz und Birkenau gebracht wurden. Auf diesem Wege versorgten wir ganze Gruppen von Freunden und Kameraden, die auf die Hungerrationen der Häftlinge angewiesen waren, fast täglich mit Zucker, Fett und Wurst. In geringerem Umfang taten das alle Beschäftigten der Küche, die von Zeit zu Zeit verschiedene Gelegenheiten ausnutzten. Um die Verluste im Magazin auszugleichen, gingen wir sparsam mit den Produkten um. Wir gaben weniger Fett in die Suppe der SS, weniger Zucker zu Kaffee und Tee und schnitten kleinere Wurstportionen. Das war mit einem gewaltigen Risiko verbunden. Es mußte so gemacht werden, daß es den Chefs nicht auffiel. Für uns war es eine „zweite Front" — wir versorgten die Häftlinge auf Kosten der SS mit zusätzlichen Lebensmitteln. Den SS-Leuten reichte die Soldatenverpflegung ebenfalls nicht. Ein großer Teil der SS-Mannschaft aß Mittag im Speisesaal. Serviert wurden die Gerichte von einer extra eingeteilten Gruppe von Häftlingsköchen, zu der auch ich gehörte.

Wie sich bald zeigte, hatten wir dadurch eine wertvolle Waffe in die Hände bekommen, mit der man vorsichtig umgehen mußte. Es kam vor, daß wir frühzeitig erfuhren, daß irgendein Kommandoführer oder Wachmann wegen des Besorgens von Lebensmitteln, wegen Zigarettenrauchens während der Arbeit oder wegen anderer Verstöße die Nummer eines Häftlings aufgeschrieben hatte. In solchen Fällen geriet der zerrissene Zettel mit der Nummer des Strafkompanie-Kandidaten als Gegenleistung für ein Stück Wurst oder Speck in unsere Hände. Der Preis für das Leben eines Häftlings war im KZ Auschwitz gering, abgesehen vom Risiko, beim Abschluß eines solchen Geschäfts erwischt zu werden.

Unsere Chefs führten ein reges geselliges Leben. Im Büro fanden mindestens einmal wöchentlich Gelage statt, an denen Offiziere und hochrangigere Unteroffiziere der Lagerverwaltung und der Politischen Abteilung, darunter die Untersturmführer Schwarz und Grabner, teilnahmen. Die Gäste brachten Schnaps mit, und Paschke wies Włodzimierz oder August an, ein entsprechendes Menü vorzubereiten, dessen Grundlage appetitliche Vorspeisen, vortrefflich zubereitetes Fleisch und edle Salate bildeten. Manchmal ließ sich Rapportführer Palitzsch für kurze Zeit blicken. Im Vorzimmer stellte er seine große Aktentasche auf einen Stuhl, und nach einer Weile hörten wir, wie sein lautes, polterndes Röhren die anderen übertönte. Wenn er, vom Chef begleitet, die Küche verließ, nahm er die von Tadeusz mit den besten Wurstsorten gefüllte Tasche mit und schenkte uns sein charakteristisches Lächeln.

Paschke brüstete sich gerne mit seinem Personal, und daher traf er bei größeren Empfängen eine genaue Auswahl, wer von uns die Gäste bedienen sollte. Er wurde wütend, wenn er bemerkte, daß ich von dieser Rolle keineswegs begeistert war. Dann schrie er durch die ganze Küche: „Mensch, du bist frech. Paß nur auf! Ich sehe schwarz für dich!"

In freien Augenblicken setzten wir uns in kleinen Grüppchen in eine Ecke, erzählten uns Witze oder machten abwertende Bemerkungen über unsere Prinzipale. Um keine Aufmerksamkeit zu erregen, nannten wir Paschke „Trzęsiłebek" (Tatterkopf), weil wir bemerkt hatten, daß er manchmal nervös mit dem Kopf zuckte. Keiner unserer SS-Leute war imstande, dieses Wort zu wiederholen, obwohl so mancher einfache polnische Sätze durchaus verstehen konnte. Sie schimpften unablässig mit uns, daß wir Deutsch sprechen sollten.

Einmal standen wir in einer ganzen Gruppe an dem riesigen Tisch und schnitten Zwiebeln. Adam erzählte wie gewöhnlich einen Witz, und alle barsten fast vor Lachen. Paschke hörte vor allem meine Stimme heraus. Wütend kam er an den Tisch gelaufen, griff nach der größten Zwiebel und warf damit über den ganzen Tisch nach mir. Ich beug-te mich etwas zur Seite, und hinter mir war das Getöse der herunterfallenden Splitter einer zerschlagenen Fensterscheibe zu hören. „Trzęsiłebek" bekam einen Tobsuchtsanfall. Er ergriff einen mächtigen Kochlöffel und ging auf mich los. Instinktiv ging ich in Abwehrstellung; meine Hand umklammerte das geschweifte Schlachtermesser, mit dem ich die Zwiebeln geschnitten hatte. Meine Haltung war so verzweifelt, daß Paschke auf halbem Wege stehenblieb. Dann stieß er eine ganze Serie von Flüchen aus. Schreckgelähmt, nahm ich Haltung an. Ich sah mich bereits in der Strafkompanie, doch als typischer Choleriker hatte „Trzęsiłebek" seine ganze Wut bei dem Gebrüll abreagiert, und nach einer Weile hörte ich das Gelächter seiner Kumpane, die den ganzen Vorfall zufrieden verfolgt hatten. Am Abend verordnete mir Rottenführer Krause ein Viertelstunde „Sport", und dann jagte mich Paschke ins Magazin, um 100 kg schwere Säcke mit Mehl und Zucker zu holen, die ich auf dem Buckel nach oben schleppen und ohne die Hilfe von Kameraden auf die Kisten verteilen mußte. Ich war so glücklich über diesen Ausgang der Sache, daß mir die Säcke nur halb so schwer zu sein schienen.

Im August 1942 standen wir eines Tages beim Morgenappell vor Block 24. Der Appell verlief reibungslos und ohne Zwischenfälle, doch anstatt des üblichen Kommandos „Arbeitskommandos formieren" wurde eine Lagersperre verhängt. Sie betraf das ganze Lager. Anfangs war uns der Grund des unerwarteten Befehls unbekannt, aber in unserem Block waren Häftlinge untergebracht, die in der Politischen Abteilung beschäftigt waren. Daher erfuhren wir bald, daß eine Kommission ins Lager gekommen war, die Häftlinge für die Arbeit in den Steinbrüchen von Gusen und Mauthausen aussuchen sollte. Es ging vor allem um alte Häftlingsnummern, also um das Beseitigen der Verbindungen und Einflüsse, über die diese Gruppe von Häftlingen im Leben des Lagers verfügte. Gerüchte darüber hatte es schon früher gegeben, und verstärkt hatten sie sich nach dem Besuch Heinrich Himmlers im KZ Auschwitz am 17. und 18. Juli. Diesmal war der Reichsführer SS auch vom oberschlesischen Gauleiter Bracht und von mehreren SS-Generälen begleitet gewesen. Der „treue Heinrich" und sein Gefolge hatten mit Höß das ganze Lager besichtigt. In

Birkenau hatte sich Himmler den Ablauf des Ermordens der Judentransporte aus Holland angesehen. In Monowitz hatte er den Ausbau der Niederlassung des IG-Farben-Konzerns, der Buna-Werke, inspiziert. Und zum Schluß hatte er das Stammlager besucht. Bald darauf wurde eine ganze Reihe von Unteroffizieren und Offizieren der SS befördert, und Rudolf Höß bekam seine Ernennung zum Obersturmbannführer. Auch unsere Chefs waren um einen Dienstgrad aufgestiegen. Lediglich die Häftlinge hatten nach diesem Besuch nichts Gutes zu erwarten.

Auf die erwähnte Kommission zurückkommend, wurde die Lagersperre vormittags aufgehoben, und wir mußten vor den Blocks antreten. Mit nacktem Oberkörper warteten wir auf die schicksalsschwere Entscheidung. Unterdessen suchten eine Gruppe von Offizieren und mehrere Zivilisten wie auf einem Sklavenmarkt Häftlinge aus, die für körperliche Arbeit geeignet waren. Als es den Anschein hatte, daß nichts mehr imstande sein würde, uns vor dem Abtransport in die Steinbrüche zu retten — schließlich bestand unser ganzes Kommando aus jungen, kräftigen Leuten —, hörten wir den Befehl des Rapportführers: „Kommando SS-Küche sofort am Tor antreten!" Strahlend kam Czesław Jaszczyński, der am Tor als Dolmetscher fungierte, auf unseren Block zugelaufen und jagte uns schleunigst zum Stellplatz, wo Oberscharführer Paschke wie ein Wilder unter den diensthabenden SS-Leuten herumtobte.

Die Wirklichkeit übertraf unsere kühnsten Erwartungen. Die SS-Mannschaft hatte wegen des fehlenden Küchenpersonals kein Frühstück bekommen, sie hatte keine Aussicht auf ein Mittagessen, und auch das Abendbrot stand unter einem Fragezeichen. Mit einem Wort: eine Katastrophe! Unter diesen Umständen konnte Paschke, der bei Höß interveniert hatte, mühelos das ganze Kommando aus der Klemme ziehen.

Nach diesem Zwischenfall stiegen unsere Aktien erneut. Es stellte sich heraus, daß viele alte Nummern auf ähnliche Weise reklamiert worden waren, um zu verhindern, daß einige Bestandteile der mächtigen organisatorischen Maschinerie des Lagers geschwächt wurden. Das zeugte von der hohen Position dieser Häftlinge, die in ihrer überwältigenden Mehrheit bei der Ausübung prominenter Funktionen ihren guten Ruf gewahrt hatten und trotz der Gefahr, sich Repressalien auszusetzen, anderen Häftlingen halfen zu überleben.

Die Aktion des Besorgens von Lebensmitteln für die Häftlinge zog immer weitere Kreise, wobei die Gefahr, daß diese Aktivitäten entdeckt wurden, mit jedem Tag zunahm. Jeder Reinfall brachte den Missetäter unweigerlich in den Bunker von Block 11. August, der der Vater so manch eines von uns hätte sein können, warnte unablässig die „jungen Spunde", die das ganze Kommando der Gefahr von Repressalien aussetzten, obwohl er sich selbst ebenfalls in geringem Umfang mit solchen Machenschaften befaßte.

Eines Tages sollte ich Koteletts braten. Ich hatte gerade einen Karton Margarine aufgemacht und die Bratkippwanne eingeschaltet, als sich Ignacy Golik kurze Zeit in meiner Nähe herumdrückte und dann verschwand. Ich bemerkte sofort, daß im Karton ein 500-g-Würfel Margarine fehlte. Hastig schnitt ich die nächsten Würfel in Stücke und warf sie in die heiße Pfanne, weil Schäfler auftauchte.

Etwas später brachte ein SS-Mann einen der in der Nähe der Küche arbeitenden Häftlinge zu Paschke, bei dem er einen Würfel Margarine gefunden hatte. Nach mehreren Schlägen gab der zu, daß er die Margarine von Golik bekommen habe. Paschke wurde bleich vor Wut. Wir hatten bemerkt, daß er Ignacy einfach nicht leiden konnte; wegen seiner vorstehenden Nase hatte er ihn jüdischer Abstammung bezichtigt. Jetzt brüllte er rasend vor Wut: „Na, siehst du, blöder Hund! Jetzt bist du fertig!" Er warf ihn aus der Küche und jagte ihn zu den Kartoffelschälern.

Am Abend schaute Palitzsch beim Chef herein. Nach dem Abendessen, als er wie üblich seine von Bronisław Staszkiewicz gefüllte Aktentasche ergriff, steckte ihm Paschke unauffällig einen Zettel mit Nummer und Namen Goliks zu und sagte: „Der Scheißkerl soll aus der Küche verschwinden!"

Am nächsten Tag meldete sich der glückliche Ignacy anstatt bei der Strafkompanie in einem anderen Kommando. Nach einiger Zeit landete er mit Hilfe von Kameraden im SS-Revier. Man muß zugeben, daß er unerhörtes Glück gehabt hatte. Der Reinfall hätte ihn schließlich das Leben kosten können. Nach dem Vorfall waren wir ungefähr zwei Wochen lang gezwungen, das Besorgen von Lebensmitteln auf ein Mindestmaß zu beschränken. Bald aber begannen unsere ausgehungerten Kameraden, erneut unser Kommando aufzusuchen.

Zu den „ständigen Kunden" der Küche gehörten zu jener Zeit die im Kaninchen- und im Schweinestall eingesetzten Häftlinge Wacław Bonarowicz und Zygmunt Bąk, die die Abfälle zum Verfüttern an Kaninchen und Schweine abholten. Außer den Kübeln mit Küchenabfällen bekam jeder von ihnen einen Kübel kräftiger Suppe für die Kameraden. Seinen täglichen „Anteil" bekam auch der in der SS-Apotheke beschäftigte Jan Sikorski, der das Essen für seine Chefs abholte.

Rohrleitungsmonteure, Glaser, darunter vor allem Tadeusz Piekarski, Schlosser und Tischler ließen bei jedem Ruf alle anderen Arbeiten liegen und kamen sofort in die SS-Küche. Sie wußten nämlich, daß sie verpflegt würden und auch etwas Eßbares für ihre Kameraden besorgen konnten. Wenn ich darunter Edward Galiński, Stanisław Miarkowski oder jemand anders aus dem ehemaligen Block für Minderjährige entdeckte, betrachtete ich es als Frage der Ehre, sie mit Lebensmitteln zu versorgen.

Mit der Zeit erreichte unsere Frechheit ihren Höhepunkt. Wir beschädigten absichtlich die Anlagen, um den Monteuren die Möglichkeit zu bieten, die Küche zu betreten. All das geschah unter den wachsamen Blicken unserer Chefs.

Es ereigneten sich aber auch unvorhergesehene Fälle, die mit dem Auftauchen von Fachleuten endeten, die nur auf eine solche Gelegenheit gewartet hatten.

So erinnere ich mich zum Beispiel, wie ich zu Beginn meiner Küchenlaufbahn nicht mit einem 500-l-Kessel fertig werden konnte, in dem Nudeln kochten. Der Kessel fauchte und dampfte wie ein Vulkan, und die brodelnde Masse darin stieg blitzschnell höher und begann überzukochen. Ich stand wie gelähmt da, doch zum Glück hatten meine Kollegen aufgepaßt. Aleksander Jakubowski stürzte auf den Kessel zu, drehte den Kaltwasserhahn auf und löschte das flammende Feuer. Gleichzeitig spritzte der phlegmatische Władysław Kochanek mit einem dicken Schlauch den Kessel ab und entfernte die klebrige Nudelmasse. Unterdessen spülten Artur und ein paar andere Kollegen mit Scheuerbesen und Wasserbächen große Nudelmengen in das Abflußloch des Fußbodens. Die ganze Aktion verlief so schnell und reibungslos, daß dem diensthabenden Rottenführer nichts Besonderes auffiel. An diesem Tag bekamen die SS-Leute etwas kleinere Portionen. Dagegen beseitigten die herbeigerufenen Rohrschlosser die Verstopfung im Kanalisationsschacht — sie konnten sich sattessen und noch ein paar Nudeln für ihre Kameraden mitnehmen.

Gute Verbindungen hatten wir zur Schlachterei. Das Kommando Schlachthaus, in dem mit der Zeit Dutzende von Häftlingen beschäftigt waren, stellte täglich mehrere

Tonnen Fleisch und Wurstwaren für die SS, für die Zivilarbeiter und für das Lager her. Diese Fleischverarbeitungsfabrik wurde dank der solidarischen Haltung der Häftlingsbelegschaft zu einer nie versiegenden Quelle, aus der regelmäßig gewisse Mengen Wurst und Speck in die Hände der Häftlinge gelangten. Fast von Anfang an arbeiteten dort u.a. Marian Skiba, Eugeniusz Waberski, der 1943 erschossene Roman Łokieć, der Elektriker Stanisław Załęski und der Lagerauslieferer Mieczysław Zawadzki.

Die SS-Küche holte ständig große Mengen Fleisch und Wurstwaren für die SS aus der Schlachterei ab, und bei Gelegenheit fügte Mieczysław mit der ihm eigenen Unverfrorenheit regelmäßig Würste, Speckseiten und Fleischstükke für uns hinzu.

In ständiger Verbindung standen wir auch mit dem Brotlager. Dort arbeiteten der ehemalige Sejm-Abgeordnete Józef Dec, Besitzer des Hotels „Bristol" in Zakopane, Jerzy Ostrowski, Jan Jaremko und Kazimierz Nowicki. Mein Altersgenosse Kazimierz, ein Mitte 1942 vom Warschauer Pawiak-Gefängnis aus eingelieferter Pfadfinder, ein außergewöhnlich edler und hilfsbereiter Kamerad, vergrößerte den Kreis meiner engsten Freunde. Mit Hilfe der vier Häftlinge aus dem Brotlager schickten wir mindestens zweimal wöchentlich mehr als ein Dutzend Brote an bestimmte Kameraden. Dagegen wurde unsere Lagerverpflegung täglich entsprechend unseren Anweisungen an die Häftlinge im Block verteilt.

Am späten Abend sammelten sich vor Block 24 viele Häftlinge an und warteten auf die Rückkehr unseres Kommandos. Jeder wollte über seine Sorgen sprechen, um Hilfe oder Fürsprache in für ihn lebenswichtigen Fragen bitten oder für Unterstützung danken. Das bereitete uns große Genugtuung, wenngleich unsere Möglichkeiten begrenzt waren. Wir selber schmuggelten nur dann eine in den Gürtel gesteckte Wurst oder ein Stück Margarine ins Lager, wenn wir ganz sicher waren, daß in der Blockführerstube SS-Unteroffiziere Dienst hatten, die auf irgendeine Weise von uns abhängig waren. Einer von ihnen, SS-Rottenführer Meier, war es, der immer dann, wenn Kapo Fritz Opel am Tor meldete: „Kommando SS-Küche mit fünfundzwanzig Häftlingen ins Lager zurück!", weithin vernehmlich schrie: „Stimmt! Alle da. Abhauen!“ und dann halblaut hinzufügte: „Morgen komme ich vorbei."

Meier, den Häftlingen gegenüber streng und unerbittlich wie alle SS-Leute, ging außergewöhnlich höflich mit uns um; er bemühte sich geradezu um unser Wohlwollen. Diese Schwäche des Rottenführers nutzten Włodzimierz Turczyniak und Bronisław Staszkiewicz gekonnt aus und machten ihn zum Nutzen des ganzen Kommandos von sich abhängig.

Dieses destruktive Handeln unserer Gruppe unter der SS-Mannschaft machte sich am Tage unserer Flucht bezahlt.

Entscheidung zur Flucht

Seit einiger Zeit bewegte mich unablässig der Gedanke, aus dem Lager zu fliehen. Genährt wurde diese Idee durch die, uns aus verschiedenen Quellen erreichenden, Informationen über die sich in Polen entwickelnde Widerstandsbewegung.

Anzumerken ist, daß die Lagerführung des KZ Auschwitz 1940-1942 mehrere gelungene Fluchtversuche hatte verzeichnen müssen. Dagegen waren weit über ein Dutzend Versuche vereitelt worden. Jedes Mal hatte die Lager-Gestapo grausame Vergeltungsstrafen verhängt. Das ganze Lager wurde ohne Rücksicht auf das Wetter zu stundenlagen Stehappellen verurteilt. Man suchte aus dem Block oder dem Arbeitskommando des Ausreißers zehn Häftlinge für den Bunker aus. Mitglieder seiner Familie wurden verhaftet und in Lager eingewiesen. Und die auf der Flucht gefaßten Häftlinge wurden mit dem Schild „Hurra! Hurra! Ich bin wieder da!" durch das Lager getrieben und dann nach blutigen Verhören in Block 11 umgebracht. Infolge dieser Repressalien herrschte im Lager eine Psychose der Angst und des Schreckens, die alle auf eine Flucht abzielenden Aktivitäten lähmte.

Ab Mitte 1942 veränderte sich die Atmosphäre im Lager ganz offensichtlich. Kollektivstrafen wegen der Flucht eines Häftlings wurden immer seltener verhängt. Dazu trug zweifellos die Lage des Dritten Reiches an den Fronten, vor allem an der Ostfront, bei. Eine Rolle spielten aber auch die ungeheuren Aufgaben, die Höß in Zusammenhang mit dem Beginn der Aktion zur „Endlösung der Judenfrage" lösen mußte.

Am 20. Juni 1942 unternahmen vier in den Garagen des Hauptwirtschaftslagers HWL beschäftigte Häftlinge einen sensationellen Fluchtversuch. Józef Lempart, Nr. 3419, Eugeniusz Bendera, Nr. 8502, Kazimierz Piechowski, Nr. 901, und Stanisław Jaster, Nr. 6438, hatten, in Uniformen von Offizieren und Unteroffizieren der SS gekleidet, mit dem schwarzen Kabriolett des HWL-Chefs, SS-Hauptsturmführer Kreuzmanns, das Lagergebiet verlassen. Die diensthabenden SS-Leute an den Zufahrtsstraßen zum Lager kannten den Steyr 220 Kreuzmanns. Daher waren die Ausreißer nicht von den Posten am Schlagbaum angehalten worden und hatten unbehindert die Richtung zur Stadt eingeschlagen. Eine Stunde später befanden sie sich in der Umgebung von Maków Podhalański. Dort ließen sie den Wagen und die Gewehre stehen und machten sich auf den Weg in ihre Heimatgegend. Das Auto wurde rasch gefunden. Die Politische Abteilung konnte unschwer den Ablauf der Flucht rekonstruieren, und bald lernten auch wir die näheren Umstände der bravourösen Aktion kennen. Wir rechneten mit scharfen Repressalien im Lager, doch wir kamen mit dem Schrecken davon. Nur die Mutter Benderas, die sich nicht an die ihr heimlich zugeschickten Warnungen ihres Sohnes gehalten hatte, wurde nach einiger Zeit ins Lager eingeliefert.

Zu betonen ist, daß jede gelungene Flucht den erniedrigten Häftlingen trotz späterer Repressalien und Opfer Genugtuung und Auftrieb gab. Sie war ein Protest gegen die verbrecherische Ausrottungsmaschinerie und ließ hoffen, daß wenigstens einige Zeugen der entsetzlichen Verbrechen überleben und der Welt die Wahrheit über das KZ Auschwitz berichten würden.

Wie richtig dieser Standpunkt war, bestätigte der Sender BBC, der in polnischer und deutscher Sprache Nachrichten über die Konzentrationslager verbreitete, in denen Auschwitz-Birkenau als Vernichtungslager und die Angehörigen der SS-Mannschaft als Kriegsverbrecher bezeichnet wurden.

Das Echo der Flucht aus dem Hauptwirtschaftslager war noch nicht verhallt, als uns bereits ein neues aufsehenerregendes Ereignis in Erregung versetzte. Die nächsten vier Häftlinge waren ausgerissen, und zwar der Leiter des Arbeitsdienstes Otto Küssel, Nr. 2, und sein Stellvertreter Mieczysław Januszewski, Nr. 711, sowie Janusz Kuczbara und Jan Baraś, Nr. 564, vom Kommando Arbeitseinsatz. Dem von ihnen ausgearbeiteten Plan entsprechend war Otto in den Nachmittagsstunden zur Gruppe Landwirtschaft gegangen. Dort hatte man ihm auf Anweisung des Kommandoführers einen mit zwei Pferden bespannten Wagen herausgegeben, und damit war er ins Lager gefahren. Vor Block 24 hatte er einer Gruppe von Häftlingen befohlen, vier Schränke aus dem Keller zu holen und sie auf den Wagen zu laden. Damit war er zum Lagertor gefahren. Der diensthabende Blockführer hatte sich nicht die Mühe gemacht, die seiner Ansicht nach leeren Schränke zu kontrollieren, und Küssel war weitergefahren. Auf diese Weise hatte er das ganze Wirtschaftsinteressensgebiet des Lagers durchquert, ohne von jemandem angehalten zu werden. Als er offenes Feld erreicht hatte, öffnete er einen der Schränke, aus dem der in SS-Uniform gekleidete und mit einem Gewehr ausgerüstete Mieczysław Januszewski herauskletterte und sich neben Küssel setzte. Sie waren am Schlagbaum vorgefahren. Dem diensthabenden SS-Unteroffizier hatte Mieczysław einen Passierschein gezeigt, der zur Durchfahrt eines von einem Posten begleiteten Häftlings berechtigte. In den anderen Schränken waren Janusz Kuczbara und Jan Baraś verborgen gewesen. Erst weit hinter Oświęcim hatten sie ihr Versteck verlassen.

Eigentlich könnte man die spannende Geschichte damit schon beenden, aber die Bombe platzte erst etwas später. Die die ganze Umgebung absuchenden SS-Leute entdeckten gegen Mitternacht am Fluß Sola den Wagen mit den Schränken und mit drei vollständigen Häftlingsanzügen. In einem der Kleidungsstücke fand man einen Brief Küssels an den Leiter der Politischen Abteilung, in dem Otto alle Einzelheiten der Flucht beschrieb und Grabner mitteilte, daß sich der Lagerälteste Bruno Brodniewitsch ebenfalls auf eine Flucht vorbereite. Der Beweis dafür seien die großen Mengen Gold, die Brodniewitsch im Kachelofen seines Zimmers versteckt habe. Nachdem man den Ofen abgerissen hatte, wurde Bruno wegen Beihilfe zur Flucht im Bunker festgesetzt. Während der Verhöre des Kommandos Arbeitseinsatz gab Grabner Lachmann den Befehl, Paweł Ludwig, einen engen Freund Kuczbaras, in den Bunker von Block 11 zu bringen. Der gefundene Brief Küssels rettete Pawel, der mit Unterstützung von Kameraden nach einem Monat in sein Kommando zurückkehren durfte. Erzählt hat uns diese Geschichte der Schreiber des Kommandos Jerzy Pozimski, Nr. 1099, einer der ältesten Häftlinge des Lagers. Es war also auch diesmal ohne Opfer abgegangen, und die raffinierte Intrige hatte bewirkt, daß der allmächtige Bruno Brodniewitsch, der Häftling mit der Nummer 1, zu Fall kam.

Wie schwierig es für die aus dem Lager geflohenen Häftlinge war, sich im besetzten Polen durchzuschlagen, belegen die tragischen Geschicke der genannten Ausreißer.

Der erfahrenste von ihnen, der Zahnarzt Dr. Janusz Kuczbara, wurde Anfang 1943, also wenige Monate nach der Flucht, von der Warschauer Gestapo gefaßt. In das Pawiak-Gefängnis geworfen und im Amtssitz der Gestapo in der Szucha-Allee gefoltert, sollte er zu einer Gegenüberstellung nach Auschwitz gebracht werden. Zum Glück starb er in der Zeit der Verhöre. Kuczbara hatte in der Widerstandsbewegung des Lagers über weitreichende Kontakte verfügt, dennoch kam niemand in Zusammenhang mit seiner Verhaftung zu Schaden.

Der zweite der Vierergruppe, Mieczysław Januszewski, wurde kurz nach der Flucht verhaftet und beging wahrscheinlich auf dem Transport nach Auschwitz Selbstmord. Der dritte, der Maler Jan Komski, der im Lager den Namen Jan Baraś getragen hatte und unter diesem Namen steckbrieflich gesucht wurde, wurde schon im Januar 1943 bei einer Straßenrazzia in Krakau erneut verhaftet. Er kam zuerst ins Montelupich-Gefängnis und dann ins KZ Auschwitz, wo man ihn nicht identifizierte. Von Kameraden unterstützt, konnte er Auschwitz mit einem Häftlingstransport nach Buchenwald verlassen. Vom KZ Buchenwald aus wanderte er durch mehrere Gefängnisse in Deutschland und gelangte dann wieder nach Krakau. Dort saß er im Montelupich-Gefängnis und im St.-Michael-Gefängnis. Nach der kurzen Gastrolle in Krakau brachte man ihn in das KZ Groß-Rosen und später nach Dachau. Schließlich wurde er von amerikanischen Truppen befreit.

Der vierte war der Berliner Otto Küssel. Nach der Flucht aus Auschwitz versteckte er sich zusammen mit Kuczbara in Warschau. Von diesem wurde er in konspirative Kreise eingeführt. Nach der Verhaftung seines Freundes konnte Küssel verhältnismäßig lange der Gestapo entgehen. Er fiel ihr im Sommer 1943 in die Hände, als er sich in einem Café mit einer Agentin der Gestapo traf, die überzeugt war, sie habe es mit einem britischen Fallschirmspringer zu tun. Küssel kam bald nach Auschwitz. Wie aus den Eintragungen im Bunkerbuch vom 25. September 1943 hervorgeht, warf man ihn in den Bunker. Dort befand er sich etwa drei Monate lang. Das weitere Schicksal Otto Küssels ist unbekannt. Er überlebte den Krieg und starb 1985 in der BRD.

Unmittelbar nach dem Krieg wurde Küssel von den polnischen Behörden zum Ehrenhäftling von Auschwitz ernannt, weil er den politischen Häftlingen aus Polen zu der Zeit, da er den verantwortungsvollen Posten des Leiters des Arbeitsdienstes bekleidete, unablässig geholfen hatte.

In der zweiten Hälfte des Jahres 1942 heulten die Sirenen des Lagers noch mehrfach auf, weil einzelne Häftlinge geflohen waren. Wir mußten dann stundenlang auf dem Appellplatz stehen, während die alarmierten SS- und Kapo-Streifen auf der Suche nach den Ausreißern das Gelände durchkämmten, in dem sie gearbeitet hatten. Ernstere Repressalien gab es nicht. Das war für uns ein Zeichen, daß irgendetwas im grausamen System des Lagers ins Stocken geraten war.

Im Januar 1943 gab es für uns in der Küche eine ziemliche Sensation. Am späten Abend, als wir uns auf den Abmarsch ins Lager vorbereiteten, stellte sich heraus, daß im Kommando jemand fehlte. Eine genaue Durchsuchung des ganzen Objekts blieb erfolglos. Bleich vor Wut mußte Paschke dem Rapportführer melden: „Einer fehlt." Und wir wurden unter verstärkter Bewachung ins Lager gebracht. Zur allgemeinen Überraschung war der Ausreißer der achtzehnjährige Pfadfinder Henryk Wąsik, der Mitte 1941 mit einem Transport aus Kielce ins Lager eingeliefert worden war. Im Raum Kielce hatte sich damals schon die Partisanenbewegung entwickelt, und deshalb war es zu Massendeportationen der polnischen Bevölkerung nach Auschwitz gekommen. Henryk, ein hagerer, zarter Bursche, der wie ein Backfisch errötete und von den Kameraden als Waschlappen angesehen worden war, überraschte uns durch seine Tat. Er hatte niemanden in seine Pläne eingeweiht und war spurlos verschwunden. Im Kommando waren die einen wütend und verhießen ihm nichts Gutes, während einige wenige, zu denen auch ich gehörte, ihn um seinen Entschluß beneideten. Trotzdem überwog die Befürchtung, daß er ähnlich wie bei vielen anderen fehlgeschlagenen Fluchtversuchen jeden Augenblick gefaßt und ins Lager zurückgebracht werden könnte. Nach dem Verschwinden Henryks kam es auch diesmal zu keinerlei Repressalien der Lager-Gestapo, und das wirkte sich beruhigend auf alle aus. Nur wenn sich unsere Arbeit bis in die späten Abendstunden hinzog und die große Postenkette schon aufgezogen war, wurde die Bewachung der Küche verstärkt.

Seit einiger Zeit bemerkten die Kameraden eine Veränderung in meinem Verhalten. Ich war unruhig und nervös. Ich konnte mich nur mühsam auf die Arbeit konzentrieren. Normalerweise lächelnd, konnte ich jetzt meine Gereiztheit nicht unterdrücken. Nachts wachte ich auf und und hing Wunschträumen von der Freiheit nach.

Jeweils am 30. August vollendete ich im Lager mein 18., 19. und 20. Lebensjahr, und ich beschloß, meinen nächsten Geburtstag außerhalb des Lagers zu verbringen. Während eines langen Gesprächs an einem unauffälligen Ort, bei dem uns Paschke erwischte, vereinbarte ich mit meinem Bruder, der kürzlich in die Häftlingsküche von Birkenau versetzt worden war, daß jeder von uns bei günstiger Gelegenheit das Recht habe, auf eigene Faust zu fliehen, weil wir keine Möglichkeit sahen, einen gemeinsamen Fluchtversuch zu unternehmen.

Zu jener Zeit verband mich bereits eine enge Freundschaft mit Tatra-Kurieren und Mitgliedern der Lagerwiderstandsbewegung, die zuvor Gefangene des „Palace” in Zakopane gewesen waren. Dabei handelte es sich um Juliusz Hoły, Stefan Schabenbeck, Bronisław Czech, Jerzy Żarnowiecki, Jerzy Wołąsowicz („Baca”), Henryk Bednarski, Izydor Łuszczek, Stanisław Frączysty und Tadeusz Ciastoń aus Nowy Sącz. Einige von ihnen hatten mir bei

Abendspaziergängen in der Birkenallee von ihren Erlebnissen auf den Kurierpfaden erzählt. Mit Juliusz Hoły, Bronisław Czech und „Baca" traf ich mich am liebsten in der Kantine bei Stefan Schabenbeck, wo wir uns ungestört unterhalten konnten. Diese kurzen Treffen mit Freunden bedeuteten für mich ein großes Erlebnis. Der ruhige und beherrschte Bronisław, der vor Energie und Intelligenz sprühende Stefan, der stets lächelnde, leicht bucklige „Baca" und der große, schwerfällige Juliusz von schlanker, sportlicher Gestalt hatten viel zu erzählen über das sportliche Leben in der Tatra-Hauptstadt vor dem Krieg und über den Aufbau der Widerstandsbewegung im Tatra-Vorland Podhale nach dem Einmarsch der Hitlerfaschisten.

In der Küche befreundete ich mich mit einem stillen, unscheinbaren Häftling, der die Funktion des Elektrikers dieses großen Objektes ausübte. Franciszek Roman, Nr. 5770, ein Górale, ein Bergbauer aus Zakopane, hatte, bevor er ins Lager geriet, als Kurier die Tatra und die Slowakei auf der Route Zakopane — Budapest durchmessen. Mitte 1940 war er zusammen mit Helena Marusarz auf dem Wege nach Polen in der Slowakei verhaftet und in das Gefängnis von Tarnów eingeliefert worden.

Franciszek, kurz Franek, war nach kurzer Haft im Gefängnis nach Auschwitz gebracht worden, und Helena hatte man 1941 nach mehrmonatigen Verhören in der Nähe von Tarnów erschossen.

Franek Roman, der von meinen Kontakten mit der Zakopaner Gruppe wußte, faßte Vertrauen zu mir. Nach zaghaften ersten Versuchen verständigten wir uns und beschlossen, gemeinsam das Risiko einer Flucht aus dem Lager auf uns zu nehmen. Aufgrund seiner Funktion als Elektriker konnte sich Franek verhältnismäßig freizügig im ganzen Objekt bewegen, wodurch wir die Möglichkeit hatten, uns einen günstigen Platz zum Verlassen der Küche auszusuchen. Mit dem Frühjahr rechnend, planten wir die Flucht wegen des feuchten Geländes in der Umgebung von Auschwitz für Ende Mai.

Mit Unterstützung im Effektenlager beschäftigter Kameraden begann ich, die Zivilkleidung zu vervollständigen. Hemden und Pullover aus dem Lager „Kanada" trugen wir schon länger, weil die Lagerverwaltung nicht besonders darauf achtete. Mit Rücksicht auf die verschärften Kontrollen der SS-Leute im Lagergebiet und die alle paar Tage gewechselten Passierscheine verzichteten wir auf die Flucht in SS-Uniformen. In freien Augenblicken ging ich abends vor die Küchenbaracke, suchte mir einen dunklen Platz und bemühte mich, am sternenübersäten Himmel mit Hilfe des Großen und des Kleinen Wagens den Polarstern und südlich davon das charakteristische Sternbild des Orion zu finden. Das übte ich so lange, wie es nur möglich war. Anfang Februar entdeckte Franek mit dem angeborenen Instinkt eines Bergbauern, daß eine Gruppe von Kameraden mit verantwortungsvollen Posten in der Küche und im Küchenlager einen Fluchtversuch vorbereitete. Dazu gehörte der mir sehr nahestehende Włodzimierz Turczyniak. Auf meinen vorsichtigen Versuch hin, das Thema anzuschneiden, lächelte Włodek nur geheimnisvoll und ging nicht darauf ein. Die Frage war geklärt. Trotz seiner Sympathie für mich konnte Włodek den Kreis der in die Fluchtpläne Eingeweihten nicht ausweiten.

Unter diesen Umständen beauftragte ich Franek, das Verhalten der eingespielten Gruppe vorsichtig zu verfolgen, um nicht überrascht zu werden. Ich war mir darüber klar, daß jeder Fluchtversuch einer anderen Gruppe zur selben Zeit die Aussichten unseres Plans völlig zunichte machte.

Die Flucht

Es kam der 27. Februar. Im Lager hatte längst der Abendappell stattgefunden, und die Häftlinge gingen in die Blocks. In der Küche waren wir schon mit der Arbeit fertig. Wir warteten nur noch, bis die Milch für den Pudding des für den Sonntag geplanten Mittagessens kochte. Wir drückten uns in den Ecken rum. Wir verschnauften nach der ganztägigen Schufterei und dachten bereits an den arbeitsfreien Sonntagnachmittag. Unsere Chefs unterhielten sich wie gewöhnlich in der Stube Paschkes, und ich saß in Gedanken versunken am Kessel. Irgendwann erblickte ich Franek, der mir vorsichtig Zeichen gab. Langsam ging ich die Treppe hinunter ins Magazin. Ich hatte das Gefühl, daß etwas Außergewöhnliches geschehen sein mußte. Kalkweiß im Gesicht und nur mühsam die Stimme beherrschend, flüsterte mir Franek zu: „Turczyniak, Lechner, Staszkiewicz und die Brüder Klus packen ihre Sachen für die Reise." Vor Überraschung wurden mir die Knie weich. Also wie wir vermutet hatten, alle vier; und hinzugekommen war Romek Lechner, der in der SS-Kantine beschäftigte Freund Włodeks. Es war keine Zeit zu verlieren. Ich faßte den wahnwitzigen Entschluß — wir fliehen sofort! Diese Chance müssen wir ausnutzen.

Wir handeln wie hypnotisiert. Franek zieht die dunkelblauen Arbeitsanzüge aus dem Versteck, ich greife nach einem für die Häftlinge vom Kartoffelschälkommando vorbereiteten halben Brot und einem Stück Wurst. Die Zivilsachen sind im Kesselraum versteckt, wir müssen also darauf verzichten. Von oben ist das Stimmengewirr der ausgelassenen Gesellschaft zu hören; jeden Augenblick kann einer der Kameraden oder der Kapo Fritz in den Keller kommen, der hier manchmal eine Zigarette raucht.

Das Lebensmittellager, in dem sich die Ausreißer noch kurz zuvor getroffen haben, ist leer. Durch ein angelehntes Fenster strömt kalte Winterluft ein. Wir stopfen unsere Sachen in einen Sack und zwängen uns durch das verbogene Gitter in die Bodenvertiefung vor dem Kellerfenster, die oben mit einem Holzrost abgedeckt ist. Diesen Weg haben uns unsere Vorgänger gebahnt. Unter fürchterlichem Getöse werfe ich den Holzrost beiseite, und wir gelangen an die Erdoberfläche. Jetzt erwartet uns die erste Nervenprobe. Wir müssen die rund 15 Meter überwinden, auf die das Licht aus den Fenstern der Küche und der SS-Kantine fällt. Ein zufälliger Blick aus dem Gebäude genügt, um uns zu entdecken.

Die Posten, die rings um das Gebäude aufpassen sollen, sind ungefährlich. Es ist ganz sicher, daß Adam sie mit Schnaps bedacht hat und daß sie sich irgendwo in der Nähe der Kantine eingenistet haben. Sie beneiden uns um das Essen, und daher kommen sie in ihrer Einfalt gar nicht auf die Idee, daß jemand von einem solchen Kommando ausreißen möchte. Ich spüre den beschleunigten Pulsschlag. Die nächsten Minuten werden zeigen, ob uns das Glück bei unserem verwegenen Vorhaben hold ist.

Ich hole tief Luft und hetze durch den Lichtschein. Dicht hinter mir höre ich die leisen Schritte Franeks. Plötzlich umfängt mich wieder die Dunkelheit. Über Unebenheiten des Bodens stolpernd, hasten wir noch einige Dutzend Meter weiter. Wir kriechen unter dem Stacheldrahtzaun durch und lassen uns an der Chaussee nach Rajsko und Brzeszcze auf den Boden fallen. Hinter uns ist es still. Auf dem Leuchtzifferblatt der Uhr erkenne ich die Zeit; es ist 19.30 Uhr. An den Boden geschmiegt, lauschen wir eine Weile, ob auf der Landstraße keine Hundestaffel auftaucht, und in mehreren Sätzen erreichen wir die Sola. Das Flüßchen nähert sich an dieser Stelle der Chaussee. Das Durchwaten ans andere Ufer verheißt große Aussicht, der Verfolgung, die jeden Augenblick einsetzen kann, zu entgehen. Der Kampf geht darum, wieviele Minuten wir gewinnen, bevor das Fahrbereitschaftskommando die Jagd nach den Flüchtlingen aufnimmt. Franek will angezogen ins Wasser gehen, aber ich halte ihn brutal zurück, und nach einem kurzen Wortwechsel ziehen wir uns aus. Am anderen Ufer, etwas oberhalb des Flußlaufs, meinen wir gedämpfte Stimmen zu hören. Dort haben wahrscheinlich Włodek und seine Kameraden das Hindernis überwunden.

In der Mitte des Flusses, bis zur Brust im eiskalten Wasser watend, habe ich den Eindruck, aus einem tiefen Schlaf zu erwachen. Es kommt mir vor, als sei alles Bisherige in einer anderen Welt geschehen, und erst jetzt wird mir in aller Deutlichkeit die Tragik unserer Lage bewußt. Die Stille wird vom mächtigen Aufheulen der Lagersirene unterbrochen. Zuerst tief brummend, wird sie immer lauter und geht in ein nicht enden wollendes Heulen über. Noch naß, ziehen wir in fieberhafter Eile die Kleidung über, während die SS-Leute in den mehrere 100 m entfernten Kasernen hastig die Wagen besteigen. Der Alarm hat die zur Verfolgung bestimmten Sonderkommandos aufgescheucht, die von der SS-Mannschaft in den Kasernen unterstützt werden. Jede Minute ist wichtig für Leben oder Tod, und Franek und ich können uns nicht über die Marschroute einig werden.

In der frostklaren Mondnacht blinken Tausende von Sternen, unter denen ich unfehlbar den Großen und den Kleinen Wagen und den hellen Polarstern entdecke. Mühelos bestimme ich in diesem Labyrinth die südöstliche Richtung nach Porąbka. Zu meiner Entrüstung zieht mich

Franek etwa 90 Grad mehr nach links, wodurch unsere Route entscheidend geändert wird. Erregt streiten wir uns eine Weile, dann gebe ich, ohne überzeugt zu sein, nach. Ich denke mir, vielleicht habe ich etwas durcheinander gebracht. Aber er wird es schon wissen, er hat schließlich so große Erfahrung.

Wir beginnen zu laufen, wobei wir auf dem aufgeweichten Gelände stolpern. Wir umgehen sumpfige Stellen und Büsche. Nach kurzer Zeit stoßen wir auf den einen weiten Bogen ziehenden Fluß und erblicken dahinter die flackernden Lichter einer Stadt. Ich erstarre vor Entsetzen - das ist doch die Sola bei Auschwitz. Wir sind in der Nähe des Lagers herumgeirrt und haben so viele kostbare Minuten verloren! Ich kann mich nicht beherrschen und versetze Franek einen Kinnhaken. Ich ziehe ihn hinter mir her in die von den Sternen gewiesene Richtung. Schweißtriefend laufen wir dahin. Wir verheddern uns in Büschen und waten durch sumpfige Stellen, bis wir eine Chaussee erreichen. Von weitem erblicken wir die Lichter von Kraftwagen. Mit letzter Kraft springen wir über die Straße und laufen instinktiv in einem nassen Graben noch ein paar Meter weiter. Dann lassen wir uns in einem niedrigen Wäldchen ganz nahe an der Chaussee auf den Boden fallen.

Unterdessen fahren mit dumpfem Motorenlärm mehrere Wagen vorbei und beleuchten von der Kurve her unser Versteck. Die nächsten Wagen bleiben in unserer Höhe auf der Chaussee stehen. Die nächtliche Stille wird von Stimmengewirr, Kommandorufen und wütendem Gebell der Schäferhunde durchbrochen. Im gleißenden Schein in die Luft geschossener Leuchtraketen erblicken wir SS-Leute. Unter lauten Rufen durchkämmen sie in einer dichten Kette die an die Sola grenzenden Wiesen. Auf der Chaussee bleibt eine kleine Gruppe von Unteroffizieren und Offizieren der SS zurück, die regelmäßig Leuchtraketen zum Fluß hin abschießen. Ich habe den Eindruck, daß ich aus den lauten Rufen die mächtige Stimme von Palitzsch heraushören kann. Mit leisem Zischen steigen die Raketen in die Luft, und eine Welle gleißenden Lichts übergießt die Gegend in einem Umkreis von mehreren 100 m. Wir haben uns an den Boden geschmiegt. In einem solchen Augenblick möchte sich der Mensch am liebsten in eine Ameise verwandeln.

Vorsichtig robben wir von der Chaussee weg, dann entfernen wir uns im Schutz der Bäume von dem gefährlichen Ort. Mit Hilfe des Polarsterns finde ich das Sternbild des Orion mit den charakteristischen Umrissen eines Ritters, der mit seinem Schwert nach Südost weist. Das ist unsere Richtung. Sie führt uns in die etwa 30 km von Auschwitz entfernte Bergkette der Beskiden.

Wir umgehen jedes Gehöft, und um Dörfer machen wir einen weiten Bogen, denn wir erinnern uns an die Patroillen des „Selbstschutzes"[12], die auf das Zeichen der Lagersirene hin die Umgebung nach Ausreißern absuchen.

Ich trage die weiße Küchenkluft, warme Unterwäsche, einen Wollpullover und feste Schuhe, auf dem Kopf die weiße Küchenmütze, die ich nicht wegwerfen kann, weil ich keine andere habe. Das ist kein Tarnanzug für die Nacht, daher ziehe ich den Arbeitsanzug über die nasse und verdreckte Kluft.

Mitten in der Nacht müssen wir ein wenig verschnaufen und etwas essen. Wir lassen uns unter einem Baum nieder und laben uns an der Stille und dem wunderschönen, mit zahllosen Sternen übersäten Himmel. Nach kurzer Pause brechen wir hastig wieder auf, denn der Frost wird immer strenger. Den Dorfkötern, die uns bei jeder Annäherung an

[12] eine Bügerwehr

ein Dorf in einhelligem Chor wütend verbellen, wünschen wir alles nur erdenklich Schlechte.

Gegen Morgen verblassen die Sterne, und ich habe Mühe, die Marschrichtung einzuhalten. Die Kräfte verlassen uns. Am Rande eines Waldes stoßen wir auf eine freistehende, mit einem Vorhängeschloß versperrte Scheune. Durch ein Loch im Strohdach schlüpfen wir hinein und verkriechen uns bis an die Ohren im Heu.

Nach einigen Stunden unruhigen Schlafes beobachten wir durch einen Bretterspalt die Umgebung. In der Ferne zeichnen sich die Umrisse der Berge ab. In der Nähe verläuft ein Weg, auf dem sonntäglich gekleidete Leute vorbeigehen. Es ist schwer zu erraten, ob es Polen oder umgesiedelte deutsche Bauern sind. Es ist Sonntag, man hört die Glocken einer nahegelegenen Kirche. Wir essen noch ein Stückchen Brot, lassen aber eine eiserne Ration für den Abend zurück. Wir sind durstig. Etwas Warmes zu trinken wäre nicht zu verachten.

In der Überzeugung, daß kein Gong ertönen wird, daß es keinen Appell gibt und daß uns niemand zur Arbeit treibt, schlafe ich wieder ein. Nach Einbruch der Dunkelheit verlassen wir unser Versteck über das Dach. Wir überqueren die Chaussee und die Bahnstrecke zwischen Kęty und Andrychów und halten uns parallel zu der Bergkette, die sich zur Grenze der Generalgouvernements in der Gegend von Wadowice hinzieht. Wir laufen quer über die Felder. Nach mehrstündigem Marsch lassen wir uns ausgepumpt auf den Boden fallen, um uns nach kurzer Zeit wieder auf den Weg zu machen. Doch wir haben kaum noch Kraft. Über den Abhang eines Hügels gelangen wir zu einer einsamen Hütte und klopfen vorsichtig ans Fenster. Nach längerem Verhandeln läßt eine ältere Frau die erschöpften Wanderer ins Innere. Mit Brot und heißer Milch gestärkt, schlafen wir in dem warmen Raum auf dem Stroh ein. Noch vor dem Mittag verabschieden wir uns von unserer Wirtin, der wir in Mark für ihre Gastlichkeit bezahlen. Wir erklären ihr, daß wir von der Zwangsarbeit im Reich ausgerissen sind. Um keinen Menschen zu begegnen, marschieren wir auf Waldwegen weiter. Wir wollen zum Leskowiec, dem höchsten Gipfel des Bergzugs. Am Abend umgehen wir eine Wanderherberge, weil dort Deutsche stationiert sein könnten. Auf einer ausgedehnten Lichtung begegnen wir einem Rudel Rehe, die beim Anblick der Eindringlinge im dichten Unterholz des Waldes verschwinden.

In der Dämmerung erreichen wir zu Tode erschöpft ein an einem Hang gelegenes Dorf, wo wir in einer der Hütten freundliche Aufnahme finden. Rührei, Milch und Brot geben uns wieder Kraft. Hier vervollständigen wir auch unsere Garderobe. Ich ergattere endlich eine ziemlich anständige Mütze. Franek bekommt eine Damenmütze. Der Bauer bringt uns zum Nachtlager in die Scheune. Ein eisiger Wind heult durchs Gebälk. Wir können kaum den Morgen erwarten, um unsere durchfrorenen Knochen am Feuer aufzuwärmen und die Schuhe zu trocknen. Am Nachmittag des nächsten Tages erreichen wir unbehindert die Gegend von Mucharz, einem langgezogenen Dorf im Skawa-Tal, unweit von Wadowice. Von oben gesehen, löst der silbrige Lauf des Flusses Erinnerungen an Ferienwanderungen aus. Nachdem wir uns in der Gegend umgesehen haben, betreten wir eine einsam stehende Hütte, in der wir eine junge Bäuerin antreffen, die für eine ganze Schar von Kindern das Abendbrot zubereitet. Wir verspeisen appetitlich dampfende Kartoffeln mit Milch.

Bei Einbruch der Dunkelheit geht Franek ins Dorf, um Bekannte aus der Vorkriegszeit aufzusuchen. Er rechnet damit, daß sie uns helfen werden, die Grenze zu überschreiten. Ich warte mehrere Stunden auf seine Rückkehr. Aus Sorge, ob er nicht in irgendwelche Schwierigkeiten geraten ist, verlasse ich das Haus und beobachte es von einem Versteck aus. Schließlich kehrt Franek zurück. Er ist zufrieden. Ein Führer soll uns in dieser Nacht für ein ziemlich hohes Entgelt den Übergang ins Generalgouvernement ermöglichen.

Im Dorf weiß man schon, daß die Grenzposten verstärkt worden sind, angeblich wegen der Flucht von sieben Häftlingen aus dem KZ Auschwitz. Wir bleiben nach wie vor bei der Geschichte von der Flucht vor der Zwangsarbeit im Reich, weil wir befürchten, daß man uns sonst nicht helfen würde, die Grenze zu überqueren. Spät abends treffen wir uns an der verabredeten Stelle mit dem Führer, der zur Unterstützung einen erfahrenen Gefährten mitgebracht hat. Sie sollen uns durch die Postenketten schleusen und uns eine Stelle zeigen, wo das Wasser so flach ist, daß man den Fluß durchwaten kann.

Bald brechen die Führer auf, und in geringem Abstand folgen wir ihnen. Die Nerven sind angespannt, das geübte Ohr vernimmt selbst das leiseste Geräusch fremder Schritte. Wir lassen uns niederfallen, um nach einer Weile unseren Marsch fortzusetzen. Wir erreichen eine sich vom Weiß des Schnees abzeichnende Scheune, deren Umrisse im Mondschein deutlich zu sehen sind. Im Schatten des Gebäudes versteckt, beobachten wir angespannt eine langsam auf den Mond zuziehende Wolke. Schließlich wird es etwas dunkler. Jetzt brechen unsere Führer in entgegengesetzter Richtung auf, um den am nächsten gelegenen Abschnitt der Chaussee zu erkunden, die hier parallel zum Fluß und zur Bahnstrecke verläuft. Als sie verschwunden sind, fangen wir an, nervös zu werden. In unsere Herzen schleichen sich Angst und Zweifel an der Ehrlichkeit dieser Leute ein, denen wir wehrlos ausgeliefert sind. Ich erinnere mich an die Flucht nach Ungarn und den „Grenzführer" Hadalski, der unsere Gruppe vor drei Jahren unter ähnlichen Umständen an die Gestapo ausgeliefert hat. Langsam vergehen die Minuten, die geschärften Sinne reagieren auf jedes Geräusch. Der angespannte Blick erfaßt die undeutlichen Umrisse von Gestalten, die wie Geister auftauchen. Fest packe ich den Eisenstab in meiner Hand. Franek kauert, mit einer Axt bewaffnet, hinter einem Winkel des Gebäudes. Bei Gefahr werden wir uns zurückziehen und in den Wald flüchten.

Lautlos nähern sich uns die Führer und erklären, daß der Weg frei ist. Wir kriechen zur Chaussee und springen auf die andere Seite. Ich stolpere über das Bahngleis und lande im Uferschilf. Nach einem kurzen Umherlauschen lassen wir uns auf dem Hosenboden in die rauschende Strömung gleiten, um nach wenigen Schritten bis zum Hals im eisigen Wasser zu versinken. Mit ein paar Armbewegungen erreichen wir flacheren Grund, und erst jetzt spüre ich die schmerzhafte Unterkühlung des Körpers. Der wolkenlose, vom Mondschein erhellte Himmel kündigt Frostwetter an. Fieberhaft arbeiten wir uns zur steilen Uferböschung durch. Dichtes Schilf versperrt den Zugang und hinterläßt blutige Kratzer im Gesicht. Auf dem Rücken verspüre ich ein unangenehmes Gefühl. Jeden Augenblick kann ein Schuß fallen, abgegeben von einer auftauchenden Streife. Für eine Weile vergesse ich die Kälte. Langsam laufen wir über die Wiese. Die Kleidung verwandelt sich in einen eiskalten Panzer, in den Schuhen platscht das Wasser. Ich bemühe mich, die abgestorbenen Gliedmaßen durch kräftige Bewegungen zu erwärmen und den Kreislauf in Bewegung zu bringen. Franek führt uns auf ein Dorf zu. Er biegt rechts ein und zieht mich auf einen großen Hof. Er pocht vorsichtig an ein Fenster. Gleich darauf sind wir von den Hausbewohnern umringt. Sie betrachten uns wie Ankömmlinge von einem fremden Stern, als wir unsere Sachen restlos ausziehen. Durch kräftige Schulter- und

Körperbewegungen bringen wir belebende Wärme in die eiskalten Arme und Beine. Dann gibt es heiße Milch und beim ausgiebigen Abendbrot unendlich viele Fragen. Uns interessiert alles, was das Leben im Generalgouvernement betrifft. Unsere Gastgeber, Mutter Warchał und ihre beiden Söhne, Verwandte Franeks, sind neugierig, wie das Leben im Konzentrationslager aussieht, von dem man längst auch hier gehört hat.

Mit Rücksicht auf die nahe Grenze und die Sicherheit der Gastgeber verbringen wir die Nacht in der Scheune, warm zugedeckt mit Federbetten. Morgens fühle ich mich ausgezeichnet, ich habe nicht einmal einen Schnupfen. Franek klagt dagegen über Schmerzen im Rückgrat. Diese Krankheit hat er sich bei seinen Ausflügen nach Ungarn zugezogen.

Unterdessen haben die Häftlinge im Lager keine Ahnung davon, daß die Flucht aus der SS-Küche, deren Ausmaß alle bisherigen Ausbruchsversuche übersteigt und als das kühnste Vorhaben angesehen wird, von zwei Gruppen ausgeführt worden ist, die weder bei der Vorbereitung noch während der Flucht zusammengewirkt haben. Während unsere fünf Kameraden der eigentlichen Gefahrenzone direkt entkommen waren, hatten Franek und ich dramatische Augenblicke erlebt. Der Wettlauf mit der Zeit war auf dem Abschnitt der wenigen Kilometer an der Sola ein Kampf gewesen, um dem immer enger werdenden Ring der Fahndung zu entkommen, ein Kampf auf Leben und Tod.

Wie aus nach dem Krieg von Mitarbeitern des Museums in Auschwitz gefundenen, von Kommandant Höß unterzeichneten und an alle zuständigen Stellen gerichteten Fernschreiben der Politischen Abteilung hervorgeht, wurde nach unserer Flucht sofort eine umfangreiche Suchaktion nach den sieben Ausreißern angeordnet. Die zwölf Stunden später verschickten Telegramme hatten folgenden Wortlaut:

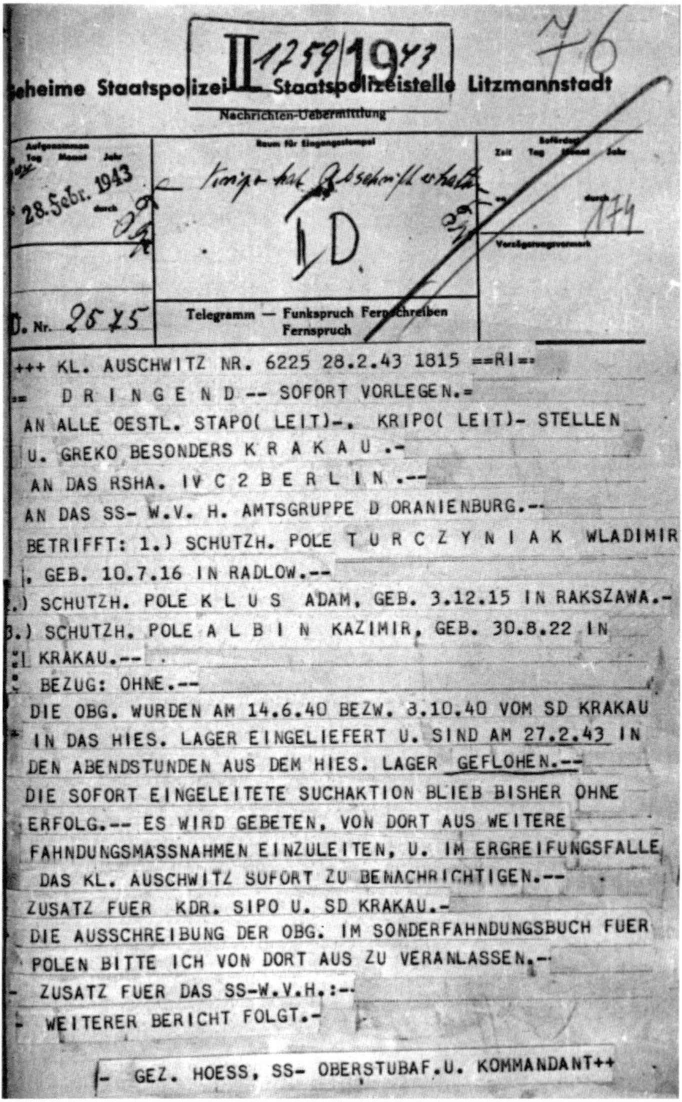

II 1259 1943

Geheime Staatspolizei — Staatspolizeistelle Litzmannstadt

Nachrichten-Uebermittlung

Aufgenommen Tag Monat Jahr 28. Febr. 1943 durch

Raum für Eingangsstempel

Befördert Zeit Tag Monat Jahr durch

Verzögerungsvermerk

D. Nr. 2575

Telegramm — Funkspruch Fernschreiben Fernspruch

+++ KL. AUSCHWITZ NR. 6225 28.2.43 1815 ==RI==

== D R I N G E N D -- SOFORT VORLEGEN.=

AN ALLE OESTL. STAPO(LEIT)-, KRIPO(LEIT)- STELLEN

U. GREKO BESONDERS K R A K A U .-

AN DAS RSHA. IV C 2 B E R L I N .--

AN DAS SS- W.V. H. AMTSGRUPPE D ORANIENBURG.--

BETRIFFT: 1.) SCHUTZH. POLE T U R C Z Y N I A K WLADIMIR

, GEB. 10.7.16 IN RADLOW.--

2.) SCHUTZH. POLE K L U S ADAM, GEB. 3.12.15 IN RAKSZAWA.-

3.) SCHUTZH. POLE A L B I N KAZIMIR, GEB. 30.8.22 IN

KRAKAU.--

BEZUG: OHNE.--

DIE OBG. WURDEN AM 14.6.40 BEZW. 3.10.40 VOM SD KRAKAU

IN DAS HIES. LAGER EINGELIEFERT U. SIND AM 27.2.43 IN

DEN ABENDSTUNDEN AUS DEM HIES. LAGER GEFLOHEN.--

DIE SOFORT EINGELEITETE SUCHAKTION BLIEB BISHER OHNE

ERFOLG.-- ES WIRD GEBETEN, VON DORT AUS WEITERE

FAHNDUNGSMASSNAHMEN EINZULEITEN, U. IM ERGREIFUNGSFALLE

DAS KL. AUSCHWITZ SOFORT ZU BENACHRICHTIGEN.--

ZUSATZ FUER KDR. SIPO U. SD KRAKAU.-

DIE AUSSCHREIBUNG DER OBG. IM SONDERFAHNDUNGSBUCH FUER

POLEN BITTE ICH VON DORT AUS ZU VERANLASSEN.-

ZUSATZ FUER DAS SS-W.V.H.:--

WEITERER BERICHT FOLGT.-

GEZ. HOESS, SS- OBERSTUBAF.U. KOMMANDANT++

Wie man sieht, schätzte der Lagerkommandant uns einfache Leute offensichtlich sehr, denn über die Flucht benachrichtigte er die höchsten Dienststellen in Berlin.

Unterdessen fuhr Władysław Warchał, dem vereinbarten Plan entsprechend, mit dem Morgenzug nach Krakau, um sich mit meiner Schwester Stefania Böhm in Verbindung zu setzen und ihr einen entsprechenden Geldbetrag für den Kauf von Kleidung zu überbringen. Die wunderhübsche achtzehnjährige Stefania, eine frisch gebackene Ehefrau, die ich noch als halbwüchsiges Mädchen mit kastanienbraunem Zopf in Erinnerung hatte, tauchte schon am nächsten Tag bei den Warchałs auf.

Unsere Begrüßung war ergreifend nach so vielen Jahren, aber wir konnten uns keine Sentimentalitäten leisten, denn ich war der Ansicht, sie müsse sofort nach Hause zurückkehren und sich im Zusammenhang mit der Reise ein entsprechendes Alibi zurechtlegen. Vor Glück weinend, fuhr die tapfere Verschwörerin nachmittags wieder ab. Die Sachen, Windjacken, Hüte und Unterwäsche, waren gewissenhaft für unsere Größe ausgesucht.

Am Abend vereinbarten wir, daß Franek nach Krakau fahren werde, um Papiere zu besorgen, während ich mich inzwischen bei Verwandten der Warchałs in Skawica bei Zawoja verstecken sollte. Erleichtert verließ ich die gefährliche Gegend in der Nähe der Grenze. Die Bahnfahrt nach Maków und dann mit einem Fuhrwerk nach Skawica war sehr aufregend für mich. Der Sicherheit wegen fuhr Warchał im Nebenabteil, ging auf jedem Bahnhof auf den Gang hinaus und schaute aus dem Fenster, ob keine Gendarmen einstiegen. Im Eiltempo erlernte ich das Leben der Besatzungszeit.

In Skawica, einem kleinen, am Fuße des Bergzugs Police und des Babia-Góra-Massivs gelegenen Bergbauerndorfes, fand ich als Flüchtling aus dem Reich bei der Familie

Władysław und Aniela Bartyzel Zuflucht. Durch gewisse Beträge in Dollar und Mark, die der umsichtige Roman für den Fall der Flucht zurückgelegt hatte, konnte ich mich bei meinen Wirtsleuten für Betreuung und Verköstigung revanchieren. Die Bartyzels lebten wie die meisten Bergbauern während der Besatzungszeit sehr bescheiden von der Bestellung einiger Fleckchen unfruchtbaren Bodens. Und hier erlaube ich mir eine kurze Abschweifung.

Bei meiner Arbeit im SS-Küchenkommando, als ich Kameraden, Bekannte und manchmal mir völlig unbekannte Mithäftlinge gerettet hatte, indem ich Lebensmittel oder andere Unterstützung für sie besorgte, war ich oft Versuchen begegnet, sich durch, wie man heute sagen würde, ausländische Zahlungsmittel oder andere Wertgegenstände zu revanchieren, die im Lager keinen größeren Wert hatten. All diese Versuche hatte ich stolz zurückgewiesen, weil ich meinte, meine Hilfe dürfe nicht eigennützig sein, und außerdem war ich vor meiner Verhaftung zu jung gewesen, um den Wert des Geldes schätzen zu lernen. Wie sich später erwies, konnte man während der Besatzungszeit für Dollars alles kaufen — Papiere, Lebensmittel, Pistolen, Munition und sogar die Freiheit.

Mein für wenige Tage angekündigter Aufenthalt bei den Bartyzels zog sich über eine Woche hin. Ganze Tage verbrachte ich in der Küche, wo ich die alltäglichen Beschäftigungen der Wirtsleute beobachtete, und wenn ein Nachbar auftauchte, versteckte ich mich in der reinlichen, nach Holz duftenden Stube mit einem Bett voller Kissen. Die Kinder der Bartyzels, die fünfzehnjährige Janka und der achtjährige Antoś, leisteten mir Gesellschaft.

Roman ließ nichts von sich hören, und meine Unruhe erreichte ihren Höhepunkt. Ich stellte mir vor, er sei der Gestapo in die Hände gefallen; und welche Konsequenzen das haben würde, konnte ich mir in Gedanken ausmalen.

Auf meine Bitte hin fuhr Bartyzel nach Krakau, um Stenia zu bitten, mir beim Besorgen von Papieren zu helfen. Am späten Abend, als meine Erregung aufs äußerste gestiegen war, kehrte er zurück. Er war kreidebleich, und seine ersten Worte klangen vorwurfsvoll: „Mein Gott, warum haben Sie mir nichts von der Flucht aus Auschwitz gesagt!"

Die Neuigkeiten, die er mitbrachte, waren entsetzlich. In der Wohnung meiner Mutter hatte die Gestapo einen Hinterhalt eingerichtet, um auf mein Auftauchen zu warten. Die Mutter und Stenia, die sie besuchen wollte, hatte man verhaftet. Diese Informationen hatte Bartyzel von der Nachbarin meiner Schwester bekommen, die sich für den Fremden interessiert hatte, der sich in der Nähe des Hauses herumdrückte. Ich war völlig niedergeschlagen. Ich beschloß, sofort abzureisen, um meine Wirtsleute keinen Verfolgunsgmaßnahmen auszusetzen. Władysław Bartyzel brachte mich noch am selben Abend mit Priester Jan Świąder, dem Gemeindepfarrer von Zawoja, zusammen, der mit seinem Fotoapparat Paßbilder für mich machte. Der tapfere Priester, der von meiner Flucht wußte, zögerte nicht, mir zu helfen. Am frühen Morgen fuhr mich Bartyzel, ich trug Góralenkleidung und eine Lammfellmütze, mit dem Fuhrwerk nach Maków. Dort kaufte mir mein mutiger Gastgeber am Schalter eine Fahrkarte nach Krakau und fuhr eilig zurück nach Hause.

Beim Abschied von diesen einfachen Leuten war ich gerührt gewesen; hier hatte ich seit Jahren zum ersten Mal etwas häusliche Fürsorge empfunden, besonders seitens Frau Bartyzel.

Auf dem Bahnhof hielt ich mich hinter Holzstapeln versteckt und sprang erst in letzter Minute auf den anfahrenden Zug. Obwohl Plätze frei waren, bezog ich im mittleren Teil des Ganges Posten und beobachtete aufmerksam die

Reisenden, die auf den insgesamt mehr als zwölf Bahnhöfen einstiegen. In Sucha hatte der Zug einen längeren Aufenthalt, und auf den Bahnsteigen und vor dem Bahnhofsgebäude wimmelte es von Gendarmen, Bahnschutzbeamten und Soldaten der verschiedensten Formationen. Zum Glück wurden die Reisenden im Zug nicht kontrolliert.

Zusammen mit einer größeren Gruppe von Leuten stieg ich in Podgórze aus und verließ durch einen Nebenausgang den Bahnhof, auf dem Gendarmen gerade begannen, mit Hilfe „dunkelblauer" (polnischer) Polizisten das Gepäck der Reisenden zu kontrollieren.

Bisher hatte ich noch keinen Plan gehabt, wohin ich mich begeben und wo ich mich aufhalten sollte. In Gedanken nahm ich eine Durchsicht aller mir bekannten Adressen vor. Die ganze engere und weitere Familie kam nicht in Frage. Auch Schulkameraden aufzusuchen, schien mir riskant zu sein. Plötzlich tauchte in meinem Unterbewußtsein wie in einem Film eine bekannte Gestalt auf. Aber natürlich! Wicek! Staatsanwalt Wincenty Jarosiński hatte ich Ende 1940 in der gemeinsamen Stube von Block 5 kennengelernt. Rasch befreundeten wir uns, und in schwierigen Augenblicken organisierte ich zusätzliche Portionen Suppe, Brot und Margarine für ihn. Später brachte ich ihn in einem guten Kommando unter, und dann nahm ich ihn vor Gelüsten des Stuben- und des Blockältesten in Schutz. Es kam nämlich vor, daß Staatsanwälte und Richter von den Berufsverbrechern, die diese Funktionen ausübten, ermordet wurden.

Mitte 1941 war Wicek überraschend in Quarantäne gegangen. Er gehörte zu einer Gruppe von Häftlingen, die auf Betreiben ihrer Familien zur Entlassung vorgesehen waren. Als wir uns verabschiedeten, hatte er glücklich zu mir gesagt: „Kazik, denk daran, ich bin dir etwas schuldig. Wenn du mal in Not bist, kannst du immer mit mir rechnen!"

Diese Erklärung hatte ich mit einem nachsichtigen Lächeln aufgenommen. Ich hatte Wicek gedankt und ihn bald vergessen. Jetzt stieg ich am Planty-Boulevard aus der Straßenbahn und ging, die Streifen meidend, zum Kleinen Markt. Dort, an der Ecke der Stolarska-Straße, führte die Mutter Wiceks ein Restaurant. Die Adresse war mir von unseren Gesprächen aus dem Lager her in Erinnerung geblieben. In dem mit angeheiterten Gästen gefüllten Lokal fühlte ich mich unsicher. Ich ging zu der älteren Frau hinter dem Tresen und fragte nach Wicek. „Der erledigt etwas in der Stadt. Er muß jeden Augenblick zurück sein. Warten Sie bitte auf ihn." Nur mühsam meine Steifheit bezwingend und ohne den Hut abzunehmen, um nicht den geschorenen Kopf zu zeigen — im Lager hatte ich mir die Haare nur anderthalb Zentimeter lang wachsen lassen können — setzte ich mich an einen freien Tisch in der Nähe des Notausgangs, bestellte ein Bier und etwas zu essen und beobachtete voller Spannung die Gäste. Kaum hatte ich mich etwas entspannt, wurden meine Nerven auf eine harte Probe gestellt. Zuerst hörte ich vom Markt her das laute Knattern eines Motorrads, und fast gleichzeitig glitten am Fenster die Silhouetten von Gendarmen in Stahlhelmen vorbei. Der Motor verstummte plötzlich, und in der Tür standen drei schwerbewaffnete Soldaten der Feldpolizei in langen Mänteln und mit blitzenden halbmondförmigen Blechschildern auf der Brust. Ich saß regungslos am Tisch, bereit, jederzeit aufzuspringen und durch die angelehnte Tür auf den Hof zu fliehen.

Die Gendarmen blickten sich streng um und gingen langsam in den nächsten Raum, wo sie gleich darauf von den Rufen ihrer Kumpane begrüßt wurden: „Na, seid ihr endlich da! Hans, zum Teufel, warum kommt ihr so spät?" Rasch beruhigte ich mich. Ich wurde mir bewußt, daß ich unter ihrer Obhut sicher war. Schließlich würde niemand unter diesen Umständen die Papiere der Leute im Lokal kontrollieren, in dem sich die Kettenhunde höchstwahrscheinlich auf Kosten des Wirtes vergnügten.

Derweil tauchte in der offenen Tür ein hochgewachsener, schlanker Blondschopf auf und ging leicht hinkend zur Mutter, die ihn an meinen Tisch wies. Wicek schaute mich einen Moment mit großen Augen an, tat dann so, als wolle er mich umarmen, und flüsterte: „Kaziu! Wie ist das möglich? Haben sie dich auch freigelassen?" „Nein, ich bin ihnen ausgerissen", gab ich leise zurück. „Ich habe keine Papiere und suche Verbindung zur Organisation. Ich brauche Hilfe."

Jarosiński wurde bleich. Er zögerte, als fehlten ihm die Worte. Dann meinte er mit heiserer Stimme:

„Mach dir keine Sorgen, warte hier einen Augenblick!"

Nach wenigen Minuten kam er mit einem älteren Herrn an den Tisch, dem er mich kurz vorstellte: „Tadziu, das ist mein Freund aus dem Lager. Er ist aus Auschwitz geflohen. Wir müssen uns um ihn kümmern. Nimm ihn für ein paar Tage zu dir, später sehen wir weiter!"

Der leicht angeheiterte Tadeusz Tabor ließ mir an der Tür mit eleganter Geste den Vortritt. Wir kamen auf die Straße. Ich bat ihn, er möge vorausgehen, aber unter dem Einfluß des Alkohols schien er sich außergewöhnlich sicher zu fühlen. Als wir uns der Ecke zur Szpitalna-Straße näherten, hielt kurz vor uns plötzlich ein schwarzer Mercedes, aus dem drei in Ledermäntel gekleidete Gestapo-Beamte mit Pistolen in den Händen heraussprangen. Passanten anrempelnd, liefen sie auf die Mikołajska-Straße zu. Kurze Zeit später fielen mehrere Schüsse. All das geschah blitzschnell, wie in einem Gangsterfilm.

Ohne den weiteren Lauf der Dinge abzuwarten, verflüchtigten wir uns schleunigst aus der gefährlichen Gegend. Ich folgte Tabor in solchem Abstand, daß ich ihn nicht aus den

Augen verlor. Ich war entsetzt über die vielen Deutschen auf den Straßen der Innenstadt. Ständig begegnete man Wehrmachtssoldaten aller möglichen Waffengattungen, darunter den mir so gut bekannten, verhaßten Uniformen der Waffen-SS, hochmütigen Funktionären der NSDAP, arroganten Halbstarken von der Hitlerjugend, gut gekleideten Frauen und Männern und einer Unmenge Polizei.

Wir gingen über den Szczepański-Platz und die Planty-Anlagen und bogen dann in die Łobzowska-Straße ein, wobei wir am Gebäude der Schutzpolizei mit einem Posten am Tor vorbeikamen. Ich marschierte mit steifen Beinen etwa einen Meter an ihm vorbei und spürte auf dem Rücken seinen forschenden Blick. Schließlich betraten wir ein großes, im Jugendstil gehaltenes Mietshaus.

Das Haus in der Siemiradzkiego-Straße 2 wurde bis zum Ende der Besatzungszeit für mich zur Zufluchtsstätte, zur Ausgangsbasis für die konspirative Tätigkeit und gleichzeitig zu einem Ort, an dem ich viel Herzenswärme und echte menschliche Freundschaft kennenlernte.

TEIL II

Die Lager-Gestapo handelt

Aus dem an die SS-Küche grenzenden Saal waren Musik und das laute Lachen der Teilnehmer an einem Kameradschaftsabend zu hören.

Kameradschaftsabende fanden in diesem Saal ziemlich oft statt. Daran nahmen männliche und weibliche SS-Angehörige der Lagermannschaft teil. Es gab stets viele, die sich nach dem Dienst unterhalten und etwas trinken wollten. In der Kantine konnte man für ein paar Groschen Bockwurst mit Kohl und ein Seidel Bier, Bohnenkaffee, natürlich mit Sahne, und Kuchen, dicken Blechkuchen mit Obst und Krümeln, bestellen. Später folgte dann abwechselnd Bier und Schnaps. Tonangebend waren bei den Kameradschaftstreffen die angeheiterten Unteroffiziere, die Soldatenlieder grölten und sich in Gesellschaft der nicht minder betrunkenen Aufseherinnen vergnügten.

An jenem denkwürdigen Abend unserer Flucht hatten die unzertrennlichen Paschke und Schäfler in der Rolle der Hausherren für eine Weile bei den Gästen hereingeschaut, einen Krug kühles Bier getrunken und, ohne die Proteste der angetrunkenen Kumpane zu beachten, die Gesellschaft verlassen. Sie mußten zurück, um uns ins Lager zu bringen. Ohne Hast inspizierten sie unterwegs die ganze Küche, die vor Sauberkeit blitzenden Kessel und die auf Hochglanz polierten Hähne und Armaturen. Die sich auf ihren Gesichtern abzeichnende Selbstzufriedenheit wurde durch das Verhalten des atemlosen Rottenführers Krause beeinträchtigt. „Fischauge" war bleich und aufgeregt, was bei diesem aufgedunsenen Phlegmatiker nur selten vorkam.

„Was ist los, Krause?"

„Stell dir vor, Werner, ich habe Adam gesucht und im Lager ein angelehntes Fenster bemerkt. Als ich es zumachen wollte, sah ich, daß das Gitter verbogen war. Das ist alles", berichtete Krause mit zitternder Stimme.

„Mensch, Krause, das ist Blödsinn", brüllte Paschke und stürzte zur Treppe.

Immer mehrere Stufen aufeinmal nehmend, liefen sie nach unten und stellten fest, daß Krause sich nicht geirrt hatte. Jetzt handelten sie blitzschnell. Der Rottenführer blieb unten an der Tür des Magazins, und die beiden eilten mit gezogenen Pistolen nach oben.

Das Antreten des Kommandos und das Zählen der Häftlinge erfolgten in höchster Eile. Paschke bekam weiche Knie — sieben Häftlinge fehlten, und obendrein die wichtigsten.

„Ungeheuerlich", wiederholte er entsetzt. „Adam, Tadek, Bruno, Wlodek, Romek, Kazek und der kleine Elektriker, sieben Mann! Die verfluchte Bande! Und wo bist du geblieben, du beschissener Kapo?!"

Seine ganze Wut ließ er an Fritz Opel aus, dem er ins Gesicht schlug.

Nicht weniger entsetzt waren die anderen Häftlinge des Kommandos SS-Küche, die angetreten dastanden und schwiegen. Nur August murmelte leise: „Um Gottes willen, was werden sie bloß mit uns machen!"

In diesem Augenblick vernahmen die Häftlinge das durchdringende Heulen der Lagersirene. Schäfler hatte die Kommandantur telefonisch über die Flucht von sieben Häftlingen aus der Küche informiert. Im Gebäude erschienen rund 15 SS-Leute, die mit der systematischen Durchsuchung aller Räume vom Keller bis zum Boden begannen. Das Kommando marschierte unter verstärkter SS-Bewachung nach Block 11.

Die angetrunkenen Posten, die uns die Flucht ermöglicht hatten, wurden festgenommen und zum Verhör gebracht. In den nahegelegenen Kasernen brachen unterdessen Lastwagen auf, besetzt mit bewaffneten SS-Leuten, die wütend waren, weil man ihren Kameradschaftsabend gestört hatte. An der Spitze der Kolonne fuhr die Hundestaffel, die man hastig auf einen riesigen Škoda verladen hatte.

Das Verhör der 18 Häftlinge dauerte bis in die späte Nacht. Keiner von ihnen konnte etwas Konkretes über die Vorbereitungen auf die Flucht sagen. Niemand hatte gesehen, wie die Ausreißer das Magazin verließen. Jeder war mit seinen Angelegenheiten beschäftigt gewesen. Der Heizer Jerzy hatte sich noch wenige Minuten vor dem Alarm im Kesselraum mit Włodek und Bronek unterhalten. Daß sie irgendwelche Sachen aus einem Versteck geholt hatten, verriet Jerzy dem Gestapo-Beamten, der ihn verhörte, natürlich nicht. Antek Olejowski hatte mich die ganze Zeit oben in der Küche gesehen. Bogdan sagte dem ihn verhörenden Boger, wenn er von der Flucht gewußt hätte, hätte er uns daran gehindert oder sich selbst daran beteiligt. Gegen Morgen wurden fünf Kameraden — Augustyn Franczyk, Bogdan Wnętrzak, Antoni Olejowski, Stanisław Witek und der Heizer Jerzy Rogatz — aus dem Bunker entlassen. Alle fünf wurden in die Küche geschickt, und man unterstellte ihrer Aufsicht die erforderlichen Häftlinge aus der Häftlingsküche und der SS-Kartoffelschälerei. Auf Fachpersonal konnte in der SS-Küche nicht verzichtet werden. Die anderen 13 Häftlinge, darunter Kapo Fritz Opel, wurden in Bunkerzellen des Blocks 11 gesteckt.

Unterdessen führte die Politische Abteilung eine intensive Untersuchung durch und versuchte, Spuren irgendwelcher Verbindungen der Ausreißer zu anderen Häftlingen zu entdecken. SS-Oberscharführer Paschke und das ganze SS-Personal der Küche wurden mehrfach in das Büro Grabners gerufen.

Bei einer der Vernehmungen erinnerte sich Paschke daran, daß er mich mehrere Wochen vor der Flucht auf der Toilette der Kantine im Gespräch mit einem Häftling überrascht hatte, der aus Birkenau in die SS-Küche gekommen war, um Kübel abzuholen. Ich habe ihm damals gesagt, es sei mein Bruder. Mietek wurde noch am selben Nachmittag von SS-Leuten in die Politische Abteilung gebracht. Er kam wie zu seiner Hinrichtung. Er wußte ja von unserer Flucht, denn schließlich sprach das ganze Lager seit zwei Tagen von nichts anderem. Er hatte damit gerechnet, jederzeit abgeholt zu werden. Auf die Frage nach unseren Kontakten antwortete er, er habe mich seit Monaten nicht gesehen. Das war sein Verderben. Boger und seine Kumpane begannen ihn mit Ochsenziemern zu verprügeln, und als er bei seiner Aussage blieb, wurde ihm die berüchtigte „Schaukel" verordnet, bei der man auf das angespannte Gesäß schlug.

Nach der Gegenüberstellung mit Paschke, bei der „Tatterkopf" ihn an unser Treffen erinnerte, begriff er, daß er einen Fehler gemacht hatte. Wenn er es gleich zugegeben hätte, wäre er wahrscheinlich dem Verprügeln entgangen, aber er hatte nicht geglaubt, daß sich der Küchenchef an diese Einzelheit erinnern würde. Jetzt wußte Mietek, welche Linie der Verteidigung er einschlagen mußte. Zur Überraschung Bogers wurde er plötzlich gesprächig. Er stellte entrüstet fest, daß ihn die Flucht seines Bruders völlig überrascht habe. Wenn er etwas davon gewußt hätte, hätte er mir diesen unüberlegten Schritt bestimmt ausreden können. Und das umso mehr, als er selbst bei der Aufdekkung irgendwelcher Verbindungen zu den Ausreißern mit Konsequenzen rechnen mußte.

Seiner Ansicht nach mußte mein Entschluß tiefere Gründe haben. Er äußerte den SS-Leuten gegenüber z.B. den Verdacht, ich könne die anderen in letzter Minute bemerkt haben, und sie hätten mich als den Jüngsten dann zur Flucht gezwungen, weil sie befürchteten, ich könne sie verraten.

Das, was Mietek sagte, war logisch. Am Abend steckte man ihn in den Bunker. Am nächsten Tag wurde er aus der Zelle gerufen. Zu seiner ungeheuren Überraschung erblickte er auf dem Flur seine engsten Freunde. Andrzej Rablin, Nr. 1410, und Witold Kosztowny, Nr. 672, hatten den Blockführer von Block 11 bestochen. Sie wuschen Mietek, bestrichen seine Wunden mit Jod, und Witold gab ihm Schmerztabletten. Der unerwartete Besuch gab ihm Halt. Auch seine Freunde aus der Lagerküche vergaßen ihn nicht. Bolesław Dutka, Nr. 687, und Eugeniusz Cyba, Nr. 140, genannt „Posaune", schickten ihm über den Bunker-Kalfaktor Mieczysław Borek, Nr. 763, Brot und Margarine.

Borek kannte mich schon vom Block für Minderjährige her und auch durch spätere Kontakte, und so half er meinem Bruder gern. Er selbst wurde am 15. September 1944 im Lager erhängt.

Wie aus den Eintragungen im Bunkerbuch hervorgeht, wurden von den 13 Häftlingen, die man am 27. Februar in den Bunker von Block 11 geworfen hatte, am 29. Februar einer und am 3. März ein zweiter entlassen. Am 9. März wurden dann neun weitere entlassen und großen Häftlingstransporten von jeweils 1000 Mann zugeteilt, die am 12. März 1943 in die Konzentrationslager Buchenwald und Neuengamme abgingen. In dieser Gruppe befanden sich u.a. Tadeusz Rybacki und Zenon Kopeć.

Friedrich Opel und Jan Springer blieben bis zum 26. März im Bunker.

Die Tatsache, daß der formell für das Kommando verantwortliche Kapo strenger bestraft wurde als die anderen, ist erklärlich; unverständlich ist dagegen, warum Jan Springer nicht mit der ganzen Gruppe aus dem Bunker entlassen wurde. Es drängt sich auch die Frage auf, was die frühere Entlassung der ersten beiden veranlaßt hat und wohin sie gekommen sind, denn in der Küche tauchten sie nicht wieder auf. Im Transport nach Buchenwald befand sich auch mein Bruder, den seine Kameraden mit einem lauten „Auf Wiedersehen" verabschiedet hatten. Bald sollte sich herausstellen, daß sie nicht für lange getrennt blieben.

Eines Tages wurde Mietek in Buchenwald nach dem Appell in die Blockführerstube gerufen, in einen Zug gesetzt und unter Bewachung nach Auschwitz zurückgebracht. Unterwegs bekam er vor Aufregung einen Magenanfall, denn er war überzeugt, ich sei in die Fänge der Gestapo geraten und man bringe ihn zu einer Gegenüberstellung. Im Lager erfuhr er von seinen freudig erregten Kameraden, daß es ihnen gelungen war, ihn auf die Liste der im KZ Auschwitz benötigten Facharbeiter zu setzen, und so war er wieder nach Auschwitz gekommen.

Aus einer Analyse der Tatsachen geht hervor, daß die nach Fluchtversuchen von Kameraden verhängten Repressalien gegen die Häftlinge im Vergleich zu den Vorjahren weitaus milder ausfielen. Dagegen ging man rücksichtslos gegen die Familien der Ausreißer vor.

Meine Mutter Michalina und meine Schwester Stefania wurden in das Montelupich-Gefängnis eingeliefert und mehrfach in der Pomorska-Straße verhört. Im Sommer 1943 brachte man meine Mutter nach Auschwitz. Dort stand sie zusammen mit den Eltern von Adam und Tadeusz Klus und der Mutter von Roman Lechner unter der Aufsicht von Blockführern auf einem Podest vor der Küche. Die von der

Arbeit heimkehrenden Kommandos marschierten schweigend an dem Grüppchen der in Zivil gekleideten Leute vorbei. Rings um das Podest versammelten sich die Kameraden der Ausreißer, um auf diese Weise ihre Verbundenheit mit den nächsten Angehörigen der Geflüchteten zu beweisen. Als man Mietek benachrichtigte, das seine Mutter gekommen war, mischte er sich unter die Menge. Die in der ersten Reihe stehenden Häftlinge traten etwas beiseite, damit er seine Mutter sehen konnte. Sie blickten sich schweigend an. Beide hatten Tränen in den Augen, und beim Anblick des Sohnes huschte ein Lächeln über das bleiche Gesicht der Mutter.

In Birkenau tätowierte man ihr die Nummer 46 220 ein. Eine Zeitlang arbeitete sie in dem Kommando, das mit dem Vertiefen der Entwässerungsgräben beschäftigt war, aber auch in diesem Falle kam ihr der verläßliche Andrzej Rablin zu Hilfe. Als Elektriker hatte er Zutritt zum Frauenkonzentrationslager FKL, und außerdem verfügte er über entsprechende Beziehungen. Nach kurzer Zeit wurde Mutter zur Arbeit im Krankenbau eingesetzt, und als sie an Flecktyphus erkrankte, bekam sie Medikamente von dem in der Lagerapotheke beschäftigten Marian Toliński, Nr. 49, sowie von Zenon Ławski und Witold Kosztowny.

Über diese Ereignisse und über das Schicksal der anderen Kameraden berichtete mir nach dem Kriege Jerzy Papaj.

Jerzy hatte bis zum September 1939 ein Gymnasium besucht. Dann hatte er im Untergrund gewirkt und war verhaftet worden. Im März 1941 geriet er in das KZ Sachsenhausen. Nach einiger Zeit wurde er vorübergehend nach Ravensbrück verlegt, und dann kam er mit einem Arbeitskommando nach Drögen in Mecklenburg. Dort waren sie mit einem geheimnisvollen Projekt beschäftigt. Es lag an einem See, weit ab von menschlichen Behausungen.

Wie sich später herausstellte, war er am Bau eines Ausbildungszentrums für Diversanten der SS beteiligt gewesen, die im Hinterland des Feindes Spezialaufgaben ausführen sollten. Als sie fast fertig waren, verriet ein eingeweihter Zivilarbeiter einem der Häftlinge, die SS beabsichtige, das ganze Kommando wegen des streng geheimen Charakters des Objekts zu liquidieren. Der Bedarf an Arbeitskräften war aber offensichtlich so groß, daß die SS gezwungen war, auf ihre Pläne, alle Häftlinge umzubringen, zu verzichten.

Die ganze Gruppe wurde überraschend mit einem Transport nach Auschwitz verlegt. Das bedeutete, daß das Todesurteil aufgeschoben war; für viele Häftlinge allerdings nur für kurze Zeit.

Es war im Oktober 1942. Beim Bau der Buna-Werke in Monowitz waren bereits etwa 2000 Häftlinge eingesetzt, die in dem dicken Matsch des aufgeweichten Lehmbodens unter der Last der Schubkarren zusammenbrachen. Das von der Bauleitung vorgegebene und von genauestens ausgesuchten Kapos durchgesetzte Arbeitstempo war so mörderisch, daß die Leute aufhörten, auf die Schläge mit den Eichenknüppeln zu reagieren. Damals hörten wir zum ersten Mal den neuen Begriff „Knochenmühle". Niemand wußte, von wem er stammte, aber es unterlag keinem Zweifel, daß damit die sklavischen Bedingungen gemeint waren, unter denen die unglückseligen Erbauer des chemischen Kombinats schuften mußten.

Nach einem kurzen Aufenthalt im Stammlager wurde Jerzy Papaj zusammen mit einer ganzen Gruppe aus Ravensbrück eingelieferter Häftlinge eben auf der Baustelle in Monowitz eingesetzt. Er hatte Glück und fand Unterstützung bei alten Auschwitz-Häftlingen. Anfang 1943 befreundete er sich mit Aleksander Jakubowski, Mieczysław Jagodziński und Maciej Sulikowski, die im Herbst 1942 von der Auschwitzer SS-Küche in das stark ausgebaute Außenlager Monowitz abkommandiert worden waren, um dort eine eigene Küche für die SS-Mannschaft einzurichten.

Die Nachricht von der Flucht der sieben Häftlinge aus der SS-Küche schlug wie ein Blitz aus heiterem Himmel bei ihnen ein. Schließlich hatten sie noch wenige Monate zuvor im selben Kommando mit uns zusammen gearbeitet. Sie freuten sich natürlich über den Streich, den wir „Tatterkopf" gespielt hatten, und sie bewunderten unseren Mut, doch voller Beunruhigung warteten sie auf die Hiobsbotschaft, daß man die Ausreißer gefaßt habe.

Olek hatte mit der ihm eigenen Unverfrorenheit das Wohlwollen mehrerer mit verschiedenen Funktionen betrauter SS-Unteroffiziere erlangt. Mit einigen erledigte er beiderseits vorteilhafte Geschäfte, andere kannte er schon von der SS-Küche in Auschwitz I her. Daher war er ständig über den Verlauf der Suchaktion informiert. Nach einiger Zeit, als bereits klar war, daß die Fahndungsmaßnahmen erfolglos geblieben waren, lief Olek stolz umher und wiederholte die vermutliche Version der Flucht von uns sieben.

Zu betonen ist, daß Olek, der am 20. Juni 1940 mit einem Transport aus Wiśnicz eingelieferte Aleksander Jakubowski, Nr. 998, in unserem Kommando eine außergewöhnlich abenteuerliche Gestalt gewesen ist. Er stammte aus aristokratischen Kreisen. Bis zu seiner Verhaftung hatte er auf einem Gut in der Gegend von Nisko, das einst seinem Vater gehört hatte, als Förster gearbeitet. Wir liebten ihn wegen seiner Phantasie und seiner Romantik, wegen seiner Erzählungen von Jagden und erfolgreichen Liebesgeschichten. Die Worte auf Lemberger Art dehnend, berichtete er so suggestiv, daß die Zuhörer dabei die trübe Lagerwirklichkeit vergaßen.

Olek konnte nicht zu seinen geliebten Wäldern und Frauen zurückkehren, von denen er so leidenschaftlich träumte.

Bei der Evakuierung des Auschwitzer Lagers im Januar 1945 starb er den Heldentod. Er wurde von einer Maschinengewehrsalve durchsiebt, als er zusammen mit einer jungen Jüdin, die er retten wollte, aus dem Zug sprang.

Der Häftling Mieczysław Jagodziński, Nr. 583, gab sich offiziell als Geschäftsmann aus, war vor dem Krieg aber Offizier der II. Abteilung gewesen. In Nisko als Geisel verhaftet und bis zum Schluß zum Glück nicht von der Politischen Abteilung enttarnt, überlebte er Auschwitz.

Mein Alterskollege Maciej Sulikowski wurde nach Deutschland verlegt und überlebte dort andere Lager, kehrte aber nicht nach Polen zurück.

Schwereres Kaliber

Die Zeit des Wartens auf die von mehreren Seiten versprochenen Papiere verbrachte ich damit, gierig Bücher zu lesen, mit denen ich seit 1939 nicht mehr in Berührung gekommen war. Heute kann man sich das nur schwer vorstellen, aber ich hatte über drei Jahre kein polnisches Buch in der Hand gehabt. Ich wollte so schnell wie möglich die verlorene Zeit aufholen und verschlang buchstäblich alles — polnische und russische Klassiker, Geschichtsbücher und Reisebeschreibungen. Nur Krimis las ich nicht, die hatten mich nie interessiert.

Die Wohnung der Tabors lag im Erdgeschoß, die Fenster gingen zur Siemiradzkiego-Straße hin. Nach Anbruch der Polizeistunde überprüfte ich genauestens die Verdunkelung, damit auch durch die kleinste Ritze kein Licht auf die Straße fiel, und legte mich auf die kleine Couch. Nachts konnte ich nämlich lange nicht einschlafen.

In den ersten Wochen war ich überempfindlich gegen jedes Geräusch auf der Straße. Eingeschlossen in die vier Wände, kam ich mir vor wie ein bedrohtes Wild. Ich saß nie mit dem Rücken zum Fenster oder zur Tür. Ich hatte einen so leichten Schlaf, daß ich instinktiv aufwachte, wenn ich von der Straße her ferne Schritte beschlagener Stiefel oder gedämpfte Gespräche in deutscher Sprache hörte, was ziemlich häufig vorkam, weil das Viertel zum großen Teil von Deutschen bewohnt war.

Einmal schreckte ich weit nach Mitternacht schweißgebadet aus dem Schlaf auf. Ich hatte geträumt, ich stünde mit hinter dem Kopf verschränkten Händen vor der

Blockführerstube und Lagerführer Aumeier hätte Palitzsch befohlen, mich nach Block 11 zu bringen.

„Mach den Scheißkerl fertig!", hatte er so laut geschrien, daß es im ganzen Lager zu hören war. „Du Mistbiene!" — das war der Lieblingsfluch dieses bayerischen Zwergs, der ständig in einem scheußlichen Jargon sprach. „Du hast wohl gedacht, du könntest uns überlisten. Du gehst noch heute durch den Kamin!"

Ich sprang aus dem Bett. Von der Straße her waren Rufe in deutscher Sprache und lautes Klopfen an der Haustür zu hören. Ich vernahm die Schritte der zum Eingang eilenden Hausmeisterin. Mit zitternden Händen knöpfte ich Hemd und Hose zu. Die nebenan schlafenden Tabors waren ebenfalls aufgeschreckt. Ohne das Licht anzumachen, brachte mich Tadeusz in die Küche und schloß die Hintertür auf. Falls die Polizei an der Wohnungstür auftauchte, sollte ich auf den Hof hinausschlüpfen und über eine hohe Mauer den hinteren Teil des Nachbarhauses erreichen.

Vor Schreck zitternd, stand ich im Dunkeln da und lauschte auf die Geräusche aus dem Treppenhaus. Plötzlich verstummten die Stimmen der Deutschen. Ich hörte nur noch die Schritte der in ihre Hofwohnung zurückkehrenden Hausmeisterin.

Was war geschehen? Die Wohnungen im ersten und zweiten Stock des großen Gebäudes waren an Mitarbeiter der Deutschen Ostbahn vermietet. In jener Nacht war einer der Bahnbeamten in Gesellschaft von Kollegen nach Hause gekommen. Weil er seine Hausschlüssel vergessen hatte, hatte er das ganze Haus aufgeweckt. Dabei hatten ihm seine angetrunkenen Kumpane kräftig geholfen. Es blieb beim Schrecken, aber bis zum Morgen konnte ich kein Auge mehr zumachen.

Der März ging zu Ende, und ich hatte immer noch keine Nachricht über Franek. Ich konnte mich nur an die Adresse im Stadtteil Podgórze erinnern, wo er nach seiner Ankunft in Krakau auftauchen sollte. Das waren noch Kontakte aus der Zeit seines Kurierdienstes. Ich bat Frau Helena Tabor, ihn unter dieser Adresse aufzusuchen. Sie sollte aber besonders vorsichtig sein. Franek tauchte schon am selben Tag in der Siemiradzkiego-Straße auf und fiel mir um den Hals. Er hatte bereits eine gefälschte Kennkarte; und die Arbeitskarte, das wichtigste, vom Krakauer Arbeitsamt ausgestellte Papier, ohne das die Bürger des Generalgouvernements jederzeit von einer Polizeistreife verhaftet und zur Zwangsarbeit nach Deutschland geschickt werden konnten, war ihm zugesagt. Aus dieser Quelle sollte auch ich in nächster Zeit eine Arbeitskarte bekommen.

Im Laufe des Gesprächs lächelte Franek geheimnisvoll und zog eine Pistole aus seiner Jackettasche. Es war eine wunderschön mattierte FN für sechs Schuß, Kaliber 6,35 mm. Er überreichte sie mir mit zwei Reservemagazinen und sagte:

„Nimm nur! Vorläufig muß das die Arbeitskarte ersetzen. Ich hab genau so eine."

Ich war überglücklich. Es war eine Pistole, die ich mit verbundenen Augen auseinandernehmen und zusammensetzen konnte, denn mein Vater hatte sie vor dem Krieg als Dienstwaffe besessen. Nach seinem tragischen Tod 1937 hatte meine Mutter die Pistole sorgfältig vor uns versteckt gehalten.

Meine Freude wurde etwas gedämpft, als Franek meinte:

„Freu dich nicht zu früh. Das Scheißding ist gut, um damit auf wenige Meter in der Wohnung zu schießen. Wir brauchen ein schwereres Kaliber. Das müssen wir uns aber selbst besorgen."

Wir verabredeten uns, in nächster Zeit im Schutze der früh einbrechenden Dämmerung „auf Jagd" zu gehen, um 9-mm-Pistolen zu erbeuten.

Zwei Tage später erwartete mich Franek am vereinbarten Ort in der Limanowskiego-Straße. Statt eines Ausweises hatte ich die FN in die Innentasche meiner Windjacke gesteckt, und so brach ich in die Stadt auf. Dieses erste Verlassen meines sicheren Unterschlupfes war ein großes Erlebnis für mich. Meine Beine waren steif. Ich beobachtete aufmerksam die Bürgersteige auf beiden Seiten der Fahrbahn. Die Straße war mit Menschen gefüllt, die von der Arbeit heimkehrten. Von der Łobzowska-Straße bog ich in die Szlak-Straße ein, überquerte die Krowoderska-Straße, und an der Kreuzung mit der Długa-Straße mischte ich mich an der Straßenbahnhaltestelle unter die Menge. Auf dem kurzen Weg von nur wenigen 100 Metern war ich vielen Deutschen in Uniform und Zivil begegnet. Zuerst hatte ich den Eindruck gehabt, daß sie alle nur mich anblickten, aber langsam gewöhnte ich mich an das lebhafte Treiben auf der Straße. Das fiel mir umso leichter, als ich das Gewicht der Waffe in meiner Tasche spürte. Die Sache war einfach — man mußte sich so verhalten, als besitze man Ausweispapiere, und das von der besten Sorte. Der Rest, die Frage, ob ich mich ausweisen mußte oder nicht, hing vom Glück ab. Daß ich diese Taktik einschlagen mußte, sagte mir die im Lager erworbene Kenntnis des psychischen Verhaltens der „Übermenschen".

Die Strecke der Linie 3 führte genau wie vor dem Krieg mitten durch das Stadtzentrum — durch die Długa- und die Sławkowska-Straße, die Linie A–B entlang über den Hauptmarkt, an der Marienkirche vorbei, über den Kleinen Markt, durch die Sienna-Straße an der Hauptpost vorbei, wo man immer auf Polizeistreifen stoßen konnte, die Starowiślna-Straße entlang über die Weichsel-Brücke durch den ganzen Stadtteil Podgórze bis hin nach Borek Fałęcki.

In der Limanowska-Straße drängte ich mich zum Ausgang durch und sprang noch im Fahren von der

Straßenbahn, bevor sie die Haltestelle erreicht hatte. Anschließend gingen Franek und ich die Rękawka-Straße entlang in Richtung auf den Krzemionki-Hügel, den wir uns an diesem Tag als Tätigkeitsfeld ausgesucht hatten. Die fast menschenleere Straße war in Halbdunkel getaucht. Aus der Ferne hörten wir das Knirschen von Soldatenstiefeln. Uns kam ein Soldat entgegen, der für einen Augenblick stehenblieb und sich eine Zigarette ansteckte. Der in einen Arbeitsanzug gekleidete Franek beschleunigte den Schritt, ging mit einer Zigarette auf ihn zu und bat um Feuer. Während sie die Zigarette anzündeten, hatte ich Zeit, mir den Deutschen anzusehen.

Franek zog tief durch, stieß den Rauch aus und sagte laut „Danke schön!" Dann aber warf er die Zigarette zu Boden und fügte etwas leiser hinzu: „Hände hoch!" Der verdutzte Deutsche begriff nicht recht, was los war, aber als ich ihm den Lauf meiner FN in die Rippen stieß, leistete er keinen Widerstand. Franek steckte seine Waffe wieder ein, öffnete die Klappe der Pistolentasche des „Schwaben", wie wir die Deutschen verächtlich nannten, und zog dessen Pistole heraus. Dann stieß er ihn in einen Torweg, und ich drohte ihm mit der FN: „Stehen bleiben und Maul halten, sonst..."

All das verlief schnell und ruhig. Nur ein paar Passanten, die — wie man heute sagen würde — rasch kapierten, was gespielt wurde, entfernten sich hastig. Wir gingen ziemlich langsam auf die Wielicka-Straße zu. Dort bemerkte ich, daß Franek den Schritt noch mehr verlangsamte, um mir zu beweisen, daß er keine Angst habe. Angesichts dessen bremste auch ich meine Schritte. Auf diese Weise unterzogen wir uns selbst einer Nervenprobe. Das war nötig, um uns aufs äußerste zu kontrollieren. Schließlich war es unser erster Kampfeinsatz, und wir hatten uns nicht darauf vorbereitet. Trotzdem handelten wir beherrscht und präzise, wie bei einer Ausbildungsübung. Die erbeutete Pistole war eine Parabellum 08, Kaliber 9 mm. Franek behielt sie natürlich selbst. Ich war völlig sicher, daß die nächste mir gehören werde, und das schon bald.

Ein paar Tage später stiegen wir abends in der Zwierzyniecka-Straße aus der Straßenbahn, um die Straßen jenseits der Brücke in Dębniki zu erkunden. Franek blieb vor einer Gaststätte stehen. Er hatte Lust, sich einen zu genehmigen, um sich, wie er sagte, Mut anzutrinken. In diesem Augenblick tauchten in der Tür der Kneipe zwei angetrunkene Unteroffiziere der Wehrmacht auf. Sie hatten ganz schön etwas geladen und befanden sich in bester Laune. Wir folgten ihnen, fest entschlossen, beide an einem günstigen Ort zu entwaffnen. An der Ecke der Krasińskiego-Allee blieben die beiden nahe der Brücke stehen und diskutierten laut und lange über etwas. Wir dachten schon, wir müßten uns nach einem anderen Objekt umsehen, als sie sich endlich verabschiedeten und einer auf die Brücke zuging, während der andere den Weg zur Kościuszko-Straße einschlug. Wir folgten dem zweiten, weil er betrunkener war. Stark schwankend zog er dahin, wir wenige Meter hinter ihm. Wir konnten uns aber nicht entscheiden, wann wir zugreifen sollten, weil uns ständig jemand störte. Da fuhr gerade laut quietschend die Straßenbahn nach Salwator vorbei. Ich blickte mich um, die Straße schien leer zu sein. Ich gab Franek ein Zeichen, und wir fielen über unseren Deutschen her. Franek hielt ihn am Gürtel fest und preßte ihm die unlängst erbeutete Parabellum an den Bauch. Ich entleerte unterdessen seine Pistolentasche. Ängstlich lallte er vor sich hin. Er schien nüchtern zu werden, doch wir waren schon weg. Wir mußten uns schleunigst verflüchtigen, denn inzwischen wurde es gefährlich. Im Laufen hörten wir irgendwelche Rufe, ein lautes „Halt!" und genau in dem Augenblick, als wir eine Querstraße erreichten, zwei

Schüsse. Wir sprinteten noch 60–80 Meter weiter und bogen dann in normalem Fußgängerschritt in die nächste Nebenstraße ein. Als wir von unserem abenteuerlichen Ausflug heimkehrten, waren wir um eine Erfahrung und um eine ausgezeichnete Parabellum reicher. Damals wurde ich mir bewußt, daß wir die beiden Aktionen auf eigene Faust, also illegal, durchgeführt hatten.

Wir warteten immer noch auf die erste Kontaktaufnahme zur Militärorganisation. Erst viel später erfuhr ich, daß Franek Roman und ich zu dieser Zeit gründlich von einer Zelle der Spionageabwehr der Landesarmee AK überprüft wurden. Das war ganz normal. Durch das weit ausgebaute Netz der Agenten und Spitzel der Gestapo hatte es unter den Offizieren und Soldaten aller Organisationsstufen des Krakauer Wehrbereichs zahlreiche Verhaftungen gegeben. Die Flucht aus Auschwitz hätte vom deutschen Sicherheitsdienst vorgetäuscht sein können, um es einem SD-Agenten zu erleichtern, in die Reihen der konspirativen Kämpfer aufgenommen zu werden.

Eines Abends brachte Tadeusz Tabor, der während der Besatzungszeit als Friseur im Salon in der Jagiellońska-Straße beschäftigt war, zwei ältere Herren mit nach Hause. Bis dahin hatte ich mich, wenn jemand zu den Tabors kam, im Nebenzimmer versteckt, aber an diesem Abend bat mich Tadeusz, ihnen Gesellschaft zu leisten. Die Unbekannten stellten sich als Mitglieder der Leitung einer nichtmilitärischen Untergrundorganisation vor. Ich erinnere mich nicht einmal, welche politische Orientierung sie vertraten, denn das interessierte mich damals überhaupt nicht. Sie machten mir zwei Vorschläge. Ich konnte eine Kennkarte bekommen und auf einem Gut in der Nähe von Krakau untergebracht werden, wo ich offiziell gemeldet sein würde. Der ältere, gepflegte Herr setzte aufmunternd hinzu: „Sie warten mit guten Papieren in Sicherheit die paar

Monate bis zum Kriegsende ab, und wir werden die Genugtuung haben, einem Flüchtling aus Auschwitz geholfen zu haben."

Ich freute mich sehr über die Aussicht, eine Kennkarte zu bekommen. Dennoch zögerte ich keinen Augenblick, mich für den zweiten Vorschlag zu entscheiden, auch wenn der erste meine Existenzprobleme gelöst und mir die Möglichkeit geboten hätte, den Krieg lebend zu überstehen. Ich dankte den Herren also höflich und betonte, ich sei nicht aus dem Lager geflohen und habe meine Familie nicht deshalb in Gefahr gebracht, um jetzt mit verschränkten Händen dazusitzen, während andere gegen die Besatzer kämpften. Tadeusz bestärkte mich in meinem Entschluß, obwohl er nur zu gut wußte, welche Gefahr mein Aufenthalt in seinem Hause für die ganze Familie bedeutete. Ich war ihm unsäglich dankbar dafür. Das Gespräch dauerte mehrere Stunden, denn ich mußte ihnen über Auschwitz berichten. Sie waren erschüttert über das, was sie hörten.

Kurz darauf bekam ich eine Kennkarte auf den Namen Franciszek Makowski, geboren am 4. Oktober 1919 in Sciejowice, Kreis Zborów, Sohn des Justyn Makowski und seiner Frau Kornelia, geb. Lewicka. Zusammen mit der Kennkarte bekam ich einen echten Geburts- und Taufschein der zum Erzbistum Lemberg gehörenden Pfarrgemeinde Zborów, ausgestellt am 22. August 1938. Die Papiere wiesen alle Merkmale der Legalität auf, und die darin enthaltenen Angaben zur Person dienten als Grundlage für alle weiteren illegalen, von „Legalisierungszellen" der Untergrundbewegung auf echten, aus deutschen Ämtern und Firmen entwendeten Vordrucken hergestellten Ausweispapiere. Ich fühlte mich sicherer, obwohl ich noch keine Arbeitskarte hatte.

Ein paar Tage später wurde ich einem hochgewachsenen jungen Mann mit blonden Haaren und sympathischem

Lächeln vorgestellt. Wie sich später herausstellte, war es der stellvertretende Befehlshaber des III. Kommandoabschnitts des Wehrbereichs Krakau-Stadt Oberleutnant „Kura" (Mieczysław Tabor). Er unterhielt sich lange über persönliche Themen mit mir. Er fragte nach Einzelheiten der Flucht aus dem Lager und nach meinen Plänen für die Zukunft. Ich erklärte, daß ich mit der Waffe in der Hand gegen die Okkupanten kämpfen wolle. Von den Tabors hatte Oberleutnant „Kura" von Franeks und meinen Abenteuern gehört. Er stellte fest, daß ein solcher Privatkrieg in Militärorganisationen nicht toleriert werde, aber in unserer Lage hätte er wohl ebenso gehandelt.

Am nächsten Tag wurden Franek und ich in der Wohnung der Tabors von „Kura" vereidigt. Unteroffizier Franciszek Roman bekam den Decknamen „Góral", und ich sollte von nun an den Decknamen „Jędrek" tragen, den sich die Tabors ausgedacht hatten. Gemeinsam mit uns legten meine Gastgeber den Eid ab. Tadeusz bekam den Decknamen „Wujek" (Onkel), und Helena Tabor erklärte sich einverstanden, den orientalischen Namen „Lu" zu tragen. Unsere Wunschträume waren in Erfüllung gegangen. Von diesem Augenblick an waren wir Soldaten der Landesarmee AK.

Wegen unserer früheren Kampferfahrung und auch auf persönlichen Wunsch wurden „Góral" und ich für Diversionsaufgaben vorgesehen. Bald lernte ich den Diversionschef des III. Abschnitts kennen. Den Posten bekleidete Zugführer Jan Roczniak, Deckname „Tytus", ein Berufssoldat aus der Vorkriegszeit. Bei meiner Einteilung zur Diversion war ich zum Stellvertreter von „Tytus" ernannt worden. Gleichzeitig hatte mich „Kura", der für Fragen der Ausbildung verantwortlich war, in die Fähnrichsschule eingewiesen.

Überraschende Begegnung

Mitte Mai bekamen Franek und ich den Befehl, uns bewaffnet in Podgórze einzufinden. Wir sollten das Urteil am Geheimagenten Stanisław K. vollstrecken, der für die deutsche Polizei arbeitete. Ein als Melderin tätiges junges Mädchen, das ich erst kurz zuvor auf der Besprechung des Einsatzplans bei „Tytus” kennengelernt hatte, sollte uns den Spitzel zeigen. Ich vereinbarte mit „Góral”, daß ich schießen werde, während er mich von der anderen Straßenseite aus decken sollte. Falls erforderlich, würde er eingreifen.

Ich trug Stiefel, Reithose und einen grauen Trenchcoat. Unter meinem Jackett steckte die mit einem einzigen Knopf befestigte herrliche Parabellum, die wir vor ein paar Wochen dem deutschen Unteroffizier abgenommen hatten.

Auf das Zeichen wartend, gingen wir in der Kalwaryjska-Straße spazieren. Je mehr Zeit verging, desto größer wurde meine Spannung. Bald stellte ich fest, daß mich Bewohner der nahegelegenen Häuser heimlich beobachteten, während „Góral” in seinen zerknautschten Sachen im grauen Gewühl der Straße unterging. Ich hatte die verabredete Wartezeit schon zweimal verlängert, doch die Polizeistunde rückte näher, und wir mußten die Aktion abbrechen. Ich blickte unauffällig auf die Uhr und gab mir nochmals drei Minuten, die mir wie Stunden vorkamen. Ich gab dem jungen Mädchen das vereinbarte Zeichen zu verschwinden. Dabei berücksichtigte ich die Zeit, die sie brauchte, um vor der Sperrstunde nach Hause zu kommen.

Diesmal hatte der Agent Glück gehabt. Franek brachte mich zu Bekannten in der Limanowska-Straße, bei denen wir auf einem schmalen Sofa die Nacht verbrachten. Früh am Morgen stand ich unausgeschlafen auf, um in die Siemiradzkiego-Straße zurückzukehren und noch ein bißchen im eigenen Bett zu schlafen.

Es war Sonntag, der kühle Morgen verhieß schönes Wetter. In der Kalwaryjska-Straße sah ich die näherkommende Straßenbahn der Linie 3. In erprobter Manier sprang ich auf die hintere offene Plattform der anfahrenden Bahn und musterte zuerst den für „Übermenschen" reservierten Teil des Wagens, der durch ein dickes Seil abgeteilt war. Ich stellte fest, daß dort nur wenige Fahrgäste saßen, u.a. ein Offizier der Wehrmacht. Im polnischen Teil saßen ebenfalls nur ein paar Leute. Auf der Plattform unterhielt sich der Schaffner an der Tür des Abteils mit einem jungen Mädchen, und im Innern des Wagens bemerkte ich in einer Ecke zwei Männer. Der jüngere war ein großer, schlanker Bursche mit dem Gesicht eines hübschen Mädchens, der ältere ein kleiner Mann mit braunem Haar. Beide blickten mich völlig überrascht an. Ich betrachtete sie näher und... traute den eigenen Augen nicht. Ich dachte, ich träume. Das waren doch Olek Martyniec und Jasio Sarapata! Lagerkameraden vom ersten Transport aus Tarnów, die ich noch zwei Monate zuvor in gestreifter Häftlingskluft gesehen hatte.

Ein Weilchen blickten wir uns schweigend an, und dann brachen wir wie auf Kommando in Lachen aus. Die Fahrgäste im deutschen Teil des Wagens blickten uns strafend an, und der Schaffner versuchte, uns zu beruhigen, doch wir konnten das Lachen nicht unterdrücken. Mein Instinkt machte sich aber rechtzeitig bemerkbar. Als sich die Bahn einer Haltestelle näherte, winkte ich den Kameraden einen Abschiedsgruß zu, betrat die Stufen am Einstieg und sprang weit zurückgelehnt auf den Bürgersteig.

Das Risiko war zu groß. Trotz der engen Bande, die uns im Lager verknüpft hatten, waren wir eine Gefahr für einander. Mir schoß der Gedanke durch den Kopf: Aber die Gestapo würde einen Fang machen, wenn sie uns jetzt erwischte! Drei Ausreißer und alle vom ersten Transport! Beide wußten von meiner Flucht aus dem Lager, weil sie damals noch dort gewesen waren; und ich konnte mir denken, daß es auch ihnen geglückt sein mußte, denn wie wären sie sonst in Krakau aufgetaucht. Seit jener Begegnung hat uns das Schicksal nicht wieder zusammengeführt. Olek trat in die Landesarmee ein, absolvierte eine Fähnrichsschule und kämpfte beim Warschauer Aufstand. Nach dem Krieg war er als Ingenieur bei „Miastoprojekt" in Częstochowa tätig. Er starb 1979.

Janek überlebte unbehelligt die Besatzungszeit. Nach dem Krieg war er Kellner in Katowice. Bei Treffen ehemaliger Auschwitz-Häftlinge unterhielt er seine Kameraden mit humorvollen Berichten über Lagerereignisse, unterstrichen durch eine Mimik, die des meisterhaften Schauspielers Dymsza würdig gewesen wäre. Janek starb Anfang der siebziger Jahre.

Wie es zu ihrer Flucht aus dem KZ Auschwitz gekommen war, erfuhr ich erst nach dem Krieg. Hier einige Einzelheiten:

Die Firma Deutsche Lebensmittel GmbH versorgte das Führerheim, die SS-Küche, die SS-Kantine und das Gemeinschaftslager mit Nahrungsmitteln. Das Gemeinschaftslager befaßte sich mit der Unterbringung und Verpflegung der Zivilarbeiter, d.h. jener Reichsdeutschen, Volksdeutschen und Polen, die in den zahlreichen für das Lager tätigen Firmen beschäftigt waren. Das Kommando Gemeinschaftslager stand auf dem Arbeitsmarkt des KZ Auschwitz hoch im Kurs. In Küche, Kantine, Speisesaal und Hotel arbeiteten mehr als ein Dutzend polnische, tschechische und französische Häftlinge. Dazu gehörten die mit dem ersten Transport eingelieferten Häftlinge Jan Sarapata, Nr. 300, vor dem Krieg Kellner in Krakau, mein Altersgefährte Aleksander Martyniak, Nr. 644, Gymnasiast aus Częstochowa, und Jerzy Wojnas, Nr. 249, ferner Roman Jaszczyński, Nr. 5695, aus Bochnia, die Brüder Stanisław und Stefan Czerwiński aus Starachowice sowie der Warschauer Friseur Józef Kapelusiak.

Das Gemeinschaftslager war in gemauerten Gebäuden und Holzbaracken untergebracht, die am Ende des Bauhofs, in der Nähe des Bahnhofs lagen. Umgeben war es von einer dichten Postenkette. Ähnlich wie in den anderen Kommandos dieser Art ließ der Lagerführer, wenn er die Meldung bekommen hatte, daß der Häftlingsstand mit der Kartei übereinstimme, die große Postenkette einziehen und in die Kaserne abrücken. Den Dienst rings um die Gebäude, in denen Häftlinge eingesetzt waren, übernahmen dann die Wachleute.

Am 12. März 1943 bat der Koch Jan Sarapata Roman Jaszczyński nach dem Abendappell, ihm seine Uhr zu leihen, weil er für den Chef Eier zum Abendbrot kochen sollte. Roman wunderte sich zwar, streifte aber wortlos die Uhr ab und gab sie dem Freund. Als er kurze Zeit später den Umkleideraum betrat, bemerkte er mit einem Seitenblick, daß Jan Zivilkleidung einpackte. Verwirrt zog er sich in die Küche zurück und ging seiner Arbeit nach. Er mußte aber ständig an den ungewöhnlichen Vorfall denken. Sarapata hatte sich zweifellos auf die Flucht vorbereitet.

Ein paar Minuten später betrat SS-Unterscharführer Rudi Hintz, ein ehemaliger Gendarm aus Luxemburg, die Küche, rückte nach dem ausgiebigen Abendessen den Gürtel auf seinem vorstehenden Bauch zurecht und fragte:

„Wo hat sich Johann wieder versteckt? Dieser Halunke!"

„Er war eben noch hier. Sicher ist er in der Kantine, Herr Unterscharführer."

„Such ihn! Er soll sich bei mir melden!"

Roman ging in aller Ruhe zum Gebäude der Kantine. Er war überzeugt, daß er Sarapata dort nicht antreffen werde. Er wußte, wenn sich Jan unter diesen Umständen zur Flucht entschlossen hatte, dann mußte man auf Zeit spielen, denn jede Minute war für den Ausreißer von lebenswichtiger Bedeutung.

In der Kantine fragte er nach Jan. Er frotzelte wie üblich etwas mit den Kameraden. Dann kehrte er, um Selbstbeherrschung bemüht, zu seinem Chef zurück und meldete:

„Herr Unterscharführer, Johann ist nicht da."

Der verlor die Geduld und brüllte:

„Johann soll sich sofort bei mir melden, denn ich sehe schwarz für ihn!"

Alle liefen los, um den Liebling des Chefs zu suchen, doch ohne Erfolg.

Sarapata war verschwunden, als habe ihn die Erde verschluckt. Der wütende Hintz ordnete an, das ganze Kommando solle antreten. Nun stellte sich heraus, daß zwei Häftlinge fehlten — Jan Sarapata und Aleksander Martyniec. Häftlinge und diensthabende SS-Leute wurden von Angst und Schrecken ergriffen. Kommandoführer Hintz benachrichtigte telefonisch die Blockführerstube, und gleich darauf heulte die Sirene des Lagers auf.

Nach einer Viertelstunde trafen Aumeier, Palitzsch und Boger von der Politischen Abteilung im Gemeinschaftslager ein und begannen mit Verhören. Alle hatten Sarapata und Martyniec bis zum letzten Augenblick bei der Arbeit gesehen, und niemand war auf die Idee gekommen, es könne sich um einen Fluchtversuch handeln. Einige hegten sogar den Verdacht, Jan habe allen einen Streich spielen wollen. Die Verhöre gingen glimpflich ab; nicht gerechnet Fußtritte und Ohrfeigen, die schließlich zur Tagesordnung gehörten.

Auch nach diesem Fluchtversuch kam es zu keinerlei Repressalien. Niemand landete im Bunker, niemand wurde aus dem Kommando hinausgeworfen. Alle wurden von SS-Leuten auf Fahrrädern ins Lager getrieben.

Unterdessen hatten die Ausreißer Zivilsachen über die Häftlingskluft gezogen und im Schutze der Dunkelheit zwischen dem Lager und den DAW[13]-Werken unweit der SS-Kasernen den Weg zur Soła eingeschlagen. Trotz aller Vorsicht hätte nicht viel gefehlt, und sie wären zwei SS-Leuten in die Hände gefallen, die vom Lager zu den Kasernen gingen. Als die vorbei waren, liefen sie querfeldein in Richtung Soła.

Vor dem Hintergrund des Himmels zeichneten sich undeutlich die Umrisse der noch nicht fertiggestellten hölzernen Brücke über den Fluß ab. Über die Balken hatten sie fast das Ende erreicht, als sie aus der Ferne plötzlich die Lagersirene hörten. Vor Schreck wären sie fast in die Sola gefallen. Auf steifen Beinen liefen sie, im hellen Schein des Flußlaufs deutlich zu sehen, noch gut 15 Meter weiter, sprangen auf den Boden und rannten über die Wiesen auf die Chaussee Oświęcim — Kęty zu. Sie überquerten ungehindert die Straße und erreichten über einen schmalen Graben zwischen den Teichen einen sicheren Abstand von der Chaussee. Dann schlugen sie parallel dazu die Richtung nach Süden, in die Berge ein. Sie vermieden die Begegnung mit Menschen. Sie mußten Umwege machen, um Dörfer zu umgehen. Nur einmal, als sie in der ersten Nacht eine einsame Bergbauernhütte und einen

[13] DAW — Deutsche Ausrüstungswerke

schmalen Lichtschein in deren Fenster entdeckten, wagten sie es zu klopfen. Mit heißer Milch gestärkt, zogen sie weiter. Sie marschierten nachts; tagsüber verbargen sie sich im Unterholz und schliefen abwechselnd. Den Staudamm in Porąbka überquerten sie am Sonntag inmitten der zur Kirche strömenden örtlichen Bewohner. Nach Mitternacht, es war bereits Montag, der 15. März, erreichten sie die erste Anlaufstelle in Żywiec. Von dort aus wurden sie über die Grenze ins Generalgouvernement geschleust, und am nächsten Sonntag waren sie dann in Krakau.

Die Fähnrichsschule

Im Zusammenhang mit den Erfolgen der Alliierten an den Fronten wurden die Reihen der Landesarmee AK von Tag zu Tag dichter. Infolge der Gegenmaßnahmen des nazistischen Sicherheitsdienstes, der über ein stark ausgebautes Netz von Spitzeln und Agenten verfügte, forderte der Untergrundkampf aber immer wieder Opfer unter den Offizieren und Unteroffizieren der AK. Sie wurden verhaftet und gnadenlos ermordet, im günstigsten Fall in Konzentrationslager eingewiesen. Diejenigen, die ausfielen, mußten durch andere ersetzt werden.

Anfang 1943 bekamen die Befehlshaber des Kommandobereichs Krakau-Stadt über das Inspektorat vom Stab des Krakauer Wehrbezirks den Befehl, in ihren Abschnitten Unteroffiziers- und Fähnrichsschulen einzurichten.

Um diese gewaltige und gefährliche Aufgabe auszuführen, suchte Oberleutnant „Kura" als für die Ausbildung verantwortlicher stellvertretender Befehlshaber des III. Abschnitts sorgfältig die Dozenten aus, die schon lange in seiner Kartei erfaßt waren. Er legte ein Netz konspirativer Wohnungen fest, sammelte Lehrbücher und einschlägige Schriften und bestätigte den Lehrplan. Mitte April fand die feierliche Eröffnungsvorlesung des ersten Kurses der Fähnrichsschule statt.

Die Hörer des Kurses waren größtenteils Schüler der Abiturklassen von Gymnasien, von denen sich einige in geheimen Kursen auf das Abitur vorbereiteten. Die Kompanieführer hatten durch gründliche Auslese unter den ihnen unterstehenden Soldaten sieben Offiziersanwärter-

Kandidaten ausgesucht, die Abschnittskommandeur „Wacław” auf Antrag von „Kura” bestätigt hatte. Der achte Fähnrichsschüler wurde ich — direkt nach meiner Vereidigung. Ich wurde mir erst später darüber klar, welche Auszeichnung mir dadurch zuteil geworden war.

Mit Rücksicht auf die strengen Anforderungen der Konspiration waren wir in zwei Gruppen aufgeteilt. Die Ausbildung sollte acht Monate dauern und den Vorkriegslehrplan der Fähnrichsschulen der Infanterie umfassen, zugeschnitten auf die Bedingungen der Konspiration und erweitert um einen Themenkreis, der die Kampfesführung in der Stadt betraf.

Dem Lehrplan entsprechend, sollte die Ausbildung folgende Fächer umfassen: interne Dienstordnung, Geländekunde, Sprengstoffe und Minenlegen, Waffenkunde, Mannschaftsführung und Zugführung. Was die Waffenkunde anbetrifft, waren im Lehrplan vor allem Waffen berücksichtigt, die zur Ausrüstung des deutschen Heeres gehörten. In Erinnerung geblieben ist mir besonders das Lehrbuch „Moderne Faustfeuerwaffen”, das an Unteroffiziers- und Offiziersschulen der Wehrmacht verwendet wurde. Dort fanden wir unter zahlreichen Pistolen auf Seite 7 und 8 Abbildungen und eine technische Beschreibung der polnischen VIS, Kaliber 9 mm, die in großen Mengen von den Rüstungsfabriken in Radom hergestellt worden war. Den Verfassern des Lehrbuches nach zählte die polnische Pistole damals zu den besten der Welt.

Wir Offiziersanwärter hörten mehrere Dutzend Vorlesungen, die an verschiedenen Stellen der Stadt gehalten wurden. Mit unseren Dozenten trafen wir uns in Wohnungen oder im Freien an der Weichsel, ja sogar auf dem Friedhof von Rakowice und dem hoch gelegenen, über Krakau aufragenden Salwator-Friedhof. Unter welchen Umständen diese Vorlesungen stattfanden, möge ein Beispiel belegen.

Einst saßen wir vormittags zu viert draußen auf dem Krzemionki-Hügel. Wir hatten Bridge-Karten vor uns ausgebreitet, und Leutnant „Pion", der eine Vorlesung über das Minenlegen hielt, tat so, als sei er ein neugieriger Zuschauer, und blickte uns über die Schultern. Plötzlich wurde unsere Aufmerksamkeit von einer Wehrmachtsabteilung abgelenkt. Deren Befehlshaber war ein älterer Unteroffizier, der seine Leute auf dem weiten, von den mächtigen Blöcken der Krakauer Vorstadtfelsen umrahmten Platz gruppierte. Die Deutschen waren ganz nahe, aber wir wechselten unseren Standort nicht, denn uns trennte ein Höhenunterschied von mehreren Dutzend Metern, und es gab keinen Anlaß zur Beunruhigung. Nach einer Weile begannen die zu kleinen Gruppen formierten Deutschen mit ihrer Übung. Sie gingen einzeln, in kurzen Sprüngen zum Angriff vor, wobei sie das Geländeprofil ausnutzten und sich gegenseitig mit Gewehren und Maschinengewehren Feuerschutz gaben. Es war ein klassischer, schulbuchmäßiger Angriff, wie er die Grundlage aller Angriffsmaßnahmen der Infanterie ausmacht. Wie in einem Kino beobachteten wir ihn von oben und verglichen das Vorgehen mit den Kenntnissen, die wir uns bei den Vorlesungen angeeignet hatten. „Pion", der ebenso an dem zufälligen Schauspiel interessiert war wie wir, kommentierte es fachkundig und machte auf das Zusammenwirken der Schützen während des Angriffs aufmerksam.

Die drei- bis vierstündigen Vorlesungen fanden mehrmals in der Woche statt. An heißen Tagen kamen meine Kameraden in leichten Hemden zu den Treffen, während ich in Sakko oder Windjacke schwitzen mußte, weil ich mich nur selten von meiner im Gürtel steckenden Pistole trennte. Ich muß nicht extra betonen, welche Schwierigkeiten ich auf dem Wege zu den Vorlesungen in verschiedenen Stadtteilen hatte. Das galt besonders in der ersten

Zeit, als ich noch nicht über entsprechende Papiere verfügte. Außerdem fühlte ich mich unsicher in fremden Wohnungen und in Gruppen fremder Menschen. Ich war ununterbrochen auf der Hut. Ich mußte ständig wachsam und vorausschauend sein, um nicht überrascht zu werden.

Krakau war eine eigentümliche Stadt. Sie hatte eine große Zivilbevölkerung. Hinzu kamen eine ganze Masse zugereister Deutscher, die starke Garnison von Militär und Polizei und das Spinnennetz der Spitzel und Geheimagenten. Dadurch war jeder Kampfeinsatz im Stadtgebiet besonders schwierig.

Die Kursteilnehmer wußten nichts von meiner Vergangenheit, denn ich hatte mich für den Grundsatz völliger Konspiration entschieden, selbst meinen besten Kameraden gegenüber. Meine Adresse in der Siemiradzkiego-Straße kannten nur die engsten Vertrauten. Mit meinen Untergebenen traf ich mich zu genau festgelegten Zeitpunkten in der Stadt, mit einigen in ihren Wohnungen. Die Verbindung zum Abschnittskommandeur Hauptmann „Wacław" war über seine Adjutanten, Fähnrich „Nałęcz" und Leutnant „Piorun", zu späterer Zeit durch die Melderin „Lu" gewährleistet. Mit „Tytus" stand ich in direktem Kontakt.

Eine der wichtigsten Schriften zur Vorbereitung auf das Abschlußexamen der Fähnrichsschule war die Arbeit „Nauka o broni" (Waffenkunde).

Das Oberkommando des Krakauer AK-Bezirks war sich vollauf darüber klar, wie notwendig es war, die Waffen kennenzulernen, die die Soldaten der Untergrundbewegung vom Feind erbeuten konnten, und hatte daher angewiesen, eine derartige Schrift auszuarbeiten, die sowohl für die geheimen Fähnrichs- und Unteroffiziersschulen als auch für Gruppenführer bestimmt war, deren wichtigste Aufgabe darin bestand, dieses Wissen an ihre Untergebenen weiterzuvermitteln.

Mit der Ausarbeitung der ersten Ausgabe der „Nauka o broni" befaßte sich eine Gruppe von Offizieren und Fähnrichen des III. Abschnitts. Mit der Arbeit hatte man im Frühjahr 1942 begonnen. Die Übersetzung der Angaben über die Pistole Parabellum 08, die Maschinenpistole des Musters MP 37 und des deutschen Infanterie-Granatwerfers aus der deutschen Fachliteratur besorgte Edward Bońkowski unter technischer Mitarbeit des Zugführers Leutnant Ludwik Krowicki, Deckname „Nowina". Letzterer war im Verrechnungsinstitut in der Sobieskiego-Straße beschäftigt und hatte Zugang zu Matrizen aus dem Institut. Er und seine Frau Irena schrieben in ihrer Wohnung in der Chodkiewicza-Straße 22/5 den Text auf einer Schreibmaschine ab. Den Druck auf einem handbetriebenen Vervielfältigungsapparat besorgte Andrzej Rozmarynowicz, Deckname „Andrzej", in der Wohnung seiner Eltern in der Kanonicza-Straße 11/5. Anzumerken ist, daß ich mit Andrzejs Vater, dem bekannten Krakauer Rechtsanwalt Dr. Bolesław Rozmarynowicz, für kurze Zeit in Auschwitz in Berührung gekommen war, wo er die Häftlingsnummer 911 bekommen hatte. Im Dezember 1940 war er zusammen mit einer kleinen Gruppe von Häftlingen, die man vom Gefängnis in Nowy Wiśnicz aus in das Lager eingeliefert hatte, aus dem KZ Auschwitz entlassen worden.

Die fertigen Exemplare der „Nauka o broni", von jeder Position etwa 50 Stück, übergab „Nowina" dem Kompaniechef Apolinary Knobloch.

Brutal unterbrochen wurde die Herausgabe der „Nauka o broni" am 5. Mai 1943 von der Krakauer Gestapo, die Ludwik und Irena Krowicki in ihrer Wohnung verhaftete. In derselben Nacht wurden auch Edward Bońkowski und Apolinary Knobloch festgenommen. Sie alle wurden strengen Verhören unterzogen und dann nach Auschwitz gebracht. Später kamen sie nach Mauthausen-Gusen, wo sie im Mai 1945 befreit wurden.

Zum Glück zog der Reinfall diesmal keine weiteren Kreise unter den Widerstandskämpfern des III. Abschnitts.

Viel später, in der zweiten Hälfte des Jahres 1944, berichtete mir der Aufklärungsoffizier Witold Dąbek, Leutnannt „Jur", von der Verhaftung des 42jährigen Oberfeldwebels Michał Więcek, Deckname „Kiliński", eines Berufssoldaten des polnischen Heeres, der an der Fähnrichsschule ein geschätzter Dozent für Sprengstoffe und Zerstörung militärischer Objekte gewesen war. Wir hatten auf diese Weise einen wertvollen Dozenten und Ausbilder sowie einen Treffpunkt direkt im Stadtzentrum, in der Czysta-Straße 8, verloren.

Luftschutzhilfsdienst

Der Luftschutzhilfsdienst war anhand Paragraph 6 der Luftschutzverordnung des Generalgouvernements vom 22. April 1941 gegründet worden, also genau zwei Monate vor dem Überfall Hitlers auf die Sowjetunion. Der kurz als LHD bezeichnete Luftschutzhilfsdienst unterstand der Zentrale der städtischen Feuerwehr in Krakau, und die Aufsicht über beide Dienste oblag dem Präsidium der Schutzpolizei in der Franciszkańska-Straße.

Kommandant der städtischen Feuerwehr in Krakau war während der Besatzungszeit der Vorkriegskommandant der Feuerwehr Major Józef Dura, dem die deutschen Behörden einen Beamten der Polizei in der Franciszkańska-Straße als Betreuer zugeteilt hatten. Dieser Betreuer namens Neffe, Absolvent der Jagiellonen-Universität, ein intelligenter und erfahrener Offizier der deutschen Polizei, sprach ausgezeichnet Polnisch und bemühte sich um das Wohlwollen der alten Feuerwehr-Unteroffiziere aus der Vorkriegszeit, wobei er raffiniert die dort bestehenden Gegensätze ausnutzte. Da er immer das letzte Wort zu sagen hatte, milderte er die von Major Dura verhängten Strafen für dienstliche Vergehen und rief dadurch den Anschein hervor, er sei dem Personal gegenüber milder als der polnische Kommandant. Anstatt des Verbots, die Kaserne fünf Tage lang nicht verlassen zu dürfen, gab er nur drei Tage Ausgangssperre.

Der LHD zählte etwa 200 kasernierte, uniformierte Feuerwehrleute. Es waren zum größten Teil bunt zusammengewürfelte junge Burschen, die sich vor dem Abtransport ins Reich drücken wollten. Sie stammten aus allen Schichten der Bevölkerung, hauptsächlich aber aus Kreisen der Intelligenz. Es gab darunter Lehrer, den Opernsänger Adam Sybowski, einen Priester und sogar einen ungefährlichen Volksdeutschen. Die Hauptaufgabe des LHD bestand in Rettungseinsätzen im Falle sowjetischer oder alliierter Luftangriffe, mit denen die Besatzungsbehörden immer mehr rechneten, je weiter die Front nach der Niederlage bei Stalingrad nach Westen vorrückte.

Die städtische Feuerwehr und der Luftschutzhilfsdienst waren in einem Gebäude unmittelbar neben der Hauptpost in der Potockiego-Straße untergebracht. Die Gegend gehörte zum Zuständigkeitsbereich des I. Abschnitts, aber es hatte sich einfach ergeben, daß die Führung des III. Abschnitts von Anfang an unter den Feuerwehrleuten und den jungen LHD-Angehörigen aktiv war, von denen viele dem Bund des bewaffneten Kampfes ZWZ und später der AK sowie anderen politischen Organisationen beitraten. Mit der Untergrundbewegung stand auch Kommandant Józef Dura in Verbindung.

Ende 1942 wurde das Feuerwehrgebäude zur Operationsbasis des III. Abschnitts. Der Zugführer und spätere stellvertretende Befehlshaber der 1. Kompanie, Fähnrich „Andrzej" (Andrzej Rozmarynowicz), organisierte dort eine Abteilung, in der „Berek" (Stefan Bernaczek, ein mit seiner ganzen Familie aus Grudziądz ausgesiedelter Oberschüler) und „Zielony" (Zdzisław Król) Sektionsführer waren. Die ganze Abteilung bekam eine intensive militärische Ausbildung, vor allem in Waffenkunde und Sprengstoffen. Die meisten Soldaten absolvierten Unteroffiziers- und Fähnrichsschulen und wurden im Sommer 1943 der Diversion zugeteilt. Eine Zeitlang war „Andrzej" LHD-Angehöriger. Auch „Szpada" (Hieronim Weiss), der Stellvertreter „Andrzejs", profitierte, bevor er bei der

Emissionsbank angestellt wurde, von den guten LHD-Papieren.

Eine interessante Persönlichkeit war unter den Genannten vor allem der Sektionsführer Zdzisław Król, der vor dem Krieg Pfadfinder gewesen war. Im Juni 1939 hatte er am IV. Krakauer Gymnasium sein Abitur gemacht, und im Herbst wollte er ein Studium an der Akademie der Schönen Künste ASP aufnehmen. Durchkreuzt wurden seine Pläne durch den Krieg, in den er hineingezogen wurde, indem man ihn nach Osten evakuierte, und nach der Rückkehr nach Krakau durch die drakonischen Verordnungen der Besatzungsbehörden, die der Ansicht waren, daß die polnischen Jugendlichen höchstens berufsbildende Oberschulen besuchen dürften. Zdzisław schrieb sich also an der Staatlichen Kunstgewerbeschule ein, die die Studios und Werkstätten der alten ASP am Matejki-Platz übernommen hatte. Die Ausbildung an der Kunstgewerbeschule sollte fünf Jahre dauern, wobei die beiden ersten Jahre dazu bestimmt waren, Allgemeinwissen zu erwerben, während die nächsten drei zur Spezialisierung auf Gebrauchsgraphik (Werbung, Plakatkunst, graphisches Gewerbe), Malerei und Denkmalpflege dienen sollten. Zum polnischen — zugleich auch deutschen — Direktor der Schule wurde der ehemalige ASP-Rektor Friedrich Pautsch (1877-1950), ein bekannter Maler, Vertreter des Jungen Polen, ernannt. Dozenten waren aus dem Reich nach Krakau versetzte deutsche Professoren sowie der ASP-Professor Wojciech Weiss (1875–1950), Maler, Graphiker und Postimpressionist, ferner Witold Chomicz und der Graphiker Andrzej Jurkiewicz, Verfasser des „Podręcznik metod grafiki artystycznej" (Lehrbuchs der Kunstgraphik-Verfahren). Die Schüler der Staatlichen Kunstgewerbeschule, gleichgültig ob Jungen oder Mädchen, waren ebenso wie der größte Teil der polnischen Jugend in die konspirative Arbeit einbezogen.

1942 befaßte sich eine Gruppe der begabtesten Graphiker, darunter auch Zdzisław Król, im Auftrag der Organisation mit dem Fälschen von Stempeln deutscher Ämter und Firmen und mit der Herstellung von Lebensmittelkarten. Bald darauf kam es zu Verhaftungen. Mehrere Schüler wurden in Lager verschleppt (ermordet wurde u.a. Zbigniew Grochot), und der Rest zur Zwangsarbeit nach Deutschland geschickt. Die Schule wurde aufgelöst. Zdzisław Król entging glücklicherweise der Verhaftung. Durch Beziehungen wurde er in den LHD aufgenommen, wo er mit „Andrzej", „Berek" und „Szpada" in Berührung kam. Dort wurde er von „Andrzej" vereidigt. Er bekam den Decknamen „Zielony" und wurde Soldat des III. Abschnitts. Etwas später wechselte er zur städtischen Feuerwehr über und diente dort bis Kriegsende.

Nach der Befreiung Krakaus nahm er ein Studium an der Staatlichen Hochschule für bildende Künste auf. Als er 1948 sein Abschlußdiplom erworben hatte, zog er an die Küste. Dort knüpfte er Verbindungen zur Danziger Presse und begann bei der Zeitung „Głos Wybrzeża" (Stimme der Küste) zu arbeiten. Wenngleich sein wichtigstes Schaffensgebiet die angewandte Graphik ist, befaßt er sich auch mit künstlerischer Graphik. Zu deren Themen gehören die Landschaft des Danziger Raums und die Architekturdenkmäler Danzigs, die nicht dem Brand des Krieges zum Opfer gefallen sind.

Erste Diversionseinsätze

Mitte Mai benachrichtigte mich „Tytus”, daß das Sondergericht das Todesurteil über einen Geheimagenten der deutschen Polizei gefällt habe. Der Bereichskommandeur hatte angewiesen, der III. Abschnitt solle die unangenehme Aufgabe ausführen. Bei einem Treffen mit „Tytus” und „Nałęcz”, der gleichzeitig Offizier der Aufklärung war, besprachen wir die Einzelheiten der Vollstreckung. Der Geheimagent K.Z. bekleidete einen leitenden Posten in einem kommunalen Wirtschaftsbetrieb der Stadt.

Der Aktion ging eine gründliche Beschattung des Spitzels voraus, um Zeitpunkt und Ort der Vollstreckung bestimmen zu können. Die genauen Angaben übermittelte „Nałęcz”.

Ich meinte, es sei besser, den Agenten nicht in der Wohnung, sondern auf der Straße zu erschießen. Dafür sprachen Gründe, die man berücksichtigen mußte. K.Z. wohnte zusammen mit seiner Familie, mit minderjährigen Kindern. Zweitens würde seine Erschießung in aller Öffentlichkeit ein stärkeres propagandistisches Echo auslösen. Allerdings konnte dadurch der Rückzug vom Einsatzort erschwert werden, falls wir von dritten behindert werden sollten. Auch damit mußte man rechnen.

„Lu” stellte im Laufe der nächsten drei Tage fest, wann K.Z. Feierabend hatte und auf welchem Wege er nach Hause ging. Wir kamen zu dem Schluß, daß er in der Zwierzyniecka-Straße liquidiert werden sollte.

An einem regnerischen Nachmittag warteten „Góral” und ich im Gedränge der Passanten auf das uns interessierende Objekt. Wie immer vor einer Aktion spürte ich ein aufgeregtes Prickeln in meinen Adern, aber ich wußte, daß ich im entscheidenden Moment ruhig sein würde. Wir kannten den Spitzel schon von einem Foto her, das uns „Nałęcz” geliefert hatte, doch um sicher zu gehen, sollte „Lu” von links auf ihn zugehen, dann auf seine rechte Seite überwechseln, in gleicher Höhe mit ihm gehen und sich schließlich in einen Hauseingang zurückziehen.

All das geschah genau nach Plan und unerwartet schnell. Der nichts ahnende Agent beachtete das Verhalten „Lus” nicht und schritt seinem Schicksal entgegen. Als „Góral” ihn überholte, wich ich etwas zur Seite, um aus der Schußlinie zu gehen. In diesem Augenblick öffnete Franek den Knopf seines Sakkos und schoß aus nächster Nähe auf den Körper und dann auf den Kopf des niederfallenden K.Z. Die Menge war vorübergehend wie erstarrt. Ich aber rief durchdringend: „Eine Razzia! Reißt aus!” Auf der Straße brodelte es; die Leute rannten nach allen Seiten davon. Wir bogen in die Retoryka- und die Dolnych-Młynów-Straße ein und erreichten unbehindert die Siemiradzkiego-Straße. Noch am selben Tag meldete ich „Tytus”, daß der Auftrag erfüllt sei. Die von den Deutschen erbeuteten Pistolen hatten ihre Feuertaufe bestanden.

Anfang Juni traf ich mich mit „Tytus” und „Nałęcz” an der Weichsel, um die nächste Aufgabe zu besprechen. Diesmal ging es um die Vollstreckung des Urteils an einem „blauen”[14] Polizisten, der in der Zamoyskiego-Straße im Stadtteil Podgórze wohnte. „Nałęcz” teilte uns mit, der Abschnittskommandeur habe die Kompanieführer angewiesen, einige der kämpferischsten Soldaten für Diversions-

[14] Die während der Besatzungszeit von den Deutschen aufgestellte polnische Ordnungspolizei trug dunkelblaue Uniformen, daher die Bezeichnung „blaue” Polizisten oder die „Blauen”.

aufgaben abzustellen. Sie sollten dem Chef der Diversion unterstehen. Im Zusammenhang damit empfahl „Nałęcz”, die Vollstreckung mit einer etwas größeren Gruppe vorzunehmen. Ich widersetzte mich dieser Idee. Ich war der Ansicht, ich könne eine so wichtige Aufgabe nicht mit Leuten in Angriff nehmen, die noch nicht erprobt waren. Ich stellte fest, „Góral“ und ich verstünden uns ausgezeichnet, und die Aktion müßten wir zu zweit ausführen. Aus den von „Nałęcz” gelieferten Angaben ging hervor, daß J.M. allein in einem der kleinen, alten Häuschen in der Zamoyskiego-Straße wohnte, nicht weit vom IV. Gymnasium „Tadeusz Kościuszko” entfernt, an dem ich 1935 die Aufnahmeprüfung bestanden und die unterste Klasse besucht hatte, bevor ich zum Nowodworski-Gymnasium übergewechselt war.

Ich beauftragte Franek, die Adresse zu überprüfen und festzustellen, wann der Polizist nach Hause kam. Die Informationen stimmten mit den Angaben von „Nałęcz” überein, und wir beschlossen, unverzüglich zu handeln. An jenem Tag stach die Sonne ganz unbarmherzig, und wir wären gerne unterhalb des Norbertinerinnenklosters baden gegangen, aber wie immer vor einem Einsatz war ich schon vom Morgen an aufgeregt.

Das kleine Häuschen in der Zamoyskiego-Straße erweckte den Anschein, als sei es unbewohnt. Um diese Tageszeit waren die wenigen Mieter auf der Arbeit. Kurz nach 14 Uhr stiegen Franek und ich die knarrende hölzerne Treppe empor in die obere Etage. Als ich an der Wohnungstür klingelte, zog sich „Góral” auf die Treppe zurück, weil er die Aufgabe hatte, mir von der Straßenseite her Deckung zu geben. Gespannt wartete ich sekundenlang und lauschte dem Pochen des eigenen Herzens.

Plötzlich öffnete sich die Tür. An der Schwelle stand eine kleine alte Frau.

„Zu wem wollen Sie?", fragte sie.

„Ich hätte gern Herrn J.M. gesprochen."

„Er muß gleich kommen. Ich warte mit dem Mittag auf meinen Sohn. Bitte, kommen Sie doch herein."

Völlig überrascht, ließ ich mich in die geräumige Küche und dann in ein großes, kühles Zimmer führen, dessen mit Gardinen verhängte Fenster auf die Straße gingen. Sie waren weit geöffnet. Frau M. bat mich, an dem großen, runden Tisch Platz zu nehmen, und ging in die Küche. Ich sah mich im Zimmer um. Auf der Kommode fiel mir zwischen Nippsachen und Erinnerungsstücken das große Foto eines jungen Burschen in der Schüleruniform eines Gymnasiums auf. Ich kannte ihn gut vom Gymnasium in Podgórze her. Als der Tod ihn nach einem kurzen Lungenleiden plötzlich aus unserer Mitte riß, hatte unsere ganze Klasse an seinem Begräbnis teilgenommen. Ich erinnerte mich auch an seinen Vater, einen Unteroffizier der Polizei, der in Uniform zu den Elternversammlungen gekommen war. Einen Augenblick lang verfiel ich in tiefes Nachsinnen. In meinem Gedächtnis tauchten Erinnerungen an jene sorglosen Jahre auf.

Mutter M., die leise die Tür geöffnet hatte, bemerkte mein Interesse für die Fotografie ihres Sohnes. Zerstreut lauschte ich ihrer Erzählung von Erkrankung und Tod des Sohnes und der kurzen Geschichte vom Tod ihres Mannes im Kriege. Jetzt hatte sie Angst um ihren Jüngsten, den einzigen, der ihr noch geblieben war. Sie erzählte mir das alles, als spüre sie aus mütterlichem Instinkt heraus, daß das Leben ihres Sohnes in meinen Händen lag.

Ich war kurze Zeit wie gelähmt. Ich versuchte, das Gehörte abzuschütteln, doch das ging fast über meine Kräfte. Mir war klar, daß sich hier in Kürze eine Tragödie abspielen werde. Ich mußte an meine Mutter denken und suchte verzweifelt nach einem Ausweg aus der Situation.

Meine innere Zerrissenheit wurde von der Klingel unterbrochen. Frau M. lief zur Tür, begrüßte nervös ihren Sohn, führte ihn ins Zimmer und ließ uns allein. J.M. war ein schlanker junger Bursche in eleganter blauer Uniform. Er trug keine Waffe. Er war aufgeregt, denn auf der Treppe war er an „Góral" vorbeigekommen, hatte zum Glück aber nicht versucht, sich dessen Papiere zeigen zu lassen. Gleich darauf, als es erneut klingelte, hatte ich meinen Entschluß gefaßt. Ich war vollkommen ruhig. Leise befahl ich M., die auf die Straße gehenden Fenster zu schließen, und der, kalkbleich wie die Wand, führte meine Anweisung widerspruchslos aus. Er stand steif vor mir, unfähig, irgendetwas zu unternehmen. Ich hingegen war wütend, daß ich mich kurz zuvor so sentimental hatte gehen lassen. In Gedanken sagte ich mir: Was hast du für Skrupel? Worauf wartest du noch? Der Polizist ist verurteilt worden, und du sollst das Urteil vollstrecken!

Mit einer raschen Bewegung zog ich die Parabellum und... legte sie auf den Tisch. Irgendeine innere Stimme hielt mich davon ab, meinen Befehl jetzt auszuführen.

„Auf Beschluß des Sondergerichts bist du wegen Diensten für die Besatzer zum Tode verurteilt worden", sagte ich halblaut, denn die ganze Zeit dachte ich an Mutter M., die in der Küche beschäftigt war.

Meine Worte überwältigten ihn. Er fing an, wie ein kleiner Junge zu weinen, und schluchzend erklärte er, daß dies ein Irrtum sei. Schon etwas ruhiger erzählte er mir dann seine ganze Geschichte.

Nach dem Tode des Vaters, der in den ersten Tagen des Krieges gestorben war, wollte er ebenso wie andere das Gymnasium besuchen, doch nach der Schließung der Oberschulen durch die Deutschen hatte er sich von Kameraden des Vaters zum Dienst bei der blauen Polizei anwerben lassen und war dadurch der Zwangsarbeit in

Deutschland entgangen. Er hatte sich dazu überreden lassen, weil ihm ein Freund des Vaters erklärt hatte, im Polizeidienst könne er nützlich für die Organisation sein, der er seit einiger Zeit angehörte. Er habe ein reines Gewissen. Im Dienst habe er sich bemüht, den Polen nicht zu schaden.

Er berichtete erregt und überzeugend. Ich erhob mich langsam, griff nach der Pistole auf dem Tisch, steckte sie ein und sagte leise: „Das Urteil ist vorläufig ausgesetzt. Die Angelegenheit wird gründlich untersucht. Und du bleibst hier! Wenn sich die Anschuldigungen bestätigen sollten, entgehst du der Strafe nicht." Auf der Treppe revanchierte sich „Góral", dessen Nerven ich auf eine harte Probe gestellt hatte, mit den Worten: „Was hast du bloß so lange mit ihm gemacht? Schade, daß ich ihn nicht auf der Treppe erledigt habe!" Über „Tytus" erstattete ich Meldung bei „Wacław" und bat um ein Treffen, denn ich wollte die Angelegenheit persönlich klären. Als Antwort bekam ich einen Verweis, weil ich den Befehl nicht ausgeführt und die Organisation kaum absehbaren Schwierigkeiten ausgesetzt hatte. Dennoch befahl der Kommandeur des III. Abschnitts auf Anraten von „Tytus" und „Nałęcz", die Sache des J.M. genau zu untersuchen. Rasch stellte sich heraus, daß man ihn grundlos beschuldigt hatte und daß er in Wirklichkeit Soldat einer Abteilung des IV. Abschnitts war. Damals wollte mich „Wacław" persönlich kennenlernen. Zu der Begegnung kam es bei den Tabors, die ich ihm als meine engsten Mitarbeiter vorstellte. Er machte einen günstigen Eindruck auf uns. Er war ein typischer Berufsoffizier, ein großer, stattlicher Mann von etwa 40 Jahren, gut aussehend und sehr selbstbewußt. Für die Verhältnisse der Besatzungszeit war er ausgezeichnet gekleidet. Er trug eine Fliege und ein gestärktes Hemd. Das war, wie ich später erfuhr, das Verdienst seiner Freundin Lodzia, die ihn betreute und ihm Unterschlupf gewährte.

„Wacław” lobte mich zuerst, weil ich bezüglich J.M. eine richtige, wenngleich nicht mit der Dienstvorschrift übereinstimmende Entscheidung getroffen hatte. Er brachte seine Zufriedenheit mit den bisherigen Ergebnissen unseres Wirkens zum Ausdruck und stimmte mir zu, daß die Diversionsgruppe des III. Abschnitts durch entsprechende Auswahl und Ausbildung zugeteilter Leute ausgebaut werden müsse. Er akzeptierte auch meine auf das Erbeuten von Waffen für die Untergebenen abzielenden Aktionspläne, denn wie er sich ausdrückte, würde uns bestimmt niemand irgendwelche Waffen zuteilen.

Der weitere Teil des Treffens verlief in angenehmer, geselliger Atmosphäre. „Wacław” erwies sich als guter, der Hausfrau gegenüber charmanter Gast. Er liebte es, gut zu essen und auch zu trinken, wobei ihn „Wujek” und „Tytus” kräftig unterstützten, während ihm meine Abstinenz nicht im geringsten imponierte.

Für mich persönlich kam es erst viel später zum Finale der Sache mit J.M. Das war Anfang 1945. Damals traf ich ihn halbmilitärisch gekleidet in der Kalwaryjska-Straße. Er trug eine grüne Feldmütze, Stiefel und Reithosen. Am Gürtel waren deutsche Handgranaten befestigt. Er kehrte gerade von einer Partisanenabteilung im Vorkarpatenland Podhale nach Hause zurück. Wir umarmten uns herzlich zur Begrüßung, sahen uns aber später nicht wieder, denn es brachen Zeiten an, die solchen Begegnungen nicht förderlich waren.

Mitte Mai brachte mich Franek mit Marylka (Maria Mielczarek) in Verbindung, einem hübschen jungen Mädchen, das im Arbeitsamt in der Lubelska-Straße 27 beschäftigt war. Dort bekleidete sie einen wichtigen Posten im Kreis der engsten Mitarbeiter des Leiters des Amtes. Bei dem Treff in ihrer Wohnung in der Karmelicka-Straße 21, das Haus grenzte an den Hof des Karmeliterklosters, bekam ich eine echte Arbeitskarte mit einer Unterschrift Geibels, für deren Echtheit ich mich nicht verbürgt hätte.

Wie ich später erfuhr, hat Marylka als Soldat des II. Abschnitts, Deckname „Żelbet", der Krakauer Untergrundbewegung unschätzbare Dienste erwiesen.

Der heiße Sommer, die langen Tage und die trotz des Terrors der Besatzer herrschende Ferienstimmung begünstigten eine regere Diversionstätigkeit natürlich nicht. Man mußte darauf achten, körperlich in Form zu bleiben. Ich hatte immer gern Sport betrieben, und so nutzte ich auch jetzt jede Gelegenheit, um in der damals noch sauberen Weichsel zu schwimmen, am Flußufer entlangzulaufen, Ball zu spielen oder bei den Twardowski-Felszacken mit Steinen zu werfen. Am späten Nachmittag begegnete ich auf beiden Seiten des Flusses Männern mit ähnlichen Interessen.

In der Nähe der Dębnicki-Brücke, gegenüber der für die Deutschen reservierten Anlegestelle, bemerkte ich eine Gruppe junger Leute, die fast täglich Volleyball spielten. Eines Tages luden sie mich ein mitzuspielen. Ich nahm die Einladung an, und seitdem tauchte ich häufig auf dem Spielfeld auf. Sie bildeten ein verschworenes Häuflein eines einzigen Stadtteils oder sogar einer Straße. Ich hingegen kam vom anderen Ufer der Weichsel, und niemand wußte etwas über mich. Ich muß zugeben, daß sie sich diskret verhielten. Sie fragten mich nie nach meinem Namen oder Vornamen. Es war deutlich zu sehen, daß sie durch die Okkupation geschult waren. Ich war überzeugt, daß sie ähnlich wie ich bis über beide Ohren im Widerstandskampf steckten.

Während der Spielpausen sprangen wir von den Lastkähnen aus ins Wasser, um uns zu erfrischen und die Muskeln zu lockern. Am liebsten zogen wir flußaufwärts zum Kloster der Norbertinerinnen, wo die Weichsel schmaler wird und ihren Lauf beschleunigt. Von dort aus schwammen wir mit der Strömung zur Brücke zurück. Manchmal schwammen wir ans andere Ufer, kehrten aber schnell zurück, denn die Gesellschaft der Deutschen gefiel uns nicht.

Eines Tages hatte ich schon Hemd und Hose übergezogen, weil ich früher nach Hause gehen wollte. Plötzlich hörte ich vom Ufer her Rufe. In der Mitte des Flusses schlug neben einem umgeschlagenen Boot ein Junge wild um sich. Ohne lange zu überlegen, zog ich die Hose wieder aus, warf im Laufen das Hemd ab und sprang blitzschnell von einem Lastkahn aus ins Wasser. Hinter mir hörte ich das Aufklatschen eines zweiten Körpers. Einer der am nächsten Stehenden war gleichzeitig mit mir gestartet. Mit einigen kräftigen Stößen schwamm ich auf den Ertrinkenden zu, und gemeinsam mit dem anderen Retter brachten wir ihn zum Ufer. Dort herrschte bereits große Aufregung. Eine ganze Menschentraube kam uns entgegen. Als wir den Gekenterten an Land zogen, bemerkte ich an seinem nassen Hemd das verhaßte Emblem — ein großes Hakenkreuz. Aus einer ersten Aufwallung heraus wollten wir den Kopf des Geretteten wieder ins Wasser tauchen, aber dann war schon eine Gruppe halbwüchsiger Nazis bei uns und schleifte ihn auf den Sand. Irgendein dickbauchiger Deutscher kam mit ausgestreckter Hand auf uns zugelaufen, um uns für die Rettung des jungen Burschen zu danken. Ohne ihn auch nur anzusehen, schwammen wir mit Mienen, als hätten wir etwas Ungenießbares gegessen, ans andere Ufer zurück. Die am Ufer zusammengelaufenen Spaziergänger kommentierten erbost unser Verhalten, und ein Krakauer Gassenjunge meinte kurz: „Ich hätte diesen Hundesohn gleich ersäuft."

Die Ausflüge an die Weichsel waren die einzige Gelegenheit, bei der ich meine Waffe zu Hause ließ. Sie am Strand zu verstecken, wäre nämlich sehr schwierig gewesen.

Im Juni 1943 traf ich in der Karmelicka-Straße Zbigniew Łyko, einen guten Freund vom Gymnasium in Podgórze, Gruppenleiter bei den Pfadfindern. Ich versuchte, ihm aus dem Wege zu gehen, aber er erkannte mich, obwohl ich einen Schnurrbart trug und vier Jahre vergangen waren, seitdem wir uns zum letzten Mal gesehen hatten. Er wußte von meiner Flucht aus dem Lager und schlug vor, mir beim Besorgen unverdächtiger Papiere zu helfen. Ich war verwirrt, denn Zbigniew trug eine elegante Uniform des Baudienstes. Er war ein großer, blonder, kräftig gebauter Bursche mit nordischen Zügen und sah aus wie ein deutscher Unteroffizier auf der Titelseite des „Adler". Er war Fahrer bei einem hohen nazistischen Beamten, dem Leiter des Krakauer Baudienstes. Dessen Büro befand sich in der Dietmargasse 3, der ehemaligen Bronisława-Pierackiego-Straße. Zbigniew strahlte Selbstbewußtsein und Sinn für Humor aus. Ich vereinbarte mit ihm, wie wir uns in Verbindung setzen könnten. Dann blickte ich mich aufmerksam um, ob ich nicht beschattet würde, und bog in die Krupnicza-Straße ein. Ich betrat das Haus Nr. 4 und verließ es nach einer Weile durch einen Torweg, der in die Podwale-Straße führte. Es war einer der vielen Durchgänge, die die Soldaten der Diversionsabteilung stets benutzten.

Bei der nächsten Lagebesprechung berichtete ich „Nałęcz" von der Begegnung mit meinem Schulfreund und bat ihn, die Rolle Łykos beim Baudienst zu überprüfen. Schon nach einer Woche bekam ich eine positive Beurteilung über Zbigniew. Er hatte das Vertrauen der Kommandantur und arbeitete mit mehreren anderen AK-Angehörigen zusammen. Bald darauf wurde Zbigniew als „Zbych" mein Untergebener und nahm an Diversionseinsätzen teil. Dreimal bekam ich äußerst wichtige Bescheinigungen des

Baudienstes — einen nächtlichen Passierschein, Urlaubsscheine in blanco und eine Genehmigung, Tag und Nacht ein Fahrrad benutzen zu können, das nicht beschlagnahmt werden durfte.

Hier sind einige erläuternde Worte über die Rolle des Baudienstes im besetzten Polen angebracht. Die deutschen Behörden hatten schon im Mai 1940 damit begonnen, im Krakauer Distrikt einen Baudienst aufzustellen. Zum Leiter des Baudienstes im Generalgouvernement wurde Arbeitsführer Heinrich Hinkel ernannt, der diese „Organisation" für Sklavenarbeit rasch ausbaute und sie bis zum Ende der Okkupation leitete. Beim Baudienst sollten die Polen dazu erzogen werden, fügsam zu sein und mit eigenen Händen wichtige öffentliche Arbeiten bei minimalem Lohn auszuführen. Die jungen Leute vom Baudienst waren in Arbeitslagern untergebracht, sie trugen Uniform und waren eiserner militärischer Disziplin unterworfen. Für die geringsten Vergehen wurden sie in das Krakauer Straflager „Liban" des Baudienstes eingewiesen.

Im Dezember 1940 wurde der Baudienst durch eine Verordnung von Gauleiter Hans Frank offiziell im ganzen GG ins Leben gerufen. Dabei galt der Grundsatz der Zwangsrekrutierung bestimmter Jahrgänge sowie der Werbung von Freiwilligen. Im Laufe der Zeit wurde die Verpflichtung zum Baudienst auf alle Polen im GG zwischen 18 und 60 Jahren ausgedehnt. So belief sich die Zahl der zum Baudienst eingezogenen Polen 1944 z.B. auf über 45 000 und die Zahl der geleisteten Arbeitstage auf 28 000 000. Ende Juli 1944, als die Rote Armee und die I. Armee des polnischen Heeres am San standen und die Besatzungsbehörden des Generalgouvernements sich in Panik auf die Evakuierung vorbereiteten, fiel der polnische Baudienst praktisch auseinander, weil die jungen Leute in Massen ausrissen. Viele von ihnen stärkten die Reihen der Partisanenabteilungen.

Bevor es dazu kam, wurden die Dienstausweise des Baudienstes und entsprechende Bescheinigung vom Polizeiapparat des ganzen Generalgouvernements anerkannt. Die Papiere, die ich von „Zbych" bekommen hatte, retteten mich mehrfach aus ernster Bedrängnis. Der hohe Dienstgrad, der in meinen Dienstausweis eingetragen war, und meine gute deutsche Sprachkenntnis fanden bei Ausweiskontrollen die Anerkennung der Beamten.

Anfang September 1943 stiegen „Góral" und ich in einen Zug nach Grodkowice. Der hochgewachsene Mann in Eisenbahneruniform, der uns auf dem kleinen, malerisch inmitten von Wäldern gelegenen Bahnhof erwartet hatte, führte uns tief in das herrliche Dickicht des Waldgebiets Puszcza Niepołomicka.

Am Rande einer kleinen Lichtung saßen an einem Feuer zwei alte Arbeiter. Unser Führer stellte uns den beiden auf völlig unkonventionelle Weise vor: „Die Genossen kommen von der Exekutive." Es war klar, daß der Eisenbahner mit dieser Bezeichnung keineswegs die Exekutive im heutigen Sinne meinte. Und der Leser ist sicher gespannt, wie es zu diesem Kontakt mit einer linksgerichteten Organisation gekommen war, mit der wir organisatorisch nicht in Verbindung standen.

Auf inständiges Bitten Franeks hin, der Kontakt zu dieser Gruppierung hielt, hatte ich mich bereit erklärt, bei der Liquidierung einer Beamtin der Krakauer Gestapo mitzuwirken. Sie war eine ehemalige Bewohnerin der nahegelegenen Ortschaft Dąbrowa und besuchte ab und zu ihre Eltern.

Adela Migas hatte zusammen mit ihrem Bruder Tadeusz, dem es gelungen war, sich unter dem Decknamen „Silnicki" in die nationale Militärorganisation NOW und in die Polnische Arbeiterpartei PPR einzuschleichen, die Verhaftung vieler PPR-Funktionäre und NOW-Soldaten im

Kreis Bochnia veranlaßt. Das hatte dazu geführt, daß am 26. Mai 1943 ungefähr 40 junge Patrioten aus Grodkowice und Dąbrowa festgenommen worden waren. Über die Verräter war das Todesurteil gesprochen worden.

Während ich dem tragischen Bericht lauschte, verflogen meine letzten Zweifel, ob ich richtig gehandelt habe, als ich mich ohne Genehmigung meiner Vorgesetzten auf diese Geschichte einließ. Obwohl ich mich damals nicht für die Ränkespiele zwischen den Gruppierungen unterschiedlicher politischer Orientierung interessierte, war mir klar, daß „Wacław" meiner Beteiligung an der Aktion nicht zugestimmt hätte.

Jetzt saß ich am Feuer Schulter an Schulter mit fremden Menschen, die mir schon nach knapp einer Stunde vertraut waren. Wir warteten auf den Verbindungsmann, der uns zum Einsatzort bringen und das Haus gemeinsam mit dem Mann in der Eisenbahneruniform zur Straße hin absichern sollte. Endlich tauchte er auf und meldete, daß man die Nachricht bekommen habe, die Agentin sei an diesem Tage in Krakau geblieben. „Góral" fluchte unflätig, und der Eisenbahner pflichtete ihm bei. Nur der alte Arbeiter, der den Eindruck des Befehlshabers machte, ließ sich nicht aus der Ruhe bringen. „Die Aktion ist eingestellt. Adela[15] entgeht uns sowieso nicht!" Herzlich von den Genossen verabschiedet, fuhren wir auf ihren Rat hin nach Bochnia, um dort den Zug nach Krakau zu erwischen, der nicht in Grodkowice hielt.

---

[15] In dem Buch „Uparci" (Die Hartnäckigen) von Ryszard Nuszkiewicz gibt es den Hinweis, daß Tadeusz Migas im Dezember 1943 von der örtlichen AK-Gruppe erschossen wurde. Der mit ihm zusammenarbeitende Józef Skrzypek wurde am 16. Februar 1944 erschossen. Adela Migas entging einem Anschlag im Krakauer Restaurant „Turystyczna" unf flüchtete nach Deutschland.

Auf den Zug wartend, suchten wir Unterschlupf im dicht gefüllten Wartesaal. Als wir uns gerade in einer Ecke des großen Raumes auf einer Bank niedergelassen hatten, kam Leben unter die mit Hamsterware bepackten Händler. Ein Polizist und ein Bahnschutz-Beamter hatten den Wartesaal betreten. Franek reagierte sofort und drängte sich unauffällig zum Fenster durch. Getrennt konnten wir uns gegenseitig Schutz geben, und die Deutschen würden nie auf die Idee kommen, wir könnten zusammengehören. Der Bahnschutz-Beamte war dünn wie eine Bohnenstange. Er fing an, im Gepäck der Reisenden herumzustöbern, und der Unteroffizier der Polizei ging von Gruppe zu Gruppe und kontrollierte vereinzelt die Ausweise. Als er meinen Ausweis verlangte, gab ich ihm in aller Ruhe meinen Dienstausweis vom Baudienst. Er betrachtete ihn flüchtig und gab ihn wortlos zurück. Die ganze Zeit über war ich ruhig. Am Gürtel spürte ich den Druck der Pistole. Zwar war der Polizist mit einer Schmeisser bewaffnet, doch in den Händen hielt er die Papiere. Dadurch war ich ihm, falls von der Waffe Gebrauch gemacht werden sollte, überlegen. Au-ßer- dem gab mir das Bewußtsein, daß Franek in der Nähe wachte, ein Gefühl der Sicherheit. Die Ausweiskontrolle verlief günstig, die Gepäckkontrolle ebenfalls, von einigen, vom Bahnschutz beschlagnahmten Speckseiten einmal abgesehen. Dann lief der Zug nach Krakau ein.

Eine Woche später unternahmen Franek und ich eine Reise nach Warschau. Der Nachtzug war res tlos überfüllt, aber es gelang uns, in einem der mittleren Abteile Platz zu finden, was bei Bahnfahrten zu jener Zeit große Bedeutung hatte.

Die Reise in die Hauptstadt, die im Generalgouvernement aufgehört hatte, diese Rolle zu spielen, bescherte uns viele neue Eindrücke. Es ging auch nicht ohne Aufregung ab, vor allem nicht bei der Kontrolle, die Gendarmen im

Zug durchführten, als wir Kielce hinter uns hatten. Warschau begrüßte uns mit herrlichem Sonnenwetter und mit der einmaligen Atmosphäre seiner Straßen, die so völlig anders war als die bedrückende Atmosphäre Krakaus. In der Stadt pulste ein eigentümliches, vom Krieg bestimmtes Leben, gekennzeichnet durch den dichten Straßenverkehr und das unheimliche Gedränge in den Straßenbahnen. Die Leute schienen herzlicher zu sein, aktiver und spontaner. Sie hatten ihre Zuversicht auch in der schwersten Bedrängnis nicht verloren. Trotz des überall wütenden Terrors stand Warschau im täglichen, unermüdlichen Widerstandskampf gegen die Besatzer.

Es gab nicht so viele Deutsche auf den Straßen, und ich hatte den Eindruck, sie seien nicht so hochmütig und selbstsicher wie in Krakau. Vom ersten Tag an fühlte ich mich in Warschau, als sei ich in dieser Stadt geboren. Ich hatte gute Papiere und eine Waffe. Niemand kannte mich. Ich konnte mich psychisch entspannen.

Beherbergt wurden wir in der Sandomierska-Straße von Kameraden Franeks, den gebürtigen Zakopanern Mieczysław Motyka und Władysław Majer, die nach dem Einmarsch der Deutschen aus dem Blickfeld der Zakopaner Gestapo hatten verschwinden müssen. Władysław, ein ausgezeichneter Schisportler und Schilehrer, vielfacher polnischer Meister in der nordischen Kombination, Mitglied des Bundes für den bewaffneten Kampf ZWZ und später der AK in Zakopane und Krakau, wohnte mit seinem Freund im Dachgeschoß eines Warschauer Mietshauses. Beide hatten eine Arbeit aufgenommen, um ihren Lebensunterhalt zu verdienen. Sie hatten Aussicht, den Krieg zu überleben. Leider war das Schicksal Władysław aber nicht gnädig gesonnen.

Władysław Majer fiel beim Warschauer Aufstand schon in der ersten Augusthälfte 1944. Der große, braunhaarige, sportliche junge Mann, der durch sein männliches Äußeres die Herzen der jungen Mädchen eroberte, war ein ausgezeichneter, aufopferungsvoller Kamerad. Mieczysław Motyka treffe ich jedes Jahr auf der Gubałówka-Höhe in Zakopane, wo er auf der „Eselswiese" noch unlängst eine Schischule für Kinder geleitet hat. Die bei den Freunden in Warschau verbrachten fast zwei Wochen und der Umwelt- und „Klima"-Wechsel wirkten sich angesichts der mir bevorstehenden Aufgaben vorteilhaft auf mein Selbstgefühl und meine nervliche Verfassung aus. Ich kehrte seelisch entspannt und neugierig auf neue Befehle nach Krakau zurück.

Ende September verließen „Tytus" und ich weit nach Mitternacht seine Wohnung in der Siedlung Sudoł und wandten uns nach Prądnik. Die dunkle Nacht und der wolkenverhangene Himmel begünstigten unser Vorhaben. Wir bewegten uns vorsichtig auf Feldwegen voran und umgingen vereinzelt stehende Häuser. In der Hand hielten wir die schußbereiten Pistolen, falls wir zufällig auf eine Streife stoßen sollten. Als wir unser Ziel erreicht hatten, ordnete „Tytus" noch größere Vorsicht an. Bald bemerkte ich vor dem Hintergrund des Himmels einen hohen, mit Stacheldraht bespannten Zaun und gleich dahinter die Umrisse von Gebäuden. Es waren Lager der Wehrmacht, in denen auch leicht brennbare Substanzen aufbewahrt wurden.

„Tytus" war schon in den vorherigen Nächten zur Erkundung hier gewesen und fand unschwer die Stelle, an der eine der Baracken höchstens 10 Meter vom Zaun entfernt stand. Die Lagergebäude waren ein militärisches Objekt, das von alle zwei Stunden abgelösten, bewaffneten Posten bewacht wurde. Wir hatten beschlossen, sie mit von „Tytus" angefertigten Brandfackeln anzuzünden. Das Verfahren war archaisch, aber unter den damaligen

Bedingungen standen uns keine anderen technischen Mittel zur Verfügung. Das ganze Kunststück bestand darin, in einem günstigen Augenblick, wenn der Posten auf der anderen Seite war, eine Fackel anzuzünden und mit einem treffsicheren Wurf auf das Dach eines Lagers zu schleudern.

Vor Kälte zitternd, beobachteten wir lange die regelmäßigen Runden des Soldaten, der alle vier bis fünf Minuten mit langsamen Schritten auf uns zukam, ein Weilchen stehenblieb, gedankenlos in unsere Richtung blickte und dann wieder hinter der Ecke der Baracke verschwand. Theoretisch hatten wir genug Zeit, den Brand zu legen und uns in sichere Entfernung zurückzuziehen, allerdings unter der Bedingung, daß der Soldat sein von uns beobachtetes Verhalten nicht änderte. Hinter uns lagen ungedeckte Felder, auf denen man uns wie Tontauben abknallen konnte.

Schließlich gingen wir ans Werk. Wir traten bis auf zwei Meter an den Zaun heran, und „Tytus" entzündete mit dem Feuerzeug die beiden Fackeln. Sie loderten hell auf und beleuchteten vor dem Hintergrund der Nacht unsere Gestalten, um gleich darauf mit lautem Zischen genau auf die Mitte des Daches zu fliegen. Wir hatten getroffen, die Flammen begannen sich auf dem schrägen Dach auszubreiten. Wir robbten zurück, wobei wir jedes Gebüsch ausnutzten. Unterdessen wurde es rings um das Gebäude immer heller. Als wir einen sicheren Abstand erreicht hatten, waren in der Nähe der Magazine alarmierende Karabinerschüsse zu hören. In raschem Marsch gelangten wir zur Chaussee und kehrten, weil wir eine etwaige Verfolgungsjagd mit Hunden berücksichtigen mußten, auf Umwegen, doch ungehindert nach Hause zurück. Glücklich, daß die Aktion glatt verlaufen war, schliefen wir erst gegen Morgen ein.

Das Feuer war verhältnismäßig schnell lokalisiert worden. Es war nur eine Baracke abgebrannt, und die

Flammen hatten nicht auf die Baracken mit den leicht brennbaren Materialien übergegriffen. Der Sachschaden war gering, aber wir hatten den Deutschen einen tüchtigen Schreck eingejagt, denn nach diesem Vorfall wurden die Wachen auf dem Lagergelände verstärkt.

Die früher einbrechende Dämmerung und das trübe Herbstwetter ausnutzend, intensivierten wir die Diversionstätigkeit. Unter den Anwärtern der Fähnrichsschule warb ich „Berek" (Stefan Bernaczek) und „Czarny" (Czesław Albin, einen Cousin von mir) an, und von der Unteroffiziersschule kamen „Zielony" (Zdzislaw Król) und „Tadzio" (Tadeusz Skorupski) hinzu. Die wichtigste Aufgabe war es, Waffen für sie zu besorgen, natürlich unter ihrer Mitwirkung. „Czarny" wohnte in Wola Duchacka, und er war es, der mich auf den in der Nähe des wichtigen Rangierbahnhofes Kraków-Plaszów gelegenen Stadtteil aufmerksam machte. Wir beschlossen, in Prokocim unter den zahlreich dort herumstrolchenden Soldaten der Wehrmacht und verschiedener Dienste zum Schutz der Eisenbahn auf Jagd zu gehen. Der Vorschlag war auch insofern richtig, als wir ständig unser Einsatzgebiet wechseln mußten und weil „Czarny" den Stadtteil kannte.

Bei Einbruch der Dunkelheit fuhr ich mit der Straßenbahn nach Wieliczka und ging zu Fuß zum Treffpunkt in Prokocim. Ich trug einen schwarzen deutschen Regenmantel, Stiefel und ein deutsches Käppi. Wir bestiegen die von „Czarny" besorgten Fahrräder und fuhren durch schwach beleuchtete Straßen zur Erkundung in Richtung Płaszów. Vorher hatte „Czarny" mir eine für diese Aktion geliehene alte „Siebener" mit nicht ganz gefülltem Magazin gezeigt. Die nicht erprobte Waffe versetzte mich nicht gerade in Begeisterung, aber wir hatten keine andere Wahl.

Eine Viertelstunde lang fuhren wir durch die Straßen, doch unsere Suche blieb ergebnislos. Wir hielten Ausschau nach einem einzelnen Soldaten, aber die tauchten — als hätten sie sich verabredet — nur zu zwei oder dritt oder gar in ganzen Gruppen auf und trugen meist Gewehre. Mißgelaunt überlegten wir, was wir machen sollten, da erschien plötzlich — als habe ihn ein Magier aus dem Zylinder hervorgezaubert — aus einer Nebengasse ein dicker Gendarm auf einem Fahrrad. Fast wären wir zusammengestoßen. Ich hörte nur ein „Verflucht...", und das spornte uns zum Handeln an.

Ich hielt den Gendarmen mit der linken Hand am Gürtel fest und drohte ihm mit der Parabellum, während „Czarny" ihm die über die Schulter gehängte Maschinenpistole, eine Ledertasche und eine P 38 samt Futteral abnahm, das er mit dem Messer vom Gürtel abschnitt. Der erschrockene Deutsche zitterte wie Espenlaub. Er konnte kaum die Hände hochhalten und störte dadurch „Czarny". Der schlug ihn, aufgeregt wie er war, mit dem Pistolenkolben nieder.

Hals über Kopf fuhren wir auf Gassen und Pfaden in Richtung Podgórze. Dabei schlugen wir einen weiten Bogen um Prokocim, und ich machte mir Gedanken, ob der „Schwabe", wie die Deutschen verächtlich genannt wurden, nicht zuviel abbekommen habe.[16] Bei der Teilung der Beute bekam „Czarny“ die Tasche und die P 38, und ich hängte mir unter dem Mantel die Schmeisser um den Hals, verhüllte sie mit einem Schal und fuhr mit der Straßenbahn nach Hause. Am nächsten Tag brachte „Czarny“ in Eisenbahneruniform die Tasche und die Pistole in die Siemiradzkiego-Straße, wo „Tytus“ bereits wartete, um das Ergebnis unseres Ausflugs zu besichtigen. Er war voller Anerkennung für die gut durchgeführte Aktion, bei der sich

---

[16] Beim Töten eines Polizisten oder eines Soldaten verhängten die Deutschen grausame Vergeltungsmaßnahmen. So manches Mal wurden Dutzende von Polen erschossen.

„Czarny" die Sporen als vollwertiger Soldat der Diversion verdient hatte.

Am meisten interessierten uns die Maschinenpistole Schmeisser und dann die Walther P 38, Kaliber 9 mm, die bei den Polizeibeamten als beste deutsche Pistole galt. In der Tasche des Gendarmen befanden sich irgendein Notizbuch, verschiedene Kleinigkeiten und ein unscheinbares Büchlein, das für mich zu einer echten Sensation wurde. Es war ein polizeilicher Fahndungsnachweis, ein Fahndungsbuch. Das alphabetisch geordnete Verzeichnis enthielt u.a. die Namen geflohener Häftlinge, die im Generalgouvernement vom Kommandeur der Sicherheitspolizei gesucht wurden. Ich figurierte darin auf Seite 6, und auf weiteren Seiten entdeckte ich die Namen von Aleksander Martyniec, Adam und Tadeusz Klus, Roman Lechner, Franciszek Roman, Jan Sarapata, Bronisław Staszkiewicz und Włodzimierz Turczyniak, alles Ausreißer aus dem KZ Auschwitz.

Für das Fahndungsbuch interessierte sich die Bereichskommandantur, und bald mußte ich das Büchlein voller Bedauern an „Wacław" weitergeben. Die Schmeisser übernahm „Wujek", um sie in einem Versteck aufzubewahren, und die P 38 behielt ich. Meine Parabellum gab ich „Czarny", der sehr zufrieden darüber war.

Einige Tage später unternahm ich mit „Berek" und „Zielony" einen Streifzug in die Gegend des Flüßchens Rudawa. Im Prinzip sollte ich in kurzer Zeit alle der Diversionsgruppe zugeteilten Soldaten bewaffnen und Überbestände systematisch beim Waffenoffizier des III. Abschnitts abliefern. Diesmal hatte sich „Berek" die Parabellum von „Czarny" geliehen, und „Zielony" mußte sich vorerst mit meiner Reserve-„Sechser" zufriedengeben, mit der seitdem jeder Neuling seine Kampfausbildung begann. An diesem Abend mußten wir nicht lange warten. Aus der Dunkelheit tauchte ein Unteroffizier der Wehrmacht auf, den wir in die Mitte nahmen. Der von mir unterwiesene „Berek", der größte von uns, packte den Deutschen am Gürtel und bat ihn, die Hände zu heben. Es war zu sehen, daß sich „Zielony" fachmännisch über seine Pistolentasche hermachte, und ich richtete meine Aufmerksamkeit auf das Absichern der Aktion. Nach einem kurzen Gerempel kam der Unteroffizier zu dem Schluß, daß er keine andere Chance hatte, und gab auf. Im Weggehen warnte ich ihn, er solle nicht schreien, sonst würde er umgelegt. Die erbeutete belgische FN, Kaliber 9 mm, mit 13 Schuß bekam — nachdem alle ihre Konstruktion und Funktion kennengelernt hatten — „Berek", der schon länger mein Stellvertreter war. Die nächste Parabellum, die wiederum wir drei in der Kopernika-Straße von einem Soldaten des Postschutzes erbeuteten, teilte ich „Zielony" zu.

Der November 1943 ist mir durch zwei Ereignisse in Erinnerung geblieben. Gleich zu Beginn des Monats brachte mich „Wacławs" Adjutant, Fähnrich „Piorun" (Ernest Niemiec), mit einem Kripo-Beamten in Verbindung, und zwar mit dem aus Schlesien stammenden Polen Leutnant „Zygmunt", Diversionssoldat des III. Abschnitts, der eine Gestapo-Agentin enttarnt und seit längerer Zeit beschattet hatte, die mit den Brüdern Appel, Mitgliedern der jüdischen Bande von Józef Diamand, zusammenarbeitete. „Zygmunt", ein breitschultriger Mann von 30 Jahren in einem Trenchcoat, machte durch seine Entschlossenheit und Sachlichkeit einen guten Eindruck auf mich.

Bei unserem ersten Treffen sagte er mir, daß „Wacław" mich für eine Liquidierungsaktion vorgesehen habe, die wir gemeinsam durchführen sollten, wenn die Agentin zu der Wohnung ihres Chefs ging, um Bericht zu erstatten, also unmittelbar vor der Polizeistunde. Zu diesem Zweck müsse ich mir einen nächtlichen Passierschein besorgen, um im Notfall nach Anbruch der Sperrstunde nach Hause zurückkehren zu können. Anhand eines von „Zbych", dem Chef der Legalisierungsabteilung des III. Abschnitts, gelieferten Musters bereitete Fähnrich „Marek" (Stanisław Zaus) einen entsprechenden Passierschein für mich vor.

Mitte November informierte mich „Piorun" über Ort und Zeitpunkt des Treffens mit „Zygmunt". Zur festgesetzten Stunde erwartete er mich an der Straßenbahnhaltestelle in der Starowislna-Straße. Von diesem Augenblick an sollte ich ihn als Schatten begleiten und ihn schützen. Aus den eintreffenden Straßenbahnen ergossen sich ganze Ströme von Fahrgästen, die es eilig hatten, vor der Polizeistunde nach Hause zu kommen. Aufmerksam beobachtete ich „Zygmunt", der in einem bestimmten Augenblick einer Gruppe von Männern und Frauen nachging, die in die Grzegórzecka-Straße einbogen. Ich folgte ihnen in wenigen Metern Abstand, denn ich sollte „Zygmunt" absichern, falls irgendein Deutscher versuchen sollte, ihn an der Ausführung der Aufgabe zu hindern. Für den Einsatz hatte ich meinen schwarzen Regenmantel, Stiefel und einen grünen Hut ausgewählt.

Die Menge lichtete sich allmählich. Wir waren schon in der Grzegórzecka-Straße, als ich plötzlich das eilige Trippeln von Damenschuhen hörte. Gleichzeitig fing „Zygmunt" an zu laufen und schoß zweimal auf die Silhouette einer verschwindenden Person. Die Stille der Nacht wurde vom durchdringenden, schrillen Schrei einer jungen Frau durchbrochen, der gleich darauf in zwei aus nächster Nähe abgegebenen Schüssen erstickte. Im trüben Licht einer Straßenlaterne erkannte ich ein auf dem Bürgersteig zusammengebrochenes junges Mädchen und den auf mich zukommenden „Zygmunt". Auf der Straße herrschte ein wildes Durcheinander. Die Leute flohen nach allen Seiten, und ich stand, die Pistole in der Hand, mit dem Rücken an die Mauer eines Hauses gelehnt und hielt Ausschau nach uniformierten Deutschen. „Zygmunt" kam keuchend auf mich zu und sagte: „Und jetzt ruhig zur Straßenbahn! Hast du gesehen? Beinahe wäre mir die Sau entwischt!" Wir stiegen auf die hintere Plattform der gerade auftauchenden „3" und fuhren zusammen bis zur Post. Als sich „Zygmunt" mit einem Lächeln verabschiedete, meinte er: „Tschüß ‚Jędrek', es hat nicht viel gefehlt, und ich hätte die Arbeit verpfuscht!"

Als ich in der Długa-Straße ausstieg, war es drei Minuten vor der Polizeistunde. Ich fühlte mich wie ein Schiffbrüchiger auf dem stürmischen Meer. Ärgerlich und neidisch dachte ich an „Zygmunt". Der hatte seine mit echten Stempeln versehenen Papiere der Kripo, einen nächtlichen Passierschein und die Genehmigung für eine Dienstwaffe, die Walther, in der Tasche. Mit klopfendem Herzen ging ich durch die vereinsamten Straßen. Ich begegnete aber nur wenigen Deutschen.

Ich hatte Angst vor der Łobzowska-Straße; eine Vorahnung sagte mir, daß ich auf diesem kurzen Wegabschnitt einer Schupo-Streife begegnen werde. Und tatsächlich, sie standen zu zweit hinter der Ecke eines Torwegs, als hätten sie beschlossen, sich mit mir zu treffen. Es wäre zu spät gewesen, sich zurückzuziehen. Außerdem hatten die Hausmeister die Haustüren schon verschlossen. Sie beobachteten mich schon von weitem, als ich mich mit weichen Knien näherte. Und als ich das laute „Halt! Passierschein bitte!" hörte, hatte ich den Eindruck, mein Herz werde die Spannung nicht aushalten. Ich knöpfte zwei Knöpfe des Mantels auf und zog meine Papiere hervor. Der Polizist betrachtete den Ausweis des Baudienstes und den nächtlichen Passierschein, blickte mich an, gab mir die Papiere zurück und sagte laut „Danke". Sekundenlang stand ich reglos da. Es schien mir, er wisse, daß ich bewaffnet war, und er warte nur darauf, daß ich mich abwende. Als ich ging, war ich überzeugt, ich würde ein „Hände hoch!” hören, aber das war nur meine Einbildung. Etwas später öffnete ich mit meinem eigenen Schlüssel die Tür des Hauses, in dem ich mich bereits sicher fühlte.

Am 30. November fand in der Siemiradzkiego-Straße die Abschlußprüfung des Kurses der Fähnrichsschule statt. Diese Prüfung, der die gründliche Arbeit aller Teilnehmer vorausgegangen war, von denen jeder möglichst gut abschneiden wollte, war für uns alle ein großes Erlebnis. Durchgeführt wurde sie von Oberleutnant „Kura” im Beisein des Abschnittskommandeurs. Nach Abschluß des Examens gingen beide ins Nebenzimmer, um sich vor Bekanntgabe der Ergebnisse zu beraten. Nach einigen Minuten aufgeregten Wartens gab Oberleutnant „Kura” das Kommando „Achtung!” und verlas die Ernennung zu Fähnrichen. Die Anwärter Stefan Bernaczek, „Berek”, Czesław Albin, „Czarny” und vier andere, deren Decknamen ich vergessen habe, wurden zu Gruppenführern ernannt, während ich wegen meiner Kampferfahrung und, weil ich bei dem Kurs den ersten Platz belegt hatte, zum Zugführer ernannt wurde.

Die verkündeten Beförderungen und die herzlichen Glückwünsche des Abschnittskommandeurs und seines Stellvertreters versetzten uns junge Leute in Erregung. Bei einigen bemerkte ich Tränen in den Augen, und mir schnürte sich die Kehle zu. Als Rangältester dankte ich den Vorgesetzten im Namen der Kameraden dafür, daß sie unter den schwierigen Bedingungen der Konspiration die Fähnrichsschule organisiert hatten, die wir nun ehrenvoll beendet hatten. Dann überreichte ich „Wacław” zur Erinnerung eine FN 6,35, weil ich wußte, daß er seit langem damit geliebäugelt hatte. „Kura” bekam Mitte des Jahres eine der ersten von uns erbeuteten „Siebener”.

Der unverwüstliche Tadeusz Tabor zauberte zwei Flaschen Wein hervor, die er aus diesem Anlaß in einem deutschen Geschäft gekauft hatte, und die stets gastliche Helena stellte einen Teller mit selbstgebackenen Plätzchen auf den Tisch, deren Zutaten sie von ihren Kartenzuteilungen abgespart hatte. Das wurde von uns jungen Eleven der Kriegskunst mit Beifall begrüßt.

Die Sperrstunde rückte näher. Die Befehlshaber und dann die frischgebackenen Fähnriche verließen in Abständen von wenigen Minuten die Wohnung. Den Erfordernissen der Konspiration entsprechend, mußten sie sofort vergessen, daß es diese Wohnung überhaupt gab.

Frühjahr 1944

Im Vorfrühling 1944 unternahmen wir zu dritt einen Streifzug in die Gegend der hölzernen Fußgängerbrücke über die Rudawa, die die Weichselwiesen mit der Królowej-Jadwigi-Straße verband. Heute verläuft an dieser Stelle eine breite, asphaltierte Fahrbahn. Ich befand mich in Begleitung von „Berek" und „Tadzio", die mit „Neunern" bewaffnet waren. Ich benutzte auf Anregung „Zygmunts" nach dem Vorbild der Polizei- und Gestapo-Beamten die ausgezeichnete Walther PPK, Kaliber 7,65. Das Gelände, das wir uns als Einsatzgebiet ausgesucht hatten, wimmelte von in Wola Justowska stationierten deutschen Soldaten, die auf diesem Wege von der Stadt zu ihren Einheiten zurückkehrten. In der Nähe lagen uns unbekannte, von Posten bewachte Militärobjekte, und so stellte ich nach kurzer Zeit fest, daß die Umgebung sehr gefährlich war. Die Anwesenheit von drei jungen Leuten, die sich eine Viertelstunde lang in derselben Gegend aufhielten, mußte Verdacht erwecken und war sehr riskant.

Irgendwie war uns das Glück an diesem Tag nicht hold. An uns zogen Gruppen von Soldaten vorbei; manchmal waren sie nur zu zweit, aber gleich dahinter tauchten schon die nächsten auf. Irgendwann näherte sich ein einzelner Soldat, aber der war mit einem Gewehr bewaffnet. Betrübt ließen wir ihn ziehen. Wir brauchten schließlich eine Schmeisser oder zur Not eine Bergmann. Ich gab das Signal zum Rückzug, denn ich befürchtete, daß einer der Posten Alarm schlagen würde. Wir gingen über die Brücke auf die Uferwiesen zu, als ich in der einbrechenden

Dämmerung plötzlich wenige Meter entfernt einen Deutschen entdeckte. Ich betrachtete ihn genauer, und mein Herz fing an zu rasen. Uns entgegen kam ein großer, kräftig gebauter Obersturmführer der Waffen-SS. Die schwarze Uniform und die Totenkopfabzeichen an der hohen Mütze und auf den Kragenspiegeln wiesen darauf hin, daß er der berüchtigten SS-Totenkopf-Division der Panzergrenadiere angehörte. Wie ich mir später klar machte, sah ich nichts anderes mehr um mich herum, nur diese verhaßte Uniform. Ich spürte eine Verbissenheit und Kraft in mir, wie ich sie nie zuvor erlebt hatte. „Berek" und ich gingen auf dem schmalen Weg nebeneinander auf ihn zu. In einem Abstand von fünf Metern folgte uns „Tadzio", der so tat, als habe er nichts mit uns zu tun. Beide warteten auf mein Zeichen. „Berek" trug an diesem Tag seine LHD-Uniform, und das beruhigte wahrscheinlich den Deutschen. Uns trennten nur noch drei Schritte, als ich beiseite trat, um ihn zwischen uns durchzulassen. Im langen Ärmel meines deutschen Mantels hatte ich die entsicherte Pistole verborgen, und als sich der Offizier in gleicher Hähe mit uns befand, drehte ich mich nach rechts, packte ihn mit der Linken am Gürtel und sagte hart: „Hände hoch!" Der riesige Kerl, gut einen Kopf größer als ich, hob instinktiv die Hände, war aber sofort wieder hellwach und versuchte, mir mit dem erhobenen Ellbogen einen Kinnhaken zu versetzen. Ich bemerkte das Manöver, wich auf Armlänge zurück und ziel te wie auf eine Zielscheibe auf seinen mächtigen Körper. Ich sagte beherrscht: „Ruhe! Keine Bewegung! Ich möchte Sie nicht töten." Die Drohung und der gleichzeitige Druck von „Bereks" Parabellum unter dem Schulterblatt brachten ihn zur Vernunft. „Tadzio" fummelte unterdessen mit zitternden Händen an dem mit einem Hakenkreuz versehenen Schloß des schwarzen Uniformgürtels herum, das er nicht öffnen konnte. „Die Pistole aus der Tasche und das

Reservemagazin!" erinnerte ich ihn nervös mit unterdrückter Stimme. Schließlich war der Offizier entwaffnet. Die ganze Aktion hatte nur knapp 20 Sekunden gedauert. „Berek" und „Tadzio" schlugen die Richtung zur Straßenbahnhaltestelle an den Weichselwiesen ein, und ich führte den Obersturmführer mit der Pistole am Rücken zur Brücke. In der Dämmerung zeichnete sich dunkel die gebrochene, gleichsam kleiner gewordene Gestalt des kampfesmutigen Panzergrenadiers ab.

Jetzt mußten wir so schnell wie möglich verschwinden. Wir marschierten mit langen Schritten zur Straßenbahn und kamen an einer kleinen Gruppe von Soldaten vorbei, die es eilig hatten, ihre Kaserne zu erreichen. Plötzlich hörten wir von der Brücke her Stimmengewirr und vereinzelte Gewehrschüsse. Ohne uns zu trennen, wandten wir uns der Rudawa zu und liefen im Schutz der Dunkelheit so leise wie nur irgend möglich am Ufer entlang.

Zweifellos hatte unser Held die Gruppe der Soldaten getroffen und unsere Verfolgung eingeleitet. Über mangelnde Aufregung konnten wir nicht klagen, doch die Dunkelheit und die einsamen Weichselwiesen retteten uns. Um die Verfolger in die Irre zu führen, mußten wir die Rudawa überqueren und Zwierzyniec erreichen. In Salwator sprangen wir alle drei auf die hintere Plattform der „6". Ich war mir bewußt, daß die Polizei alarmiert worden war und daß an der Dębnicki-Brücke eine Streife auf uns warten konnte. Wir vereinbarten, daß wir bei jedem Versuch einer Festnahme das Feuer eröffnen und uns gemeinsam zurückziehen würden. Durch irgendeine Eingebung veranlaßt, gab ich an der nächsten Haltestelle das Zeichen, die Straßenbahn zu verlassen. Und auch diesmal hatten wir Glück, wir erreichten ungehindert die Innenstadt. Unterwegs machte ich bei „Berek" halt, der unweit von mir in der Łobzowska-Straße wohnte. Wir wollten in Ruhe die ganze Aktion analysieren und nach dem aufregenden Ausflug etwas abkühlen.

Ich muß zugeben, daß uns die Haltung des Offiziers der Waffen-SS imponierte. Der erfahrene Frontsoldat mit dem Eisernen Kreuz an der Brust war zwar der Überraschung und der zahlenmäßigen Übermacht erlegen, hatte aber trotzdem versucht, sich zu verteidigen. Ich muß auch nicht extra betonen, welch ungeheure Genugtuung mir diese Aktion gegeben hatte, mir, einem ehemaligen Häftling des KZ Auschwitz, der so oft von SS-Leuten erniedrigt worden war und der sich jetzt mit einem von ihnen hatte messen und ihn im Kampf hatte bezwingen können.

Einen unerwarteten Verlauf nahm eine der Aktionen, die wir in den Morgenstunden im Offiziersviertel durchführten. Die aus „Czarny" und „Zielony" bestehende Patrouille wurde an jenem Tag von „Berek" befehligt. Ich war mitgegangen, diesmal aber nur als Beobachter. Auf einer der Hauptstraßen der Siedlung tauchte ein einzelner Soldat der Luftwaffe auf. Klein, in schlecht angepaßter Uniform, erinnerte er in nichts an das Aussehen eines Vertreters des „Herrenvolkes". Es war ein typischer Schwejk, wie man ihn in allen Armeen der Welt antrifft. Seine Hände konnte er nicht gebrauchen, weil er mit Kochgeschirren beladen war, aber an seinem Bauch baumelte eine mächtige Pistolentasche mit einer Parabellum. Der Unglücksrabe lief ihnen direkt in die Arme, und es schien, daß es kein idealeres Opfer zum Erbeuten einer Waffe geben könne. „Czarny" verlor die Nerven. Er sprang aus mehreren Metern Entfernung mit gezogener Pistole auf ihn los und rief: „Hände hoch!" Der Deutsche reagierte völlig untypisch. Er ließ die Kochgeschirre laut klappernd auf den Bürgersteig fallen und lief mit Sprintersätzen, die ihm niemand zugetraut hätte, in die Richtung, aus der er gekommen war. Alle drei blickten verdutzt hinter ihm her. Als der Soldat merkte, daß er nicht verfolgt wurde, blieb er hinter einem Baum stehen und begann — gar nicht daran denkend, daß er bewaffnet war, denn er zog nicht einmal seine Pistole — laut zu schreien: „Hilfe! Banditen!" Diese Beleidigung wirkte wie eine Ohrfeige auf uns. Zu viert rannten wir auf ihn zu. Zuerst startete „Czarny", der auf dem Gymnasium immer die beste Hundertmeterzeit erzielt hatte, doch unser Schwejk war keineswegs schlechter. Er lief fast 20 Meter weiter, und als er sah, daß wir ihm kein Stückchen näher gekommen waren, beugte er sich in dem Augenblick, als ich der sinnlosen Jagd Einhalt gebot, erneut hinter einem anderen Baum hervor und schrie sein „Hilfe! Banditen!" Die Situation war grotesk. Daher brachen wir diesmal in lautes Lachen aus. Die Straße war leer, doch jeden Augenblick konnten irgendwelche unerwünschten Passanten oder eine Militärstreife auftauchen. Wir befanden uns schließlich in einem deutschen Viertel, direkt auf dem Weg zum Flugplatz. Erheitert zogen wir uns rasch zurück, denn es begann gefährlich zu werden. Wir hatten Glück. Als wir in die Straßenbahn stiegen, ergoß sich daraus eine ganze Gruppe von Fliegern, die zu den Kasernen wollten.

Diese Aktion besprachen wir im Rahmen der Ausbildung mit allen Diversionssoldaten als Sonderfall. Es stellte sich heraus, daß die Art und Weise der Entwaffnung, die Franek und ich von Anfang an benutzt hatten, am zuverlässigsten war. Man mußte den Kandidaten am Gürtel packen, damit er die körperliche Überlegenheit spürte, während die an den Bauch gesetzte Pistole selbst den kampfesmutigsten Gegner erstarren ließ.

Im Juni 1944 unternahmen „Tadzio", „Zielony" und ich einen Ausflug an die Weichsel, nach Pychowice. Wir hatten Lust, uns auf einem Floß auszustrecken, die Arme unter dem Kopf zu verschränken, die Augen zu schließen und wenigstens für kurze Zeit den Krieg zu vergessen. Es war

Sonntag. Schon vom frühen Morgen an schien heiß die Sonne, und am Himmel war kein Wölkchen zu sehen. Begeistert badeten wir in der reißenden Strömung; später balgten wir uns wie Jungen im Sand und liefen über das Gras.

„Tadzio" bemerkte das Pärchen zuerst. Sie kamen Hand in Hand auf uns zu. Er, ein großer Blonder in mittleren Jahren, trug eine elegante Uniform mit den Rangabzeichen eines Feldwebels. Sie, ein dickliches junges Mädchen in einem luftigen Kleid, war offensichtlich geniert durch die Annäherungsversuche ihres Begleiters. Sie blickte uns unsicher an und drängte ihn beiseite. Wir zogen uns hastig an, um die günstige Gelegenheit nicht zu verpassen. Ohne überflüssige Worte zu verlieren, verteilten wir die Rollen. Die Tatsache, daß wir nur über meine Walther verfügten, bedeutete für meine Kameraden nicht das geringste Hindernis. Ich zögerte einen Moment, ob wir die Entwaffnung mit einer Pistole wagen sollten, aber „Tadzio" schlug meine Bedenken mit den Worten in den Wind: „Na, wenn schon! Gleich werden wir eine zweite haben!" Der Oberfeldwebel lächelte uns freundlich an, hob aber beim Anblick der Pistole wortlos die Hände. Das erschrockene junge Mädchen verschwand irgendwo im Gebüsch, während „Zielony" fachmännisch den Gürtel des Feldwebels öffnete. In diesem Augenblick brauste der Deutsche auf. Mir erregter Stimme bat er, ihm Gürtel und Pistolentasche zu lassen, denn bei der Rückkehr zu seiner Einheit werde er — wie er behauptete — den Verlust der Pistole melden müssen, und das wolle er vermeiden. Ich war sofort mit dieser Lösung einverstanden, und „Zielonys" Augen strahlten beim Anblick der Pistole. Es war eine bestens gepflegte polnische VIS, Kaliber 9 mm.

Auf einen Wink von mir ließ der Oberfeldwebel die Arme sinken, zog seine Uniformbluse glatt und entfernte sich aufrecht, als habe er ein gutes Geschäft gemacht. Die ganze Aktion war ruhig verlaufen, ohne jede Nervosität, vor den Augen von Spaziergängern, die das Ereignis interessiert beobachtet hatten.

Bei meinem zweiten Aufenthalt in Warschau im Mai 1944 wohnte ich wie zuvor bei Motyka und Majer. Diesmal war ich dienstlich in der Hauptstadt, und zwar als Betreuer von „Zygmunt", der nur wie durch ein Wunder der Gestapo entkommen und in Krakau aufgeflogen war.

Die Gestapo war morgens in der Wohnung seiner Freundin in der Dietla-Straße 83 aufgetaucht, um ihn abzuholen. Man hatte ihm befohlen, sich anzuziehen. „Zygmunt" wußte, daß er entlarvt war, aber er blieb bis zum Schluß ruhig. Als er bereit war zu gehen, hatte er einen SS-Mann mit einem kräftigen Schulterstoß aus dem Gleichgewicht gebracht, ihm die Küchentür vor der Nase zugeschlagen und war über die Hintertür die Küchentreppe hinuntergestürzt. Die drei Etagen des ausgedienten Krakauer Mietshauses hatte er in Rekordzeit zurückgelegt, begleitet vom Pfeifen der oben abgegebenen Schüsse. Der Lauf über den weiten Hof zum Torweg des Gebäudes hatte an die Jagd auf ein wildes Tier erinnert, auf das drei SS-Leute vom Umgang des Hauses aus mit ihren Pistolen schossen.

In der Mitte des Hofes war er über einen Stein gestolpert, hatte sich abrollen lassen und war mit einem mächtigen Hechtsprung in den Torweg gelangt. Zum Glück war der Durchgang nicht bewacht, und auch in dem vor dem Nachbartor geparkten schwarzen Mercedes saß kein Fahrer. Alle SS-Leute waren nach oben gegangen. Einen anderen Durchgang benutzend, war er zum Viertel-Kazimierz gelangt. Er hatte einen Bogen um die Innenstadt geschlagen und wenige Minuten nach Öffnung der Haustüren die Siemiradzkiego-Straße erreicht.

Zwei Tage später waren wir in Warschau. Ich brachte ihn zu der vereinbarten Adresse in Leszno und fuhr dann selbst zu meinen Zakopaner Freunden in der Sandomierska-Straße. Ich hatte beschlossen, diesmal etwas länger in Warschau zu bleiben. Ich hatte zwei Wochen Urlaub, bestätigt vom Kommandanten des Baudienstes auf einem echten Vordruck der Hauptstelle 112 in Krakau. Ich hatte etwas Geld zum Leben und große Lust, meine Krakauer Pflichten für kurze Zeit zu vergessen. Ich spürte, daß es nötig war, die überanspruchten Nerven ein wenig zu beruhigen. Dank Majer knüpfte ich einige neue Bekanntschaften; so lernte ich u.a. den bekannten Fußballer des Krakauer Klubs „Wisła" kennen, der sich in Warschau versteckt hielt.

Das sonnige Wetter ausnutzend, unternahm ich Ausflüge an die Weichsel, an das Ostufer im Stadtteil Praga. Dort kam ich mit einer Gruppe junger Leute in Berührung, die unter der Leitung des Olympiateilnehmers Eugeniusz Lokajski, polnischer Meister im Speerwurf, Leichtathletik betrieben. Lokajski hatte während der Besatzungszeit eine Art Leichtathletik-Schule organisiert.

Zu Pfingsten versprach das Wetter warm und sonnig zu werden. Schon vom frühen Morgen an strömten Tausende von Menschen an die Weichsel. An diesem Tag traf ich mich wie gewöhnlich mit meinen Bekannten am Strand, in Höhe des Uferboulevards Wał Miedzeszyński. Mittags war das Wasser noch kalt, aber vom Ballspiel erhitzt, schwammen wir in die Mitte des Flusses. Das unbekümmerte Planschen im Wasser wurde von plötzlich auftauchenden Motorbooten der Polizei unterbrochen. Die darin sitzenden Gendarmen fuchtelten mit ihren Maschinenpistolen herum und trieben alle Schwimmer an das Ufer von Praga. Am Strand war große Aufregung zu erkennen. Die Leute zogen sich hastig an und liefen auf die Uferstraße zu. Nach kurzer Zeit kehrten sie aber zurück, getrieben von Polizisten wie eine Viehherde auf den Bauernhof.

An diesem Tag führten die Deutschen eine riesige Razzia an der Weichsel durch. Mit einer dichten Postenkette riegelten sie das Strandgelände ab, während drei Offiziere der Polizei an der Poniatowski-Brücke die Papiere kontrollierten. Ich blickte mich aufmerksam um, fieberhaft bemüht, eine Möglichkeit zu finden, der Belagerung zu entrinnen. Die Lage sah hoffnungslos aus. An der Uferstraße, die den Strand vom Viertel Saska Kępa trennte, stand eine undurchdringliche Kette von Polizisten. Auf der Weichsel patrouillierten die Motorboote, und von dort waren kurze Feuerstöße aus Maschinenpistolen zu hören.

Die Menge drängte sich auf einer immer kleineren Fläche zusammen. Da ich keine andere Möglichkeit sah, begann ich mich an die Spitze der Kolonne durchzudrängen.

„Du Arschloch, wohin willst du so eilig?", hörte ich die unverblümten Rufe gewitzter Warschauer hinter mir.

Vor mir zeichneten sich Schlangen zur Ausweiskontrolle ab. Ich suchte mir einen großen, anscheinend milder gestimmten Blondschopf aus und rückte schweigend weiter vor. Bald aber begann ich meine Wahl zu bereuen, denn der so freundlich aussehende Offizier schickte, nachdem er einen Blick auf die Papiere geworfen hatte, immer wieder neue Delinquenten zu den Lastwagen der Polizei, die sich rasch mit unglücklichen Badelustigen füllten.

Als ich an der Reihe war, reichte ich dem Offizier meine Papiere und meldete, wie im KZ Auschwitz die Hakken zusammenknallend, mit halblauter Stimme: „Vorwerker Franz Makowski, Angehöriger des Stabes beim Leiter des Baudienstes in Krakau! Beurlaubt!" Der deutsche betrachtete interessiert Ausweis und Urlaubsschein, salutierte und deutete auf den Durchgang, den nur wenige benutzen durften. Er fügte noch kurz hinzu: „Ja, Sie sind natürlich frei." Etwas später stand ich auf der Brücke und beobachtete mit pochendem Herzen die bis an den Rand gefüllten abfahrenden Lastwagen der Polizei.

Viele Jahre nach dem Krieg lernte ich in der Baude auf dem Katalówki-Berg, in der ich normalerweise einen kurzen Schiurlaub verbrachte, einen älteren Herrn kennen, der mir beim Bridgespiel erzählte, welche Sensation es im Pawiak-Gefängnis gegeben hatte, als dort eine ganze Gruppe nackter, nur mit Badehosen bekleideter Gefangener aufgetaucht war. Es waren junge Leute, die bei der Großrazzia versucht hatten, schwimmend das andere Weichselufer zu erreichen. Die Polizisten hatten sie aus dem Wasser gefischt und zusammen mit mehreren Hundert anderen Warschauern in das Pawiak-Gefängnis eingeliefert.

Heiße Sommertage

Der Sommer 1944 war reich an vielen politischen und militärischen Ereignissen. Am 20. Juli verübte Oberst Claus von Staufenberg vom Generalstab der Wehrmacht im Hauptquartier des Führers bei Kętrzyn einen mißglückten Attentatsversuch auf Hitler.

Am 23. Juli erreichten die von Marschall Iwan Konjew befehligten Truppen der I. Ukrainischen Front den San, und am 3. August bildeten Einheiten der Roten Armee in der Nähe von Sandomierz einen starken Brückenkopf am Westufer der Weichsel. Im Rücken der deutschen Front kamen im Rahmen der Aktion „Burza" (Gewitter) alle zu den Infanteriedivisionen 24 und 22 gehörigen Kräfte der Landesarmee AK, Bereich Rzeszów, zum Einsatz.

Nach diesen Ereignissen an der Front verwandelten sich die bereits im Juni eingeleiteten Evakuierungsvorbereitungen der Besatzungsbehörden im Generalgouvernement in eine Panik. Die Besatzer versuchten, die Spuren ihrer Verbrechen zu verwischen. Sie lösten Lager auf, schlossen Ämter und Behörden und stellten die Tätigkeit vieler für die Kriegswirtschaft des Reiches arbeitender Firmen ein, deren Maschinen und Anlagen in das Innere Deutschlands gebracht wurden. Im Distrikt Galizien und in den östlichen Gebieten des Distrikts Krakau nahm die Evakuierung die Form einer panischen Flucht an. In den Büros der Behörden des Generalgouvernements und des Distrikts, im Arbeitsamt, in den Befehlszentren und Kommandanturen der Wehrmacht und der Polizei verbrannte man fieberhaft überflüssige Akten.

Durch Krakau zogen von Ost nach West Kolonnen zerschlagener Einheiten. Ein endloser Strom von Militärfahrzeugen wälzte sich — untermischt mit Fuhrwerken und Lastwagen voller Bürger des Dritten Reiches und Volksdeutschen — durch die Stadt. Auf dem Planty-Boulevard und in den Krakauer Parks lagerten Banden von Deserteuren und Marodeuren der an der Front zersprengten Einheiten und verkauften alles, was sich nur verkaufen ließ — Waffen, Munition, militärische Ausrüstungsgegenstände und geraubtes Hab und Gut. Es entstand ein Schwarzmarkt für den Waffenhandel. „Zbych" kaufte für zu diesem Zweck bereitgestellte Mittel eine Maschinenpistole MAS 38, Kaliber 7,65, und zwei MPs 44 mit halbmondförmigen Magazinen und viel Munition. Mit diesem Modell waren die Fronteinheiten erst kürzlich ausgerüstet worden.

Diese wunderbare Waffe mußten wir natürlich sofort näher kennenlernen. Bald zerlegten wir die Maschinenpistolen in der Wohnung der Tabors in ihre Einzelteile und setzten sie immer wieder zusammen. Als es den Anschein hatte, daß wir schon alles über das neue Modell wußten, reichte „Berek" mir die MP mit eingelegtem Magazin und machte mich auf die falsche Funktion des Rückstellmechanismus des Abzugs aufmerksam. Unwillkürlich berührte ich den Abzug der ungesicherten Waffe. Zu unserem Entsetzen vernahmen wir den furchtbaren Knall eines kurzen, blitzschnellen Feuerstoßes. Sieben Schüsse durchschlugen Steppdecke, Kissen und Matratze des Bettes und prallten als Querschläger von der Wand ab. Qualm und Staub der angekratzten Wand füllten das Zimmer. „Lu" kam mit dem erschrockenen kleinen Andrzej hereingestürzt. Wir standen wie gelähmt da, und erst das Schreien Helenas und das Weinen des Kindes gaben mir die Handlungsfähigkeit zurück.

Wir drei Verschwörer verließen zusammen mit den Wirtsleuten und dem ganzen Arsenal in höchster Eile den

Unglücksort. Zum Glück waren die Schüsse durch einen Frontbericht in dem direkt vor dem Fenster angebrachten Straßenlautsprecher übertönt worden. Auf dem Wege zu „Zbych" erinnerte ich mich an die Redensart unseres Ausbilders an der Fähnrichsschule, daß jede Waffe einmal im Jahr selbst losgehe. Nur der uns von ihm eingebläuten Gewohnheit, eine Pistole oder ein Gewehr niemals auf einen Menschen zu richten, hatten wir es zu verdanken, daß es nicht zu einer Tragödie gekommen war.

Die Nacht verbrachten die Tabors und ihr Sohn in der Kamienna-Straße, in der Wohnung von Bożena Żbik, der Mutter Helenas. Die stets heitere „Großmutter" Bożena gewährte uns ungeachtet der Gefahr selbst in den kritischsten Augenblicken Zuflucht. Sie bewahrte Waffen auf, und ihre Wohnung stand meiner Gruppe immer zur Verfügung. Auch ihre zweite Tochter, Maria Żbik, Lehrerin in Suchedniów, stand durch die konspirative Arbeit mit uns in Verbindung.

Ein kurzer Urlaub, den ich im Juni 1944 mit den Tabors in Suchedniów verbrachte, ermöglichte es mir, die Schrekken des Krakauer Okkupationslebens zu vergessen und mein Nervensystem zu schonen. In Suchedniów befreundete ich mich mit dem jungen Katecheten Bogdan Marc und nahm durch dessen Vermittlung Kontakt zu einem Offizier der Partisanenabteilung von Major „Nurt" (Eugeniusz Kaszyński) auf. Leider stieß meine Bitte auf Dienstversetzung zu seiner Abteilung auf die entschlossene Ablehnung „Wacławs".

Ende Juli erfuhr ich, daß Hauptmann „Wacław" (Stanisław Wańtuch) den Posten des Befehlshabers des III. Abschnitts abgegeben hatte. Neuer Befehlshaber wurde ein mir bis dahin unbekannter Offizier, Rittmeister „Miecz-Soplica" (Mieczysław Rakoczy). „Miecz", Oberleutnant des 5. berittenen Schützenregiments in Dębica, hatte beim

Septemberfeldzug an der Verteidigung Warschaus teilgenommen. Er war der Gefangennahme entgangen und hatte dem Offizierskader des Bundes für den bewaffneten Kampf ZWZ und später der Landesarmee AK angehört. Dort war er bis 1942 Chef der V. Abteilung beim Stab des Krakauer Bezirks gewesen. Nach einer Serie von Verhaftungen im Bezirk war er unter geradezu unglaublichen Umständen den Fängen der Gestapo entkommen und Anfang 1943 als stellvertretender Inspekteur zum AK-Inspektorat Zamość abkommandiert worden. Den Posten des Inspekteurs bekleidete damals Major „Kalina" (Edward Markiewicz).

Während die Front nach Westen vorrückte, trugen Abteilungen des von „Kalina" befehligten Inspektorats in der zweiten Junihälfte 1944 im Waldgebiet Puszcza Solska blutige Kämpfe gegen überlegene deutsche Kräfte aus. Im Laufe der Operation „Sturmwind II" umzingelten Divisionen der Wehrmacht, Regimenter der Kalmücken-Kavallerie Doll und SS- und Polizeibataillone den ganzen Waldkomplex Puszcza Solska, in dem sich auch starke Abteilungen sowjetischer Partisanen und der polnischen Volksarmee AL befanden. Da es zwischen „Kalina", der seine Konzeption für den Ausbruch aus der Umzingelung vertrat, und den von Oberstleutnant Prokopiuk befehligten sowjetischen Partisanen keine Übereinkunft gab, versuchte jede Gruppierung, sich auf eigene Faust durchzuschlagen.

In der Nacht vom 23. zum 24. Juni unternahmen die eingeschlossenen Kompanien „Kalinas" verzweifelte Versuche, aus dem Kessel zu entkommen. Beim Überschreiten der Flüsse Tanwia und Sopot wurden die Abteilungen des Inspektorats Zamość und des 9. AK-Infanterieregiments in dem sumpfigen Gelände unter dem Beschuß von Maschinengewehren, Artillerie und Mörsern zum größten Teil vernichtet.

In den Gruppen von „Woyna" (Adam Haniewicz) und „Wir" (Konrad Bartoszewski) oder auch vereinzelt konnten mehrere Hundert Soldaten und Offiziere der Landesarmee Ak und der Bauernbataillone BCh aus dem Kessel an der Tanwia entkommen. Die meisten aber fielen bei verzweifelten Angriffen auf feindliche Befestigungen oder wurden von den Hitlerfaschisten bestialisch ermordet. Ihr Schicksal teilte auch Major „Kalina", der im entscheidenden Moment psychisch zusammenbrach und nicht mehr imstande war, die Abteilungen aus der Umklammerung herauszuführen. Die Schlacht an der Tanwia war eine der tragischsten Episoden des Partisanenkampfes im besetzten Polen.

Rittmeister „Miecz" durchbrach mit den letzten Überresten der Kompanien von Oberleutnant „Wir" und Oberleutnant „Cord" (Józef Szegliński) bei Osuchy am Fluß Sopot die deutschen Stellungen. Völlig gebrochen durch die tragischen Kämpfe der Gruppierung, setzte er sich mit Leutnant „Norbert" (Zbigniew Kozankiewicz) auf einer Zündapp 600 nach Krakau ab, wobei sie gefälschte Papiere benutzten.

Ein paar Wochen später bemerkte Fähnrich „Andrzej" das vor einem Krakauer Mietshaus in der Karmelicka-Straße abgestellte mächtige Armee-Motorrad, und ohne lange zu überlegen, schob er die Maschine mit Hilfe eines Soldaten des III. Abschnitts in die Siemiradzkiego-Straße und stellte sie ausgerechnet im Flur des Hauses ab, in dem ich mich versteckt hielt. Überzeugt, daß die Kripo das Motorrad in der ganzen Stadt suche, verfluchte ich „Andrzej" in Grund und Boden. Er unterlag meinen „Überredungskünsten" und brachte das Krad am nächsten Tag zur Feuerwehr. Die Suche war tatsächlich eingeleitet worden, aber nicht von der deutschen Polizei, sondern von der Bereichskommandantur der Untergrundbewegung. Die Sache klärte sich einige

Tage später auf, als „Miecz” auf dem Dienstwege die Meldung bekam, daß eigene Untergebene ein Motorrad der Marke Zündapp 600 erbeutet hätten.

Zur Zeit der Konzentration der Partisanenabteilungen im Juli 1944 verbrachte ich gemeinsam mit „Andrzej” und „Szpada” drei Tage auf dem Gut Biórkowo bei Krakau, wo der Stab des selbständigen Partisanenbataillons „Skała” stationiert war. Ich wartete auf die Genehmigung des Befehlshabers, daß ich zu der Abteilung überwechseln dürfe. Doch auch diesmal lehnte der neue Befehlshaber des III. Abschnitts meine Bitte ab.

Mitte Juli vergrößerte sich unser Waffenbestand um eine Schmeisser, die „Czarny” und „Zbych” in der Dietla-Straße von einem Bahnschutzbeamten erbeuteten.

Am 1. August 1944, am Tag des Ausbruchs des Warschauer Aufstandes, ordnete „Miecz” auf einer Lagebesprechung der Offiziere, an der ich als Chef der Diversion des III. Abschnitts teilnahm, Einsatzbereitschaft in den Zügen an. Der Abschnitt bekam den Decknamen Bataillon „Granit”. Man rechnete damit, daß auch in Krakau ein Aufstand ausbrechen könne.

Die Nazis sicherten sich für den Fall eines Aufstandes und errichteten in der Stadt ein ganzes Netz von Verteidigungsgürteln und selbständigen Widerstandsnestern. Besondere Aufmerksamkeit widmeten sie der Sicherung von Regierungsgebäuden, kommunalen Einrichtungen und Objekten der Armee und der Polizei. Hastig baute man Betonunterstände und Bunker; die Erdgeschosse der Eckgebäude an den Kreuzungen der Hauptstraßen wurden in Festungen mit gründlich vorbereiteten Feuerstellungen verwandelt.

Abschnitt III. war im Westen und Norden durch die Bahnstrecke Krakau-Miechów, im Osten durch die Dörfer Dłubnia, Krzesławice und Mogiła und im Süden durch die Weichsel begrenzt.

Laut Aufgabenteilung waren im III. Abschnitt bestimmte einzelne Kampfnester vorgesehen, sie umfaßten den Flugplatz Rakowice, den nordöstlichen Teil der Stadt mit zahlreichen Industrie- und Rüstungsbetrieben wie den Zieleniewski-Werken und dem Tabakmonopol in Czyżyny sowie die Kasernen in der Rakowicka-Straße.

Den Operationsrichtlinien nach sollten die über Faustfeuerwaffen, Handgranaten und Maschinenpistolen verfügenden Diversionsgruppen befestigte deutsche Objekte angreifen und die erbeuteten Waffen an die Züge weitergeben.

Das, was „Miecz" sagte, kam einem makabren Witz gleich, und so schätzte ich es auch ein, als mir der Befehlshaber des Abschnitts das Wort erteilte. Da ich über die größte Kampferfahrung bei Einsätzen in der Stadt verfügte, war ich nämlich der Ansicht, daß ich verpflichtet sei, meine Meinung darüber zu sagen. Andere Kompanieführer unterstützten mich, trotzdem erteilte mir „Miecz" eine Rüge. Dem Abschnittskommandeur ging es wahrscheinlich darum, die Kampfmoral der Offiziere zu heben, denn als erfahrener Partisanenoffizier glaubte er bei der erdrükkenden technischen Überlegenheit des Gegners schließlich selbst nicht an einen Kampferfolg.

Durch sein erstes Auftreten erlangte „Miecz" keineswegs die Anerkennung der Offiziere.

Auf den Ausbruch des Warschauer Aufstandes reagierten die Deutschen am 6. August mit einer gigantischen Straßenrazzia am Sonntagvormittag, die von den Krakauern später als „schwarzer Sonntag" bezeichnet wurde. Die von starken Polizei- und Hilfspolizeikräften in der ganzen Stadt durchgeführte Razzia nahm ungeahnte Ausmaße an und hatte zur Folge, daß ungefähr 10 000 Personen festgenommen wurden. Man griff die Leute auf der Straße auf, man zerrte sie aus ihren Wohnungen, man durchsuchte sie, ohne ihre Papiere zu kontrollieren, und man transportierte sie in das Konzentrationslager Płaszów ab.

Bei der Straßenjagd wurden u.a. viele Soldaten und Offiziere des III. Abschnitts festgenommen, darunter „Piorun", „Tytus" und „Kura". Ein paar Tage später trafen sich alle in Groß-Rosen. „Tytus" konnte im Oktober von dort fliehen und sich nach Krakau durchschlagen, befand sich aber in einem bedauernswerten Zustand.

Ich selbst hielt mich zu jener Zeit an einem Treffpunkt in Dębniki auf. Als die Polizei in das kleine Haus in der Dębowa-Straße eindrang, konnte ich mich in den dichten Johannisbeerbüschen des Gartens verstecken. Nach meiner Rückkehr in die Siemiradzkiego-Straße bedauerte ich gemeinsam mit den Tabors das Schicksal „Kuras", des jüngeren Bruders von Tadeusz, eines Oberleutnants des ständigen Dienstes des polnischen Heeres, der nach dem Septemberfeldzug der Gefangenschaft entgangen war und in Krakau den Widerstandskampf aufgenommen hatte. Nach seiner Verhaftung an jenem Sonntag ertrugen er und „Piorun" tapfer die Qualen des Konzentrationslagers. Befreit wurden sie aber erst im Mai 1945 von amerikanischen Truppen. Einige Monate später kehrten sie nach Polen zurück.

Der „schwarze Sonntag" sollte die Einwohnerschaft Krakaus einschüchtern, Pläne für einen etwaigen Aufstand durchkreuzen und die organisatorischen Strukturen der Untergrundbewegung lahmlegen. Der Schlag war erfolgreich. Die auch später fortgesetzten Straßenjagden und Razzien führten zur Vernichtung mehrerer wichtiger konspirativer Zellen, die mühsam wiederaufgebaut werden mußten. Von meinen Untergebenen war zum Glück keiner verhaftet worden.

Für gewisse Zeit verlor ich die Verbindung zu „Miecz", aber nach knapp zwei Wochen wurde sie über Oberleutnant „Rawska" (Elżbieta Rakoczy), die als Chefin der Kanzlei des III. Abschnitts fungierte, wieder hergestellt. Damals wußte ich natürlich nicht, daß die anziehende, tapfere Frau Oberleutnant, die fast den ganzen Krieg hindurch auf eigenen Füßen stehen mußte, die Frau meines Befehlshabers war.

Kanonicza-Straße 11

Die einst von Domherren des nahegelegenen Wawel-Doms bewohnte Kanonicza-Straße ist eine der am besten erhaltenen Straßen des mittelalterlichen Krakaus. Die kleinen, dichtgedrängten, dreigeschossigen Wohnhäuser zeichnen sich durch in Stein gehauene Renaissanceportale aus dem 15. Jh. und durch Arkadenhöfe vom Ende des 16. Jh. aus.

Es war im August 1944. Wenige Minuten, nachdem die Hausmeisterin die Tür des Hauses Nr. 11 geöffnet hatte, betrat eine schlanke, ältere Frau den dunklen Flur. Sich aufmerksam umsehend, eilte sie die steile Treppe hinauf in den zweiten Stock und drückte nach kurzem Zögern mit einer entschlossenen Bewegung den Klingelknopf der Wohnung der Rozmarynowicz'. „Andrzejs" Mutter öffnete die Tür. „Ich bin Polin. Ich arbeite bei der Kripo", sagte die Unbekannte halblaut. „Die Schwester ihres Soldaten ist verhaftet worden, und man befürchtet, daß sie beim Verhör nicht standhalten wird. Hier wird heute die Gestapo auftauchen. Auch die anderen müssen gewarnt werden. Sie wissen selbst am besten, um wen es geht."

Es war keine Zeit zu verlieren. „Andrzejs" Eltern und seine Schwester Teresa stopften im Handumdrehen ihre persönlichen Sachen in Koffer und verließen eilig die Wohnung. Unterdessen räumte „Andrzej" die Waffenverstecke aus, brachte den Vervielfältigungsapparat zu „Zielony" und benachrichtigte hastig mehrere Wohnungen in der Innenstadt. Die Leute, die er warnte, begrüßten ihn nicht gerade freudig, aber die harten Regeln der Konspiration machten es erforderlich, alle Spuren der illegalen Tätigkeit zu verwischen. „Andrzej" selbst schloß sich dem Partisanenbataillon „Skała" an, bei dem er am Tage der Schlacht bei Moczydły eintraf.

Einen Monat später suchte er mich in der Siemiradzkiego-Straße auf. Major Pańczakiewicz hatte ihn nach Krakau geschickt, um dort Aktionen durchzuführen, und nun erzählte er mir, was sich nach der unfreiwilligen Evakuierung der Eltern in der Kanonicza-Straße ereignet hatte. Die Gestapo-Beamten waren überrascht, daß die Wohnung leer war, aber die reiche Einrichtung hatte ihre Aufmerksamkeit erweckt. Man mußte kein Experte sein, um zu erkennen, daß die antiken Möbel, die Teppiche, Porzellan, Kristall und Tischsilber, die kostbaren Gemälde und die riesige Bibliothek ungeheuren Wert besaßen. Nach der Auflösung des in der Wohnung organisierten Hinterhalts, in dem sich zum Glück kein Konspirant verfangen hatte, begannen die Deutschen mit der Inventarisierung und dem Verpacken aller Wertgegenstände. Es stand außer Zweifel, daß sie beabsichtigten, sie ins Reich zu schaffen. Ein deutscher Zivilist und mehrere Angehörige der ukrainischen Wlassow-Armee hatten ihre Arbeit in den letzten Septembertagen beendet, aber die Sache verzögerte sich, weil es Transportschwierigkeiten gab.

Als „Andrzej" mir diese Geschichte erzählte, erwartete er nicht, daß ich ihn bemitleiden würde. Er war mit einem fertigen Plan zu mir gekommen. Er beabsichtigte, die Erinnerungsstücke der Familie wenigstens teilweise „zurückzuführen" und die Deutschen daran zu hindern, sie aus Krakau fortzuschaffen. Das konnte er natürlich nicht auf eigene Faust bewerkstelligen. Ich erklärte mich damit einverstanden, an dem riskanten Vorhaben teilzunehmen, allerdings ohne jede Begeisterung, denn seit der Flucht aus dem Lager hatte ich panische Angst vor geschlossenen

Räumen, in denen diese Aktion durchgeführt werden mußte.

Zwei Tage später verließen wir, mit „Neunern" bewaffnet und je zwei Handgranaten in den Taschen, kurz vor Anbruch der Polizeistunde den Markt. Wir gingen die Grodzka-Straße entlang in Richtung Wawel und benutzten die rechte Straßenseite. Als wir den Dominikański-Platz überquert hatten, entdeckten wir auf derselben Straßenseite eine dreiköpfige Streife der Schutzpolizei. Wir befanden uns bereits in ihrem Sichtfeld. Die verlassene Straße bot keine Deckung. Wenn wir auf die andere Straßenseite übergewechselt wären oder in einem Hausflur Zuflucht gesucht hätten, hätten sie Verdacht schöpfen können. Es blieb nichts anderes übrig, wir mußten alles auf eine Karte setzen.

Der gleichmäßige Tritt der Schuhe übertönte das Herzklopfen. Je näher wir den Gendarmen kamen, desto entschlossener gingen wir ihnen entgegen. Wir paßten den Rhythmus unserer Schritte dem ihren an. Sie nahmen fast die ganze Breite des Bürgersteigs ein. Der Unteroffizier mit einer Parabellum in der Pistolentasche ging voran, direkt gefolgt von den beiden Schupos mit übergehängtem Gewehr. Alle drei waren weit über vierzig. Einen Augenblick lang überlegte ich, ob wir auf der Fahrbahnseite an ihnen vorbeigehen sollten oder besser auf der Häuserseite. Sicherer war es natürlich, sich nahe an die Hauseingänge zu halten. Als sie auf gleicher Höhe mit uns waren, befand sich „Andrzej" zwei Schritte hinter mir, um mir Deckung zu geben, während ich dem forschenden Blick des Feldwebels standhielt und dann, als ich an den beiden anderen vorbei war, nach der Handgranate in der Tasche griff. „Andrzej" tat dasselbe, als er an den Polizisten vorbei war. Gespannt warteten wir, wann hinter unserem Rücken der Ruf „Halt!" ertönen würde. Doch nichts dergleichen geschah. Wir hörten nur die ununterbrochenen, gleichmäßigen Schritte der sich entfernenden Streife.

Die Spannung fiel von uns ab. Wir lachten nervös wie Schuljungen, denen ein böser Streich gelungen war. „Andrzej" war ein großer, gutaussehender, selbstsicherer junger Bursche, und wir waren beide ordentlich gekleidet. Wahrscheinlich hatten sie uns für Deutsche gehalten, oder sie hatten einfach Angst vor uns gehabt.

Wenige Minuten, bevor die Haustür geschlossen wurde, stiegen wir in den zweiten Stock. Die Wohnungstür war versiegelt, wir gingen also über den Hofumgang zur Küchentür. Auch die war versiegelt. „Andrzej" wußte, daß sich der Rahmen des kleinen Fensters über dieser Tür nicht richtig schließen ließ. Das Fenster zu öffnen und es herauszunehmen, fiel nicht schwer. Nachdem wir auf diesem Wege in die Küche gelangt und die auf den Umgang führenden Fenster aufgemacht hatten, stand die Wohnung offen, und die Siegel waren unversehrt.

Wir zogen die Vorhänge zu und schalteten das Licht ein. Die Vierzimmerwohnung bot einen beklagenswerten Anblick. Überall lagen herausgerissene Kleidung, Bettwäsche und Unterwäsche, aus der Kredenz herausgenommenes Porzellan und Kristall, Bücherstapel und zum Einpacken vorgesehene Kisten herum. Wir begannen mit dem Aussortieren der wertvollsten Sachen. Zuerst widmeten wir uns den Gemälden. Es waren weit über ein Dutzend, darunter einige großformatige Stücke. Wir nahmen sie aus den Rahmen. Unter den Arbeiten befanden sich Werke von ungeheurem Wert, u.a. die 1927 von Wojciech Kossak in den USA gemalte „Kalifornische Steppe" mit einer Pferdeherde im Vordergrund, ein Selbstporträt des Künstlers und mehrere kleinere Arbeiten, die heute in den Sammlungen des polnischen Armee-Museums befindliche „Ordon-Redoute" von Jerzy Kossak, Schlachtengemälde von

Stanisław Batowski und ein Gemälde Józef Mehoffers, eine Darstellung des Thomas von Aquin.

Das Tafelsilber, das wertvollste Porzellan, mehrere Kristallstücke und die Bücher verpackten wir in den von den Deutschen vorbereiteten Kisten. Hinzu kamen noch die Teppiche. Jetzt mußte das alles vom zweiten Stock in den Holzschuppen am Ende des weiten Hofes gebracht werden. Wir wußten nicht genau, wie sich die Mieter in den anderen fünf Wohnungen verhalten würden, aber bald stellte sich heraus, daß sie durch das mehrwöchige „Amtieren" der Gestapo in der Wohnung von Dr. Rozmarynowicz so eingeschüchtert waren, daß trotz des unvermeidlichen Lärms im Treppenhaus kein einziger die Tür öffnete, um zu sehen, was dort vor sich ging.

Wir schufteten wie Lastenträger. Ich schleppte die Sachen ins Erdgeschoß, und „Andrzej" brachte sie über den Hof. Gegen Morgen, als mich die Müdigkeit fast überwältigte, waren die Bücher an der Reihe. Irgendwann kam ich unter der Last eines Bücherstapels ins Stolpern und rutschte einen ganzen Treppenabsatz hinunter. Der dadurch verursachte Lärm war unbeschreiblich, aber auch diesmal traute sich niemand auf den Flur.

Vor Hunger verließen uns die Kräfte. Wir hatten nichts zu essen mitgenommen, weil „Andrzej" mir versichert hatte, die Speisekammer sei gut versorgt. Leider war sie aber leer. Die Deutschen hatten alles, was sich nur irgendwie verspeisen ließ, aufgegessen und selbst die Konfitüre, mit der wir am meisten gerechnet hatten, nicht verschont.

Morgens verließen wir völlig ausgepumpt das Haus. Wir hatten unsere Aufgabe ausgeführt, doch triumphieren konnten wir erst am Abend, als wir erfuhren, daß „Andrzejs" Onkel Dr. Stanisław Kowenicki den Abtransport der Sachen an einen sicheren Ort erledigt hatte.

Die Gestapo-Leute waren wütend. Sie verdächtigten sich gegenseitig, das Inventar gestohlen zu haben. Die ins Verhör genommenen Mieter und die Hausmeisterin bestätigten, daß nachts mehrere Leute im Hause gewesen seien, aber ihre Aussagen waren entwaffnend ehrlich — sie waren überzeugt, es sei jemand der Herren von der Gestapo gewesen.

Ein Schuß auf der Straße

An jenem Oktoberabend war es ungewöhnlich warm. Es schien, als sei der Sommer zurückgekehrt. Doch die kurzen Sonnentage und die rasch einbrechende Dämmerung erinnerten daran, daß es doch schon Herbst war. Am vereinbarten Treffpunkt in Dębniki fanden sich pünktlich „Berek" und „Zielony" ein, die an diesem Tage keinen Dienst beim LHD hatten. Wir spazierten die Zagrody-Straße entlang. Wir wollten zum Schutzdeich der Weichsel, weil dort oft deutsche Soldaten anzutreffen waren. Plötzlich tauchten zwei engumschlungene Gestalten aus der Dunkelheit auf. Meine Kameraden beschleunigten den Schritt und näherten sich dem anscheinend völlig mit sich selbst beschäftigten Pärchen. Ich hörte das kurze „Hände hoch!" Doch anstatt die Arme zu heben, erblickte ich in der Hand des Deutschen eine Pistole, die der nach hinten zurückgebeugte „Berek" ihm aus der Hand zu schlagen versuchte. Der Schuß hallte wie Kanonendonner. Ich sprang zu dem mit dem Soldaten ringenden „Zielony" und half ihm, den Gegner mit einem Kolbenschlag ins Genick unschädlich zu machen. Unterdessen hob „Berek" die Pistole des Deutschen auf und steckte sie ein.

Mit einem Seitenblick bemerkte ich die Umrisse einer flüchtenden Frauengestalt, die ich durch den Zuruf „Langsamer!" dazu brachte, ihr Tempo zu drosseln. Wir selbst mußten jetzt umgehend vom Ort des Zwischenfalls verschwinden, ehe die durch den Schuß alarmierten Streifen die Gegend umzingelten. Wir mußten sofort über die Brükke, denn jeden Augenblick konnte man uns den Rückweg abschneiden. Plötzlich blieb „Berek" erstaunt unter der nächsten Laterne stehen und zeigte uns seine blutende Hand. Mir wurde übel, denn das Blut sprudelte nur so aus der durchschossenen Hand hervor. Zum Glück hatte „Zielony" zwei Bandagen bei sich, die er „Berek" auf die Wunde preßte.

Wir eilten auf die Brücke zu, aber der große, kräftige „Berek" wurde mit jedem Schritt schwächer. „Zielony" rettete die Situation, indem er uns in seine Wohnung in der Nähe der Dębnicki-Brücke brachte. Das war allerdings mit einem großen Risiko verbunden, denn in dieser Gegend, der die deutsche Polizei wegen des nahegelegenen Amtssitzes des Generalgouverneurs auf dem Wawel-Schloß große Aufmerksamkeit widmete, konnte jederzeit eine Razzia durchgeführt werden. Während sich die Mutter „Zielonys" des Verwundeten annahm, lief er selbst zum Arzt, und ich hatte Zeit zum Nachdenken.

Ich war entsetzt, als ich mir in aller Deutlichkeit klarmachte, daß ich bei der Planung von Kampfeinsätzen nie berücksichtigt hatte, daß jeder daran Beteiligte, also auch ich, Schußwunden erleiden konnte, und das weitaus schwerere als diesmal. Wir hatten kein Verbandszeug bei uns, denn niemand hatte uns darauf aufmerksam gemacht. Wir kannten auch keine Adressen von Chirurgen, an die wir uns in Notfällen wenden konnten. Das war eine Schwachstelle unserer Ausbildung gewesen, und es konnte unabsehbare Folgen haben.

Nach einer Viertelstunde klingelte „Zielony" auf die vereinbarte Weise und zuckte ratlos mit den Schultern. Er hatte zwei Ärzte aufgesucht, aber keiner war zu Hause gewesen. Wir mußten in der Innenstadt Hilfe suchen. Mit klopfendem Herzen führten wir den wankenden „Berek" über die noch nicht abgesperrte Brücke und erreichten, zu allem entschlossen, die Klinik von Prof. Glatzl in der

Siemiradzkiego-Straße 1, genau gegenüber dem Haus, in dem ich mich versteckt hielt. In dem nur schwach beleuchteten Wartezimmer befanden sich mehrere Personen. Ein mir unbekannter Arzt in mittleren Jahren führte den Verwundeten in den Behandlungsraum, desinfizierte und versorgte die Wunde, verband gewissenhaft die Hand und hörte sich dann aufmerksam meine Darstellung von einer Schießerei auf dem Bahnhof an. Er erklärte, er sei verpflichtet, jeden derartigen Fall telefonisch des Schutzpolizei zu melden. Ich blickte ihm offen in die Augen und sagte, während ich nach der Pistole in der Manteltasche griff, ruhig zu ihm:

„Herr Doktor, ich würde Ihnen nicht raten, das zu tun!"

„So? Meinen Sie? Dann nehmen wir eben an, ich sei gezwungen worden."

„Zielony" hatte wie auf Kohlen im Wartezimmer gesessen. Als der Doktor uns aus dem Behandlungsraum entließ, wußte er, daß alles gut gegangen war. Wie sich herausstellte, war der unbekannte Arzt AK-Offizier. Das eigene Leben riskierend, empfing er „Berek" noch mehrere Male in seinem Sprechzimmer und wechselte den Verband, bis die Wunde endgültig geheilt war. Durch die Kunde davon verflüchtigten sich meine Befürchtungen, ich könnte durch den Arzt enttarnt werden. Ich fühlte mich in der Wohnung der Tabors so richtig heimisch und hätte es sehr bedauert, wenn ich meinen Unterschlupf aus Angst, der Arzt könne mich bei nächstbester Gelegenheit wiedererkennen, hätte aufgeben müssen.

Die unter so unglückseligen Umständen erbeutete Pistole erwies sich als ein Modell, das unserer Kampfgruppe bis dahin unbekannt war. Es handelte sich um eine spanische Astra, Kaliber 7,65 mm. Kurze Zeit später verlangte ich auf einer Besprechung beim Abschnittsbefehlshaber, bei den Treffs solle bekanntgegeben werden, wo verwundete Soldaten ärztliche Hilfe bekommen konnten, und alle Teilnehmer an Kampfeinsätzen sollten angewiesen werden, zusammen mit der Waffe auch Verbandszeug mitzunehmen.

Glücklicherweise hatten wir bei unseren Diversionseinsätzen bis zum Ende der Besatzungszeit keine weiteren Schußwunden zu verzeichnen, ausgenommen ein Zwischenfall, der sich bei der Ausbildung im Umgang mit Waffen in einer Wohnung in der Szlak-Straße ereignete.

Eines Tages hatte sich „Tadzio" im Beisein von zwei anderen Kameraden mit der Konstruktion einer unlängst erbeuteten italienischen Beretta, ebenfalls Kaliber 7,65 mm, bekanntgemacht. Als sie die Pistole zusammengesetzt und eine Patrone in den Lauf gesteckt hatten, klopfte einer der Bewohner warnend an die Tür. Der Hausherr schob die Pistole hastig unters Bettzeug, und die anderen versteckten alles, was Verdacht erregen konnte. Dann setzten sie sich zum Kartenspiel an den Tisch. Als Entwarnung gegeben wurde, griff „Tadzio" nach der Pistole unter dem Bettzeug. Und in diesem Augenblick ertönte der gedämpfte Knall eines Schusses. Überrascht zog „Tadzio" seine durchschossene Hand unter der Bettdecke hervor. Im Zimmer wurde es still. Die Verschwörer bekamen einen furchtbaren Schreck. Die Frauen kümmerten sich um „Tadzio", und die anderen verließen schleunigst die Wohnung. Kurze Zeit später behandelte ein befreundeter Chirurg den Verwundeten.

Überfall auf ein Milchgeschäft

In den letzten Oktobertagen tauchte Fähnrich „Andrzej" bei mir auf. Er war auf Anweisung von Hauptmann „Powolny" (Ryszard Nuszkiewicz), dem Kedyw[17]-Inspektor des Krakauer Bereichs, nach Krakau gekommen, weil es erforderlich war, die zum selbständigen Partisanenbataillon „Skała" gehörenden Partisanenabteilungen „Huragan", „Błyskawica" und „Grom" für den Winter mit Lebensmitteln zu versorgen.

Das Bataillon hatte bei Złoty Potok einen ungleichen Kampf gegen überlegene Kräfte der Wehrmacht und der Polizei geführt, die von berittenen Wlassow-Abteilungen unterstützt worden waren. Dann war es in die nahe Krakau gelegenen Dörfer des Raums Miechów zurückgekehrt, die bei seiner Aufstellung im Sommer 1944 die Operationsbasis gebildet hatten. Im Hinblick auf den bevorstehenden Winter war es nicht möglich, die große Einheit weiterhin so nahe bei Krakau in Scheunen unterzubringen. Einen Teil der Leute hatte man also nach Hause entlassen, viele waren zu ihren Einheiten in der Stadt zurückgekehrt, und in den Partisanenabteilungen hatte man vor allem diejenigen behalten, die wegen der Gefährdung ihrer selbst oder ihrer Angehörigen nicht an ihre Heimatorte zurückkehren konnten.

„Andrzej" hatte bei irgendeiner Gelegenheit Kontakt zum polnischen Leiter des deutschen Milchgeschäfts in der Sienna-Straße 1 aufgenommen, das Reichsdeutsche mit

[17] Kedyw — Kierownictwo Dywersji, Diversionsführung

Molkereiwaren versorgte. Aus dem Gespräch mit dem Geschäftsleiter hatte sich ergeben, daß in dem unter dem Geschäft befindlichen Magazin täglich große Mengen Butter, Schnittkäse und Eier aufbewahrt wurden, die in den Vormittagsstunden verkauft werden sollten, und daß das polnische Personal des Ladens nichts dagegen hätte, wenn ein Teil der Produkte in die Hände der Partisanen gelangen würde. „Andrzej" erzählte mir das, um mir vorzuschlagen, die Aktion gemeinsam durchzuführen. Aus einem ersten Impuls heraus lehnte ich ab, weil ich nicht die Absicht hatte, die mir anvertrauten Leute durch einen tollen Streich in Gefahr zu bringen, der meiner Ansicht nach keine Aussicht auf Erfog versprach.

Das Geschäft lag direkt in der Innenstadt. Wir verfügten über keinerlei Transportmittel, um eine so große Warenmenge fortzuschaffen, und selbst wenn wir sie erbeuten sollten, ergab sich die Frage, wo wir die beschlagnahmten Produkte dann unterbringen sollten. Als geborener Freund des Risikos ließ sich „Andrzej" aber nicht durch meine Zweifel abschrecken. Bei jedem weiteren Treffen kam er auf das Thema zurück und versuchte, meinen Widerstand zu überwinden.

Eines Tages überredete er mich, das Objekt seines Interesses näher in Augenschein zu nehmen. Das Milchgeschäft in der Sienna-Straße 1 grenzte an ein mittelalterliches Eckhaus mit repräsentativem Eingang vom Markt her, das auch Graues Haus genannt wurde. Vor dem Krieg hatte sich das Kolonialwarengeschäft der Szarskis darin befunden. Während der Okkupation hatte die österreichische Firma Meinl das Geschäft der Szarskis übernommen. Die Belieferung der beiden Geschäfte erfolgte ebenso wie heute über den weiten Hof, auf den man durch ein großes, altes, reich verziertes Einfahrtstor gelangte. Der rechteckige Hof war ringsum von mehrstöckigen Gebäuden mit hölzernen

Umgängen umgeben und bildete beim Blockieren des Einfahrtstores eine enge Falle, aus der man nicht herauskam.

Tagsüber herrschte im Milchgeschäft reger Betrieb, denn es versorgte die deutschen Einwohner, die in den zahlreichen Ämtern und Firmen der Innenstadt beschäftigt waren. Während unserer Erkundung bemerkten wir, daß der Leiter abends kurz vor sieben, wenn die Verkäufer den letzten Kunden bedient hatten, den Vordereingang zur Sienna-Straße hin abschloß. Wenige Minuten später verließ das ganze Personal über den Hinterausgang das Geschäft. Das war der Augenblick, in dem man möglicherweise die Aktion durchführen konnte.

„Andrzej" wußte bereits, daß ich den Köder geschluckt hatte. Ich war aber verpflichtet, die Zustimmung von Rittmeister „Miecz" einzuholen, denn zur Ausführung der kühnen Aufgabe mußte ich den größten Teil meiner Soldaten heranziehen. Der Befehlshaber des III. Abschnitts war bereits über die Angelegenheit informiert, denn er stand in Verbindung mit dem Kedyw-Offizier des Krakauer Bereichs Oberleutnant „Spokojny" (Henryk Januszewski), den Kedyw-Chef Major „Skała" im Herbst 1944 nach Krakau abkommandiert hatte, um Diversions- und Sabotagemaßnahmen zu organisieren.

„Miecz" genehmigte, daß die Aktion im Rahmen der Kedyw mit Diversionskräften des III. Abschnitts durchgeführt wurde. Da er sich über die Gefahr klar war, die uns drohte, falls wir von der Polizei umzingelt würden, wies er an, in der Vorbereitungsphase besonders vorsichtig zu sein, und er machte mich auf die entsprechende Absicherung des Einsatzortes aufmerksam. Die Gefahr keineswegs unterschätzend, beschloß ich, dennoch das Risiko einzugehen. Dabei rechnete ich mit der Zerrüttung in den Reihen der Besatzer, die sich schon seit einiger Zeit bemerkbar machte.

Die Sorge um uns, die der Befehlshaber beim Fällen der schweren Entscheidung bewies, bereitete mir große Genugtuung.

Jetzt nahmen die Dinge rasch ihren Lauf. „Andrzej”, bei dieser Aktion mein Stellvertreter, und ich arbeiteten einen genauen Einsatzplan aus, den ich anschließend mit meinen Leuten diskutierte. Nach Berücksichtigung gewisser Korrekturen wies ich jedem seinen persönlichen Kampfauftrag zu. Ich hob das Risiko hervor, das wir alle auf uns nahmen, indem wir zum ersten Mal mit der ganzen Gruppe, mitten im Herzen der Stadt, vor den Augen Hunderter von Deutschen zum Einsatz gingen. Daher müßten wir, so stellte ich fest, zwar entschlossen und sicher, aber auch mit äußerster Umsicht vorgehen. Es dürfe keine Großtuerei geben. Wir müßten die Nerven im Zaum halten. Von der Waffe dürfe nur im äußersten Notfall Gebrauch gemacht werden. Im Falle einer Schießerei würden wir uns zu zweit zurückziehen und uns gegenseitig Feuerschutz geben. Wir würden uns über ein nahegelegenes Durchgangstor, an dem „Czarny” mit seiner unter der Windjacke versteckten Schmeisser Stellung beziehen sollte, in Richtung Stolarska-Straße, Kleiner Markt und Planten-Boulevard zurückziehen.

Am nächsten Tag, 15 Minuten vor 19 Uhr, machte ich in Begleitung von „Lu” einen Rundgang um das Graue Haus. Ich besichtigte es von vorne und nickte verstohlen „Czarny” zu, der wie geplant die Einfahrt auf den Hof und das angrenzende Durchgangstor bewachte. Ich bog um die Ecke in die Sienna-Straße ein und überzeugte mich, daß Oberleutnant „Piorun” und „Wujek” ihre vorgesehenen Positionen bezogen hatten. An der Mündung der Straße auf den Kleinen Markt entdeckte ich Feldwebel „Krakowiak”, der den Einsatzort nach dorthin absicherte. Der ebenfalls mit einer Maschinenpistole bewaffnete „Pion” hatte die

Aufgabe, gemeinsam mit „Czarny" solange das gegnerische Feuer in Schach zu halten, bis die Einsatzgruppe den Hof verlassen hatte. Beide hatten je zwei Reservemagazine. Zufrieden stellte ich fest, daß alle Teilnehmer an der Aktion die vorgesehenen Plätze eingenommen hatten. Niemand hatte sich verspätet.

Ich trug Stiefel, eine leichte, dunkelblaue, bis zu den Knien reichende Windjacke, die die mit dem Lauf nach unten um den Hals gehängte und mit einem Schal verhüllte MAS ausgezeichnet verbarg, und einen grünen deutschen Hut. In der Jackentasche steckte meine geliebte Walther. „Pion" und „Wujek" meinten, mein Aussehen erinnere an einen Vertreter des „Herrenvolkes". Kurze Zeit später erschien „Andrzej" und meldete, daß er in der Stolarska-Straße einen mit zwei Pferden bespannten Rollwagen gemietet habe, um den sich jetzt „Berek" und „Zielony" kümmerten, die auf das Zeichen zur Einfahrt auf den Hof warteten. Erleichtert atmete ich auf, denn den Transport betrachtete ich als den schwächsten Punkt unseres Vorhabens.

Durch die Glasscheiben der Tür sahen wir in das Geschäft hinein. Wir stellten fest, daß die letzten beiden Kundinnen gerade gingen und daß der Leiter die Rollläden herunterlassen wollte. Ich drängte ihn mit der Schulter beiseite und ging zum Ladentisch, an dem sich drei junge Frauen zu schaffen machten. Hinter meinem Rücken vernahm ich die leise Stimme „Andrzejs", der zum Leiter sagte: „Schließen Sie die Tür ab, sonst erkälten Sie sich noch!" Während sich „Andrzej" um das Personal kümmerte, kappte ich im Zimmer des Leiters die Telefonverbindung zur Stadt und öffnete die Tür auf den Hof. Dort warteten mit dem Rollwagen schon „Berek", „Zielony", „Zbych" und zwei andere, denen „Lu" mitgeteilt hatte, daß wir drin waren. Jetzt machten sich alle an die Arbeit. Butter in Blökken, Butter in Kartons, Eierkisten und verschiedene Käsesorten luden wir zügig auf den Wagen. Das Personal verfolgte zustimmend unser Vorgehen. Ich schaute auf den Hof hinaus, der durch das aus zahlreichen Fenstern fallende Licht erhellt war. Es herrschte normaler Verkehr, es gingen Leute vorbei. Gegenüber, auf dem Umgang des ersten Stocks, unterhielten sich zwei an das Geländer gelehnte Soldaten und blickten ab und an zu den beschäftigten Burschen hinunter. Vor dem Lager der Szarskis fuhr ein Lkw der Armee vor. Ein Unteroffizier stieg aus und ging hinein, der Fahrer blieb im Wagen. Halbwegs beruhigt kehrte ich in das Milchgeschäft zurück, doch das Angstgefühl, das mich in dem abgeschlossenen Hofraum so bedrückend überfiel, wurde ich bis zum Schluß nicht los.

Das Lager war leer, die Ware hatte den Besitzer gewechselt. Die ganze Aktion hatte etwa 15 Minuten gedauert, die mir endlos vorgekommen waren. Von den Burschen bewacht, fuhr der Wagen ab, und als „Andrzej" und ich uns anschickten, den Laden zu verlassen, schob uns der Leiter noch einen ganzen Stapel Lebensmittelmarken zu, auf denen, wie sich später zeigte, viele Leute bis zum Jahresende in deutschen Geschäften Molkereiprodukte bezogen. Bevor wir gingen, teilten wir dem Personal mit, die beschlagnahmte Ware sei für eine polnische Partisaneneinheit bestimmt. Dem Geschäftsleiter erklärten wir, er dürfe die deutschen Behörden erst nach einer halben Stunde über die Beschlagnahme informieren; falls die Türen früher geöffnet werden sollten, würden Handgranaten explodieren. Auf dem Hof hängten wir von außen ein Stück Mauerstein an die Türklinke.

Ich spürte, wie ich von Minute zu Minute unruhiger wurde. Wenn ich gekonnt hätte, hätte ich den Hof in wildem Lauf verlassen, doch mit aller Willenskraft beherrschte ich die Nerven. Erst außerhalb des Einfahrtstores atmete ich in vollen Zügen auf. Erstaunt registrierte ich die

Anwesenheit von „Miecz", der in Begleitung seines Adjutanten Leutnant „Norbert" nervös in der Nähe des Durchgangstores herumspazierte. Wie er mir später erzählte, hatte er um 19 Uhr in der Wohnung der Kawalec in dem nicht einmal 100 Meter vom Grauen Haus entfernten Hause der Bielaks eine Kompanieführerbesprechung beendet. Er hatte sich die ganze Zeit Sorgen über den Verlauf der Aktion gemacht. Er hatte also befohlen, Pistolen aus dem Versteck zu holen, und war mit „Norbert" zum Markt gegangen. Dort war er aufgetaucht, als der Rollwagen gerade das Tor verließ. Ein paar Minuten später bemerkten sie eine dreiköpfige Streife der Schutzpolizei, die in Höhe des Einfahrtstores kurz stehenblieb, um dann durch die Grodzka-Straße in Richtung Wawel zu verschwinden. Ich muß zugeben, daß „Miecz" in meinen Augen gewachsen war. Die Tatsache, daß er sich persönlich um uns gekümmert hatte, war ausschlaggebend für die Sympathie und Freundschaft, die sich später zwischen uns entwickelte.

Inzwischen beruhigt und entspannt, wies ich „Czarny" an, den Rest der Deckungsmannschaft zu benachrichtigen, daß der Einsatz beendet sei. In dieser Nacht blieb „Andrzej" bei mir in der Siemiradzkiego-Straße. Wir konnten lange nicht einschlafen und erörterten mit Tadeusz und Helena Tabor die Einzelheiten der Aktion. Sie hatten nicht weniger Angst gehabt als ich.

Der Rollwagen gelangte unbehindert nach Grzegórzki. Dort wurde die Beute auf zwei Fuhrwerke umgeladen, die man von dem Gut in der Nähe von Krakau geschickt hatte, auf dem die Partisanenabteilungen stationiert waren. Der junge, organisatorisch nicht mit uns verbundene und ständig von zwei Burschen bewachte Fuhrmann hatte zuerst nichts von der Aktion gewußt. Als er mitbekommen hatte, mit wem er es zu tun hatte, war er sehr tapfer gewesen.

Wie wir später erfuhren, waren die Deutschen überrascht von der Frechheit der Partisanen. Das Personal des Ladens hatte nicht gelitten. Als ich eine Woche nach dem Überfall die Linie A-B entlangging, spürte ich, wie der Blick eines vorbeigehenden, hochgewachsenen Mannes auf mich fiel. Instinktiv griff ich nach der im Gürtel steckenden Pistole und schaute ihm ins Gesicht. Ich erkannte ihn sofort, es war der Leiter des Milchgeschäfts. Er verbeugte sich tief und blickte mich so andächtig an, daß ich geniert war. Dank der deutschen Lebensmittelmarken konnten wir das letzte Weihnachtsfest des Krieges an reich gedeckten Tischen verbringen.

Attentat auf einen Mitarbeiter der Gestapo

Anfang Dezember 1944 bekam ich von Rittmeister „Miecz" den Befehl, den in der Mazowiecka-Straße wohnhaften Mitarbeiter der Gestapo F.M. zu liquidieren.

Das letzte Mal waren „Czarny" und ich an einem Septemberabend in dieser Straße unterwegs gewesen, um Waffen zu erbeuten. Wir hatten nach einem einzelnen Soldaten Ausschau gehalten, als wir unerwartet auf einen NSDAP-Bonzen gestoßen waren, der in seiner Ausgangsuniform gerade von irgendeiner Feier zurückkehrte. Der alte Nazi war durch die an seinen Bauch gepreßte Pistole so entsetzt gewesen, daß er sich ohne jeden Widerstand den Gürtel mit einem wunderschönen Dolch und einer Walther in einer glänzenden, braunen Pistolentasche hatte abnehmen lassen. Nach unserem Verschwinden hatte er keinen Alarm geschlagen.

Den Dolch habe ich zur Erinnerung in meiner Sammlung aus der Besatzungszeit aufgehoben. Als Fliegerleutnant Jerzy Radwanek aus dem Lager zurückgekehrt war, befestigte er ihn am Nationalfeiertag an seiner polnischen Fliegeruniform. Zuvor hatte er das Nazi-Emblem, den Adler mit ausgebreiteten Schwingen und einem Hakenkreuz in den Fängen, herausgeschliffen. So zeigte sich noch einmal, daß das Leben der beste Regisseur ist. Der im September 1944 von einem Auschwitz-Flüchtling erbeutete Dolch zierte am polnischen Nationalfeiertag die Galauniform eines polnischen Offiziers, eines ehemaligen Häftlings nationalsozialistischer Lager.

Doch kommen wir auf den Anschlag im Dezember 1944 zurück. Soweit ich mich erinnern kann, hatten wir vorher keine eigenen Erkundungen vorgenommen. Die nötigen Angaben über den Renegaten und auch die Information, wann M. das Haus verließ, um in den Amtssitz der Gestapo in der Pomorska-Straße zu gehen, hatte ich von „Tytus" bekommen. Zeigen sollte uns den Verräter der Sohn einer mit „Tytus" befreundeten und mit ihm zusammenarbeitenden Familie, der in derselben Straße in der Nachbarschaft wohnte.

Nachdem wir verschiedene Varianten diskutiert hatten, beschlossen „Berek" und ich, das Urteil zu zweit zu vollstrecken, um unsere Kameraden nicht eventuellen Gegenmaßnahmen der Polizei in dem zum großen Teil von Deutschen bewohnten Viertel auszusetzen. Der Rückzug vom Attentatsort in Richtung Innenstadt war schwierig im Hinblick auf die Gegend der Allee, die bei einer Schießerei von der Schutzpolizei abgeriegelt und kontrolliert werden konnte. Wir hatten den Hinweis bekommen, daß M. bewaffnet und äußerst wachsam sei. Daher beschlossen wir, den Anschlag in LHD-Uniformen auszuführen.

Am festgesetzten Tag standen wir mit Fahrrädern im Eingang eines großen Gebäudes unweit der Wohnung von M. Nach kurzer Zeit kam der siebzehnjährige Jurek angefahren und überbrachte die Nachricht, daß F.M. das Haus verlassen habe und auf uns zu komme. Der junge Bursche, der wußte, was sich in Kürze ereignen werde, war aufgeregt und konnte nur mühsam seine Nerven beherrschen. Auf mein Zeichen hin fuhr er mit seinem Rad unverzüglich in eine Nebenstraße.

Ich blickte auf die Uhr. Es war 7.50 Uhr. M. kam selbstsicher, elegant gekleidet, mit einer Aktentasche in der Hand näher. Ich hatte mich mit „Berek" verabredet, daß wir gleichzeitig aus nächster Entfernung auf ihn schießen würden, um sicher zu gehen, falls eine der Pistolen versagen sollte. Auf der Straße herrschte der für diese Zeit normale Verkehr, nur ab und an tauchten vereinzelte Passanten auf. Wir marschierten wie bei einem dienstlichen Rundgang mit gleichmäßigen Schritten dahin. Wir kamen an einer Gruppe von Männern vorbei, die uns aufmerksam betrachteten und in eine Querstraße einbogen. Drei Schritte von dem Gestapo-Beamten entfernt, zogen wir die Pistolen unter den kurzen Armeemänteln hervor, zielten auf den Körper von F.M. und drückten nahezu gleichzeitig ab. Die Stille des Wintermorgens wurde von dem zu einem einzigen kurzen, trockenen Knall verschmelzenden Mündungsfeuer zerrissen.

Ich erhaschte einen Blick seiner entsetzt aufgerissenen Augen. Die Schüsse hatten ihn erreicht, bevor er irgendetwas unternehmen konnte. Er sackte haltlos auf dem Bürgersteig zusammen. Die auf uns zu kommenden Passanten blieben sofort stehen, während wir zu dem Gebäude zurückliefen, in dem wir die Fahrräder abgestellt hatten. Aus der Haustür kam ein neugieriger Mann herausgestürzt, der sich bei unserem Anblick aber hastig zurückzog und im Flur verschwand. Wir bestiegen die Räder und fuhren, ständig die Richtung ändernd, davon, zuerst die Lubelska- und die Wrocławska-Straße entlang über die Słowackiego-Allee und dann durch die Długa- zur Krzywa-Straße, wo uns „Tadzio" und „Czarny" erwarteten, um sich um unsere Fahrräder zu kümmern. Dort verabschiedete ich mich von „Berek" und ging durch ein Durchgangstor zur Krowoderska-Straße, über den Biskupi-Platz am Wachposten des „Hellen Hauses" vorbei, in dem die Schutzpolizei untergebracht war, und dann nach Hause in die Siemiradzkiego-Straße.

An diesem Tage konnte ich nicht zu Mittag essen, und nachts sah ich im Traum das vor Entsetzen verzerrte, totenbleiche Gesicht des erschossenen Gestapo-Mannes.

Die Druckerei der Krakauer Emissionsbank

Angeregt durch den Erfolg der Aktion in der Sienna-Straße, machte ich mir Gedanken über den nächsten Überfall, an dem alle Diversionssoldaten teilnehmen konnten, die ja darauf brannten, mit der Waffe in der Hand zu kämpfen.

Begünstigt wurden diese Absichten durch die militärische Lage an den Fronten und durch die von Tag zu Tag stärker werdende Zerrüttung in den Reihen des Feindes. Seit Ende Oktober 1944 standen sowjetische Armeen an der Grenze Finnlands. Sie drangen im Norden Norwegens vor. Sie hatten die Deutschen aus den Gebieten des Baltikums, ausgenommen Kurland, verdrängt und als erste Truppen der Alliierten in Ostpreußen den Boden des Reiches betreten. Weiter im Süden hatten sie an vielen Stellen Narew und Weichsel überquert und bei Różan, Serock, Magnuszew, Puławy und Sandomierz Brückenköpfe gebildet. Truppen der III. Ukrainischen Front und der jugoslawischen Armee hatten am 20. Oktober Belgrad befreit, und Soldaten der II. Ukrainischen Front standen schon direkt vor Budapest.

Im Laufe des Sommers und Herbstes 1944 hatten die Streitkräfte der UdSSR 219 deutsche Divisionen und 32 feindliche Brigaden zerschlagen. An der Westfront tobten Kämpfe in Lothringen und im Elsaß, die Amerikaner näherten sich Straßburg. In Italien war die alliierte Front indessen bei Bologna zum Stehen gekommen und „steckte dort den ganzen Winter über fest". Im Dezember 1944 hatten wir nicht den geringsten Zweifel mehr daran, daß es die letzten Tage der Okkupanten in Krakau waren.

Die Vernunft gebot, die wenigen Wochen bis zur Befreiung der Stadt ruhig abzuwarten, aber der Tatendrang war stärker als der nüchtern abwägende Verstand. Für die Durchführung einer Aktion größeren Ausmaßes sprachen darüber hinaus die bei den bisherigen Einsätzen in der Stadt erworbene Kampferfahrung, die hervorragenden Faustfeuerwaffen und Maschinenpistolen, die sich dank der Entwaffnung deutscher Soldaten in unserem Besitz befanden und durch günstige Käufe ergänzt worden waren, und vor allem die große Portion Glück bei unseren Aktivitäten.

All das hatte Einfluß auf die ausgezeichnete Atmosphäre in unserer Gruppe. Es war wahrscheinlich die demokratischste Truppe der Welt. Charakteristisch waren für uns militärische Disziplin, hohes Moralbewußtsein und ein herzliches, kameradschaftliches Verhältnis, während Umsicht und strikte Einhaltung der konspiratorischen Regeln uns so manches Mal vor einer Verhaftung bewahrten.

Fähnrich „Andrzej" stand in ständiger Verbindung mit mir. Daher wußte ich von den Erkundungen, die Fähnrich „Szpada" in der Emissionsbank in der Basztowa-Straße vornahm. Sie zielten darauf ab, Informationen über die Produktion und den Tagesablauf in der Druckerei der Bank einzuholen, die in einem unscheinbaren Gebäude in der Berka-Joselewicza-Straße untergebracht war, die die Besatzer in Alte Ufergasse umgetauft hatten. Außerdem ging es um das Erlangen von Informationen, an welchem Tag auf den Maschinen der Druckerei eine entsprechend große Menge von Banknoten gedruckt wurde.

Während wir auf diese Angaben warteten, waren wir keineswegs tatenlos. Gemeinsam mit „Wujek" und „Pion" spähte ich das Objekt zu dieser Zeit von außen aus, um die Anmarsch- und Rückzugswege für den Einsatzort festzulegen, die Standpunkte der zur Absicherung vorgesehenen Leute zu bestimmen und die technischen Einzelheiten auszuarbeiten. Für mich begann ein Zeitraum fieberhafter Arbeit. Ebenso wie zuvor sollte auch bei dieser Aktion die ganze Gruppe herangezogen werden, wobei wir der Absicherung des Einsatzgebiets besondere Aufmerksamkeit widmeten.

Die Berka-Joselewicza-Straße ist eine Querstraße der Starowiślna-Straße. Sie liegt östlich außerhalb des Rings der Józefa-Dietla-Anlagen und ist höchstens 80 Meter lang. Sie endet an einem hohen Zaun am Bahndamm der Strekke, die den Bahnhof Kraków-Płaszów mit dem Hauptbahnhof verbindet. Sie ist also eine Sackgasse, die nur an einer Seite in die Durchfahrtsstraße mündet, die die Starowiślna-Straße damals bildete. Dieser Umstand war zu berücksichtigen. Wir mußten die Starowiślna-Straße nach beiden Seiten hin mit Maschinenpistolen absichern, denn es bestand die Möglichkeit, daß die Polizei bei einem Mißerfolg des ganzen Vorhabens die Straße entlang angreifen würde.

Meine Untergebenen wußten, daß eine große Diversionsaktion vorbereitet wurde, aber aus Gründen der Konspiration weihte ich sie nicht vorzeitig in die Pläne ein. Die Leute waren bereit, die Nachrichtenverbindung gesichert, und die Waffen in Ordnung, denn darauf achtete jeder geradezu übertrieben. Uns standen über ein Dutzend „Neuner", acht Maschinenpistolen und eine gewisse Zahl Handgranaten zur Verfügung. Der Waffenoffizier des III. Abschnitts hatte versprochen, letztere jederzeit zu liefern.

Der Anschlag auf die Druckerei der Emissionsbank sollte im Rahmen der Kedyw mit den Diversionskräften des III. Abschnitts durchgeführt werden. In dieser Frage hatte sich Rittmeister „Miecz" mit Oberleutnant „Spokojny", dem Kedyw-Offizier des Krakauer Bezirks, in Verbindung gesetzt.

Im Zuge der Aufklärung war festgestellt worden, daß nachts zwei Angestellte der Bank und zwei Beamte der

Schutzpolizei in der Druckerei Dienst hatten. Eine genaue Analyse des Arbeitsablaufs in der Druckerei und des Schutzdienstes ergab, daß sich die Bankangestellten bis 7.30 Uhr, d.h. bis zum Beginn des Tagschicht, im Betrieb aufhielten, während die Polizisten eine halbe Stunde früher die Druckerei verließen. Diese leichtfertige Mißachtung der dienstlichen Pflichten durch die Schupos bot uns eine Chance. Wir mußten zwischen 7.00 Uhr und 7.30 Uhr ins Innere gelangen, die nach Druckfarbe riechenden Banknoten einpacken und die Räumlichkeiten verlassen, bevor das Personal der Druckerei und die Wachleute der Tagschicht eintrafen.

Unter diesen Umständen stand uns theoretisch eine halbe Stunde zur Verfügung. Praktisch waren es aber nur 15-18 Minuten, und auch das nur unter der Bedingung, daß keine unvorhergesehenen Schwierigkeiten auftauchten.

Als „Andrzej" und ich die Chancen der gefährlichen Aufgabe erwogen, wurde ich mir mit aller Klarheit der ungeheuren Verantwortung für das Leben der mir anvertrauten Soldaten bewußt, mit denen mich echte Freundschaft verband. Man darf nicht vergessen, daß die Anregung für die Aktion von uns selbst ausgegangen war. Sie war das Ergebnis einer Diskussion, die „Andrzej" und „Szpada" mit einem Angestellten der Emissionsbank geführt hatten, der sich am Rande gesagt in dieser Phase der größten Gefahr ausgesetzt hatte. Wenn ich den Befehl von meinen Vorgesetzten bekommen hätte, hätte ich keinerlei Befürchtungen gehabt und mir keine Gedanken über die etwaigen Konsequenzen gemacht. Da ich von Natur aus Optimist bin, hoffte ich, daß wir auch diesmal Glück haben würden.

Den im Kreis von uns dreien diskutierten Plan legte „Andrzej" Oberleutnant „Spokojny" zur Bestätigung vor, und ich besprach mit „Miecz" die Einzelheiten, wobei ich mir die fachkundigen Bemerkungen des erfahrenen

Partisanenoffiziers einprägte. Im Endergebnis entstanden zwei Angriffskonzeptionen. Die erste ging davon aus, daß eine in deutsche Uniformen gekleidete Abteilung mit einem Lastwagen auf das Gelände der Druckerei fahren und das Gebäude für eine Viertelstunde besetzen sollte. Dagegen sollten der zweiten, weniger effektvollen Konzeption nach Leute in Arbeitsanzügen unauffällig in den Betrieb hineingehen. Wegen der Schwierigkeiten beim Beschaffen eines entsprechenden Kraftfahrzeugs und im Hinblick auf die typisch Krakauer Bedingungen entschied man sich für die zweite Variante.

Es stellte sich heraus, daß sich auch die von „Halszka" (Jan Kowalkowski) geleitete Diversionsgruppe des II. Abschnitts des AK-Kommandobereichs Krakau-Stadt („Żelbet") für die Druckerei der Emissionsbank interessiert hatte, aber die reibungslos durchgeführte Aktion in der Sienna-Straße hatte die Kedyw-Führung in der Überzeugung bestärkt, daß die Diversion des III. Abschnitts imstande sein werde, die schwierige Aufgabe auszuführen.

Jetzt mußten wir nur noch eine günstige Gelegenheit abwarten. Das dauerte genau eine Woche. In dieser Zeit vermochte ich mich nicht auf irgendetwas anderes zu konzentrieren. In den schlaflosen Nächten dachte ich an die bevorstehende Aufgabe, und bei den Treffen mit den Teilnehmern am Einsatz besprach ich immer wieder die Art und Weise des Rückzugs aus dem Bereich der Druckerei bei einem Zusammenstoß mit der deutschen Polizei. Falls es dazu kommen sollte, mußten wir uns mit der ganzen Gruppe zur Miodowa- und Meiselsa-Straße durchschlagen, wo wir sieben Durchgänge benutzen konnten, die in die benachbarten Straßen des historischen Stadtteils Kazimierz führten. Alle bekamen die Anweisung, sich mit diesen Durchgängen bekannt zu machen. Ich freute mich, daß die Feuerkraft groß genug war, um sich unter ihrem Schutz ohne Verluste aus dem Gefahrenbereich zurückziehen zu können. Über eine solche Bewaffnung verfügend und so entschlossen vorgehend, konnten wir erfolgreich ein Scharmützel mit einer größeren Patrouille der Polizei austragen.

Es durfte unter keinen Umständen versucht werden, den Bahndamm am Ende der Berka-Joselewicza-Straße zu überwinden, denn jeder Ausreißer bot dort ein ideales Ziel für die mit Maschinenpistolen und Maschinengewehren bewaffneten Gegner.

Am 29. Dezember befanden wir uns alle wenige Minuten vor sieben auf unseren Posten. An der Mündung der Berka-Joselewicza-Straße in die Starowiślna-Straße waren in den Fluren von zwei benachbarten Häusern Leutnant „Pion" und Fähnrich „Czarny" mit Faustfeuerwaffen und Maschinenpistolen postiert. Sie hatten die Aufgabe, die Gasse, in der sich die Druckerei der Bank befand, durch ihr Feuer abzuriegeln. Die Starowiślna-Straße war zum Dietl-Boulevard hin durch Fähnrich „Tadzio" und einen weiteren Soldaten und zur Weichsel hin durch Feldwebel „Krakowiak" und einen ihm zugeteilten Soldaten abgesichert. „Tadzio" und „Krakowiak" hatten ihre Maschinenpistolen unter den Mänteln versteckt, und ihre Helfer waren mit Handgranaten bewaffnet.

„Wujek" und „Lu" hatten die Aufgabe, die Nachrichtenverbindung zwischen der Sicherungs- und der Einsatzgruppe zu gewährleisten. Der Einsatzgruppe gehörten die Fähnriche „Andrzej", „Berek", „Zielony", „Zbych" und ich an. Alle waren mit Pistolen und je einer Handgranate ausgerüstet. Um mich nicht zu sehr zu belasten, hatte ich meine französische MAS unter der Winterjoppe verborgen. In dem Wohnhaus gegenüber der Druckerei hatte „Andrzej" zwei mit Maschinenpistolen bewaffnete Leute von „Skała" untergebracht. Einer von ihnen war der auf Urlaub von seiner Partisaneneinheit befindliche Leutnant „Miś II".

Die Schutzpolizisten verließen die Druckerei genau vier Minuten nach sieben. Erleichtert, den Nachtdienst hinter sich zu haben, gingen sie achtlos an uns vorbei, bogen in die Starowiślna-Straße ein und schlugen die Richtung zur Post ein. In diesem Augenblick drangen wir bereits in den Betrieb ein. Auf dem Hof hantierte nur die Reinemachefrau herum. Wir baten sie, mit hineinzukommen. Als wir das Gebäude betraten, übernahm „Andrzej", der sich bestens in der Druckerei auskannte, vereinbarungsgemäß das Kommando über die Einsatzgruppe. Auch ich unterordnete mich ihm und übernahm die Funktion seines Stellvertreters. Die überraschten Bankangestellten hoben gehorsam die Hände, und „Zielony" paßte auf sie auf.

Ich sah mich in der großen, mit riesigen Maschinen gefüllten Halle um, suchte nach den Hinweisen „Szpadas" die Telefonanschlüsse in den beiden Büroräumen und unterbrach die Verbindung. Unterdessen hatten die Kameraden mit dem Verstauen des Geldes in Säcken begonnen. Und dabei erwartete uns eine Überraschung. Nur ein geringer Teil der Banknoten von größerem Wert war zu Päckchen gebündelt, während ungefähr zwei Drittel der Produktion aus Druckbogen mit 20-Złoty-Scheinen bestanden, die erst geschnitten werden sollten. Für einen Moment waren wir konsterniert, aber wir hatten keine Zeit, um uns lange Gedanken darüber zu machen. Die Entscheidung fiel — wir nehmen alles mit, was irgendeinen Wert hat.

Innerhalb weniger Minuten verpackten die Kameraden die Stöße der Druckbogen in vier, jeweils fast einen Zentner wiegende Säcke. Sie gingen methodisch vor, ohne jede Nervosität. Ich hätte nie gedacht, daß Papiergeld so schwer ist. Zwei Säcke wurden auf einen kleinen Fahrradanhänger verladen, mit dem ein Soldat eine Minute zuvor auf den Hof gekommen war, die anderen beiden schleppten die Kräftigsten, „Berek" und „Zbych", auf dem Rücken zur...

Straßenbahn! Die ganze Zeit über hatte ich mit der Uhr in der Hand verfolgt, wie die Minuten vergingen, die jetzt wie verrückt dahinrasten. Ich wußte, daß jede Minute ausschlaggebend sein konnte für den Erfolg der Aktion.

In dem Moment, als „Andrzej", „Berek" und „Zbych" die Druckerei verließen, war es 7.19 Uhr. Die ganze Aktion hatte also vom Eindringen der Einsatzgruppe in das Gebäude an eine Viertelstunde gedauert, ein wahres Rekordtempo. Von nun an konnte jeden Augenblick einer der Beschäftigten auftauchen, denn die Arbeit begann um 7.30 Uhr. Gar nicht zu reden vom Betriebsschutz, der zu dienstlicher Disziplin verpflichtet war. Ich spürte den beschleunigten Herzschlag, aber „Zielony" und ich mußten noch mindestens eine Minute in der Druckerei bleiben, um den Kameraden Gelegenheit zu geben, die Straßenbahnhaltestelle in der Starowiślna-Straße zu erreichen. Unruhig verfolgte ich die Geräusche auf der Straße. Ich rechnete mit dem kurzen Feuerstoß einer Maschinenpistole und gleich darauf mit dem wütenden Rattern eines Maschinengewehrs. Doch nichts dergleichen geschah, auf der Straße war es still. Zdzisio, der die unglücklichen Bankangestellten bewachte, bewies völlige Beherrschung, die auch auf mich übergriff. Auf Bitten der Bankangestellten knebelten wir sie an Händen und Füßen mit Stricken und schlossen sie in einem der Lagerräume ein.

Als wir aus dem Gebäude auf die Straße traten, war es bereits hell. An der Ecke der Starowiślna-Straße stieß ich auf den nervös herumspazierenden „Wujek". Er konnte nicht begreifen, warum ich gezögert hatte, den Einsatzort zu verlassen, obwohl sich doch keiner mehr auf dem Gelände der Druckerei befand. Ich beauftragte ihn, die Sicherungsgruppe abzuziehen und „Czarny" zur Unterstützung von „Zbych" loszuschicken, der sich entschlossen hatte, seine Last in seine Wohnung in Podgórze mitzunehmen. Das war zwar nicht vorgesehen, aber wir betrachteten es als die günstigste Lösung. „Czarny" und ich holten ihn ein, als er in der Miodowa-Straße gerade in die überfüllte Straßenbahn stieg.

„Zbych" fühlte sich bei unserem Anblick sogleich wohler, denn er wußte, daß er sich im Notfall auf uns verlassen konnte. Die Fahrt mit der Straßenbahn über die an beiden Seiten von Wehrmachtssoldaten bewachte Weichselbrükke versetzte uns in ziemliche Aufregung. An der ersten Haltestelle jenseits der Brücke stiegen wir aus und erreichten ungehindert die Wohnung „Zbychs". Ich war mir klar darüber, daß die Polizei unverzüglich mit der Suche nach den Beteiligten am Überfall auf die Druckerei der Emissionsbank begonnen hatte, und so kehrten wir erst gegen Mittag, als es in der Stadt etwas ruhiger geworden war, nach Hause zurück.

Meine ersten Schritte führten mich zum Treffpunkt am Hauptmarkt. In der Wohnung von Kawalec erwartete mich der Befehlshaber des III. Abschnitts, dem „Lu" die erste Nachricht über den erfolgreichen Verlauf der Aktion überbracht hatte. „Miecz" war neugierig auf Einzelheiten und hatte sich Sorgen gemacht, ob uns bei der Beförderung des Geldes nicht etwas zugestoßen sei. Das Transportieren einer so großen Ladung mit der Straßenbahn betrachtete er als reine Tollheit. Ich erstattete ihm Meldung, daß die Aufgabe ausgeführt sei.

„Andrzej" hatte nach dem Verlassen des Druckereigebäudes das Fahrrad mit dem unter der Last der Säcke fast zusammenbrechenden Anhänger bestiegen. Zuerst war die Fahrt gut verlaufen, aber in der Wielopole-Straße hatte das Gefährt die schwere Last einfach nicht mehr ausgehalten, und die Räder hatten sich gespreizt. Zum Glück war gerade eine Droschke aufgetaucht, auf die er die wertvolle Fracht umladen konnte. So war er ohne Zwischenfall zur

Lelewela-Straße in Zwierzyniec gefahren, wo ein Unterbringungsort für das Geld vorbereitet war. Der Droschkenbesitzer, der ihm beim Abladen der Säcke geholfen hatte, hatte beim Einkassieren der Entlohnung für eine doppelte Fahrt seinen Hut gelüftet, „Andrzej" verständnisinnig zugezwinkert und gemeint: „Aber verehrter Herr, Sie haben wirklich viel Altpapier gesammelt!" Der gewitzte alte Krakauer war fest überzeugt gewesen, daß der spendable Fahrgast verbotene Flugschriften transportiert habe.

Von den Kameraden beschützt, gelangte „Berek" mit seiner Last zu der vorgesehenen Wohnung in der Nadwiślańska-Straße in Podgórze. Insgesamt hatten wir etwa 2 300 000 Złoty erbeutet, was zu jener Zeit ein ganz erhebliches Vermögen darstellte. Es mußte nur noch ein wichtiges Problem gelöst werden — das Schneiden der Druckbogen. Dafür waren Fachkenntnisse und entsprechende Geräte nötig. Das Schneiden der bei „Andrzej" aufbewahrten Druckbogen erfolgte in der Druckerei von Zemanek in Krakau. Man kann sich vorstellen, welche Schwierigkeiten die Ausführenden der gefährlichen Aufgabe überwinden mußten, denn die deutsche Polizei hatte in Zusammenhang mit dem Überfall auf die Druckerei der Emissionsbank ein gründliches Untersuchungsverfahren eingeleitet. In der Zentralbank in der Basztowa-Straße verhörte man das ganze polnische Personal. Leider wurden einige Personen verhaftet, darunter auch der stellvertretende Direktor Masalski. Anschließend brachte man die Verhafteten ins Innere des Reiches. Wegen mangelnder Aufsicht kam der Generaldirektor der Bank, Mitglied der NSDAP, für mehrere Tage ins Gefängnis. Ernste Konsequenzen bekamen auch die Schutzpolizisten zu spüren.

Die Ladung, die „Zbych" aus der Druckerei geholt hatte, wurde zwei Tage später in die Wohnung der Tabors gebracht, wo „Pion", von Beruf Vermessungsingenieur, damit begann, die Druckbogen mit Hilfe einer extra konstruierten Vorrichtung in einzelne Geldscheine zu zerschneiden. Das war eine mühsame Arbeit, aber er führte sie zufriedenstellend aus. Auf Bemühen von „Miecz” wurde ein gewisser Betrag des erbeuteten Geldes dem III. Abschnitt zur Verfügung gestellt, um dafür Waffen zu kaufen und Soldaten, die sich in einer schwierigen finanziellen Lage befanden, zu helfen. Damals, es war Anfang Januar 1945, ungefähr zwei Wochen vor der Befreiung Krakaus, interessierte sich das Abschnittskommando zum ersten Mal für meine Lebenslage.

Nach der Flucht aus dem Lager hatte ich aus verständlichen Gründen keine Arbeit aufnehmen können. Dank der Unterstützung von Tadeusz und Helena Tabor, die mich als Familienmitglied behandelten, konnte ich mich restlos der konspirativen Tätigkeit widmen. Das bei einigen Geschäften verdiente Geld hatte ich benutzt, um Kleidung und Schuhe zu kaufen, und nur einen geringen Betrag hatte ich Helena als Haushaltsgeld gegeben.

Unterdessen fahndeten die deutschen Behörden unablässig weiter nach den Beteiligten am Anschlag auf die Druckkerei der Krakauer Emissionsbank. In Zusammenarbeit mit der Kriminalpolizei verschickte die Direktion der Bank folgende Mitteilung an ihre Filialen:

Emissionsbank in Polen — Krakau, den. 29. Dezember 1944
Geschäftsleitung
Tgb.Nr.1o858/44

Tägliche Anordnung und Mitteilung Nr.78/44

1. III/52 — Geldverkehr
Inhaltsverzeichnis: S.13 —/Noten der Emissionsbank
— Neue Noten/
— Geraubte /neu/

Wir geben den Niederlassungen bekannt, dass am 29.d.Mts. früh ein Raubüberfall auf die mit dem Notendruck der 2o-er Złotynoten /Ausgabedatum 1. März 194o/ beauftragte Druckerei in Krakau durchgeführt worden ist. Geraubt wurden die in der obliegenden Aufstellung nachgewiesenen fertigen

1/ bedruckten und numerierten Notenbogen zu 2o zł sowie

2/ fertige 2o Zlotynoten in Paketen.

Die neugedruckten Noten weisen im Vergleich mit den seitherigen Ausgaben folgende Druckabweichungen auf:

a/ der braune Untergrund der Vorderseite ist heller;

b/ der Serien- und Nummernaufdruck ist ausgesprochen rot, während die Numerierung der früheren Ausgaben in orangerot gehalten ist.

Es ist damit zu rechnen, dass die Täter versuchen werden, nach Aufteilung der Notenbogen auch diese Abschnitte in den Verkehr zu setzen. Die Niederlassungen wollen daher dem Umlauf der 20 Złotynoten und besonders den Nummern ihr besonderes Augenmerk widmen. Hierbei ist gleichfalls auf den Schnitt der Noten zu achten. Bei Vorkommen sind die Personalien der Einreicher festzustellen und die nächstgelegene Polizeidienststelle sofort zu benachrichtigen.

Genehmigt: Emissionsbank in Polen
Bankdirigent Geschäftsleitung

Der Mitteilung waren Verzeichnisse der bedruckten und numerierten Notenbogen sowie der fertigen 20-Złoty-Noten beigefügt.

Trotz der intensiven Verfolgungsmaßnahmen der Krakauer Kriminalpolizei konnten die Täter des „Raubüberfalls" in den ersten zwei Wochen nicht gefaßt werden. Danach war es dann zu spät — die sowetischen Truppen eröffneten ihre Winteroffensive, und am 18. Januar war Krakau befreit.

Widerstandsbewegung im Lager

Der erste Häftling, der im KZ Auschwitz eine Widerstandsbewegung organisierte, war der Kavallerie-Oberleutnant Witold Pilecki, der auf den Namen Tomasz Serafiński, Nr. 4859, lautende Papiere benutzte.

Er hatte schon ab Oktober 1940 vertraute Mithäftlinge in konspirativen Fünfergruppen zusammengeschlossen, aus denen er dann den Verband der Militärorganisation ZOW bildete.

Neben der Organisation Pileckis, der vor seiner Festnahme in Warschau Stabschef der polnischen Geheimarmee gewesen war, bestand im Lager bereits ein geheimes Netz des bewaffneten Kampfbundes ZWZ, das von Oberstleutnant Kazimierz Rawicz geleitet wurde, der im Lager als Jan Hilkner auftrat. Pilecki erreichte bald, daß sich das ZWZ-Netz seiner Organisation anschloß, wobei er den formellen Oberbefehl an den rangälteren Offizier abtrat. Er selbst sicherte sich den organisatorischen Zusammenhalt des Ganzen. Später, 1942, gelang es Oberleutnant Pilecki, dem ZOW zwei weitere militärische Gruppen der Untergrundbewegung zuzuführen, die von Oberst Zygmunt Stawarz und Oberstleutnant Karol Kumuniecki geleitet wurden.

Unabhängig von den militärischen Organisationen entstanden bereits ab Herbst 1940 politische Organisationen. Unter der Leitung von Stanisław Dubois, im Lager Dębski, wirkte gut getarnt die Sozialistische Partei Polens PPS. Geleitet von Jan Mosdorf und mit Unterstützung des bedeutenden Funktionärs Roman Rybarski, organisierte sich auch die Rechte. Im lagernahen Gebiet zeichnete sich das illegale Netz der Bauernpartei SL durch rege Aktivität aus. Die Kontakte zu dieser Gruppe ermöglichten es Pilecki, Nachrichten aus dem Lager nach außen zu schmuggeln und sie an das Oberkommando des ZWZ, später der Landesarmee AK weiterzuleiten.

Im Juni 1942 wurde Oberstleutnant Rawicz in das KZ Mauthausen verlegt, und Oberstleutnant Juliusz Gilewicz übernahm dessen Funktion in der Militärorganisation.

Das Ziel der Militärorganisation bestand zu jener Zeit darin, den Mithäftlingen das Lagerleben zu erleichtern und Mitteilungen an die Außenwelt zu vermitteln, in der Endphase des Krieges dann auch in der Vorbereitung des Lagers auf einen Kampf, falls die SS versuchen sollte, die Häftlinge restlos umzubringen.

Als Mitte 1942 keine Kollektivstrafen mehr verhängt wurden, begann der Verband der Militärorganisation damit, Ausbruchsversuche von Häftlingen zu organisieren, darunter von Kurieren, die die Meldung nach Warschau brachten, daß das Lager zum Kampf bereit sei.

In der Nacht vom 26. zum 27. April 1943 floh der durch Enttarnung bedrohte Witold Pilecki[18] zusammen mit

[18] Rittmeister Witold Pilecki kämpfte als Befehlshaber der 2. Kompanie des Bataillons der Gruppierung „Chrobry II" beim Warschauer Aufstand. Er war Häftling der Kriegsgefangenenlager in Lamsdorf und Murnau. Er kämpfte als Offizier des 2. Korps von General Władysław Anders in Italien. Im Dezember 1945 wurde er über Polen abgesetzt, um ein Nachrichtennetz aufzubauen und die gesammelten Informationen nach Italien zu übermitteln. Am 8. Mai 1947 wurde er von Beamten des polnischen Sicherheitsdienstes UB verhaftet, schweren Verhören unterzogen und vom Militärgericht in Warschau zum Tode verurteilt. Am 25. Mai 1948 wurde er im Gefängnis des Warschauer Stadtteils Mokotów durch Genickschuß getötet. Postum rehabilitiert.

Edward Ciesielski[19] und Jan Redzej[20] aus dem Lager und meldete sich in Warschau. Die Entscheidung, um das Lager zu kämpfen, erwirkte Pilecki damals nicht, weil das Oberkommando der AK der Ansicht war, der Plan sei irreal und würde nur zur Ermordung Tausender von Häftlingen führen. Noch während des Aufenthalts Pileckis im Lager war es zu den ersten Hinrichtungen von Mitgliedern seiner Organisation gekommen, die dennoch immer stärker wurde und auch die nächstgelegenen Außenlager erfaßte. Auf dem Hof von Block 11 wurden am 19. Juni 1942 50 von der Politischen Abteilung ausgesuchte politische Häftlinge, ausnahmslos Polen, erschossen. Das tragische Schicksal der an diesem Tag Erschossenen teilte gemeinsam mit anderen ZWZ- bzw. AK-Offizieren auch Hauptmann Stefan Niedziałkowski, Nr. 20096, Kommandant des Bereichs Krakau-Kreis, einer der ersten Organisatoren der Untergrundbewegung im Bezirk Krakau.

1943 war das KZ Auschwitz bereits ein internationales Lager, das antifaschistische Funktionäre politischer Organisationen aus ganz Europa verschlang. Im Schoße der einzelnen Nationalitätengruppen entstanden Widerstandsgruppen und Untergrundorganisationen. Organisiert wurden sie von Tschechen, Bürgern der Sowjetunion, Österreichern, Franzosen, Jugoslawen und Juden. An der Spitze der sowjetischen Gruppe stand Major Alexej Lebedjew, an der Spitze der Österreicher der Kommunist Hermann Langbein, und die französische Gruppe wurde von Roger Abada angeführt. Am 1. Mai 1943 entstand auf Initiative von

[19] Edward Ciesielski wurde beim Warschauer Aufstand verwundet. Er floh während eines Transports und kämpfte in einem der Bauernbataillone von „Ośka" im Raum Kielce. Zur Zeit des stalinistischen Terrors war er viele Jahre lang politischer Häftling.

[20] Jan Redzej wurde zum Hauptmann befördert und fiel beim Warschauer Aufstand.

Polen und mehreren österreichischen Kommunisten im Lager eine internationale Kampfgruppe. Polnischerseits gehörte dazu Józef Cyrankiewicz[21], der am 4. September, also zwei Jahre später als Pilecki, von Krakau aus ins Lager eingeliefert worden war. Pilecki hatte vor seiner Flucht Verbindung mit Cyrankiewicz aufgenommen, der inzwischen schon an der Spitze der geheimen PPS-Kampforganisation des Lagers stand. Außer Cyrankiewicz schlossen sich mehrere polnische Kommunisten, darunter Tadeusz Holuj, der internationalen Kampfgruppe an.

Die Österreicher standen in Kontakt mit der sowjetischen, der französischen und der jüdischen Gruppe. Die sowjetischen Häftlinge hielten Verbindung zum Verband der Militärorganisation ZOW, der sich auf einen Kampf vorbereitete. Cyrankiewicz suchte ebenfalls Kontakt zum ZOW, weil nur auf diesem Wege eine gemeinsame, schlagkräftige Lager-Widerstandsbewegung geschaffen werden konnte. Die mit Oberstleutnant Juliusz Gilewicz aufgenommenen Gespräche wurden unterbrochen, weil es der Lager-Gestapo gelang, die Führung dieser Organisation zu zerschlagen.

Im September verhaftete die Lager-Gestapo infolge von Denunziationen 74 Häftlinge, darunter viele bedeutende politisch und gesellschaftlich aktive Militärs. Am 11. Oktober wurden an der Todesmauer auf dem Hof von Block 11 insgesamt 54 Häftlinge erschossen. Darunter befanden sich Oberst Juliusz Gilewicz, Nr 31033, sein Bruder Major Kazimierz Gilewicz, Nr. 71886, Oberstleutnant Teofil Dziama, Nr. 13578, Oberstleutnant Kazimierz Stamirowski, Nr. 66786, Jan Mosdorf, Nr. 8230, und Józef Woźniakowski, Nr. 52338.

---

[21] Józef Cyrankiewicz war 1947-1970 Premierminister der VR Polen.

Die mit Bernard Świerczyna und Henryk Bartoszewicz, den Nachfolgern von Gilewicz, wiederaufgenommenen Gespräche führten zur Gründung des Lager-Militärrates, dem Bernard Świerczyna, Mieczysław Wagner, der österreichische Kommunist Heinz Dürmayer und Lucjan Motyka[22] angehörten. Das Kommando blieb in den Händen des Verbandes der Militärorganisation ZOW, denn darin bestand die Voraussetzung für das Zusammenwirken.

Mitte 1944 nahmen die vom ZOW organisierten Fluchtversuche aus dem Lager zu. Die Ausreißer kamen zur Partisanenabteilung „Sosienki", die unter dem Befehl des Kommandanten des Bereichs Oświęcim, Oberleutnant Jan Wawrzyczek, Deckname „Danuta", stand. Diese Einheiten sollten zum Einsatz kommen, falls es die Umstände gegen Ende des Krieges erlauben sollten, den Kampf um das Lager aufzunehmen. Der Operationsplan war vom Befehlshaber des schlesischen AK-Bezirks, Oberstleutnant Zygmunt Janke, Deckname „Walter", bestätigt worden, der mit dem Lager-Militärrat in Verbindung stand.

Am 12. Januar 1945 wurde die sowjetische Offensive eröffnet. Die SS begann mit der Zerstörung der Krematorien und dem Verbrennen der Akten der Politischen Abteilung.

In den Tagen vom 17. bis zum 21. Januar wurden vom Stammlager, von Birkenau und von 27 Außenlagern aus riesige Häftlingskolonnen zu Fuß nach Westen in Bewegung gesetzt. Auf der Route Oświęcim — Pszczyna — Wodzisław Ślaski trieb man etwa 25 000 Häftlinge, Männer wie Frauen, durch den eisigen Winter, während es auf der Strecke Oświęcim — Tychy — Mikołów — Gliwice

---

[22] Lucjan Motyka war 1964-1971 Minister für Kultur und Kunst der VR Polen.

ungefähr 14 000 waren. Etwa 7000 marschunfähige Häftlinge blieben im Lager zurück.

Unterwegs brachen über 3000 Männer und Frauen vor Erschöpfung und Kälte zusammen und wurden von der SS-Begleitmannschaft mit Karabinerschüssen aus nächster Nähe getötet.

Am 27. Januar 1945 tauchten Patrouillen der I. Ukrainischen Front am Lagertor auf. Das KZ Auschwitz war frei.

Flüchtlingsschicksale

Die wenigen Häftlinge des KZ Auschwitz, deren Versuche, die Freiheit zu erlangen, von Erfolg gekrönt waren, schlossen sich zum größten Teil der Bewegung des Kampfes gegen die Besatzer an und bewiesen, daß die Flucht aus dem Lager nicht Selbstzweck gewesen war, sondern nur ein Schritt, der es ermöglichte, den Kampf aufzunehmen. Das belegen die weiteren Schicksale einiger Auschwitz-Flüchtlinge.

Włodzimierz Turczyniak und seine Kameraden erreichten nach ihrer Flucht aus der SS-Küche das Dorf Wysoka bei Łańcut, wo sie Kontakt zum örtlichen AK-Stützpunkt aufnahmen, der unter dem Befehl von Józef Albigowski, Deckname „Oleś", stand.

Włodzimierz verbarg sich bis zum September 1943 auf einem von Józef Wojtyna verwalteten Gutshof Alfred Potockis. Gleich nachdem er Papiere auf den Namen Władysław Zieliński bekommen hatte, wurde er mit Unterstützung seines Betreuers bei den Industriebetrieben in Sędziszów Małopolski eingestellt. Als Diversionssoldat, Deckname "Wilim", beteiligte er sich an Anschlägen auf Züge an die Ostfront. Gemeinsam mit seinen Kameraden erbeutete er Waffen, Munition, sanitäre Bedarfsartikel und Lebensmittel. Er nahm teil an Attentaten auf Geheimagenten und am Empfang aus der Luft abgeworfener Waffen im Sommer 1944.

Włodzimierz Turczyniak war einer der tapfersten und aufopferungsvollsten Soldaten der Diversion des Bezirks Łańcut. Dieser treue Kamerad und Freund starb viel zu früh 1974 im Alter von nicht ganz 58 Jahren.

Am wenigsten Glück hatte sein bester Freund Roman Lechner, ein Jurist aus Krakau, Soldat derselben AK-Einheit. Bei einer Pazifikation im Frühjahr 1944 geriet er in die Hände von Gendarmen, die das Gut Lipniki durchsuchten. Als die Deutschen zwei Kennkarten bei ihm fanden, erschossen sie ihn bei einem Fluchtversuch. Auf diese Weise kam wenige Monate vor der Befreiung jener Gegend einer der achtenswertesten Lagerkameraden ums Leben.

Der dritte Ausreißer jener Fünfergruppe, Bronisław Staszkiewicz aus Żywiec, schaltete sich ebenfalls in die konspirative Tätigkeit ein. Das weitere Kriegsschicksal von Adam und Tadeusz Klus ist mir nicht bekannt, aber wenn man die Veranlagungen der beiden, den Patriotismus des einige Jahre jüngeren Tadeusz und die Verhaftung der Eltern, eines Lehrerehepaares aus Łańcut, nach der Flucht der Söhne aus dem Lager berücksichtigt, dann ist anzunehmen, daß auch sie sich am Kampf gegen die Besatzer beteiligt haben. Von uns sieben haben mit Ausnahme Roman Lechners alle den Krieg überlebt und sich dann aktiv am Wiederaufbau des zerstörten Polens beteiligt.

Die im Dachdeckerkommando beschäftigten Häftlinge Tomasz Sobański, Nr. 13609, und Kostek Jagiełło, Nr. 4507, flohen am 28. Juni 1944 aus dem Lager. Dabei wurden sie von dem konspirativen Netz unterstützt, das mit der AK, den Bauernbataillonen und der PPS-Kampforganisation in Verbindung stehende Patrioten des lagernahen Gebiets geknüpft hatten. Die Ausreißer aus dem KZ Auschwitz waren von Leuten aufgenommen worden, die auf der ganzen Route nach Krakau über Kontakte verfügten. Dabei handelte es sich um die Söhne von Bergmannsfamilien aus Brzeszcze Władysław Pytlik und Edward Haloń, äußerst verdienstvolle Mitglieder der Widerstandsbewegung.

Die jungen, aus Warschau stammenden Flüchtlinge fanden Zuflucht und Betreuung in der Wohnung der Arbeiterfamilie Wiśniewski in der Bocheńska-Straße. Sie hatten aber nicht die Absicht, sich auf ihren Erfolgen auszuruhen, was nach einem so langen Aufenthalt im Lager verständlich gewesen wäre. Sie stellten sich selbst eine außergewöhnlich gefährliche Aufgabe — die Rückkehr in die unmittelbare Umgebung von Oświęcim, um unter Ausnutzung ihrer Kenntnis der Verhältnisse im Lager, der Leute und des Geländes rings um das KZ sowie ihrer Kontakte zur Partisanenbewegung Ausbruchsversuche zu organisieren.

Nach einigen Wochen, als Kostek und Tomasz von Krakauer PPS-Genossen Papiere bekommen hatten und als ihre auf dem Unterarm eintätowierten Häftlingsnummern entfernt worden waren — die Operation unternahm Dozent Dr. Jan Kowalczyk in der chirurgischen Klinik in der Kopernika-Straße — kehrten sie auf demselben Wege nach Oświęcim zurück. Die Grenze des Generalgouvernements überschritten sie zwischen Dulowa und Trzebinia. Begleitet wurden sie von Jerzy Tabeau-Wesołowski, Nr. 27273, ebenfalls ein Auschwitz-Flüchtling. Jagiełło nahm rasch Verbindung zu der von Oberleutnant Jan Wawrzyczek, Deckname „Danuta", befehligten AK-Abteilung „Sosienki" auf, in der sich schon ein gutes Dutzend aus dem Lager geflohener ehemaliger Häftlinge befand. Dazu gehörten fünf Kameraden, denen am 9. September die Flucht gelungen war: der Infanteriefähnrich Stanisław Furdyna, Nr. 193, Stanisław Kwiatkowski, Stanisław Maliński, Nr. 69, der Infanteriefähnrich Antoni Wykręt, Nr. 613, und Stanisław Zakrzewski. Alle befanden sich in guter körperlicher Verfassung und waren von Tatendrang erfüllt. Daher beteiligten sie sich sogleich an den von der Partisanenabteilung geplanten Kampfeinsätzen.

Kurze Zeit später befreiten Stanisław Furdyna, Deckname „Śmiech", und Antoni Wykręt, Deckname „Kirgiz", in den SS-Uniformen, in denen sie aus Auschwitz geflohen waren, drei Freunde aus dem Lager. Auf dem Weg von Auschwitz nach Budy übernahmen sie auch von den Begleitposten die Häftlinge Stanisław Zyguła, Nr. 682, und Marian Szajer, Nr. 17036. Sie gaben sich als Beamte der Lager-Gestapo aus und waren von dem in Zivil gekleideten Tomasz Sobański begleitet. Die ganze Aktion wurde mustergültig durchgeführt.

Als tragischer Tag erwies sich für diese Gruppe der 3. Dezember 1944. Damals umzingelte eine SS-Kompanie das Haus der Zdrowaks im Dorf Brzeszcze-Bór. Stanisław Furdyna und Marian Szajer sprangen aus dem Fenster und brachen im Feuer der Maschinenpistolen zusammen, während sich Antoni Wykręt und Stanisław Kwiatkowski im Keller verbarrikadierten, um bis zuletzt zu kämpfen. Kwiatkowski wurde bald tödlich von einem Granatsplitter getroffen, und den bewußtlosen „Kirgiz" zogen die SS-Leute aus dem Keller. Als am Ort des Geschehens eingetroffene Beamte der Lager-Gestapo den verwundeten Partisanen als den seit September gesuchten Häftling Nr. 618 identifiziert hatten, wurde er mit Stricken gefesselt und unter der Bewachung von drei SS-Leuten auf einem offenen Lkw fortgeschafft. In der Gegend von Rajsko, also in unmittelbarer Nähe des Lagers, konnte Antoni die Fesseln an seinen Händen lockern. Er sprang auf und hechtete mit einem gewaltigen Sprung seines 80 Kilo schweren Körpers auf die an der hinteren Klappe sitzenden SS-Leute zu. Wie ein Rammbock riß er sie um und fiel mit ihnen auf die Chaussee. Als die überraschten und arg mitgenommenen SS-Leute mit ihren Maschinenpistolen zu schießen begannen, trat der Fahrer, der ebenso entsetzt war wie der neben ihm sitzende Rottenführer, das Gaspedal bis zum Anschlag durch, weil er überzeugt war, es handle sich um einen Angriff der Partisanen zur Befreiung des Häftlings.

Unterdessen suchte „Kirgiz” mit blutendem Gesicht, mit beim Sturz ausgeschlagenen Zähnen und gebrochenem Schlüsselbein Deckung im dichten Gebüsch der Sola und erreichte den Fluß entlang das Gehöft der Nikiels, wo man ihm half. Auf diese Weise konnte sich einer der tapfersten Partisanen des lagernahen Raumes davor retten, grausam verhört und am Galgen vor der Lagerküche erhängt zu werden.

Im späten Frühjahr 1945, kurz vor dem Ende der Kampfhandlungen, traf ich Antoni in Krakau. Er äußerte sich anerkennend, als er von meinen Kampfestaten hörte, und wir schmiedeten sogleich Pläne. Wir wollten gemeinsam über die Tschechoslowakei in die amerikanische Zone, was zu jener Zeit der „Völkerwanderungen” in Europa kein Problem war für so erfahrene junge Leute, wie wir es durch die Kriegserlebnisse geworden waren. Wir beabsichtigten, uns ein wenig in der Welt umzusehen. Doch am Ende verzichtete ich darauf, Polen zu verlassen, weil ich restlos mit der Vorbereitung aufs Abitur beschäftigt war. Ziemlich großen Einfluß auf meinen Entschluß hatte auch ein wunderhübsches blondes Mädchen, daß ich Ende des Krieges kennengelernt hatte. Antoni Wykręt gelangte bei seinen Reisen nach Kanada. Mit Polen steht er nicht in Verbindung.

Am 27. Oktober 1944 ging eine Tragödie zu Ende, die die älteren Bewohner des bei Oświęcim gelegenen Dorfes Łęki-Zasole für immer in Erinnerung behalten haben. An diesem Tag sollten Konstanty Jagiełło und Tomasz Sobański, der mit ihnen zusammenarbeitende Bergmann der Grube „Brzeszcze” Kazimierz Ptasiński und der Wirtshausbesitzer Franciszek Dusik von bestochenen SS-Leuten fünf Auschwitz-Flüchtlinge übernehmen. Vereinbarungsgemäß sollten Leitungsmitglieder der internationalen Lager-Widerstandsbewegung mit einem Wehrmachts-Hanomag aus dem KZ herausgebracht werden. Dabei handelte es sich um die österreichischen Kommunisten Rudi Friemel, Nr. 25173, und Ernst Burger, Nr. 23850, um den schlesischen AK-Führer Bernard Świerczyna, Nr. 1393, und um Czesław Duzel und Zbigniew Reynoch, Nr. 60746. Gegen 10.30 Uhr entdeckte Jagiełło den Lastwagen, von dem zu seinem Entsetzen anstatt der Häftlinge bewaffnete SS-Leute herabsprangen und rings um das Wirtshaus in Stellung gingen. In dem Augenblick, da Kostek ungeachtet des Maschinenpistolenfeuers versuchte, über den Zaun zu springen und die nächstbeste Deckung zu erreichen, bekam er eine ganze Serie in den Rücken. Unterdessen wollte Tomasz die für die Häftlinge vorbereitete Kleidung holen, und das war seine Rettung. Ptasiński, Franciszek Dusik, sein Onkel Julian und die blutjunge Wanda wurden von den SS-Leuten gefesselt und auf den Lkw geworfen, auf dem bereits die Leiche Jagiellos lag. Dann fuhr der Wagen in Richtung Lager davon.

Die Beamten der Politischen Abteilung triumphierten. Nach einer Reihe grausamer Verhöre wurden die fünf Fluchtkandidaten und mehrere andere, mit ihnen zusammenwirkende Häftlinge am 30. Dezember 1944, nicht ganz einen Monat vor der Befreiung des Lagers durch Soldaten der I. Ukrainischen Front, auf dem Appellplatz vor der Küche erhängt. Dem in der Stadt verhörten Kazimierz Ptasiński war es schon in der ersten Nacht gelungen zu fliehen. Franciszek Dusik und sein Onkel Julian kamen in den Bunker von Block 11. Wanda schickten die Häscher nach Ravensbrück. Julian Dusik kam im Lager um.

Im August 1944 kam die AK-Partisanenabteilung „Skok", die bis dahin im Kreis Miechów operiert hatte, auf die Anweisung zur Konzentration hin nach Goszcza und schloß sich dem selbständigen Partisanenbataillon „Skała" an. In der mehrere Dutzend Mann starken Abteilung hatten fünf ehemalige Häftlinge des KZ Auschwitz Zuflucht gefunden und die Möglichkeit bekommen, gegen die Okkupanten zu kämpfen. Es waren Józef Papuga, Nr. 12049, Deckname „Maciek", Ryszard Kordek, Nr. 10291, „Ryś", Kazimierz Andrysik, Nr. 89, Zdzisław Michalak, Nr. 180, „Lisek", und Henryk Dzięgielewski, Nr. 121412, „Wodnik".

Die ersten vier waren am 13. Juli aus Birkenau geflohen. An Bord des Schleppers „Piast" versteckt, waren sie die Weichsel abwärts zum Hafen Dęby bei Krakau gelangt und hatten dann mit einem kleinen Passagierschiff Nowy Korczyn erreicht, eine Gegend, die von starken Partisaneneinheiten der AK und der Bauernbataillone beherrscht war.

Der Warschauer Henryk Dzięgielewski war mit seinem Bruder Tadeusz, Nr. 121413, geflohen, den zufällig auftauchende Gendarmen in der Umgebung von Libiąż bei einer improvisierten Verfolgungsjagd wieder eingefangen hatten. Den unglückseligen Ausreißer brachte man in den Bunker von Block 11. Im Mai 1945 befreiten Soldaten der amerikanischen Armee in einem Außenlager von Buchenwald eine Gruppe von 160 zur Strafe dorthin verlegter Häftlinge, unter denen sich auch Tadeusz befand.

Unterdessen nahm Henryk Dzięgielewski, der sich gemeinsam mit anderen Auschwitz-Häftlingen an vielen Kampfeinsätzen beteiligte, Rache an den Nazis für seinen Bruder und seine Kameraden im Lager. Die Partisanenabteilung „Skok" — „Grom" wurde in Goszcza zur 3. Kompanie des Bataillons „Skała" umgebildet und beteiligte sich an der Seite der Kompanien „Huragan" und „Błyskawica" an der gegen überlegene feindliche Kräfte ausgetragenen Schlacht bei Złoty Potok.

Früher als wir alle, nämlich am 10. Juni 1942, noch während meines Aufenthalts im Lager, war August Kowalczyk, Nr. 6804, aus der Strafkompanie geflohen. Dank der Unterstützung, die ihm die schlesischen Familien Lysko und Sklorz in dem nur 12 km von Auschwitz entfernt gelegenen Dorf Bojszowy gewährten, hatte er nach sieben Wochen den Raum Miechów erreicht und war nach seiner Vereidigung Soldat der Landesarmee AK geworden.

Während seiner Nachkriegslaufbahn als Schauspieler hat August Kowalczyk mehrfach ganz hervorragend Gestapo-Leute dargestellt. Sie waren ein getreues Abbild der Persönlichkeit und des Charakters jener Häscher, mit denen er es als Häftling des KZ Auschwitz Tag für Tag zu tun gehabt hatte.

Jerzy Bielecki, Nr. 243, mein Schulkamerad vom Nowodworski-Gymnasium, wurde durch eine verwegene Tat berühmt. Wie die meisten von uns war er beim Überlebenskampf von Kommando zu Kommando gewandert. Und er hatte Glück. Er besorgte sich Arbeit im Getreidespeicher, gleich neben dem ehemaligen Tabak-Monopol.

Da er gut Deutsch sprach — ein Lob für unsere Lehrer —, erwarb er bald das Vertrauen seiner Vorgesetzten und wurde Kommandoältester.

In einem Raum des Gebäudes arbeitete ein Kommando junger Mädchen, darunter die Jüdin Cyla Cybulska aus Łomża. Sie war mit ihrer ganzen Familie am 19. Januar 1943 mit einem RSHA-Transport aus dem Ghetto in Zambrów eingeliefert worden. Ihre Mutter und ihre neunjährige Schwester hatte man sogleich vergast, und bald darauf waren auch ihr Vater und die beiden Brüder ermordet worden. Von der zahlreichen, einst glücklichen Familie war nur sie am Leben geblieben.

Für den von Sehnsucht nach Frauen erfüllten Jerzy war das schwarzäugige Mädchen ein Sonnenstrahl im entsetzlichen Grau des Lagers. Bald wurde sie ihm lieb und vertraut. Indessen wütete in Birkenau der Tod wie nie zuvor. Bielecki beschloß, Cyla aus der Hölle zu befreien. Von seinem in der SS-Bekleidungskammer beschäftigten Freund

Tadeusz Srogi, Nr. 178, bekam er eine SS-Uniform mit den Rangabzeichen eines Rottenführers und den Vordruck eines Passierscheins. Der grüne Durchlaßschein war für die Rückkehr zum Stammkommando Budy ausgestellt und versprach daher nur eine flüchtige Kontrolle beim Passieren der Postenkette. Darauf basierte der tollkühne Plans Jerzys.

Seine Aufregung unterdrückend, füllte er den Schein aus und trug zum Schluß Name und Datum ein: Steiner, Helmuth, SS-Rottenführer, 21.07.1944. Er meldete sich für eine Stunde bei Oberscharführer Pomplun ab, um in der Schlachterei Wurst zu besorgen. Der erlaubte das nur allzu gerne. Durch einen Nebeneingang schlich sich Jerzy zu seinem Versteck auf dem Dachboden und kehrte bald darauf in SS-Uniform und Sonnenbrille zurück. Zackig marschierte er an einer Kolonne von Häftlingen vorbei, die bei seinem Anblick stramm standen und die Mützen abnahmen. Das stärkte sein Selbstvertrauen. Im Erdgeschoß des Stabsgebäudes, wo Cylas Kommando arbeitete, meldete er sich als Mitarbeiter der Politischen Abteilung vorschriftsmäßig bei der Aufseherin: „Ich habe den Befehl, Häftling... Moment mal...” Er griff nach einem Zettel in der Tasche seiner Uniformjacke und las vor: „Nummer 29558, Name Cybulska-Stawiska, zum Verhör zu holen.” Die Aufseherin rief die Kapo und wies sie an: „Ruf mal die Schwarze von der Bügelstube!” Und dann begann sie mit dem attraktiven Rottenführer zu flirten.

Die Kapo führte die totenblasse Cyla herein. Jerzy vergewisserte sich, daß die Häftlingsnummer stimmte, maß das vor Schreck zitternde Mädchen mit strengem Blick, rückte die mit einem Stück Eisen beschwerte Pistolentasche zurecht und führte Cyla hinaus.

Der Rottenführer und das Häftlingsmädchen im dunkelblauen Kleid mit aufgemaltem rotem Streifen auf dem Rükken schlugen die Richtung zu der entlang der Sola nach

Budy führenden Chaussee ein. In der Nähe von Rajsko, wo sich die Gärtnerei befand, mußten sie die Postenkette der SS passieren. Die Umrisse der auf den Wachtürmen an ihren MGs lauernden Posten hoben sich unheilverheißend vom Himmel ab. Als Jerzy dem diensthabenden Unteroffizier am Schlagbaum Meldung erstattete, konnte er nur mit größter Mühe seine Aufregung unterdrücken. Der Unterscharführer schaute Cyla kalt an, warf dem Rottenführer einen gleichgültigen Blick zu, kontrollierte den Passierschein, reichte ihn Bielecki und gab den Durchgang frei. Der Weg in die Freiheit stand offen.

Jetzt setzten Jerzy und Cyla in raschem Tempo ihren Marsch entlang der Sola fort. Die Deckung des Buschwerks am Fluß ausnutzend, bewegten sie sich nach Süden. In der Nacht gelangten sie ans andere Ufer. Der Feuerschein von Auschwitz und Birkenau blieb hinter ihnen. Den Tag über schliefen und erholten sie sich in einem Kornfeld. In der nächsten Nacht bekamen sie von polnischen Bewohnern des Dorfes Bachowice erste Unterstützung. Zuflucht gewährte ihnen die Familie des Organisten Stanisław Kosowski. Eine Führerin brachte die Ausreißer über die grüne Grenze, und dann, schon im Generalgouvernement, überquerten sie die Weichsel. Zwei Tage später konnten sie sich im Hause von Jan Marus, bei Verwandten Jerzys, im Dorf Muniakowice bei Miechów ungefährdet erholen. Jerzy traf sich bald mit seinem Bruder Leszek, Soldat einer AK-Partisanenabteilung, und verlor die Verbindung zu Cyla. Sie verbarg sich bis Kriegsende bei der Familie Czernik, wo sie wie deren Tochter behandelt wurde. Nach der Befreiung Polens fuhr sie nach Schweden und später in die USA. Im Juni 1983 kam es in Krakau und anschließend im Auschwitz-Museum zu einem Wiedersehen zwischen Jerzy und Cyla Cybulska-Stawiska. Dabei begleitete sie ein Filmteam, das den Fluchtweg des jungen Paares nachzeichnete.

Ing. Jerzy Bielecki hatte geheiratet und sich in Nowy Targ niedergelassen. Er hat zwei erwachsene Kinder. Am 1. September 1986 wurde er in Jerusalem mit der Medaille eines „Gerechten unter den Völkern" ausgezeichnet. Er ist Verfasser des Buches „Kto ratuje jedno życie... Pamiętnik z Oświęcimia" (Wer auch nur ein Leben rettet... Erinnerungen an Auschwitz).

Der Funktionär des sozialistischen Jugendverbandes und Sekretär der Krakauer Transportarbeitergewerkschaft Lucjan Motyka stand schon im Herbst 1939 auf der auf Anweisung der Krakauer Gestapo zusammengestellten Liste linksgerichteter Funktionäre.

Wie die meisten jungen Patrioten hatte er sich nicht mit der Niederlage abgefunden und war in den Untergrund abgetaucht, um gegen die Besatzer zu kämpfen. Seine früheren Verbindungen ausnutzend, nahm er Verbindung zum Artillerieoberleutnant Józef Cyrankiewicz auf. Der hatte am Septemberfeldzug teilgenommen und war mit Einheiten der 6. Infanteriedivision der Armee „Kraków" bei Tomaszów Lubelski gefangengenommen worden. Cyrankiewicz war während des Transports der Gefangenen geflohen und hatte als Sekretär des Bezirks-Arbeiterkomitees der PPS in Krakau eine konspirative Tätigkeit aufgenommen.

Unter dem Decknamen „Lutek" schloß sich Motyka der 1940 von der PPS in Südpolen aufgestellten Volksgarde GL an. Normalerweise war er als Arbeiter beschäftigt, wobei er die Vorkriegskontakte zu seinen Kampfgenossen ausnutzte.

Als das Bezirks-Arbeiterkomitee die Legalisierungsstelle einrichtete, übernahm „Lutek", Autodidakt und seit seiner Kindheit an Malerei und Graphik interessiert, eine verantwortungsvolle Aufgabe. Er fälschte Passierscheine, Geburtsurkunden und Ausweise für Leute, die von der Polizei gesucht wurden. Als die Besatzer mit der Liquidierung des Ghettos begannen, war es dringend notwendig, auf diese Weise zu helfen, das Leben der zur Vernichtung bestimmten Insassen zu retten.

Es vergingen zwei Jahre. Der Terror nahm immer mehr zu. Die Gestapo verhaftete zahlreiche Mitglieder der Widerstandsbewegung. Sie zerschlug die Strukturen des Kommandobereichs Krakau-Schlesien und des Krakauer ZWZ-Bezirks. Immer häufiger gingen Transporte mit Häftlingen des Montelupich-Gefängnisses in das KZ Auschwitz ab. Im September 1942 wurde Cyrankiewicz in das Lager eingeliefert.

Zu jener Zeit trat „Lutek" in Verbindung mit dem Krakauer Hilfskomitee für KZ-Häftlinge, das auf Initiative von Teresa Lasocka-Estreicher, Dr. Helena Szlapak und Adam Rysiewicz, inzwischen PPS-Sekretär, gegründet worden war. „Lutek" nutzte seine Fähigkeiten, um für im Lager tätige Zivilarbeiter Papiere zu fälschen, mit denen sie sich im Lagerinteressensgebiet bewegen konnten.

Damals wußte Motyka noch nicht, daß Auschwitz auch auf ihn wartete und daß er eines Tages einen Ausbruchsversuch unternehmen werde. Gefaßt wurde er schon bald, selbst die erstklassig nachgemachten Papiere eines Eisenbahners halfen nichts. Mitte 1943, nach mehrmonatiger Einzelhaft im Montelupich-Gefängnis und entsetzlichen Verhören bei der Gestapo in der Pomorska-Straße, als es anscheinend keine Rettung mehr für ihn gab, fiel das Urteil — Einlieferung in das KZ Auschwitz. Er bekam die Häftlingsnummer 136678. Und wiederum hatte er Glück. Alte Häftlinge, Genossen, die er schon aus der Zeit der Freiheit kannte, erledigten es, daß er einer Gruppe von Malern zugeteilt wurde. Dank seiner Freunde hatte der „Millionär" Motyka einen guten Start im Lager und große Aussichten zu überleben.

Je weiter die Front nach Westen vorrückte, desto notwendiger wurde es, die Nachrichtenverbindung zwischen der PPS-Organisation im Lager und dem Zentrum der Untergrundbewegung außerhalb des Lagers zu verbessern. Das konnte nur ein Häftling erreichen, der die Atmosphäre im Lager, die Gegend um Oświęcim und vor allem die Leute auf beiden Seiten des Lagerzauns kannte. Diese Bedingungen erfüllte der Häftling Nr. 136678. Der Tod von Adam Rysiewicz, Deckname „Teodor", der am 22. Juni 1944 mit seinen Genossen auf dem kleinen grenznahen Bahnhof Ryczów von deutschen Bahnschutzbeamten umzingelt worden war, und die Einstellung und Terminverschiebung des Fluchtversuchs von Cyrankiewicz, Deckname „Rot", mobilisierten Motyka zu dem Versuch, einen Ausbruch zu wagen. Mit Hilfe von Kameraden wurde er einer Gruppe von Malern zugeteilt, die in der Schlachterei des Lagers beschäftigt war, einem Objekt, das innerhalb der großen Postenkette lag.

Am 19. Juli trug „Lutek" einen dunkelblauen Arbeitsanzug und meldete dem SS-Posten, daß er in die Kantine gehe, um eine angefangene Arbeit zu erledigen. Dann marschierte er festen Schrittes zur SS-Küche, wo er sich drei Tage und drei Nächte auf dem Dachboden der Baracke verstecken wollte. Der in der Küche beschäftigte Häftling Piotr Piąty sollte ihn mit Lebensmitteln versorgen. Am Abend hörte er die Lagersirene, die die Flucht eines Häftlings verkündete. Die Suchaktion hatte begonnen. Nach 60 Stunden entsetzlichen Abwartens in äußerst unbequemer Position — es bestand die Gefahr, durch die schwache Deckenkonstruktion in den Speisesaal zu fallen — erfuhr „Lutek" von seinem Kameraden, daß es unmöglich war, ihm Essen zu bringen. Am 22. Juli entschloß er sich, nach Einbruch der Dunkelheit sein Versteck zu verlassen. Er konnte sich vor Hunger kaum auf den Beinen halten, durchschwamm aber dennoch die Hochwasser führende Sola und strebte dem Dorf Łęki zu, wo ein Verbindungsmann auf ihn warten sollte. Leider traf er ihn an der vereinbarten Stelle nicht an. Morgens beobachtete er heimlich zwei Kinder. Ihnen hatte er es zu verdanken, daß er Kontakt zu den Genossen aufnehmen konnte, die ihn in Empfang nehmen sollten. Am Abend dieses Tages tauchte Emil Golczyk, ein Untergebener Władysław Pytliks, auf und brachte „Lutek" nach Brzeszcze. Nach einer Verschnaufpause von einigen Tagen bekam er Papiere und eine Waffe und wurde über die grüne Grenze ins Generalgouvernement geschleust. Von dort aus schien der Nachtmarsch nach Krakau auf wohlbekannten Pfaden nur noch ein Kinderspiel zu sein.

In der Wohnung von Józef und Maria Wiśniewski in der im Arbeiterviertel von Podgórze gelegenen Bocheńska-Straße fand ein weiterer Auschwitz-Flüchtling Unterschlupf. Lucjan Motyka wurde bald darauf Mitglied der Leitung der PPS-Kampfabteilungen im Krakauer Raum und übte diese gefährliche Funktion bis hin zur Befreiung aus.

Befreiung

In der zweiten Dezemberhälfte zweifelten die Krakauer nicht mehr daran, daß das bevorstehende Weihnachtsfest das letzte unter deutscher Besatzung sein werde.

Am Heiligabend war ich bei meiner Schwester Stefania eingeladen, mit der ich gut ein Jahr nach ihrer Entlassung aus dem Montelupich-Gefängnis Kontakt aufgenommen hatte. Zuvor hatte ich mich allerdings vergewissert, daß die Gestapo aufgehört hatte, sich im Zusammenhang mit meiner Flucht aus dem Lager für sie zu interessieren. Wir trafen uns in der Gegend von Tyniec an der Weichsel. Sie benutzte ein Fahrrad und tat so, als unternehme sie einen Ausflug aus der Stadt. Mit Tränen in den Augen erinnerten wir uns an unsere zerrissene Familie — an Mutter und Mietek in Auschwitz und an unseren jüngsten Bruder Ksawery, den man im zweiten Kriegsjahr zur Landarbeit bei einem Bauern nach Österreich gebracht hatte, der dort ausgerissen und nach kurzer Gefängnishaft auf einem Gestüt bei Wien eingesetzt worden war. Bedauernd sprachen wir auch vom Vater, einem Fähnrich des 5. Regiments der schweren Artillerie in Krakau, der 1937 auf tragische Weise bei einem Motorradunfall ums Leben gekommen war.

Der Mann meiner Schwester war Janusz Böhm, ein Lehrer aus Katowice, den die Deutschen im Oktober 1939 verhaftet und nach Dachau geschickt hatten. Nach acht Monaten Lagerhaft war er entlassen worden und nach Krakau gekommen, wo er bei der Firma Autounion eingestellt wurde.

Zwei Jahre später hatte sich Janusz' Chef, ein anständiger Deutscher, für die Entlassung Stefanias aus dem Gefängnis eingesetzt, die, wie das Untersuchungsverfahren ergeben hatte, keine Ahnung von meiner Flucht aus dem Lager gehabt hatte. Vielleicht hatte die Fürsprache des Direktors der Firma, die für die deutsche Kriegswirtschaft von Bedeutung war, tatsächlich Einfluß auf die Entlassung meiner Schwester aus dem Montelupich-Gefängnis gehabt, vielleicht aber hatte die Gestapo auch damit gerechnet, sie könne den Ausreißer fassen, wenn sie die Kontakte seiner Schwester nach der Entlassung aus dem Gefängnis beobachtete.

Beim Weihnachtsabendessen lernte ich meinen Schwager kennen; wir waren uns sofort sympathisch. Am nächsten Morgen, es war noch dunkel, kehrte ich in die Siemiradzkiego-Straße zurück, um die Familie nicht in Gefahr zu bringen.

Am 1. Januar 1945 gab es Beförderungen und Auszeichnungen. Ich bekam den ersehnten Offiziersrang, und alle mir unterstehenden Diversionssoldaten avancierten um einen oder zwei Dienstgrade. Es regnete Auszeichnungen -Tapferkeitskreuze und silberne und bronzene Verdienstkreuze mit Schwertern. „Miecz" wurde zum Major befördert, „Pion" zum Oberleutnant und „Berek", „Wujek" und „Lu" zu Leutnants. Diese Anerkennung des fast zweijährigen bewaffneten Kampfes gegen die Okkupanten war für uns jüngeren eine Überraschung und bereitete uns große Genugtuung, denn während der Einsätze hatte niemand an Beförderung und Auszeichnung gedacht.

Am 12. Januar erdröhnten die Geschütze am Brückenkopf bei Kazimierz. Die Hauptverteidigungslinie der Deutschen an der Weichsel wurde innerhalb von 24 Stunden durchbrochen. In vier Tagen rückte die I. Ukrainische Front über 100 km nach Westen vor und eroberte Kielce.

Am 17. Januar überschritten sowjetische Divisionen den Oberlauf der Warthe und besetzten Częstochowa. Damit begann ein riesiges Angriffsmanöver, das darauf abzielte, Krakau und Schlesien zu befreien und die deutschen Streitkräfte zu zerschlagen. Diesem raschen Vordringen der sowjetischen Truppen hatte das deutsche Oberkommando nichts entgegenzusetzen. Ich nahm an jenem Tag am letzten Treffen der Offiziere des III. Abschnitts teil, die sich in der Wohnung von Kawalec am Hauptmarkt versammelt hatten.

Die Front rückte näher. Von Norden her war das ferne Dröhnen schwerer Artillerie zu hören. Überraschend bat mich der Abschnittsbefehlshaber — es war kein Befehl —, die Lage im nördlichen Teil der Stadt zu erkunden. Es sah danach aus, daß die Russen jeden Augenblick von dort aus in die Vorstädte Krakaus eindringen würden. Ohne lange zu zögern, steckte ich die „Neuner" in den Gürtel, zog eine bequeme zivile Joppe an, streifte eine deutsche Feldmütze über die Ohren, denn es war klirrend kalt, und schwang mich aufs Rad. Ich fuhr in raschem Tempo durch die verödete Stadt — die Sławkowska- und die Długa-Straße entlang, an der Mauer des Montelupich-Gefängnisses vorbei, dessen Wachtürme verlassen zu sein schienen, in der Kamienna-Straße unter der Eisenbahnüberführung hindurch, und dann erreichte ich die Warszawska-Straße. In diesem Teil der Stadt war der Straßenverkehr zum Erliegen gekommen, nur ab und zu kamen einzelne Autos vorbei. Ein Weilchen sprach ich mit einem verschüchterten Wlassow-Soldaten, der irgendwelche Magazine der Armee bewachte. Ich lauschte dem immer intensiveren Artilleriebeschuß und kehrte in die Kamienna-Straße zurück. Auf der Straße war keine Menschenseele zu sehen, doch an der Überführung stellte ich beunruhigt fest, daß Pioniere dabei waren, Sprengladungen anzubringen. Als ich weiter herankam, wurde ich in der Nähe einer MG-Stellung zur Absicherung der Sprengarbeiten angehalten. Bei dem mich kontrollierenden Unteroffizier der Wehrmacht meldete ich mich als Mitglied des Luftschutzhilfsdienstes. Ich sei hier dienstlich unterwegs. Mein Herz fing an zu rasen. Die aufsteigende Angst ließ mir bewußt werden, daß dies die letzten Augenblicke meines Lebens sein konnten. Ich erinnerte mich an alles, was ich über die Praktiken deutscher Einheiten gehört hatte, wenn sie unter dem Ansturm der sowjetischen Truppen eine Stadt verlassen mußten. Hier war keine Zeit für Diskussionen, jeder Verdächtige bekam sofort eine Kugel in den Kopf.

Vor dem Hintergrund der leergefegten Straße stand ich praktisch wehrlos vor dem auf mich gerichteten Lauf des MG 42, dessen Konstruktion und Zuverlässigkeit ich während der Ausbildung an der Fähnrichsschule kennengelernt hatte. Das einzige, was ich tun konnte, bestand darin, unmerklich etwas hinter den hochgewachsenen Deutschen zu rükken, der vorerst ein Schutzschild für mich abgab. Während er auf mich zukam, knöpfte er seine Pistolentasche auf, zog die Parabellum aber nicht. Ich hatte also Aussicht, als erster nach meiner „Neuner" zu greifen. Ich war wie hypnotisiert. In Gedanken sah ich bereits, wie der von mir niedergeschossene Feldwebel zusammenbrach und mein Körper von einer MG-Salve durchsiebt wurde. Wenn ich wenigstens eine einzige Handgranate gehabt hätte! Doch bevor es dazu kam, bemühte ich mich, das Zittern meiner Hände zu unterdrücken, und reichte dem Deutschen einen Ausweis, dessen Vorhandensein ich fast schon vergessen hatte. Es war mein einziges hundertprozentig echtes Ausweispapier, über das ich zu jener Zeit verfügte.

In den ersten Januartagen hatten mich Kameraden vom LHD benachrichtigt, daß die Möglichkeit bestehe, echte Papiere des Luftschutzhilfsdienstes zu bekommen. Das ganze Problem bestand lediglich darin, daß ich die Diensteinweisung persönlich im Präsidium der Schutzpolizei in der Franciszkańska-Straße abholen mußte. Zusammen mit den Tabors hatte ich mir lange Gedanken darüber gemacht, ob die Sache das Risiko wert sei.

„Lu" war der Ansicht, die ganze Idee sei völlig verrückt. Schließlich stand ich als Ausreißer aus dem KZ im Fahndungsbuch, und die deutsche Polizei verfügte im Zusammenhang mit meiner zweijährigen Diversionstätigkeit in der Stadt bestimmt über meine Personenbeschreibung. Sie zählte alle Kampfeinsätze auf und ließ auch den vor wenigen Tagen erfolgten Überfall auf die Druckerei der Emissionsbank nicht außer acht.

Ich mußte zugeben, daß ihre Argumente schwer zu widerlegen waren, und beschloß, mich nicht auf die Sache einzulassen. Doch „Berek" und „Zielony" versicherten mir, daß einer unserer Leute, der im Büro des LHD-Offiziers im Polizeipräsidium beschäftigt war, mir alles erleichtern würde. Heute kann ich nicht mehr genau sagen, welche Gründe den Ausschlag gaben, aber ich ging auf den Vorschlag der Kameraden ein. Alles sprach dagegen. Die Herrschaft der Besatzer in Krakau ging zu Ende, und mich drängte es direkt in die Höhle des Löwen. Ich denke, daß meine angeborene Abenteuerlust und der Glaube an meinen Glücksstern die Stimme der Vernunft übertönten.

Zum vereinbarten Zeitpunkt, am 13. Januar, 10 Uhr, bekam ich die mündliche Aufforderung, mich im Polizeipräsidium in der Franciszkańska-Straße einzufinden. In der Nacht zuvor konnte ich nicht schlafen. Ich fühlte mich saumäßig und überlegte, ob ich nicht auf die ganze Angelegenheit verzichten solle. Ich bekam einfach Angst, und außerdem war es dieser fatale Dreizehnte, der mir Pech bringen konnte. Nach kurzem Überlegen verzichtete ich darauf, die Walther mitzunehmen, weil ich am Eingang zum Präsidium durchsucht werden konnte.

Um 9.50 Uhr meldete ich mich in der Wachstube bei einem dicken Polizisten, der mir anhand der Kennkarte anstandslos einen Passierschein für das Polizeigebäude ausschrieb. Der Anfang war vielversprechend, und eine Umkehr gab es nun nicht mehr. In tiefen Zügen sog ich wie ein Taucher, bevor er ins Wasser springt, die frische Luft ein und ging mit der Entschlossenheit eines Todeskandidaten über den weiten, von Kreuzgängen umgebenen Hof des alten Krakauer Bürgerhauses. Über eine hölzerne Treppe stieg ich in den ersten Stock und betrat ein geräumiges Wartezimmer.

Vom Hof aus fuhren mit Planen bedeckte Polizeiwagen in die Stadt; auf den Fluren liefen Schupos herum, darunter auch verdächtig aussehende Leute in Zivil. Zu meinen Befürchtungen kam eine weitere hinzu: Unter ihnen konnte es Geheimagenten geben, die mir schon seit langem auf der Spur waren. Aus dem Zimmer, in dem ich mich melden sollte, kam ein großer junger Mann in Zivil heraus. Er nickte mir zu, fragte nach meinem Namen und bat mich dann hinein. Als der hinter dem Schreibtisch sitzende Oberleutnant merkte, daß ich deutsch sprach, hielt er mir eine kurze Predigt über den ehrenvollen Dienst beim LHD. Er informierte mich über meine Pflichten und über das Verbot, Dienstgeheimnisse zu verraten. Dann überreichte er mir ein Schreiben, durch das Franciszek Makowski zum kasernierten Luftschutzhilfsdienst einberufen wurde.

Mir fiel ein Stein vom Herzen. Alles war überraschend glatt gegangen. Ich griff nach der mir vom Offizier zur Unterschrift zugeschobenen Aufforderung, mich zum Dienst zu stellen, und begann, mit einer salbungsvollen Handbewegung den Buchstaben A meines... richtigen Namens zu schreiben. Im selben Moment erstarrte ich vor

Entsetzen. Plötzlich klingelte das Telefon auf dem Schreibtisch. Wie durch einen Nebelschleier vernahm ich die lauten Befehle des Oberleutnants an seinen Gesprächspartner. Nach kurzer Betäubung kam ich zu mir, verbesserte das A in ein M und vollendete die Unterschrift als Makowski, Franciszek. Der Deutsche blickte das Papier nicht einmal an und befahl mir, mich unverzüglich bei den LHD-Kasernen zu melden. Ich knallte dienstbeflissen die Hacken zusammen, sagte „Jawohl, Herr Oberleutnant!" und reichte ihm den Passierschein zur Unterschrift. Dann verließ ich das Zimmer. An der Wache gab ich den Passierschein ab und verließ ungehindert das Polizeigebäude. Ich hatte lange kein solches Gefühl der Erleichterung empfunden. Die Brust zersprang mir fast vor Stolz, als habe ich eine große Tat vollbracht. Natürlich hatte ich nicht die Absicht, mich bei den Kasernen zu melden. Meine Freunde würden das irgendwie erledigen. Und außerdem war die Front schon ganz nahe.

Jetzt, vier Tage später, als ich vor dem Lauf eines leichten Maschinengewehrs stand, hegte ich nicht den geringsten Zweifel daran, daß meine Entscheidung, mich in das Polizeipräsidium zu wagen, richtig gewesen war. Als der Unteroffizier die Bescheinigung gelesen hatte, sagte er: „Machen Sie weiter!" Und dann warnte er mich noch, mich der Überführung zu nähern, die seine Pioniere wenige Stunden später sprengten.

Ich kehrte in die Wohnung am Markt zurück und erstattete dem Befehlshaber Bericht über die Lage am Stadtrand. Als ich Major „Miecz" später von meinem aufregenden Erlebnis während des Streifzugs erzählte, konnte er es sich selbst nicht verzeihen, daß er mich am Vorabend der Befreiung der Stadt so leichtfertig in Gefahr gebracht hatte.

Am 18. Januar spürte man vom frühen Morgen an einen Hauch der Freiheit in der Stadt. Die Deutschen waren irgendwo verschwunden, nur selten fuhren mit Militär besetzte Lastwagen in Richtung Weichsel vorbei. Auf den Straßen tauchten Leute auf, die mit Waren aus geplünderten deutschen Magazinen beladen waren. Am begehrtesten waren Lebensmittel und Spirituosen. Auch „Berek” und ich wurden von der Atmosphäre des Plünderns ergriffen. Vor dem Polizeigebäude in der Siemiradzkiego-Straße stand kein Posten mehr. Mit schußbereiten Pistolen betraten wir einen der Räume, es war die Waffenkammer. In von Bügeln heruntergerissene weite Zottelpelzmäntel wickelten wir eine ganze Ladung der in Ständern aufgereihten Maschinenpistolen MP 44 und schleppten sie wie einen unermeßlichen Schatz in die Wohnung der Tabors.

In der Stadt waren Schüsse zu hören. Mittags vernahmen wir das Rasseln mächtiger Panzerketten. Die Leute eilten auf die Straße, zogen sich aber sofort wieder in die Hausflure zurück. An der Kreuzung der Łobzowska- und der Siemiradzkiego-Straße stand ein riesiger Panzer, ein deutscher „Panther”. In diesem Augenblick mußte ich an den ganzen Stapel Panzerfäuste denken, die „Berek” und ich kurz zuvor in der Polizeikaserne gesehen hatten. Der Panzer stand nur 5 Meter von dem Gebäude entfernt, in dem wir uns befanden. Man hätte ihn vom Kellerfenster aus unschädlich machen können.

Das waren aber nur rein theoretische Überlegungen. Etwas später fuhr der Koloß aus Stahl und Eisen die Łobzowska-Straße hinunter zur Słowackiego-Allee. Gegen ein Uhr entdeckten wir auf beiden Seiten der Straße vorsichtig vorrückende sowjetische Soldaten. Außer sich vor Freude liefen die Bewohner der Stadt auf sie zu. Abends war Krakau frei. Die Deutschen hatten die Weichsel-Brücken gesprengt und sich über Podgórze und Borek Fałęcki nach Süden zurückgezogen.

Das vorbildlich ausgeführte Umzingelungsmanöver der vordringenden sowjetischen Einheiten hatte die Stadt vor der Zerstörung gerettet.

Am 19. Januar 1945 wurde die Landesarmee AK auf geheimen Befehl General Leopold Okulickis, Deckname „Niedźwiadek", aufgelöst. Die Bitternis der Niederlage dieser herrlichen Idee, der wir unsere besten Jahre und Zehntausende von Patrioten ihr Leben geopfert haben, tragen wir bis heute in unseren Herzen.

Bald darauf trafen sich ehemalige Häftlinge von Auschwitz und anderen Konzentrationslagern — meine Altersgefährten und sogar weitaus ältere Kameraden, die nicht unter den Erlebnissen der Lager zusammengebrochen waren — an den Krakauer Hochschulen wieder. Dazu gehörten die Medizinstudenten Henryk Matuszewski, Jerzy Tabeau-Wesołowski, Zdzisław Pałasiński und Wojciech Socha, mit dem ich die Fähnrichsschule absolviert hatte. An der Technischen Hochschule traf ich Jerzy Bogusz, Franciszek Bieda, Józef Stós und Kazimierz Sowa, und an verschiedenen Fakultäten der Jagiellonen-Universität studierten Mieczysław Kieta, Stanisław Serafini und einige andere.

Jerzy Radwanek verzichtete auf die Luftfahrt und nahm ein Studium an der Akademie der Schönen Künste auf, an der 1947 Józef Szajna auftauchte. Mit herzlicher Fürsorge umgaben uns unsere älteren Lagerkameraden Prof. Władysław Fejkiel, Dr. Stanisław Kłodziński, Prof. Xawery Dunikowski und Jan Chlebowski, der damals einen hohen Posten im Krakauer Wojewodschaftskomitee der PVAP bekleidete.

Im Nowodworski-Gymnasium, an dem ich mich auf das Abitur vorbereitete, traf ich meinen Chemielehrer aus der Vorkriegszeit Antoni Nykliński wieder, der im Lager mein Kamerad vom Wiśnicz-Transport gewesen war, und die

Vorlesungen über Dampfturbinen an der Technischen Hochschule hielt Dr.-Ing. Stanisław Chrzanowski, ehemaliger Auschwitz-Häftling Nr. 971, Angestellter der Stickstoffwerke in Mościce, der mit einer Gruppe von Ingenieuren verhaftet worden war.

Auf das Examen in Turbinenkunde hatte ich mich im Hinblick auf den Dozenten besonders gründlich vorbereitet, und so bin ich wahrscheinlich nicht allzu indiskret, wenn ich heute verrate, daß die fast einstündige Prüfung aus einer Plauderei mit dem Professor bestand, bei der wir Lagererinnerungen austauschten. Zum Schluß bat mich Prof. Chrzanowski um mein Studienbuch und trug die Note „sehr gut" ein. Den vor dem Prüfungszimmer wartenden Kommilitonen sagte ich, durch das Gespräch angeregt: „Na, der hat mich aber in die Mangel genommen!" Und damit löste ich natürlich verständliche Aufregung bei den anderen aus.

Den Offizier des polnischen Heeres Tadeusz Chronowski, im Lager unter dem Namen Tadeusz Turek, einen nach dem Einmarsch der Deutschen in Bukowsk verhafteten Richter, hatte ich während seines kurzen Aufenthalts im KZ Auschwitz kennengelernt. Er war im Dezember 1940 entlassen worden und wohnte dann in Krakau. Drei Jahre später begegneten wir uns erneut. Wir standen heimlich in Verbindung, und bei meinen Diversionsaufgaben nahm ich manchmal seine Unterstützung in Anspruch. Nach dem Krieg, als ich seine Frau und seine Kinder kennengelernt hatte, verwandelte sich unsere Lagerbekanntschaft in eine enge Freundschaft. Während meines Studiums in der schweren Nachkriegszeit besserte Rechtsanwalt Chronowski meinen leeren Geldbeutel auf, und er tat das, ohne meinen jugendlichen Stolz zu verletzen.

Im Sommer 1945 erlebten meine Schwester und ich endlich die Rückkehr unserer nächsten Angehörigen. Zu unserer ungeheuren Freude kehrten alle nach Krakau zurück. Als erster meldete sich Mietek, dann Ksawery, und bald darauf kaum aus Ravensbrück auch die von Krankheit geplagte Mutter hinzu, die die ganze Lagerzeit hindurch fest daran geglaubt hatte, daß ihre Kinder diesen schrecklichen Krieg überleben würden.

Warschau, Dezember 1995

Dienstgrade von SS und Wehrmacht

SS	Wehrmacht
SS-Mann	Schütze
SS-Sturmmann	Gefreiter
SS-Rottenführer	Obergefreiter
SS-Unterscharführer	Unteroffizier
SS-Scharführer	Unterfeldwebel
SS-Oberscharführer	Feldwebel
SS-Hauptscharführer	Oberfeldwebel
SS-Stabsscharführer	Stabsfeldwebel
SS-Sturmscharführer	Hauptfeldwebel
SS-Untersturmführer	Leutnant
SS-Obersturmführer	Oberleutnant
SS-Hauptsturmführer	Hauptmann
SS-Sturmbannführer	Major
SS-Obersturmbannführer	Oberstleutnant
SS-Standartenführer	Oberst
SS-Oberführer	- -
SS-Brigadeführer	Generalmajor
SS-Gruppenführer	Generalleutnant
SS-Obergruppenführer	General
SS-Oberstgruppenführer	Generaloberst
Reichsführer SS	Generalfeldmarschall

Reichsführer SS war nur Heinrich Himmler.

Bibliographie

A Studien

„Hefte von Auschwitz" Nr. 1-7 u. 18, Verlag des Staatlichen Auschwitz-Museums in Oświęcim

Bielecki, Jerzy, „Kto ratuje jedno życie... Pamiętnik z Oświęcimia" (Wer auch nur ein Leben rettet... Erinnerungen an Auschwitz), Ludowa Spółdzielnia Wydawnicza 1990

Brol, Franciszek, Wloch, Gerard, und Pilecki, Jan, „Das Bunkerbuch", „Hefte von Auschwitz" Nr 1, 1959.

Czech, Danuta, „Kalendarz wydarzeń w KL Auschwitz" (Kalendarium der Ereignisse im KZ Auschwitz), Verlag des Staatlichen Auschwitz-Museums in Oświęcim 1992

Dąbrowa-Kostka, Stanisława, „W okupowanym Krakowie" (Im besetzten Krakau), Verlag MON 1972

Iwaszko, Tadeusz, Häftlingsfluchten aus dem Konzentrationslager Auschwitz, „Hefte von Auschwitz", Nr 7, 1964.

Nuszkiewicz, Ryszard, „Uparci" (Die Hartnäckigen), Verlagsinstitut PAX 1983

Sobański, Tomasz, „Ucieczki oświęcimskie" (Auschwitzer Fluchtversuche), Verlag MON 1974

Strzelecka, Irena, „Pierwsi Polacy w KL Auschwitz" (Die ersten Polen im KZ Auschwitz), „Hefte von Auschwitz" Nr. 18, 1990.

Wroński, Tadeusz, „Kronika okupowanego Krakowa" (Chronik des besetzten Krakaus), Wydawnictwo Literackie 1974

B Archivmaterialien

Staatliches Auschwitz-Museum, Telegramm des Kommandanten Höß

Staatliches Archiv der Stadt und der Wojewodschaft Kraków, Fahndungsnachweis für das Generalgouvernement, Krakau am 1. Juli 1943

Tägliche Anordnung und Mitteilung Nr. 78/44
Anlage zur TAM Nr. 78/44 vom 29.12.1944

In der Sammlung des Verfassers:

Banknoten der Emissionsbank, Geburtsurkunde, Passierschein und alle auf den Namen Franciszek Makowski ausgestellten Papiere

C Berichte (in der Sammlung des Verfassers)

Józef Albigowski
Stefan Kobrzyński
Elżbieta Rakoczy
Mieczysław Rakoczy
Józef Szajna
Janina Turczyniak

Verzeichnis der Namen und Decknamen

INHALT

Druk: **DEKA** Kraków tel. 653 12 70

Leutnant Kazimierz Albin,
Deckname “Jędrek”

Mieczysław Albin,
Häftling Nr. 116, der
Bruder Kazimierz Albins

Michalina Albin,
Häftling Nr. 46220,
die Mutter Kazimierz und
Mieczysław Albins,
Aufnahme nach ihrer
Rückkehr aus dem
KZ Ravensbrück 1945

Witold Pilecki,
Häftling Nr. 4859,
der erste Organisator einer Widerstandsbewegung im KZ Auschwitz

Bernard Świerczyna,
Häftling Nr. 1393

Tomasz Sobański,
Häftling Nr. 13609

Kostek Jagiełło,
Häftling Nr. 4507

Cyla Stawiska (Zacharowicz-Cybulska, Häftling Nr. 29558)
und Jerzy Bielecki (Nr. 243)

Józef Szajna,
Häftling Nr. 18729

Henryk Kwiatkowski,
Häftling Nr. 3002

Zenon Ławski,
Häftling Nr. 6561

Kazimierz Nowicki,
Häftling Nr. 47016

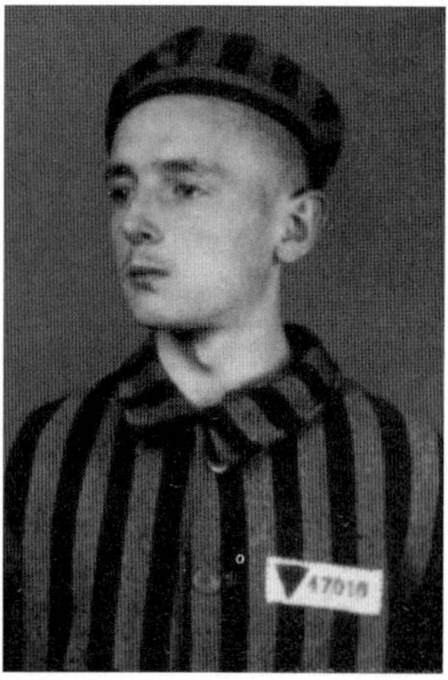

Stanisław Furdyna,
Häftling Nr. 193

Zdzisław Michalak,
Häftling Nr. 180

Lucjan Motyka,
Häftling Nr. 136678

Włodzimierz Turczyniak,
Häftling Nr. 5829

Jan Olszyński,
Häftling Nr. 39231

Tadeusz Rybacki,
Häftling Nr. 16377

Leutnant Andrzej
Rozmarynowicz,
Deckname "Andrzej"

Leutnant Jan Roczniak,
Deckname "Tytus"

Leutnant Tadeusz Tabor, Deckname “Wujek”

Leutnant Helena Tabor, Deckname “Lu”

Major Mieczysław Rakoczy, Deckname “Miecz” bzw. “Soplica”, 1938

Oberleutnant Mieczysław Tabor, Deckname “Kura”, 1938

Leutnant
Mieczysław Połomski,
Deckname "Pion"

Oberleutnant
Elżbieta Rakoczy,
Deckname "Rawska"

Zugführer Franciszek
Roman, Deckname "Góral"

Fähnrich Zdzisław Król,
Deckname "Zielony"

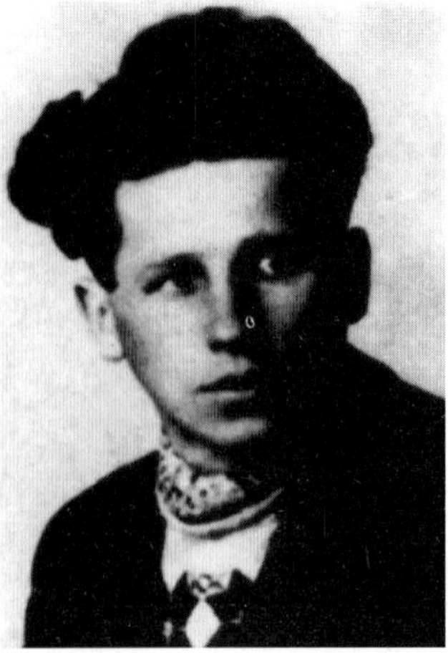